影视类“十四五”规划教材
·核心系列·

影视剧本创作教程

主编 伍 婷　副主编 王旻譞 兰 婷

A GUIDE TO SCREENWRITING FOR FILM AND TELEVISION

中国传媒大学出版社
·北 京·

图书在版编目(CIP)数据

影视剧本创作教程 / 伍婷主编；王旻譞，兰婷副主编. --北京：中国传媒大学出版社，2025. 8. -- ISBN 978-7-5657-3968-2

Ⅰ. I053.5

中国国家版本馆CIP数据核字第2025R2M152号

影视剧本创作教程

YINGSHI JUBEN CHUANGZUO JIAOCHENG

主　　编	伍　婷
副 主 编	王旻譞　兰　婷
策划编辑	李水仙
责任编辑	李明远
封面设计	拓美设计
责任印制	秦　英

出版发行	中国传媒大学出版社		
社　　址	北京市朝阳区定福庄东街1号	**邮　　编**	100024
电　　话	86-10-65450528　65450532	**传　　真**	65779405
网　　址	http://cucp.cuc.edu.cn		
经　　销	全国新华书店		

印　　刷	北京中科印刷有限公司
开　　本	787mm × 1092mm　1/16
印　　张	18.5
字　　数	413千字
版　　次	2025年9月第1版
印　　次	2025年9月第1次印刷

书　　号	ISBN 978-7-5657-3968-2	**定　　价**	65.00元

本社法律顾问：北京嘉润律师事务所　郭建平

目 录

contents

第一章　影视剧本概述

教学目标：

1. 了解影视剧本的概念、特性和创作技巧，认识影视剧本在影视作品中的重要功能。
2. 培养分析和理解影视剧本的能力，为影视剧本创作打下基础。
3. 了解影视剧本创作的基本流程和格式要求。

重点：

1. 明确影视剧本创作的重要性。
2. 了解影视剧本创作的基本流程和格式要求。

难点：

1. 如何在有限的时间内全面介绍影视剧本的概念、特性和创作技巧。
2. 如何激发学生对影视剧本创作的兴趣。

第一节　影视剧本的定义

影视剧本是影视作品的灵魂，它为导演、演员、制片人等提供了具体的故事情节和角色设定，是整个影视制作过程中的核心创作环节。影视剧本，又称为脚本，是一种用文字描述影视作品中角色、动作、对话、场景等元素的文学作品。影视剧本是影视作品的基础和前提，它决定了作品的主题、风格和情感。

想要了解影视剧本，先来看看它的历史。影视剧本的起源可以追溯到古希腊戏剧。古希腊戏剧是西方戏剧的源头，起源于公元前5世纪，当时的剧作家通过戏剧表现社会的伦理道德和宗教信仰。这些早期的剧本通常包括对话、独白和合唱部分，已经具备了现代剧本的基本特征。随着文艺复兴时期戏剧的复兴，英国、法国、意大利等欧洲国家相继出现了一批杰出的剧作家，如莎士比亚、萧伯纳、莫里哀、皮埃尔·高乃依、易卜生、贝托尔特·布莱希特等。值得一提的剧作家还有中国的汤显祖、关汉卿，俄国的契诃夫，美国的尤金·奥尼尔等。他们的作品不仅丰富了戏剧艺术，也为后世的影视剧本创作提供了丰富的经验和启示。

进入20世纪，随着电影和电视技术的发展，剧本创作的方向逐渐从舞台剧向影视剧转变。影视作品具有强烈的视觉冲击力和表现力，使得影视剧本创作更加注重情节的紧凑性、角色的个性化和视觉效果的展现。同时，随着影视产业的工业化发展，影视剧本创作也逐渐形成了一套独特的行业规范和审美标准。

最早的电影剧本被称为“剧情梗概”，类似于故事大纲。由于当时的电影时长极短，只有几分钟，人们可以用剧情梗概介绍电影内容。1901年之后，随着电影时长的增加和叙事问题的日益突出，剧本作为概念工具的重要性也随之增加。出于对叙述连贯性的需要，适当的场景设计诞生了。贝拉·巴拉兹说：“当电影已经发展成为一门独立的新艺术，不再可能在镜头前即兴创作新的视觉效果时，这些效果必须提前计划。”[1]

图1-1 《月球旅行记》[2]

随着电影制作技术的日益复杂，电影剧本也逐渐丰富，如《月球旅行记》(1902)包含多种剪辑手法和多个场景，如图1-1所示；《火车大劫案》(1903)编剧开始用主场景格式(master scene format)写故事，其中包括对每个场景的描述。

理查德·阿贝尔指出：“早期剧本都是以概要形式编写的，很少超过一段，主要包括标题和对动作的简短描述。”[3]凯文·亚历山大·布恩在他的《剧本文化和美国剧本》中提到了几个早期的场景实例，包括乔治·梅里爱的《月球旅行记》和埃德温·鲍特的《火车大劫案》，以展示剧本创作实践的快速发展。扫描二维码阅读《月球旅行记》完整文本。

《月球旅行记》完整文本[4]

① BALÁZS B.Theory of the film: character and growth of a new art [M].New York: Dover Publications, 1970: 247.

② 图片出自https://movie.douban.com/photos/photo/2552942833/.

③ ABEL R.Encyclopedia of early cinema [M].London and New York: Routledge, 2010: 835.

④ BOON K A. Script culture and the American screenplay [M].Detroit: Wayne State University Press, 2008: 5.

到了1903年，《火车大劫案》剧本已经展示出了主场景格式的元素，只是没有对话。扫描二维码阅读《火车大劫案》剧木片段。

《火车大劫案》剧本片段[1]

随着20世纪20年代制片厂制度的兴起，连续性剧本(continuity script)应运而生，管理人员能够根据剧本预算成本和拍摄时间。电影的流水线生产技术要求剧本更加详细，甚至要求在剧本中标注所需的镜头和剪辑方式。

1948年，美国政府采取的反垄断行动导致制片厂制让位于外包制度。这意味着制片人将电影项目组织成捆绑模式，以获得资金支持。在这个新背景下，剧本创作者加强了剧本的可读性和可销售性，剧本侧重于讲述一个故事，在技术上不那么具体，使得导演能对整个创作过程拥有更多的控制权。这种剧本被称为主场景剧本(master scene script)。随着时间的推移，电影剧本创作的特定格式逐渐形成并被沿用至今。

第二节　影视剧本的形式与特性

影视剧是指通过镜头语言和声音设计呈现的戏剧作品，包括电影、电视剧、网络剧等多种不同的创作形式。影视剧是一种具有广泛传播力和观众基础的艺术形式，它通过影像和声音的结合，生动地展现了人物、情节、场景等元素，为观众提供了丰富的视听体验，是具有连贯情节、完整结构和鲜明主题的艺术作品。因此，影视剧本虽然是用文学语言写成的，但区别于小说，需要用文字去勾勒镜头画面内容，供影视创作者将文字形象转化为银幕或荧幕形象。[2]

一、影视剧本的不同形式

电影是一种美学交流形式，主要通过对时间进行设计和将三维空间压缩为二维影像来实现。[3]电影时长受到很多因素影响，电影剧本在70—180页之间，通常在110页左右。我们往往认为电影剧本需要有镜头语言和思维，但也不绝对。“电影剧作者没有责任按摄影机角度和细致的镜头术语来写作”[4]，但需要有镜头语言意识和思维，写出摄影机里看到的画面内容。

电视剧作为当代颇具影响力的大众传媒，作为重装备、高投入、以新技术的最新应用

① JACOBS L. The rise of the American film: a critical history［M］.New York: Harcourt Brace, 1939: 43–44.

② 安燕，等.影视视听语言［M］.重庆：重庆大学出版社，2011：188.

③ 斯波勒.感知艺术［M］.史梦阳，译.11版.北京：中国广播影视出版社，2021：240.

④ 菲尔德.电影剧本写作基础：从构思到完成剧本的具体指南［M］.鲍玉珩，钟大丰，译.北京：中国电影出版社，2002：180.

为重要特征的朝阳行业，是一种讲故事的大众艺术形式，电视剧中的故事与人类社会、民众生活息息相关。[①]电视剧分为多集播放，需要有较强的吸引力和连贯性来维持观众的兴趣，通常应着重在故事情节的合理性和戏剧悬念的可信性上做好分集转换，吸引观众持续观看。[②]电视剧剧本的历史虽短，但它的播放载体在技术上不断进步，也使它的表现方法不断变化。

网络剧可分为传统网络剧和专门为视频网站播出而生产制作的网络剧，主要通过互联网在电脑、手机、平板电脑等终端设备播放，分为单元剧和连续剧。[③]网络剧根据网络平台和观众需求自由调整时长、集数和播放形式。网络剧的制作成本相对较低，更新速度较快，更具创新性和互动性。网络剧剧本的特点是更新速度快、题材多样，注重互动性和话题性。网络剧剧本需要适应不同平台和设备的播放需求，因此，编剧在创作上需要考虑到观众的观看习惯和喜好。

微电影是网络时代的一种电影艺术的新形式，是新媒体的产物，是电影短片在互联网时代的发展和延伸。[④]微电影的时长通常在30分钟以内，广告类微电影的时长通常在几分钟之内。微电影剧本包括主题内容、背景环境、人物关系、激励事件、矛盾冲突、故事结局六要素[⑤]，通常以独立的故事情节呈现，特点是简洁明了、寓意深刻，注重创意和新颖性。

纪录片是一种以真实事件和人物为基础的影视作品。纪录片通过拍摄、访谈、旁白等手段，展现真实世界的面貌，具有教育价值和社会意义。纪录片剧本的特点是具有真实性、客观性和教育性，注重对现实问题的挖掘和反思。其创作需要充分考虑素材的选取和整合，以及叙事手法的运用。纪录片剧本创作与其他虚构类影视作品剧本创作有明显的差异，主要体现在不能为了增强故事的戏剧性而干预事件的正常进展，且编剧工作贯穿于项目制作的全过程。

动画剧本是为动画作品创作而编写的文学作品，通常包括虚构的情节、对话、场景和人物等要素。动画剧本的特点是想象力丰富、视觉效果独特，注重创意和趣味性。编剧在创作动画剧本时需要考虑到动画制作技术的特点以及不同年龄段观众的喜好。

不同的影视剧本类型在表现形式、内容、制作和受众等方面存在一定的差异，但它们的共同目的都是讲述感人的故事、传达深刻的主题。在创作过程中，影视编剧需要充分了解各类剧本的特点和需求，以便更好地将自己的想法和情感融入作品中。因篇幅限制，本教材主要围绕电影剧本、电视剧剧本和动画剧本进行深入介绍。

---

① 仲呈祥.中国电视剧艺术发展史［M］.北京：中国电影出版社，2014：4–5.

② 傅正义.电影电视剪辑学［M］.北京：北京广播学院出版社，1997：613.

③ 王红霞.影视数字创作与制作［M］.北京：中国电影出版社，2023：188.

④ 钟大鹏.影视创作基础［M］.北京：中国传媒大学出版社，2019：192.

⑤ 杨越.新媒体写作与编辑技巧［M］.长春：吉林出版集团股份有限公司，2023：42.

二、影视剧本的不同类型

除了影视剧的不同形式，了解影视剧本的类型也十分关键。每种类型都有其特点和规则，理解这些规则可以帮助影视编剧更好地构建故事、满足观众的期待，避免走入创作的误区。

喜剧类影视的主要特点是表现幽默和娱乐，目的是引发观众的笑声。在撰写喜剧剧本时，影视编剧需要注重角色的个性化和情节的趣味性，还需要巧妙地运用语言和情境的幽默效果。如《小鬼当家》(1990)、《唐伯虎点秋香》(1993)、《变相怪杰》(1994)、《人在囧途》(2010)等作品将娱乐性发挥到极致。

悲剧类影视的主要特点是表现悲惨和冲突，目的是引发观众的同情和反思。在撰写悲剧剧本时，影视编剧不仅需要注重角色的命运和情节的激烈表达，还需要深入地探讨人性和社会的问题。悲剧剧本通常需要有一个悲剧的结局，给观众留下深刻的印象，如《霸王别姬》(1993)、《被嫌弃的松子的一生》(2006)等作品使观众为片中人物的悲剧命运而感慨。

正剧类影视的主要特点是对现实生活的真实描绘和深入探讨，通常包括社会问题、人性冲突等元素。在撰写正剧类影视剧本时，影视编剧需要具备社会洞察力和人文关怀，以准确反映社会现象，如《活着》(1994)、《肖申克的救赎》(1994)、《我不是药神》(2018)等作品以现实社会为原型，表现了人与社会的关系及问题。

惊悚类影视的主要特点是渲染紧张和恐怖的氛围，目的是引发观众的紧张和恐惧。在撰写惊悚类影视剧本时，影视编剧不仅需要注重情节的悬念和节奏的控制，还需要巧妙地运用声音和画面的恐怖效果。惊悚类影视剧本通常有一个出人意料的结局，给观众带来震撼的体验，如《闪灵》(1980)、《沉默的羔羊》(1991)、《七宗罪》(1995)等作品不断挖掘惊悚元素，给观众带来感官刺激。

科幻类影视的主要特点是对未来或者超自然现象的探索和描绘，通常包括科技、外星生命、时间旅行等元素。在撰写科幻类影视剧本时，影视编剧需要具备一定的科学知识，以保证剧本的科学性和可信度。同时，影视编剧还需要有丰富的想象力，以创造出独特的科幻世界，如《星球大战》(1977)、《星际穿越》(2014)、《银翼杀手2049》(2017)、《流浪地球2》(2023)等通过超现实的表达，带领观众体验不一样的未来世界。

爱情类影视的主要特点是浪漫和感人，引发观众的感动和共鸣。在创作爱情类影视剧本时，影视编剧需要注重角色的情感表达，以及情节设计的浪漫性，如《罗密欧与朱丽叶》(1968)、《甜蜜蜜》(1996)、《泰坦尼克号》(1997)、《傲慢与偏见》(2005)、《午夜巴黎》(2011)等将美好、真挚的爱情描绘得凄美动人。

动作冒险类影视的主要特点是表现紧张刺激的情节和激烈的动作场面，通常包括追逐、打斗、爆炸等元素。在撰写动作冒险类影视剧本时，影视编剧需要具备丰富的动作设计和场面调度经验，以保证剧本的视觉效果和节奏感。同时，影视编剧还需要有扎实的剧情构建能力，以保证剧本的连贯性和吸引力，如《木乃伊》(1999)、《古墓丽影》(2001)、《少年派的奇幻漂流》(2012)、《勇敢者游戏：决战丛林》(2017)、《玉子》(2017)等作品中动作场面令人惊叹。

家庭类影视主要特点是对家庭生活进行细腻描绘和深入探讨，通常包括家庭关系、亲情冲突等元素。在创作家庭类影视剧本时，影视编剧需要具备深刻的人性理解力和生活观察力，以真实反映和处理家庭问题。同时，影视编剧还需要有良好的情感表达能力，以引发观众的共鸣和感动，如《当幸福来敲门》(2006)、《寻梦环游记》(2017)、《你好，李焕英》(2021)等作品表现了亲情的美好与珍贵。

艺术实验类影视的主要特点是对传统叙事规则的挑战和创新，通常包括非线性叙事、象征主义等元素。在撰写艺术实验类影视剧本时，影视编剧需要具备较强的艺术勇气和创新精神，以打破常规和尝试新的表达方式。同时，影视编剧还需要有深厚的艺术理论基础和独特的审美观，以提升影视剧本的艺术价值，如《2001太空漫游》(1968)、《至爱梵高·星空之谜》(2017)等作品表现了对艺术的独特理解和追求。

三、影视剧本的电影思维与特性

影视剧本由文字构成，但它用画面在讲故事。这里的“画面”，是文字反映出的“画面感”，是影视创作者在阅读影视剧本时脑子里反映出的直觉影像。影视作品是活动的影像，是声画的组合，它借助视听语言表情达意。因而，影视剧本需要用视听思维去理解与构建，即“电影思维”。电影思维是“艺术思维的一种特殊形式，指为创作影片所进行的与未来银幕形象有直接关联的思维活动。其基本特征是：对未来影片放映效果的预见感支配着整个思维过程；最大限度发挥电影特性的要求制约着整个思维过程”[①]。

（一）文学剧本的特性

文学剧本与影视剧本差异显著，二者在叙事方法和构思规律上有本质的差异。文学剧本是一种思想观念与情绪的表达，而影视剧本是由一幅幅画面构成的，要考虑其从文字到影像的转换。

在文学剧本创作中，编剧依靠从生活中获得的灵感和思想，对素材进行加工、提炼，使之成为有特定主题、故事情节、人物性格的完整故事。文学剧本是影视剧本的基础，对作品的结构、主题、人物、情节等都有明确的要求，并起着决定性作用。文学剧本有其特有的“叙事形式、修辞学、内心独白和象征主义”[②]等特点。小说叙述的主要对象是人物，

① 《电影艺术词典》编辑委员会.电影艺术词典［M］.北京：中国电影出版社，1986：14.
② 温斯顿.作为文学的电影剧本［M］.周传基，梅文，译.北京：中国电影出版社，1983：序9.

读者见证着主要人物的思想、行为、情绪、语言等，与小说中的人物共同经历和分享戏剧性事件。

爱森斯坦认为，蒙太奇思维不仅在电影艺术中体现，也在人们的日常生活中大量存在。无论生活还是艺术，都是一系列表象的元素，它们通过多种途径在人们的意识中形成形象。人们在日常生活中所感受的一切，实际上也只是对部分生活片段的时空记忆，与蒙太奇场景或段落的组接十分相似。写小说时，作者往往用一些抽象的形容词描绘事物，如余华小说《活着》的开头这样写道："我比现在年轻十岁的时候，获得了一个游手好闲的职业，去乡间收集民间歌谣。那一年的整个夏天，我如同一只乱飞的麻雀，游荡在知了和阳光充斥的农村。"[1]从这段话可以看出，很多词句的描写是不够具体的。"游手好闲"原指人游荡懒散，不愿参加劳动，在这里用来形容一份职业，虽然生动，却是抽象的。如果用来拍摄，还需要用更加具体的画面文字去表述。

（二）影视剧本的特性

影视剧本是由具体的镜头画面组成的。如果导演根据文学剧本进行影视剧的创作，则会按照文学剧本内容制订更细致的拍摄计划：根据文学剧本的内容，按照每一场戏、每一个镜头、每一个动作、每一条声音进行影视剧本撰写。扫描二维码阅读《肖申克的救赎》文学剧本[2]和电影剧本[3]的部分内容对比。

《肖申克的救赎》文学剧本与电影剧本部分内容对比

通过《肖申克的救赎》案例对比分析可知，其文学剧本和电影剧本有很大差异。虽然电影剧本保留了文学剧本的叙事主题、故事情节，但在叙事方式上完全不同。电影剧本是以镜头画面介绍故事，并没有做大量的故事铺垫和介绍，且标明了拍摄的场号、镜头的运动方式，具体的空间、场景，人物的样貌、动作、神态以及对话等。可以说，读者在读电影剧本的时候基本可以在脑海中想象各种画面，如同在看电影。正如悉德·菲尔德所说："一个电影剧本就是由画面讲述出来的故事，还包括语言和描述，而这些内容都发生在它的戏剧性结构之中。"[4]

影视编剧在编写影视剧本之前，就要在脑海中有清晰的画面，再用文字的形式表现出来，即用镜头写剧本，而不是用文学性文字了。需要注意的是，影视剧本的画面和色调是不断变化的，人物的动作也是不断变化的，因此，影视编剧需要考虑场面调度的问题，且需要注意

① 余华.活着[M].北京：北京十月文艺出版社，2017：5.

② 金.肖申克的救赎[M].施寄青，赵永芬，齐若兰，译.上海：上海文艺出版社，2015：12.

③ 达拉邦特.肖申克的救赎[J].石语，译.世界电影，2004(2)：52–103.

④ 菲尔德.电影剧本写作基础：从构思到完成剧本的具体指南[M].鲍玉珩，钟大丰，译.北京：中国电影出版社，2002：8.

视距的变化节奏、视角的不同选择、镜头的运动、镜头的长度、光影的变化、人物的动作，以及180°轴线规则等。扫描二维码阅读《寻梦环游记》剧本片段。[①]

《寻梦环游记》剧本片段

通过《寻梦环游记》(图1-2)的剧本可知，无论在格式上还是内容上，影视剧本都尽可能按照画面进行情节的描写：用明显的镜头转场去描述上下两个不同的镜头；用快速切镜头表现一组不断变换内容的画面，表现时间的流逝和回忆的美好；明显地标示台词、旁白、动作；每一个场景也有相应的标示，包括时间、地点等。虽然该片编剧没有标明景别、机位和镜头运动，但读者在阅读影视剧本时可以明显感受到。

图1-2 《寻梦环游记》[②]

影视剧本中的行动描写与小说中的行动描写差异明显。小说常用抽象的语言分析人物内心活动，却不必每次都通过外部行为去表现心理活动。如《人世间》中的一段描述："那时周秉昆内心里空空荡荡的，然而并不是虚无的状态，他觉得有种类似块根的东西在内心深处开始发芽。那种说不清道不明的东西，使他内心充满了忧伤。"[③]

在影视剧本中，影视编剧不能只写"内心里空空荡荡的"，而要具体写内心到底"空荡"成怎样，否则导演就需要去构想如何表现一个人内心空荡的模样。当然，要求影视剧本中的每一句话都具有视听形象，也有点苛刻。但至少影视编剧对自己设计的人物动作稍加介绍，如动画作品《骄傲的将军》(1956)剧本中的一段文字：

广场上，旗帜飘扬，兵势雄壮。旗兵号兵，执刀荷枪和手拿盾牌的士兵，各列成排。刀枪剑戟的闪光，逼得人睁不开眼睛。忽然，号声、鼓声和马蹄声混合成一片，威严煊赫的将军，钢盔铁甲，跨一匹雪白骏马来到场上。将军左顾右盼，威风凛凛。

将军下马，进入巍峨的拱门。欢迎的人们分立两旁，躬身致敬。

将军走上大厅，高坐在虎皮椅上。众贺客一起参加了庆功宴。

一老者端起酒杯说："将军劳苦功高，小的上酒！"[④]

---

① UNKRICH L, KATZ J, ALDRICH M, etc. Coco[EB/OL].[2023-09-08].https://imsdb.com/scripts/Coco.html.

② 图片出自https://movie.douban.com/photos/photo/2507739050/.

③ 梁晓声.人世间[M].北京：中国青年出版社，2017：100.

④ 马华.影视动画经典剧本赏析[M].北京：海洋出版社，2006：235.

可以看到，在《骄傲的将军》剧本中，每一个动作和场景都写得十分细致、传神，就连光影和声音的表现都有所描绘。可想而知，影视剧本的一个重要特征就是对人物动作的细致介绍。

综上所述，影视编剧需要了解影视剧创作的技法，并具备电影思维，要把现实生活中出现的场景，通过一个个具体的镜头，用丰富且严谨的镜头语言表现出来。而文学剧本不会有这么多的考量，作家可以随心所欲地表达，不用考虑影像能否表现出来。因此，文学剧本与影视剧本是有较大差异的。

第三节　影视编剧的基本素养

影视编剧需要一定的基本素养来确保作品的质量和创新。这些素养需要通过长期的学习和实践来培养和提高。影视编剧通常需要同时具备以下素养。

一、专业知识

影视编剧除了需要掌握影视剧本撰写的方法和技巧外，还需要具备丰富的专业知识，才能完成高质量的影视剧本创作。主要包括以下知识。

影视剧本写作技巧是影视编剧最基础的专业知识。影视编剧需要熟悉影视剧本的基本构成，包括情节、角色、对话等元素，以及如何有效地组织这些元素来构建一个吸引人的故事。同时，影视编剧还需要了解影视剧本的格式和规范，以及如何写出专业的影视剧本。

叙事理论包括叙事结构、叙事角度、叙事时间等概念，影视编剧需要了解叙事理论，以及如何运用这些理论来叙述故事。他们还需要了解不同类型的叙事模式，如线性叙事、非线性叙事等，并根据故事的需要选择合适的叙事模式。

电影知识包括电影历史、电影理论、电影分析等。影视编剧需要了解电影的基本知识、发展历程，以及各个时期的主要电影风格和流派。同时，他们还需要了解如何分析电影，如何从电影中提取创作灵感。

行业知识包括制作流程、市场情况、著作权法等。影视编剧需要了解影视行业的基本情况，了解影视剧本在整个制作流程中的地位和作用，以及如何将影视剧本成功地转化为影视作品。

影视编剧还需要了解一些基本的技术知识，如数字媒体技术、特效技术等。

二、文化素养

影视编剧需要具备一定的文化素养，这对于故事的深度和广度有着决定性影响。主要包括以下素养。

影视编剧需要有广泛的阅读背景，包括文学、历史、哲学、艺术等各个领域。这不仅可以提供丰富的创作素材，也可以帮助他们理解和把握人性的复杂性以及社会的多元性。

影视编剧需要具备深厚的历史文化知识，包括对本国历史文化的了解、对世界历史文化的了解。这可以帮助他们在创作中反映时代背景，塑造有历史感的角色和情节。

影视编剧需要具备良好的艺术鉴赏能力，包括对电影、戏剧、音乐、绘画等艺术形式的鉴赏。这可以帮助他们从艺术中获取灵感，也可以帮助他们提升自己的艺术表达能力。

影视编剧需要对社会现象有敏感的洞察力，能够发现和把握社会变迁中的重要问题和热点。这可以帮助他们在创作中反映现实，提出有深度的社会评论。

影视编剧需要对人性有深入的理解，包括人性的复杂性、矛盾性等。这可以帮助他们塑造有血有肉、让人信服的角色。

三、创作激情

影视编剧的工作需要高涨的创作激情，这种激情来源于对故事的热爱、对人性的探索、对社会的理解，以及对影视艺术的追求。

影视编剧需要对故事有深深的热爱。他们热衷于创造和讲述各种各样的故事，无论是现实故事、虚构故事，还是悲剧、喜剧，都愿意投入时间和精力去构建这些故事。

影视编剧需要对人性有强烈的探索欲望。他们通过塑造各种角色和冲突，探索人性的多样性和复杂性，以及人性在各种情境下的反应和变化。

影视编剧需要对社会有强烈的关注。他们关注社会变迁、社会问题和个体在社会中的处境。

影视编剧需要对影视艺术有高度的追求。他们追求创作高质量的影视剧本、创新的叙事手法和深刻的主题表达。

影视编剧需要有强烈的表达欲望。他们希望通过自己的作品，表达自己的观点和情感，表达自己对世界的理解和认识。

影视编剧还需要具备批判性思维，能够分析和评价自己的作品，不断进行修改和完善。

除此之外，创作激情还包括主动了解和掌握“如何跟人打交道，如何谈项目，如何签合同，如何遵守规则”[1]。

要铭记写好故事的以下关键因素。

① 丁亚平，赵卫防.中国影视往何处走3：2020·中国艺术研究院电影电视评论周实录［M］.北京：文化艺术出版社，2021：295.

第一，激励自己：给自己定一个目标，拟订一个详细的计划。将计划打印出来，放在随时可以看到的地方，每天激励自己向目标迈进。

第二，勇于尝试：要反复阅读学习写作的专业书籍，并标记重点，通过做练习验证是否已经学会写作原理。要将学到的写作原理应用到故事情节和结构中。

第三，别紧张：写作时保持放松的心态，相信自己，不要被完美主义束缚。

第四，先写，再修改好：先完成初稿，把想法写出来，再通过多次修改完善故事。

第五，定下工作量：确定每天的写作字数指标，并严格完成。

第六，不要放弃：影视编剧能否成功，关键在于毅力，只要持续创作，终会迎来希望。

第四节 影视剧本的创作流程

影视剧本的创作流程通常包括影视剧本创意构思、影视剧本大纲撰写、影视剧本初稿草拟、影视剧本修改和完善几个阶段。

影视剧本的创意构思是创作流程的第一步，也是至关重要的一步。在这个阶段，影视编剧需要确定影视剧本的基本元素，如主题、故事、角色等。主题是影视剧本的灵魂，它决定了影视剧本的基调和方向。故事是影视剧本的骨架，它需要有吸引力和动力，能够吸引观众的注意，并推动影视剧本的发展。角色是影视剧本的血肉，需要有鲜明的个性和动人的命运，能够引发观众的共鸣。在构思阶段，影视编剧还需要对故事背景进行深入研究，以确保影视剧本的真实性和可信度。

影视剧本的创意构思明确后，影视编剧需要撰写影视剧本大纲。大纲是影视剧本的蓝图，它详细列出了影视剧本的主要情节和事件，以及它们的发展顺序和关联。在撰写大纲时，影视编剧需要考虑故事的结构和节奏，确保故事有起承转合、高潮和冲突，情节有张有弛。大纲可以帮助影视编剧清晰地看到影视剧本的全貌，也可以帮助他们在写作过程中明确方向和焦点。

大纲完成后，影视编剧开始草拟影视剧本初稿。这是一个细致的工作，需要影视编剧将大纲中的情节和事件转化为具体的可视化场景和对话。在影视剧本初稿草拟阶段，影视编剧需要注意语言的选择和运用，确保语言生动、准确、简洁，能够有效地呈现情节和表达角色。同时，还需要注意场景的描绘和切换，确保场景生动、有趣，能够吸引观众的注意力，并且能够流畅地切换。

影视剧本初稿草拟完成后，影视编剧需要对影视剧本进行修改和完善。这是一个反复的过程，需要影视编剧从整体和局部两个层面对影视剧本进行审查和修正。在整体层面，影视编剧需要检查影视剧本的结构和节奏；在局部层面，影视编剧需要检查场景的描绘和对话的表达，确保它们生动、准确，能够有效地传达情节和表达角色意图。在修改过程中，影视编剧可能需要对影视剧本进行大的改动，如增加或删除情节、修改角色设定等。这需要影视编剧有足够的勇气和决心，以及对影视剧本的深入理解和掌握。

每个步骤都有其重要性和复杂性，需要影视编剧投入大量的时间和精力。只有通过这个创作流程，影视编剧才能创作出高质量的影视剧本、实现创作目标。

第五节　影视剧本的写作格式

影视剧本可以是原创作品，也可以改编自真实故事或其他作品，如小说、舞台剧、报刊文章等。影视作品是一种视觉媒体，需要通过展示发生的事件，人物的动作、表情，而不是内心的独白来讲述故事。因此，影视剧本的写作格式十分关键。虽然市面上有Final Draft、Movie Magic Screenwriter、Celtx、Fade In等影视剧本格式化软件可供使用，并支持多人同时在线编辑、自动保存最新版本、创造出色的角色、规划故事情节、自动调整格式等功能，但独立掌握一般的影视剧本写作格式对于影视编剧来说是必要且有益的。

影视剧本格式是指编写影视剧本时所遵循的一套规范，它包括影视剧本的结构、排版、人物描述、对白、场景描绘等方面。影视剧本强调格式的目的是让影视剧本的读者(包括导演、演员、制片人等)能够清晰、快速地理解影视剧本的内容和创作者的意图，同时也在制作过程中提供一种有效的沟通工具。影视剧本需要使用标准的书写格式，主要包括以下几个部分。

第一，封面包含影视剧本类型、标题、作者姓名等信息。作者姓名、时间等相关内容需要标注清楚。

第二，人物简介：写清楚人物姓名、年龄、性别、性格等基本信息。

第三，故事梗概：简述故事的主要情节和发展。

第四，正文：作者对影视剧本创作背景、意图、特点等的详细描述，一般用现在时态写作，且需要用视听语言描述事件、主要场景，把重要镜头的使用方法和摄影机位置布局标注清楚。虽然没有规定一定用哪种字体，但好莱坞的标准电影剧本通常会按照12号Courier字体撰写，[①]它相当于汉语中的小四号字体。打印影视剧本时最好用A4规格的纸，将影视剧本装订成一册，用较厚的纸做封面。在介绍人物时，影视剧本通常需要用黑体标记人物姓名。同样，声效也需要加黑，用一两个词语进行标注。

这里需要了解一些特殊标记。

① 好莱坞剧本使用12号Courier字体，是因为采用Courier字体的格式化剧本页大约相当于一分钟的屏幕时间，这样人们就可以通过剧本估算出作品的时长，一部电影通常需要90页到120页的剧本。

·OS(OFF-SCREEN)：声源在画外的台词；

·VO(VOICE-OVER)：只有观众能听到的声音，通常是旁白；

·INTERCUT：镜头交切，表示两个场景在不同地点同时发生；

·INSERT：插入镜头，用于强调场景中的某一物件或对场景外某一细节的刻画；

·SERIES OF SHOTS：系列镜头，指的是将主要角色在某一时间段内的经历浓缩成若干个瞬间；

·MONTAGE：蒙太奇，指的是将多个镜头进行融合，通常是一种想象表达；

·CU(CLOSE-UP)：特写镜头，用于表现场景中的某一细节；

·POV(POINT OF VIEW)：明确从哪个人物的角度看到的具体景象；

·FADE IN：淡入，通常用在作品开场时；

·FADE OUT：淡出，通常用在作品结尾处。

第五，场标。场标是影视剧本格式的重要组成部分，主要包括集数、场次、地点、时间、出场人物等信息。电影剧本的写作格式还有文学剧本式(可读性强，电影感弱)和格里叶式(电影感强，可读性差)等不同类型。

影视剧本的正文主要包括以下元素。第一，场景标题(scene heading)：对场景的位置和一天中的事件进行单行描述。第二，副标题(subheader)。当影视剧本不需要新的场景标题，而需要在动作中进行一些区分时，影视编剧可以使用副标题，但务必谨慎使用。第三，动作(action)：以现在时态描述场景事件。第四，角色(character)。当影视剧本介绍一个角色时，角色的名字应该在行为动作中突出显示，且影视编剧需要将角色的名字列在对话上方。第五，对话(dialogue)：每个角色的台词。每当角色说话时我们都需要使用对话格式，即使是屏幕外和画外音的对话。第六，括号提示(parenthetical)：括号内的文字是对角色的语气、表情、动作的说明。第七，扩展名(extension)：放置在角色名字后面的括号内的缩写技术注释，用于指示声音的来源。第八，转场(transition)是影视剪辑指令，一般只出现在拍摄脚本中，应该避免过度使用。第九，镜头(shot)：用于告诉读者场景中的焦点。与转场一样，影视编剧很少需要插入镜头指示，那是导演的工作。

此外，不同地区的剧本格式有所不同。不同类型的剧本(如话剧剧本、电视剧剧本和电影剧本)也有些许差异。虽然影视剧本的格式之间存在略微差异，但影视编剧必须熟知影视剧本格式，以正确的格式排版、打印影视剧本，否则影视剧本可能会被轻视或者被淘汰。正如大卫·特罗蒂尔所说，格式不仅仅是一堆简单规则，格式本身就是故事的一部分。[①]扫描二维码阅读《照单全收》剧本片段。

通过案例可知，在影视剧本正文写作中，影视编剧需要注意场景标题、动作段落和场面设计。场景标题必须简洁明了，同时要注意特别的排版格式、专业词汇的写法。如“内”

① 汉森.编剧：步步为营(最新重订本)[M].郝哲，柳青，译.北京：北京联合出版公司，2016：6.

指的是内景，“外”指的是外景，对于场景的具体介绍可以另起一行详细说明。动作段落指的是在影视剧本中需要将除了对话以外的所有故事情节以可视化的动作形式说明清楚，而不是用叙述呈现。黑格尔说：“能把个人的性格、思想和目的最清楚地表现出来的是动作，人的最深刻方面只有通过动作才能见诸现实。”[①]温迪·简·汉森总结了影视剧本写作的技巧：第一，将场景视觉化；第二，写出你想要观众看到的环境和行为；第三，写下可以传达意义的视觉形象，而不是解释；第四，只写摄影机能拍下的细节和演员能表演的动作。[③]

《照单全收》剧本片段[②]

注意：避免在影视剧本中标记镜头说明等相关术语；避免描述摄影机的角度和运动方式；避免标记剪辑说明；避免废话太多，尽量缩短动作段落，删减无法拍摄的细节。

本章练习题

1. 选一部你最喜欢的小说，将其中5页的内容转换为标准的影视剧本格式，需要有人物动作和对话。

2. 看一部你最喜欢的电影，将开头5分钟的内容按标准格式写成剧本。

本章思考题

1. 影视剧本的作用和特性是什么？

2. 影视剧本的创作流程有哪些？

3. 影视剧本格式的注意事项有哪些？

---

① 黑格尔.美学 第一卷[M].朱光潜，译.北京：商务印书馆，2011：278.

② 汉森.编剧：步步为营(最新重订本)[M].郝哲，柳青，译.北京：北京联合出版公司，2016：158.

③ 汉森.编剧：步步为营(最新重订本)[M].郝哲，柳青，译.北京：北京联合出版公司，2016：5.

第二章　影视剧本创意

教学目标：

1.理解影视剧本创意的基本概念及其在影视剧本中的作用。

2.掌握不同的影视剧本创意模板，并能灵活应用。

3.激发创意思维，提高影视剧本原创能力。

重点：

1.介绍影视剧本创意与情感的关系，以及如何通过创意引发观众的情感共鸣。

2.介绍和分析基于高概念、人物中心和场景驱动的创意策略。

3.指导学生将创意模板与具体的故事情境和人物特点相结合。

难点：

1.帮助学生理解并掌握将抽象的创意转化为影视剧本内容的技巧。

2.激发学生的创意灵感，鼓励他们突破常规思维，创作出新颖独特的影视剧本。

影视剧本(以下简称剧本)的创意是影视作品的核心，它是将人物、情节以及动作通过创意手段具象化的视觉艺术形式。创意的孕育并非一朝一夕之功，它依赖于影视编剧(以下简称编剧)深厚的知识积累和细致的观察。编剧在创作过程中，应当培养对日常生活的敏锐观察力，捕捉生活中的细微之处，将这些生动的画面转化为脑海中的视觉素材，以便在创作剧本时能够灵活运用。很多编剧之所以能够创作出令人赞叹的作品，归根结底，是因为他们拥有超凡的想象力。这种想象力并非天赋，而是通过不断学习、观察和实践，对现实生活进行深刻理解和内化，最终转化为创作中的灵感和动力。陈旭光认为，想象是一种主动调动过去积累的记忆表象，通过艺术加工而进行的有创新性的艺术创造的过程。[①]编剧应致力于广泛学习、积极积累经验、拓宽知识视野，探索那些原本不熟悉的领域，以此激发和培养自己的想象力。通过这样的过程，编剧才能够突破常规思维的框架，打破原有故事设想的局限，开启新的创作探索之旅。

---

① 陈旭光.“元宇宙”思考三题：电影理论扩容、想象力的悖论与伦理预警[J].教育传媒研究，2022(4)：11-14.

第一节 创意与情感

一、什么是剧本创意

在剧本创作的过程中，创意的精髓通常可以概括为三个核心要素："概念、立意和背景。"[①]概念，作为剧本的心脏，不仅是故事的核心设定，更是创意得以具体实现的基石，它驱动着情节的发展。立意，不仅界定了剧本的主题、发展脉络以及整体的艺术风格，还引导着故事的走向，并在潜移默化中影响着观众的情感体验和深层思考。背景不仅决定了故事的时间和地点，更包括了社会和文化背景。背景的设定对于情节的展开和角色的塑造至关重要，它为故事提供了肥沃的土壤，使得角色和情节能够在其中自然地生长和发展。一个精心构建的背景能够为剧本开拓深度和增添真实感，使观众更加沉浸于故事之中，体验角色的旅程和情感变化。

（一）角色塑造

在剧本创作中，一旦确立了清晰而明确的创意，角色、人物和命运的构建便水到渠成。角色的塑造必须与故事情节紧密相连，他们的背景、心理、目标和动机都应与故事的发展保持一致。精心设计的角色不仅能够使故事变得更加丰满和立体，还能深刻触动观众的情感，引发强烈的共鸣。命运，作为主角成长历程的缩影，涵盖了角色的转变和最终的结局。通过剧本对其命运的细腻描绘，故事的层次得以丰富，情节也变得更加引人入胜。角色的命运不仅反映了他们个人的成长和变化，也反映出故事主题的深度和复杂性。在剧本创作中，编剧需要深入挖掘角色的内心世界，理解他们的动机和欲望，从而构建真实可信、充满张力的角色形象。

（二）编剧的创造力塑造

编剧作为创造性个体，其创造力的塑造是一个多维度的过程，涉及智力、知识、思维风格、人格、动机和环境等关键要素。智力在其中起着核心作用，它不仅关系到编剧的综合分析能力和实践能力，也体现在其迅速分析问题本质和洞察新观念价值的能力上，进而将这些观念有效转化为具体成果。知识构成了创造力的基础，是创意产生的先决条件。对创意概念的深刻理解是避免重复旧观念、确保创意新颖性和原创性的关键。此外，创造力强的个体往往具备独特的人格魅力，包括坚定的信念、明确的目标以及对工作的热情和动力，这些特质不仅激发了个人的创作动力，还能在团队中推动创作进程，产生积极影响。

---

① 袁哲.你也可以！0基础创意剧本写作[EB/OL].[2023-09-12].https://www.bilibili.com/cheese/play/ss7631?csource=Hp_searchresult&spm_id_from=333.337.0.0.

同时，思维风格的多样性也是创造力的重要组成部分，具有创造力的编剧能够根据创作需求灵活运用逻辑思维、批判性思维和创造性思维等多种思维方式。这种综合运用不同思维方式的能力，为编剧提供了更为广阔的视野和更深层次的洞察力，从而使编剧在创作过程中实现创新和突破。

在现实世界中，我们常对那些非专业出身却表现卓越的个体或团队感到惊叹。然而，他们的成就往往非一蹴而就，而是源于他们对内在潜力的挖掘和扎实的积累。以《哪吒之魔童降世》(2019) 的导演饺子为例，尽管他并非动画专业科班出身，但他凭借自我认知、热爱和坚持这三大基石，成功实现了自己的职业目标，如图2–1所示。饺子凭借对自我的深刻洞察，选择了自己热爱的动画事业，并以《打，打个大西瓜》(2008) 这部作品在业界赢得了认可。编剧的才华往往根植于其丰富的想象力。正如陈旭光所言，想象力是指人的一种心灵能力或主观能力，是为世界创造新意义的一种精神能力。艺术创造总是与想象力联系在一起的。[1]编剧应当培养激发想象力的能力，通过广泛学习和经验积累，拓宽知识面，特别是加强对不熟悉领域的深入调研。这种自我超越的过程，有助于编剧打破传统思维的桎梏，开启新的创作视野，创作出既具创新性又富有艺术价值的作品。

图2–1 《哪吒之魔童降世》[2]

“创意不等于优异和完美，而意味着差异和活力。”[3]在剧本创作中，虽然生活经验能够让观众产生共鸣，但编剧对此过度依赖也可能让剧本充满陈词滥调。当我们在创意中注入差异性和活力时，每一种创意便显得独一无二，具有其独特的视角，正如自然界中没有两片完全相同的树叶一样。以《我不是药神》(图2–2) 为例，其创意

图2–2 《我不是药神》[4]

① 陈旭光."元宇宙"思考三题：电影理论扩容、想象力的悖论与伦理预警［J］.教育传媒研究，2022(4)：11–14.

② 图片出自https：//movie.douban.com/photos/photo/2563780504/.

③ 斯腾伯格，陆伯特.创意心理学［M］.曾盼盼，译.北京：中国人民大学出版社，2009：9.

④ 图片出自https：//movie.douban.com/photos/photo/2519432317/.

的差异性在于故事聚焦于“救命药”这一鲜为人知的议题。这一主题在现实社会中往往被忽视。其创意的活力则体现在角色塑造上，编剧经过了精心的虚构和再创造，将普通人的困境和挣扎真实地呈现在银幕上。通过正面的情感表达，该片在向观众展示苦难人生的同时，也传递了深刻的人文关怀。通常，基于真实事件的电影会倾向于选择观众更为熟悉的主题，以引发观众对电影主题的共鸣，但《我不是药神》选择了一条不同的道路，它通过独特的视角和创新的叙事手法，成功地将一个边缘化的社会议题带入了公众视野，激发了观众的思考和讨论。

二、剧本的创意与情感

在剧本创作中，创意与情感交织，构成了一个复杂而深刻的主题。编剧在此过程中需要具备的不仅是丰富的想象力，还有对人性深刻的洞察力。剧本创意的萌发往往根植于对生活的细致观察与对人性的深入理解。创意本身不仅触发情感表达，更能架设起桥梁，激发观众的共鸣，促使他们与角色建立起情感上的联系。编剧必须精心设计角色、对话和场景等，将创意转化为观众能够感知和体验的情感，这种转化过程依赖于角色的深度和真实性，以及他们的行为、动机和转变与观众的价值观和期望的契合。创意与情感在剧本创作中相辅相成，创意提供了情感表达的渠道，而情感则赋予创意生命力。编剧的职责在于寻找创意与情感之间的平衡点，创作出既新颖又能触动人心的剧本。

（一）角色的创意与情感

角色在故事中所经历的情感起伏不仅推动剧情向前发展，也映射出角色自身的成长轨迹。如情感的转变是英雄旅程的核心，它引导观众和角色一同经历一系列深刻的内在和外在变化。好剧本不仅可以触及特定群体的心灵，更可以超越文化背景的差异，引发广泛的共鸣。编剧在创作时须精心构筑角色的情感弧线，确保其变化真实且具有感染力，同时运用象征、隐喻等技巧，拓展情感的广度和深度，使角色的情感体验能够跨越具体情境，触动更广泛的人类情感。

塑造一个生动的角色，关键在于赋予其鲜明的个性、深刻的内在欲望和丰富的成长历程。角色的成长是一个渐进的过程，随着剧情的推进而逐步展开，成为推动故事发展的核心。角色必须面对挑战和困境，经历内心的挣扎和外界的冲突，正是这些试炼促使他们与他人建立联系，深化自我认知，并在情感上实现蜕变。这一过程不仅丰富了角色的内心世界，也使他们的形象更加立体、更具说服力。正如现实生活中人们的情感会随着经历的积累和时间的流逝而演变，角色的情感发展也需要细腻的描绘和真实的反映。在剧本创作中，编剧应精心设计角色的每一次挫折、冲突和情感考验，确保这些元素自然地融入故事的脉络，推动观众和角色的情感共鸣。这样，角色的情感成长不仅成为故事的一部分，更形成触动人心的力量。

角色的情感深度和复杂性通过其内在动机和戏剧冲突得以生动展现，无论主角、配角，其明确而深刻的内在动机为观众提供了理解角色行为的钥匙，也为角色的情感反应奠定了坚实的基础。戏剧冲突，包括人与人的冲突、人与自然的冲突、人与内心的冲突，不仅丰富了剧本的层次，也使角色展现出非凡的生命力和情感爆发力。正如《无间道》(2002) 中警察与黑帮成员关于忠诚与信念的考验，《2012》(2009) 中人类在自然灾害面前的脆弱性，以及《七月与安生》(2016) 中角色的内心挣扎与自我救赎，这些冲突深刻揭示了人性的复杂性，使观众对角色的情感变化产生共鸣，让故事变得引人入胜。

角色在剧本叙事弧线中的情感转变是至关重要的，这种转变贯穿职业、个人生活和私生活三个维度，满足角色的戏剧性需求。角色的这些需求通常通过内在情感的流露以及外部互动或冲突的推进来实现。情感的演变不仅推动了故事的发展，也加深了角色的深度，增强了观众的共鸣感。精心设计的内在和外在动机，以及巧妙运用的冲突，共同塑造了既具有深度又能够触动人心的角色。这些角色不仅推动故事向前发展，也激发观众的思考和情感共鸣，使剧本成为一个引人入胜、富有启发性的艺术作品。

(二) 对话的创意与情感

在剧本创作中，对话不仅是角色间的沟通工具，也是情感交流和角色塑造的关键途径。作为角色情感表达的一种主要形式，对话具有揭示角色内心世界、展现角色间关系以及推动剧情发展的多重功能。对话的真实性和自然性对于吸引观众的情感投入具有决定性影响。编剧能够利用对话以直接或间接的方式传达情感，从而增强剧本的艺术表现力和观众的沉浸感。因此，精心设计的对话不仅能够丰富角色的层次，也能够加深观众对剧情的理解。

编剧需要通过角色的言语直接传达其情感状态，如愤怒、悲伤、喜悦等，这要求编剧深入挖掘角色的心理动机，确保每一句对话都能真实反映角色的情感。对话的真实性对于剧本至关重要，它必须真实地反映角色的关系和内心情感。编剧应避免使用矫揉造作或不自然的对白，以免削弱观众的沉浸感并导致他们脱离故事情境。为了增强对话的真实性，编剧需要确保对话与角色的性格和所处的环境紧密契合，符合角色的个性特征、情感状态和社会背景，从而使观众更容易相信角色的真实性。对话的直白性是传达角色情感的有效方式，编剧应通过对话直接表达角色的情感状态，同时确保这种直白性与角色的性格和所处的环境相匹配，避免过度夸张或不自然，从而确保对话的自然流畅和情感的真实传达。

此外，对话不仅是角色间情感交流的直接工具，还通过暗示、隐喻、非语言行为等间接方式表达情感，从而激发观众的想象力并促使他们深入参与角色的情感体验，进而加深对角色情感的理解。对话的艺术性不仅体现在其直白表达角色的互动和情感，更在于通过对话的细微之处来加深观众对角色关系和内心世界的解读，提升他们的情感投入度。编剧须精心设计对话，既要能直接传达角色的情感状态，又要通过留白和非言语行为激发观众的想象力，让它们共同参与故事的构建。以《摔跤吧！爸爸》(2016)为例，该片中的对话兼具直白性与暗示性，不仅清晰展现了马哈维亚与女儿们的情感联系，也通过与妻子对话中的微妙暗示，引导观众自行感受和解读夫妻关系的复杂性，从而增强了故事的吸引力和观众的情感共鸣。这种对话设计不仅丰富了角色的层次，也使剧本的表达更加立体和深刻。扫描二维码阅读《摔跤吧！爸爸》剧本中的对话片段。

《摔跤吧！爸爸》剧本中的对话片段[①]

(三)场景的创意与情感

场景设计与情感表达在剧本创作中构成了一对相互依存的创作元素。场景设计不但为角色提供了情感交流的物理空间，而且通过环境氛围、色彩、光线等视觉元素，显著地影响观众对角色情感状态的感知。学术界普遍认为，场景中的每一个细节都承载着传递特定情感色彩和心理暗示的功能，进而深刻影响观众的情感体验。例如，昏暗的房间可能象征着角色的孤独或恐惧，而开阔的户外场景则可能象征着自由或解脱。编剧和导演通过细致入微的场景设计，能够有效地引导观众的情感反应，促使他们更深入地投入角色的内心世界和故事情节。因此，场景与情感的密切关系是剧本创作中一项至关重要的艺术考量，它要求创作者不仅具备情感层面上的深刻洞察力，还掌握精湛的视觉叙事技巧，以确保场景设计能够与情感表达相得益彰，共同构筑引人入胜的叙事空间。

场景不但是表达和激发角色情感的关键元素，而且通过视觉和听觉元素的精心设计，让观众建立起情感共鸣。情感场景通过戏剧化手段，引导观众深入角色的内心世界，体验其情感波动。环境设置在这一过程中发挥着核心作用，它超越了单纯的背景功能，成为情感表达的催化剂。色彩和光线等视觉元素不仅为场景增添了视觉美感，更在情感渲染中起到了关键作用。角色与环境的互动，如在特定光线或色彩映衬下的行为和反应，能够深刻揭示其情感状态。情感场景在叙事中的作用不可或缺，它不仅推动剧情向前发展，还深化了角色塑造，成为故事情感张力的集中展现。

情感场景在剧本中可划分为挑战性场景与亲密场景两大类。挑战性场景多涉及角色面对外界压力、冲突或内心挣扎的场景，它们旨在增强剧情的紧张感和戏剧性，激发观众

① 摔跤吧！爸爸(2016)[EB/OL].(2018-03-28)[2024-07-25].https://www.juben.pro/writing/3-15498.html#-mainContent.

与角色的情感共鸣。在这类场景中，角色往往需要展现勇气、决心、适应性。学者在对“情感的社会后果”[①]进行讨论时指出，情感能激发后续行动，并帮助我们理解更广泛的社会现象，这与挑战性场景中角色所面临的情感激发和行动决策紧密相关。例如，在电影《我和我的祖国》(2019)的短片《夺冠》中，小男孩冬冬为了邻居能观看中国女排夺冠的直播，不得不在屋顶上调整电视天线，从而错过了与挚友告别的机会。这一场景描绘了冬冬在个人情感与集体荣誉间的挣扎。冬冬的挑战不仅限于物理上的攀爬，更在于心理上的抉择。当他选择牺牲个人情感以确保集体能共同见证国家的荣耀时，这一挑战性场景不仅凸显了角色的成长，也反映了集体主义精神对个人行为的深远影响。这种情感的渲染和价值观的传递，有效地触动了观众，使观众产生民族自豪感和对国家历史的深切认同。

亲密场景是刻画角色间情感联系和角色内心情感状态的重要手段，对于帮助观众深入理解角色内心世界、建立角色间的情感纽带至关重要。以电影《你好，李焕英》的高潮部分为例，贾晓玲在工厂区焦急寻找母亲的那一幕，是情感集中展现的片段。这一亲密场景通过紧凑的剪辑和充满情感爆发力的对话，深刻表现了母女之间深厚的情感联系和不舍之情。它不仅凸显了贾晓玲对母亲的深切怀念，也使整部电影的情感深度和复杂性得到了充分展现，从而增强了观众的情感共鸣和对角色内心世界的理解。

综上所述，剧本中的创意与情感紧密相连。无论是通过角色塑造、对话交流还是场景设置，情感表达都贯穿始终。情感不仅是剧本创作的核心要素，更是作品能否触动人心、呈现艺术感染力的关键。深入挖掘情感要素并将其融入剧本的每一个细节，是创作出优秀剧本的必由之路。

第二节　影视剧本创意策略

在探索创意的过程中，借鉴经典影视作品的构思不失为一种有效的策略。有研究者归纳了创意构思的技巧与模板，如基于“高概念、人物特性、场景画面等元素来构建的创意框架”[②]，这对于初学者具有指导意义。对于初学者而言，学会利用现有创意模板作为参考，不仅有助于其快速掌握创意技巧，更能开阔其创意视野。本节将深入探讨这一主题，旨在引导学习者发现并运用创意灵感，以拓展其剧本创作的深度与广度。

---

① 王鹏，侯钧生.情感社会学：研究的现状与趋势[J].社会，2005(4)：70–87.

② 袁哲.你也可以！0基础创意剧本写作[EB/OL].[2023–09–12].https：//www.bilibili.com/cheese/play/ss7631?csource=Hp_searchresult&spm_id_from=333.337.0.0.

一、高概念创意策略

“高概念”(high concept)是电影产业中的专业术语,它指的是一种简洁明了、易于理解并快速传达的创意或故事概念。迈克尔·艾斯纳把“高概念”定义为“一种原创的、独一无二的、非常简短的观念”[①],它在电影、电视和文学创作中得到广泛应用。在剧本创作中,高概念是编剧迅速捕捉故事精髓、构建吸引力叙事框架的关键。好的高概念应具备独特性、趣味性、潜力和可行性,能够打破传统故事模式和叙事常规,为观众带来全新的体验,激发他们的兴趣和探索欲。高概念的构思不应单纯追求怪异或神秘,而应确保创意与故事逻辑和情节要求相契合,能够合理地串联故事内部的情节和关系。为了帮助初学者更好地理解和掌握高概念的构思,下文将介绍奇幻魔法类、悬疑解答类和元素融合类三类经典高概念创意模板。

(一)奇幻魔法类创意

在剧本创作中,奇幻魔法类创意通常以主人公意外获得超常物品、场景、能力、伙伴为核心,推动故事发展。这一创意可进一步细分为梦想成真类创意、离奇诅咒类创意和都市寓言类创意。每个子类别均以不同的方式探索人类对超自然力量的渴望与恐惧。梦想成真类创意关注愿望实现后所带来的连锁反应;离奇诅咒类创意则聚焦于不幸的魔法给人物带来的挑战;都市寓言类创意则通过现代背景下的奇幻元素,反映现实社会的深层问题。在运用这些创意类别时,编剧须细致考虑故事逻辑与人物心理,确保即便在奇幻设定中,角色的行为与情感也显得真实可信。通过这些经典框架,编剧能够开拓思路,创作出既富有想象力又深具内涵的剧本。

第一,梦想成真类创意。这类创意通过超自然的力量满足主人公的深层欲望,从而引发一系列故事发展。此类故事的走向通常分为两种:在一些作品中,主人公可能因贪心或疏忽而遭遇灾难性后果,甚至威胁到自己和家人的生命安全;在另外一些作品中,主人公则通过个人成长和对社会理解的变化,最终选择放弃这种能力,实现自我救赎,成为更成熟的人。例如,《冒牌天神》(2003)通过主人公对神力的滥用和反思,探讨了权力与责任的主题;《时空恋旅人》(2013)以时间旅行为背景,展现了主人公在爱情和家庭中的选择与成长;《重返20岁》(2015)通过主人公逆转年龄的奇幻经历,反思了青春、梦想与人生价值。这些作品有助于我们理解如何在剧本中平衡奇幻元素与现实主题,以及如何通过主人公的成长历程来传递深刻的人生哲理。

第二,离奇诅咒类创意。它是一类独特的叙事模式,通过超自然的元素来构建故事的冲突和主题。这类故事通常描绘主角因某种神秘力量的诅咒而陷入困境,必须揭开生

---

① 邱章红.高概念电影:形式、风格与市场[J].电影艺术,2011(4):132-138.

活的真相以解除束缚。在此过程中，主角往往经历心灵的觉醒和自我成长，从而领悟到生活的真谛。例如，《本杰明·巴顿奇事》(2008)通过主角逆向生长的奇异经历，探讨了时间与生命的意义；《恐怖游轮》(2009)则通过循环往复的诅咒，展现了人物面对恐惧和选择的心理变化。

第三，都市寓言类创意。该类创意主要采取极致推导的方法，这也是高概念创意中经常采用的方法。这种方法一般通过找到现实中的问题和情境，将其本质化和概念化，推演出一种崭新的解决方法和思路。这要求编剧具备深入思考与快速想象的能力，不断挖掘细节，将思路推向更深层次。与个人欲望驱动的梦想成真类创意不同，都市寓言类创意更侧重于探讨普遍性问题，强调主题和立意的先行。其基本结构通常从日常生活情境中寻找切入点，并在广度和深度上进行极致推导，让观众觉得既荒诞又合理。例如，《人生切割术》第一季(2022)通过工作与生活的自我分离，隐喻了宗教、政权、工业化与人性的复杂关系；《黑镜》第一季(2011)则通过将现实命题推向极端，揭示了现代社会的荒诞性；《世界奇妙物语》(1990)虽然剧情离奇荒诞，但根源于现实中的道德和伦理困境，以极端情境呈现，从而引发观众对现实世界的深刻反思。

综上所述，在探讨奇幻魔法类创意时，我们应聚焦于其对现实生活变化的描绘以及对人类欲望的隐喻。在创作中，若作品篇幅超过5分钟，编剧须精心塑造人物并明确其欲望，确保奇幻魔法的正面或负面影响与人物内心欲望紧密相连。对于篇幅在2分钟左右的短片，“好奇心”可作为人物的基本驱动力。此外，奇幻魔法的规则必须明确且一致，因为故事的荒诞性和合理性均建立在同一规则之上，规则的随意变化将严重削弱故事的可信度。在悲剧性结尾的短片中，编剧须巧妙地通过伏笔展现主角如何因贪婪而招致灾难，这要求伏笔清晰、简洁且富有创意。在以成长为主题的幻想喜剧中，编剧的挑战在于如何刻画主角的心路历程，使其在重新审视生活后，自愿放弃神奇能力，实现真正的自我成长。这种叙事技巧不仅考验编剧对人物心理的深刻理解，也体现了其对故事结构和主题深度的精心设计。

(二)悬疑解答类创意

悬疑解答类创意通常围绕主人公的线索搜集与真相揭露过程展开，涉及对抗反派、克服重重障碍等内容。此类创意可进一步细分为推理侦探类创意、夺宝奇兵类创意和战争谍报类创意。推理侦探类创意侧重于逻辑推理和证据搜集，强调智力的较量和真相的逐步揭露；夺宝奇兵类创意侧重于冒险和探索，常包含对历史遗迹或宝藏的寻找；战争谍报类创意聚焦于战争背景下的情报收集与间谍活动，展现隐秘战线的智慧较量。在创作过程中，编剧应精心设计线索，确保情节的连贯性和逻辑性，同时塑造立体的人物形象和紧张的对抗氛围，以增强故事的吸引力和说服力。

第一，推理侦探类创意。推理侦探类创意通常以一个谜案为起点，要求主人公逐步寻找案件的真相。主人公通过发现线索、收集证据、梳理嫌疑人关系，最终锁定真凶。在这一过程中，故事的构建应围绕推理和发现展开，无论是追踪案件真相还是追捕潜逃的凶手，关键在于情节的逻辑性和推理的严密性。观众期待的是一个既符合情理又出人意料的真相，即凶手的动机必须合理，同时故事应巧妙设置误导或干扰线索，以增加悬疑感并引导观众进行思考。例如，《利刃出鞘》(2019) 通过一个家族内部的谋杀案吸引观众，侦探布兰科深入调查，逐步揭示了家族成员间错综复杂的关系和潜在的动机。该片巧妙地使用了误导和反转，使观众在跟随侦探推理的过程中体验到解谜的乐趣，最终呈现了情理之中、意料之外的真相。《七宗罪》(1995) 则以宗教主题为背景，通过侦探的视角，展现了犯罪现场的线索和推理过程，同时也探讨了道德、罪恶和人性的深层主题，如图2-3所示。

图2-3 《七宗罪》[①]

第二，夺宝奇兵类创意。此类故事通常围绕人为设置的谜题展开，主人公须运用智慧和勇气，穿越重重障碍，最终夺取宝藏。无论是博物馆的严密安保、黑帮金库的重重机关，还是地下陵墓的阴森陷阱，故事的吸引力在于主角获取线索、破解机关和与敌人斗智斗勇的过程。观众期待在这类故事中看到新颖独特的机关和谜题，以及主角团队巧妙的应对策略。尽管主角团队最终往往取得胜利，但过程中的波折和挑战，以及他们几乎失败的紧张感，为故事增添了悬念和戏剧性。例如，《偷天陷阱》(1999) 中，主角们不仅要应对复杂的安全系统和机关，还要解开隐藏在艺术品背后的谜题，最终实现目标。《国家宝藏》(2004) 巧妙地将历史谜题与现代冒险结合，通过主角的推理和线索搜集，逐步

① 图片出自https://movie.douban.com/photos/photo/2824731331/.

揭开了隐藏在历史文献和遗迹中的秘密。《盗墓笔记》(2016)则以中国古墓探险为题材，讲述了主角吴邪和他的伙伴在探索古墓、寻找宝藏的过程中解开古老谜题的故事。

第三，战争谍报类创意。这类故事的核心在于情报员运用谍报技巧，识破敌人的谎言和陷阱，不断破解谜题，最终取得胜利。其叙事重点在于展现双方的尔虞我诈、激烈对抗，以及冲突的不断升级。这种类型不局限于传统意义上的战争背景，也常见于职场、宫斗和政治题材的悬疑作品。观众期待看到的是主角在一次又一次的绝境中挣扎和突破，展现出智慧与勇气。例如，《风声》(2009)讲述了一群抗日志士在敌占区进行情报搜集和传递的故事。该片通过复杂的人物关系和层层深入的谜题，讲述了主角们在极端危险的环境中如何运用智慧和勇气，识破敌人阴谋的故事。电视剧《半泽直树》(2013)虽然不直接涉及战争或传统意义上的谍报活动，但它体现了类似创意中的对抗和策略运用。主角半泽直树在银行内部的政治斗争中需要搜集信息、识破对手的计谋，并运用策略来达到自己的目的。

综上所述，悬疑解答类创意的核心在于构建一个具有挑战性的对手角色。故事的主旨往往聚焦于揭露对手的身份、动机和行为手法。在创作此类剧本时，编剧须确保对手的强大足以使主角面临难以获胜的局面，同时反派的动机必须合情合理，遵循其内在逻辑，而非仅仅作为主角前进道路上的障碍。此外，主角所面对的对抗和挑战应超越观众的预期，无论是设计精巧的机关陷阱还是错综复杂的真相，都应带给观众全新的体验。主角直面挑战的过程，是推动故事发展的核心力量，主角在整个冒险过程中的认知更新、自我反思和个人成长同样至关重要。这些元素共同构成了悬疑解答类创意的丰富内涵和引人入胜的叙事动力。

(三)元素融合类创意

元素融合也可以是一种创意。元素融合指的是将两种或多种不同类型元素融合，独具匠心且富有新意的作品。元素融合的优势在于，它能够为传统题材注入新的生命力与活力，推动不同流派之间的相互渗透与促进，从而催生新的文化形态与审美趋向。元素融合通常通过三种方式实现：类型融合，即不同类型元素的结合；叙事融合，即不同叙事手法的融合；主题融合，即不同主题思想的交织。这种创作策略不仅丰富了剧本内容，也为编剧提供了更广阔的创作空间，有助于打造出更具吸引力和深度的影视作品。

第一，类型融合类创意。类型融合是一种将不同题材与类型结合的创新手法。这种创作策略通过融合题材内容与叙事形式，创造出新颖的观影体验。例如，《盗梦空间》(2010)将催眠题材与动作悬疑片相结合，实现了文戏武拍的叙事效果，如图2–4所示；《爆裂鼓手》(2014)通过紧张的师生互动，将教育成长题材作品转化为心理惊悚片；《天才枪手》(2017)采用谍战片的叙事手法，讲述学生作弊代考的故事。这些作品展示了传统题材元素与叙事类型的融合，为观众带来了耳目一新的感受。要实现题材元素与叙事类型的有效融合，关键在于发掘元素间的共性与个性，创造出一种新颖且吸引人的观影体验。这种策略不仅能够为观众提供独特的视角，也能够推动编剧在创作过程中进行更深层次的思考和探索。

图2-4 《盗梦空间》[1]

第二，叙事融合类创意。为常见题材和类型作品搭配不同的叙事视角和叙事手法，也可以让故事产生全新的创意。比如诺兰的《记忆碎片》(2000)，颠覆式地使用了顺序和倒序交叉叙事，将失忆症这个疾病与叙事巧妙地结合在一起，让观众跟着主角在记忆的碎片中探索真相。昆汀的《低俗小说》(1994)让一个传统的犯罪故事通过多重视角，环环相扣，给观众带来全新的观影体验和特殊的审美趣味。

第三，主题融合类创意。主题融合是一种创新手法，它在传统类型和叙事框架下融入截然不同的主题思想。这种创作策略通过打破常规，为观众带来新颖的视角和深刻的思考。主题混搭的优势在于其能够激发传统类型和叙事的潜力，通过主题的创新和深化，为观众提供更为丰富和多元的观影体验。例如，《逃出绝命镇》(2017)在传统的换身故事中巧妙融入种族议题，呈现了对当代社会问题的深刻反思；《小丑》(2019)超越了超级英雄电影的传统范畴，通过心理悬疑和社会剧的叙事，为观众呈现了一个全新的故事世界，如图2-5所示；《隐形人》(2020)将性别议题与恐怖片的传统元素相结合，展现了新时代的社会关切；《不》(2022)以外星怪物的传统题材为载体，探讨了人类与奇观的关系，拓展了科幻片的主题边界。

---

① 图片出自https://movie.douban.com/photos/photo/2907450616/.

图2-5 《小丑》①

综上所述，元素融合类创意的核心魅力在于其带来的创新性和多样性。在运用这一创意类型时，编剧须明确题材、类型、主题和角色的界定，区分哪些元素属于传统范畴、哪些元素将被赋予融合的新颖性。融合的关键在于展现明确的类型特征，确保观众能够迅速把握作品的深层内涵。创作过程中，编剧应避免对传统元素的简单复制，而要追求自然而巧妙地融合不同题材和元素，以创造出独特的艺术效果。元素融合的反差应尽可能显著，以充分发挥其创新潜力，避免浪费这一创意手法的独特优势。通过精心设计和深思熟虑的融合，元素融合类创意能够为剧本创作带来新的活力和更广阔的表现空间。

二、人物中心创意策略

一个引人入胜的故事往往不局限于高概念的框架，而是通过塑造鲜活且令人难忘的角色来赢得观众的心。基于角色的创意应能够被简洁概括，其核心元素包括角色、压力和情感高潮等，这些元素共同塑造了观众愿意追随的角色。角色不仅是剧本的中心，他们的目标、欲望、心理特征和行为方式也构成了观众情感共鸣的基础。角色的欲望和为实现这些欲望所采取的行动，是剧情吸引力的关键。压力作为剧情发展的催化剂，为角色带来挑战，激发观众的共鸣。情感高潮则是剧情的顶峰，通常发生在角色最为孤独和焦虑的时刻，此时情感和冲突的激烈变化给观众留下深刻印象。基于人物出发的核心创意，可借鉴情感纠葛类、逆境挑战类和日常体验类这三种创意模板，这些模板为角色之间的互动和发展提供了丰富的叙事可能性。

(一) 情感纠葛类创意

情感纠葛类创意是一种常见的叙事策略，它通常可以细分为浪漫爱情类创意、真挚

① 图片出自https://img3.doubanio.com/view/photo/l/public/p2569745632.jpg.

友情类创意和敌对合作类创意。在浪漫爱情类创意中，表面上看似对立的两个人，实则在相互斗嘴和挑战中逐渐发现对方的价值和魅力，最终发展成爱情关系。真挚友情类创意则展示了一对起初并不投缘的朋友，通过共同经历的冒险和困难，逐渐认识到对方的优点，并建立起牢固的友情。敌对合作类创意则描绘了原本对立的角色或团队，在被迫合作的过程中经历冲突和争执，最终认识到对方的价值，甚至发展出深厚的情感联系。这种类型的故事不仅能够为观众带来欢笑和感动，还能深入展示人性的复杂性和多样性。因此，对于那些专注于描绘人物情感发展的剧本，情感纠葛类创意是一个极具吸引力和表现力的创作选择。

第一，浪漫爱情类创意。此类创意通过描绘两个性格、职业、价值观迥异的个体，在一系列曲折的事件中如何相互吸引、相互支持，最终形成情感纽带，展现了情感的波折和动人心弦的过程。值得注意的是，浪漫爱情故事并非总是以甜蜜的结局收场，它同样可以呈现悲剧性和遗憾。在创作此类剧本时，关键在于刻画两位主角鲜明的个性差异，这些差异往往是他们冲突的根源。同时，主角应具有内在的缺陷，如孤独、不自信等，这些缺陷成为他们斗争、纠结和相互吸引的内在动力。随着剧情的推进，角色应展现出成长和改变，逐渐了解彼此、信任彼此，甚至为了对方而改变。例如，《傲慢与偏见》通过伊丽莎白和达西之间由误解和成见导致的冲突，以及随后的相互理解和成长，展现了一段跨越社会阶层的复杂爱情故事。《漂亮女人》(1990)通过富有的商人爱德华和妓女薇薇安之间的不寻常关系，探讨了社会偏见和真爱的力量。片中欢喜冤家的设定让两个来自不同世界的人发现彼此的价值，最终跨越社会障碍走到一起。

第二，真挚友情类创意。这类创意是一种深刻揭示人际关系和情感纽带的叙事模式。这种创意类型不局限于朋友之间的关系，也适用于师生等其他情感关系。他们的日常互动能深入展现友谊的真正含义。在这类剧本中，主角们共同面对的困难和挑战，不仅考验着他们的关系，也是友谊力量得以展现和加强的契机。与浪漫爱情类剧本相似，真挚友情类剧本同样需要刻画具有鲜明个性和差异的角色，这为创造戏剧性冲突奠定了基础。主角们在故事中所展现的团结协作和共同攻克难关的能力，以及真挚的情感表达，都是推动故事发展的关键动力。例如，《我们俩》(2005)通过女孩与老人之间的日常相处，展现了时间的力量与人际关系的温暖；《触不可及》(2011)通过身体残疾的富翁与他的护工之间的友谊，展现了超越社会阶层和身体障碍的深刻情感；《绿皮书》(2018)通过一位黑人钢琴家与他的白人司机在20世纪60年代美国南部的旅程，揭示了种族、文化与理解的复杂性。

第三，敌对合作类创意。这类创意通常涉及两个或多个原本敌对的角色，他们因特定情境被迫合作以完成一项任务。这类故事的核心在于展现角色间激烈的冲突与矛盾，同时揭示他们在任务层面上的相互合作，甚至在情感上达成某种程度的认同。故事的关键在于两个主角从一开始就存在根本性矛盾，这些矛盾是不可调和的，使得他们始终处于相互斗争的状态，而斗争的结果应充满悬念，难以预料。此外，尽管存在冲突，主角们最终有一个共同的外部目标，在情感上达成认同。这种认同成为推动他们解决矛盾、完成任务的关键动力。例如，《暗战》(1999)通过警察与罪犯之间的智力较量，展现了敌对双方在斗智斗勇中逐渐建立的相互理解。

综上所述，情感纠葛类创意通过人物的对抗与和解，精妙地描绘了人际关系的演变，人物从冷漠、敌视到理解、建立情感。编剧在创作时必须保持角色的连贯性，确保其变化合理且有说服力，同时构建触及角色内心的深层次冲突，以增强故事的吸引力和角色转变的可信度。角色转变须平衡节奏，以免损害故事的张力或导致冗余剧情。两位主人公都应得到充分的发展，以便观众理解他们的视角和情感。即便故事包含幽默元素，角色的情感也应真实、深刻，从而增强故事吸引力并促进观众与角色的情感共鸣。精心设计的情感和冲突处理，使情感纠葛类故事呈现出人物的复杂性和人性探索的深刻性，提供引人入胜的观影体验。

(二)逆境挑战类创意

逆境挑战类创意以角色突然陷入困境为核心，引发其生活的巨大转变。这种意外的逆境迫使角色做出非常规决策或采取特殊行动，从而改变他们原本的生活方式和目标。这一类型不仅有效展现了角色的成长轨迹，也增强了作品的紧张感与现实感。例如，《肖申克的救赎》中，安迪被错误定罪入狱，尽管面临连续的困境和挑战，他通过不懈努力最终实现了自我救赎，并找到了生命的真谛。逆境挑战类创意可进一步细分为飞来横祸类创意、艰难环境类创意和仓促上阵类创意。飞来横祸类创意描述的是人物突然遭遇意外事件，导致生活剧变，如意外中奖或灾难降临；艰难环境类创意则指人物处于持续的挑战和困难之中，必须不断适应和抗争；仓促上阵类创意则涉及人物突然承担并未准备好的责任。

第一，飞来横祸类创意。此类创意以其突发性和紧迫性为特点，通常在故事开头便将主角从平凡生活中拉入巨大的灾难或挑战。这种叙事手法不仅能够迅速激发观众的情感共鸣，还能深入展现主角在极端情境下的智慧与勇气。该创意的核心要素包括：不可预测且难以控制的灾难、主角的善良与英勇，以及其在逆境中的成长。主角面对突如其来的挑战，无论是选择逃避还是抵抗，都必须展现出其内在的善良和勇气，这些特质在危机中显得尤为闪耀。例如，《虎胆龙威》(1988)中，主角在度假期间遭遇恐怖分子，他依靠信念、勇气和智慧，甚至运气，成功解决了危机；《调音师》(2018)中，主角的日常生活被突如其来的灾难打破，他必须依靠智慧和勇气来应对接踵而至的挑战。以上案例体现了飞来横祸类创意中人物被迫面对不可预测困境的主题。

第二，艰难环境类创意。此类创意通过将主角置于极端或特殊的环境中，展现了他们依靠智慧、勇气和毅力求生的过程。这类故事的环境可以是人间炼狱，如战场、监狱、废墟，也可以是自然界的严峻挑战，如荒岛、沙漠、海洋。其核心要素包括独特的环境设定、主角寻求解决问题的方法以及通过逆境实现的自我成长。主角在面对极端环境所带来的难题时，必须寻找资源和策略来克服困难，最终通过内在成长超越困境，甚至改变他们对环境的认知和态度。例如，《荒岛余生》(2000)展示了主角在荒岛上的求生过程和心理变化；《坠落》(2022)描绘了在意外事件下的生存斗争；《火星救援》(2015)展现了主角在火星上的自救行动。

第三，仓促上阵类创意。此类创意呈现了主角在毫无预警的情况下面临重大挑战的紧迫情境，类似于一场突击考试，充满了紧张感和不确定性。这类故事的核心元素包括突如其来的大变局、迅速采取行动的需求，以及主角赢得尊重的历程。主角往往因特定情境被迫承担起解决危机的重任，即便缺乏经验和技能，也必须迅速提升自己的思考和应变能力，甚至需要巧妙运用那些看似无用的个人特质来解决问题。在这个过程中，主角不仅要克服困难，还要赢得周围人的尊重和认可。例如，《绝命毒师》第一季(2008)通过讲述主角因绝症铤而走险的故事，展现了其在压力下的快速成长和道德挣扎；《重版出来！》(2016)描述了主角在出版界的奋斗和挑战；《艾米丽在巴黎》第一季(2020)则通过讲述主角在巴黎的生活和工作经历，探讨了文化冲突和个人成长的关系。

综上所述，逆境挑战类创意在影视作品中备受青睐，因其不仅能够带来丰富的剧情和角色发展路径，还具备优点和特色。这种类型的作品如同一场冒险旅程，既充满紧张刺激的情节，又深刻探讨了人性和社会问题。编剧在使用此类创意时须关注六个关键点：第一，确保主角面对挑战的可信度，避免因轻易解决问题而损害故事的真实性；第二，注重细节的真实性，使观众能从主角的视角体验故事；第三，引入猎奇性话题和新知识，满足观众对新场面、新行业和新环境的好奇心；第四，展现主人公能力、知识和性格的转变，使之从阻碍变为解决危机的助力；第五，强调主角的主动性，使其成为推动故事发展的核心；第六，关注主角的成长，这不仅是故事动人的关键，也是拓展故事深度、吸引观众关注的重要因素。

(三)日常体验类创意

在剧本创作中，日常体验类创意专注于描绘人物的内心体验和成长历程。这一创意可细分为公路之旅类创意、人生成长类创意和体制对抗类创意。公路之旅类创意以旅行为主线，通过旅途中的人物和事件，映射主角内心的转变和成长，象征着对自我和世界的探索与理解。人生成长类创意则聚焦于人物在面对生活挑战时的成熟过程，揭示了成长的痛苦与困惑，以及最终找到个人方向和价值的心路历程。体制对抗类创意则通过人物与体制和权威的冲突，展现个体在不公和压迫面前的坚持与反抗，常带有深刻的社会批判色彩，彰显人物的勇气和决心。

第一，公路之旅类创意。此类创意通过描绘角色从起点出发，穿越多样环境和地域直至目的地的旅程，象征性地展现了主人公的内心成长和变迁。无论是基于现实的旅行还是虚构的旅行，这类故事都能让观众体验到生活的多种可能性，并引发对生活哲理的深入思考。关键元素包括丰富的环境设置、角色的成长与转变，以及对生活的探索和反思。公路片通过从都市到乡村、从海滨到沙漠的环境转换，为剧情提供了多样化素材，同时给观众带来视觉上的丰富体验。主人公在旅途中遭遇的困难和挑战，促使其学会应对困境并实现内在的成长与转变，拓展了故事的深度，使观众对角色有更深刻的理解。此外，公路片常包含对生活和人性的深入探讨，使观众通过角色的经历感受生活的无常和可能性，引发对个人生活的反思。例如，《后会无期》(2014)通过两位好友的自驾旅行，展现了他们对生活的感悟、对过去的回忆和对未来的迷茫；《末路狂花》(1991)通过两位女性角色的逃亡之旅，探讨了性别角色、自由与反叛等话题，以及对传统价值观的挑战。

第二，人生成长类创意。这类创意聚焦于主角的成长历程，深入描绘了青春期的矛盾、学业竞争、情感纠葛以及家庭责任等生活层面。这类故事不仅展现了人类成长过程中的挑战和变化，也帮助观众更深刻地理解成长的复杂性和人性的发展。其核心要素包括面对挫折与迷茫的勇气，情感与自我认知的成熟以及对生活哲理的深刻感悟。成长过程中不可避免的挫折和失败，是塑造个体性格和价值观的重要环节，也是该类故事的常见主题。情感经历，尤其是初恋的体验，教会我们理解和尊重他人，是情感自我认知成熟的关键。同时，对生活和人性的深入理解往往带来对生活的哲理性感悟。例如，《克莱默夫妇》(1979)探讨了家庭关系的复杂性；《阳光灿烂的日子》(1994)反映了青春的迷茫与成长；《美国丽人》(1999)揭示了中年危机带来的困境和自我发现的重要性。

第三，体制对抗类创意。这类创意通过主角面对不公体制和人为规则时的抉择与行动，深刻反映了对体制问题的批判性看法。这类故事触及现实社会诸多层面的问题。体制对抗类创意鼓励观众勇敢地面对生活现实，并进行深入反思，以期在个人和社会层面引发积极的变革。核心要素包括挑战权威、展现道德勇气以及传递希望与变革的信息。主角常常对抗来自公司、系统、政府等体制的权威，如贫富差距、性别不平等或种族歧视，这些权威往往是社会问题的根源。在这一过程中，主角展现出的道德勇气，即便无法彻底改变体制，也能为他人带来希望或为社会带来变革。例如，《死亡诗社》(1989)探讨了教育体制内自由思想与权威压制的对抗；《华盛顿邮报》(2017)展现了媒体对抗政府压制的道德勇气；《第二十条》(2024)展现了个体在面对体制时的坚持，以及如何通过个人的努力去影响和改变体制，从而实现正义，如图2–6所示。

图2-6 《第二十条》[①]

综上所述，日常体验类创意以人物的生活经验和感悟为核心，运用真实的人物和情境，深刻反映生活的多面性，促进观众对生活的深层次理解和感悟。在创作此类故事时，编剧应深入挖掘具有深度的主题，如人生的意义、人性的本质和社会问题，以激发观众的思考。主角应具备复杂的情感和丰富的内心世界，其成长和变化构成故事的主要吸引力。故事必须依托真实的情境，真实展现人生的种种面貌，以增强故事的吸引力和影响力。同时，故事须融入感人的元素，通过细致描绘人物的情感和内心世界引发观众的情感共鸣。

三、场景驱动创意策略

在剧本创作中，即使编剧还没有形成明确的概念设定或清晰的人物形象，独特的场景设计、引人入胜的戏剧情境、令人印象深刻的画面同样能够激发创意构思。独特的场景设计为故事提供丰富的背景和情境，帮助编剧从环境特色中挖掘灵感，设想可能发生的事件。引人入胜的戏剧情境则为故事注入动力，通过情境中的挑战和冲突推动剧情发展，促使编剧思考主角如何应对这些情境，以及这些情境对人物生活和关系的深远影响。令人印象深刻的画面则在视觉上为故事增添亮点和象征意义，编剧可以通过画面的元素和细节探索其背后的含义，以及它与故事主题和情节的联系。

场景驱动创意策略包括三种子类别。奇幻时空类创意通过独特的场景或时间设定吸引观众的注意；情节反差类创意通过鲜明对比的情境制造冲突和张力；视觉冲击类创意则通过壮观场面、激动人心的动作场景、感人的瞬间来吸引观众。

① 图片出自https://img1.doubanio.com/view/photo/l/public/p2903900099.jpg.

(一)奇幻时空类创意

奇幻时空类创意以构建特殊的空间场景为核心，创造出一种主人公无法轻易离开的紧迫感。这些场景可能是密室、鬼屋、暴风雪中的山庄、疾驰的大巴车，关键在于要限制主人公的行动自由，从而增强故事的紧张感和悬念感。此类创意可细分为迷宫密室类创意、怪物巢穴类创意和时空困境类创意。迷宫密室类创意通过设计复杂的迷宫或密室，使主人公在寻找出路的过程中体验迷失与探索，如“哈利·波特”系列电影中的迷宫挑战。怪物巢穴类创意通过创造未知的怪物，将主人公置于其领地内，主人公必须在寻求生存空间的同时找到逃脱之道，如《异形》(1979)中的太空船场景。时空困境类创意通过构建时空错乱的环境，要求主人公在非线性时间或空间中解决问题并寻找出路，如《源代码》(2011)中的时间循环。这些子类别为编剧提供了丰富的创作空间，用于探索人物在极端环境下的心理和行为变化。

第一，迷宫密室类创意。这类创意以神秘、恐怖和不安的元素为核心，类似于一座充满未知的鬼屋。这种创意不局限于具体的物理空间，它表现为人为设计的陷阱、无处不在的敌对势力、任何能够限制主人公自由的环境。故事的核心元素包括特殊场景的设定、必须揭开的秘密，以及环境对故事主题的隐喻。主人公被困于特殊场景，必须揭开隐藏其中的秘密，这可能涉及主人公的过去或环境的历史。场景不仅是故事的背景，更是推动情节发展和塑造故事起伏的关键。它可能隐喻故事的主题或反映主人公的内心世界。高塔、飞机、游船，甚至是一个小镇，都成为主人公无法轻易逃离的困境。《梦魇绝阵》第一季(2022)通过一个充满未知危险的迷宫，展现了主人公在寻找出路的过程中所面临的心理和物理挑战，体现了迷宫密室类创意中的探索和生存；《寂静岭》(2006)故事设定在一个充满迷雾和怪物的小镇中，探讨了主人公在现实与另一个维度之间的挣扎，体现了迷宫密室类创意中的多维度空间和心理恐怖元素。

第二，怪物巢穴类创意。这类创意以怪物为中心构建故事，围绕其独特的生存环境和行为展开叙事。这种模式中，怪物可以是鬼怪、恐龙、外星生物，甚至是戴着面具的杀手。与迷宫密室类创意不同，怪物巢穴类创意的主要冲突和挑战源自怪物本身，而不仅仅是环境。核心元素包括独特的怪物设计、怪物隐喻的原罪，以及应对怪物的策略。怪物的外观、能力、性格、习性、动机和弱点，都是故事中的卖点，并直接影响到故事的冲突和解决方案。怪物往往象征着人性的阴暗面或社会、文化、科技等问题，使得怪物不仅是故事中的敌人，也成为探讨原罪、人性和责任等主题的载体。在这类故事中，人物如何应对怪物、在怪物巢穴中生存、逃离或战胜怪物，都是重要的叙事元素。另外，这些挑战和决策不仅展示人物的性格和成长，也探讨勇气、智慧、牺牲和合作等主题。例如，《大白鲨》(1975)通过鲨鱼的威胁探讨了自然和人类的冲突；《哥斯拉》(2014)通过哥斯拉的形象探讨了自然和人类的平衡；《小丑回魂》(2017)将怪物作为恐惧的化身，探讨了童年的恐惧和成长的痛苦；《水》通过怪物的视角反思了人类对自然的控制欲。

第三，时空困境类创意。这类创意以时间和空间的扭曲为核心，构建了一个超越传统认知的叙事框架。这类创意将主角置于一个时空混乱的魔窟，其中时间可能是循环的、倒退的，甚至跨越不同维度。核心元素包括时空扭曲、自我转变和解困之道。这种创意要求编剧具有丰富的想象力，同时保持内在逻辑的一致性。时空困境的冒险只是表面现象，真正的成长源自主角内心的转变。经历离奇的时空之旅后，主角往往对人生有了全新的认识。为了解决时空困境，主角要运用智慧、勇气，甚至会牺牲。解决困境的过程不仅要吸引人，还要能体现故事的主题和深层含义。例如，《土拨鼠之日》(1993)通过主角在不断重复的同一天中体验不同生活的设定，探讨了时间循环对个人成长的影响，体现了时空困境中的自我反省和价值观转变；《源代码》通过主角在有限的8分钟时间循环内调查火车爆炸案的情节，展现了时间循环的紧迫性和主角在时间限制下的心理挣扎，体现了时空困境中的时间循环和自我转变；《恐怖游轮》(图2-7)通过主角在一艘游轮上死亡与重生，展现了因果循环和时间循环的复杂性，体现了时空困境中的角色心理变化。

图2-7 《恐怖游轮》①

综上所述，在创作奇幻时空类剧本时，把握情感投入和刻画主角的内在成长至关重要。这类故事要解决两个核心问题：时空困境引发的危机，以及主角在探险过程中的内在转变。编剧在尝试此类创意时，应设计巧妙的迷宫环境，创造紧张和恐惧的氛围；在设计

① 图片出自https://img1.doubanio.com/view/photo/l/public/p462473718.jpg.

人际关系时，增强情感张力和代入感。同时，塑造多样化的角色和进行深度的人性描绘，展现主角的强烈追求和信念，注入理性和感性的情感。

（二）情节反差类创意

在剧本创作中，情节反差类创意通过构建不符合逻辑的场景和画面，创造出出乎意料的冲突和矛盾，从而有效吸引观众的注意力。这种创意手法超越了观众的心理预期，打破了传统创作模式，为观众带来视觉奇观和感官联动的双重震撼。情节反差类创意通常分为三种：人设反差类创意、视觉反差类创意和情绪反差类创意。人设反差类创意通过不符合常规的角色设定，创造出与传统英雄或反派不同的人物形象；视觉反差类创意利用视觉上的冲击效果，如外表可爱却内心邪恶的人物，来制造强烈的视觉和心理对比；情绪反差类创意在创作中运用情绪上的变化打破观众的期待，带来意想不到的惊喜。

第一，人设反差类创意。这类创意常用于描绘平凡人物突然获得权力、财富和地位，或权势人物意外陷入无权无势的荒诞局面，从而产生强烈的戏剧效果。人设反差不但增强了主人公的人格魅力，而且通过性格反差营造诙谐有趣的故事，让观众在轻松愉悦中接受主题和思想。人设反差主要包括三个核心要素：角色定位与生活环境的反差、适应与成长的反差、幽默与讽刺的反差。无论是将平凡人物置于非凡情境，还是让非凡人物陷入平凡情境，都能成为吸引观众的呈现方式。角色在反差情境中的适应和成长，从困惑无助到成功适应的过程，为故事拓展了深度。同时，反差的角色和情境带来丰富的幽默和讽刺元素，引导观众在笑声中思考更深层次的问题。例如，《无敌破坏王》(2012)通过一个电子游戏反派角色渴望成为英雄的故事，展现了角色定位与内心渴望的反差；《人生遥控器》(2006)通过一个可以控制时间的遥控器，让主角体验了快速跳过生活中不喜欢的部分的后果，探讨了对时间的渴望与生活真谛的反差；《西虹市首富》(2018)讲述了一个普通人突然继承巨额财富后的生活变化，通过角色的社会地位和行为的反差，探讨了财富与人性的关系。

第二，视觉反差类创意。此类创意不局限于角色设计，它同样可以在场景设计、世界观构建、美术风格等方面探索新颖的表现形式。在当前市场环境中，视觉反差是吸引观众的重要手段，它不仅能够提升观众的记忆度，还能激发更多的创意灵感，使创作更加新鲜和独特。在运用视觉反差时，创作者需要明确三个核心要素：对比明显的元素、意想不到的组合、视觉上的平衡。创作者应寻找两个或多个看似不协调但能形成强烈对比的元素，如古老与现代、科技与自然、光明与黑暗，并将它们巧妙融合，以制造视觉冲击和惊喜。然而，视觉反差并非随意堆砌对比元素，而是要在对比和冲突中寻找平衡，确保画面不会混乱，也不让某一元素过于突出而破坏整体和谐。例如，《机器人总动员》(2008)通过描绘一个被垃圾覆盖的未来地球，以及一个小巧的清洁机器人瓦力的形象，展现了先进科技与荒废环境的视觉对比，探讨了人类对环境的影响；《飞屋环游记》(2009) 通过描绘一个老人将房子系上成千上万的气球飞向天空的奇幻场景，展现了现实与梦想的视觉反差，创造了一个既温馨又富有想象力的故事；《沙丘》(2021) 通过展现荒凉的沙漠星球阿拉基斯与宏伟的宇宙飞船、高科技装备的对比，营造了自然与科技、原始与未来的视觉反差。

第三，情绪反差类创意。情绪反差的魔力在于它能够在最悲哀的时刻触发笑意，或在最快乐的时刻引发泪水，从而打破观众的预期，创造出意料之外的效果，引发强烈的情绪反应，使故事更加引人入胜。在构思情绪反差类创意时，编剧须关注三个关键要素：自然和真实、对比和转变、影响和意义。情绪变化必须建立在真实性的基础上，这要求编剧精准把握情绪特性，深入理解人类情绪反应的复杂性，精心设计情境和剧情，使情绪的转变既自然又充满力量。情绪反差的效果往往与情绪的强度成正比，越强烈的情绪对比，其反差效果越显著。此外，情绪反差不仅是叙事技巧，更是传递主题和深层意义的强有力方式。每一种情绪都应具有深层的影响和意义，反映角色的内心世界或故事的主题观点。例如，在纳粹集中营这一背景下，《美丽人生》(1997) 通过主人公的幽默和机智，为观众呈现了一个关于爱、家庭和希望的故事，体现了在绝望中寻找生活美好的情绪反差；《被嫌弃的松子的一生》通过呈现松子一生的坎坷经历，在展现人物悲剧命运的同时，也揭示了人性中的乐观和坚韧，以及对美好生活的不懈追求；《乔乔的异想世界》(2019) 以第二次世界大战(以下简称“二战”)为背景，通过一个德国小男孩的视角，展现了仇恨与爱、天真与成熟的情绪反差，以及成长过程中的自我发现。

综上所述，在剧本创作中，情节反差类创意的运用是一种强有力的叙事技巧，它要求创作者识别并放大具有戏剧张力的画面、人物、情绪，深入挖掘这些元素背后的情感源泉，以激发观众的共鸣。无论是人设反差、视觉反差还是情绪反差，关键在于巧妙地利用这些元素之间的差异或转变，创造出既新颖又深刻的叙事效果。创作者应细致处理这些反差元素，确保它们与故事类型和世界观的设定相匹配，从而在不牺牲故事真实性的前提下，增强剧本的吸引力和表现力，为观众带来丰富的情感体验和深刻的思考。

(三) 视觉冲击类创意

视觉冲击类创意是推动叙事发展和情感体验的关键元素，可细分为动作惊悚类创意、欢乐华丽类创意和悲伤气氛类创意。编剧在使用这些高能画面时，应注重如何通过它们创造出独特的故事和人物，确保每个画面都能有效地服务于叙事，增强情感表达，并与整体剧本的结构和主题紧密相连。通过精心设计的画面和情境，编剧能够引导观众体验从紧张刺激到轻松愉悦，再到深刻感动的情感旅程，从而提升剧本的艺术性和观赏价值。

第一，动作惊悚类创意。这类视觉冲击类创意通过紧张刺激的追车、枪战、爆炸等场景，激发观众的刺激感，创造出令人心跳加速的观影体验。编剧在构思这些画面时，应深入挖掘其震撼人心的原因，探索背后隐含的强烈情感元素，并根据画面特点寻找合适的题材和类型，以确保这些画面不但在视觉上具有冲击力，而且在情感和叙事上与整体剧本相辅相成，共同构建一个引人入胜的故事世界。例如，《阿凡达》(2009)利用创新的计算机生成图像(CGI)技术和3D效果，展现了潘多拉星球上飞行生物的壮观场面，将观众带入一个充满异域风情和视觉震撼的外星世界，体现了视觉冲击画面在创造新世界和提供沉浸式体验方面的能力；《疾速追杀》(2014)则以其精心设计的枪战和肉搏战场景，展现了主角约翰·威克在寻求正义和复仇过程中的冷静与致命，凸显了视觉冲击画面在塑造角色形象和推动剧情紧张感方面的作用；《速度与激情10》(2023)以其赛车追逐、飞车特技和爆炸场面，将动作和速度的元素推向极致，展示了视觉冲击画面在增强视觉冲击力和提升观众刺激感方面的能力。

第二，欢乐华丽类创意。在剧本创作中，欢乐华丽类创意可以瞬间提振精神，它充满欢乐气氛，呈现出色彩斑斓的视觉风格，为观众带来眼前一亮的体验。这类画面常见于喜剧、音乐剧等类型作品中。编剧在构思时应大胆运用色彩，创造出繁花似锦的视觉效果，确保元素充满动感，以增强视觉吸引力。同时，即便在充满欢乐的画面中，编剧也应融入内在的戏剧冲突来推动故事发展，挖掘画面背后可能隐藏的冲突，如主角与他人的摩擦或内心的挣扎和迷茫。此外，编剧还应设计特别的核心元素去吸引观众目光，这些元素可能是主角的神奇能力、故事中的神秘物品、令人惊艳的场景，它们不仅增强画面吸引力，还能深化故事主题和情感。例如，《了不起的盖茨比》(2013)通过呈现盖茨比的豪宅和派对场景，向观众展示了璀璨的灯光、华丽的服饰和盛大的场面，同时探讨了美国梦背后的虚幻和人性的复杂性；《寻梦环游记》运用丰富的色彩和生动的视觉效果来展现亡灵世界的活力，将传统意义上的悲伤主题转化为一场充满希望和色彩的冒险旅程，体现了欢乐华丽场景背后的深层情感和生命价值。

第三，悲伤气氛类创意。这类创意在剧本创作中，如同凄美的乐章，以深沉的情感和无尽的思绪触动人心。这类画面常见于剧情片、爱情片等类型作品中。在营造悲伤画面时，编剧须关注细节的魅力，通过角色的表情、动作和环境布置，帮助观众深入理解和感受角色的情绪。此外，象征的力量也至关重要，编剧可运用象征和隐喻，如特定物品、动物或天气状况，以增强悲伤气氛并加深情感层次。另外，画面的共鸣感是角色内心情感的外在表现，色调、光影、音效等视听元素共同作用，表达角色的内心世界，与角色情绪变化同步，形成触动观众情绪的视听效果。例如，《忠犬八公的故事》(2009)中八公在车站日复一日地等待，无论风霜雨雪，都坚守着对主人的忠诚，这种无声的等待和无尽的忠诚，构成了作品中最令人动容的悲伤画面；《7号房的礼物》(2013)中父亲即将被执行死刑，女儿对父亲深情呼唤的场景，构成了充满情感张力的悲伤画面，深刻揭示了人性的光辉与社会正义的缺失；《琅琊榜》(2015) 中角色面临背叛、牺牲的命运，该剧通过细腻的表演和环境氛围的营造，传达了角色内心的痛苦和无奈，引发观众的情感共鸣。

综上所述，视觉冲击类创意的核心创作要素包括强烈的视觉效果、深刻情感的传达以及丰富的象征意义，这些要素共同构成了对观众的吸引力。在创作过程中，创作者应注意从画面中挖掘和提炼故事的世界观、时代背景，以及主角和人物关系，确保情感内核与故事主题紧密相连。同时，创作者要保证画面不但呈现视觉上的震撼，而且能够引发观众的思考和情感共鸣，使作品具有更深层的意义和哲理。

本章练习题

1. 选取一个日常物品，设计一个包含起承转合的剧本创意。描述这个物品如何成为推动剧情发展的关键。

2. 创造一个角色，为其设计背景故事，并撰写一段对话，展现该角色在特定情境下的情感变化。

3. 构思一个高概念剧本创意，要求能够用一句话概括整个故事，并解释这个创意如何吸引观众的注意力。

本章思考题

1. 讨论剧本创意在影视作品中的作用，以及它如何影响观众的情感和理解。

2. 思考在剧本创作中如何平衡创意的原创性与观众预期。

第三章　影视剧本题材选择与叙事方式

教学目标：

1.理解叙事素材与题材的区别和作用。

2.了解叙述人和叙事视角的基本概念和功能。

3.学会有意识根据创作目标选择合适的题材并创新表达。

重点：

1.区分素材与题材的关联与差异。

2.掌握如何搜集素材，选择适合自己创作的题材。

3.建立叙事视角。

难点：

1.捕捉素材，并选择适合自己且能把握好的故事题材。

2.在故事中建立符合叙事需求的叙事视角。

剧本和其他艺术一样，来源于生活。剧本是编剧运用电影思维和视听语言建构的艺术创作形式。剧本创作需要先选择创作素材和题材。素材是未经加工的原始材料，而题材是经过编剧加工的素材。编剧需要对素材进行提炼，并将其写入作品，素材才会成为题材。因此，素材是题材的基础，题材是素材经过提炼后的结果。①

第一节　剧本素材的选择

剧本的最终效果与剧本素材的选择息息相关。素材是编剧为了文学剧本的创作，在生活中收集来的供艺术加工处理的原始材料和历史资料。②编剧的取材范围很广，因此，

① 李默，马欣凡.动画剧本编写[M].长沙：湖南师范大学出版社，2008：20.

② 汪流.中外影视大辞典[M].北京：中国广播电视出版社，2001：104.

任何事物都可以成为编剧的创作源泉。

一、如何寻找素材

编剧要寻找素材，需要将自己变身为各类职业的人，要具有探险精神，深入生活。但这并不意味着，生活中发生的事可以直接当作素材。很多新手编剧在写故事时，难以辨别生活和艺术的区别，他们往往将自己的个人生活经历写出来，或者直接将社会热点新闻用作自己的故事素材。需要特别明确的是，这种创作缺少艺术性。因为，生活中发生的很多事或许并不值得直接拍成影视作品。剧本素材的搜集同样需要明确的叙事目的。因此，在搜集素材时，要注意以下几点。①

其一，要以旁观者的视角总结、概括自己的生活经历。生活中发生的事情总是琐碎和杂乱无章的，编剧如果不会总结，就会错过其中重要的事件，只概括了很多平淡无奇的事件。因此，要学会不断总结自己的经历，提炼出其中的精华内容。

其二，学会解读一段经历。因为很多事件发生得很意外、突然，人们很难在短时间内挖掘所有的真相。这就需要编剧打开思路，学会解读热点事件背后的真相，弄清楚事件发生的前因后果，同时要提出自己的观点和思考。

其三，强化事件的感受。虽然大多数编剧都可以找到生活中有趣或者有意义的事件，也会对其进行总结，但这还不够，还需要通过强化感受、提升事件的感染力，让观众的心灵受到震撼。

因此，作为编剧，首先，必须明确自己的创作目的，找到合适的素材；其次，要有能力去发掘生活中的事件，用自己的观点去呈现事件；最后，有能力将素材化腐朽为神奇。然而，大多数新手编剧，还无法达到这样的境界。这就需要我们培养艺术的敏感性，通过模仿大量经典剧本的风格提升自己对剧本的认识和理解，以及学习优秀编剧甄选素材的能力。优秀编剧总能对生活进行细致入微的观察，他们能捕捉到嘈杂环境中任何人的行为举止、微妙的表情和独特的声音，这些细节的画面都将成为故事的重要场景。

二、将素材变为故事

编剧在搜集素材的过程中，总会经历令人难忘的事件。这时，编剧想表达的故事就有了头绪。编剧需要明确创作剧本的目的，是否希望让自己的经历和感受被更多人知道，同时也将故事作为人生的重要阶段进行纪念。因此，这个故事可以说是编剧内心一直想要表达的东西。一旦有了这样的创作动机，编剧就会激发写作动力，开始创作之路。

有了创意素材，编剧就可以开始整合故事的构成要素：人物、地点、画面、情节。编剧

---

① 薛哈德.我的第一本剧本写作书[M].侯晓莉，顾轩，译.2版.北京：人民邮电出版社，2014：23-24.

需要想象出故事中的人物以及故事发生的地点。故事的画面概念图大概是怎么样的？每个画面镜头大概呈现出怎样的构图、运动轨迹以及色调？故事的重要情节点是什么？如果编剧能够整理出大概的故事构想，就说明故事的设想基本可以成立了。

有了初步的设想，则可以深入故事最开始的内容，如主角是谁？他是什么职业？人物关系大概如何？故事发生在哪里？是否有特殊的物品出现在作品开始的画面中，为下文埋下伏笔？故事包含哪些主要事件？等等。这些想法是编剧为了明确作品开头而设计的，一旦有了开头，之后的故事情节也就被激发出来，形成具体的场景。

三、确定目标观众

在当今竞争激烈的影视市场中，编剧不仅要创作出优秀的故事，还需要具备强烈的受众意识。因此，在剧本创作阶段，明确目标观众是至关重要的。如今，影视作品都在有意识地贴近观众需求，致力于创作"人民的艺术"。目标观众的确定通常是通过在作品播映前对潜在观众进行预估来实现的。具体方法是通过问卷调查的形式，将故事主题、内容以及作品风格等信息提供给观众，让他们进行选择。通过收集和分析这些数据，我们可以预估该作品的主要受众群体。

以2025年上映的《哪吒之魔童闹海》(图3-1)为例，该片明确以当代年轻人为核心受众群体，通过角色的叛逆与自我认同这一主题，隐喻当代年轻人对权威的质疑以及对自我实现的追求。

图3-1 《哪吒之魔童闹海》①

电视剧《繁花》(2023)以改革开放为背景，通过描绘市井生活细节再现20世纪90年代的社会变迁，触发中老年观众的怀旧情绪，这是一种怀旧叙事，如图3-2所示。正如莫里斯·哈布瓦赫所强调的记忆的社会性：一个特定社会的群体成员往往会通过集体共享的往事来唤回和重构记忆。②

① 图片出自https://movie.douban.com/photos/photo/2917914756/.

② 哈布瓦赫.论集体记忆[M].毕然，郭金华，译.上海：上海人民出版社，2002：303-313.

图3-2 《繁花》①

确定目标观众，可以从以下几个方面入手：首先，编剧要对故事充满热情，观众才可能被感动。其次，要明确故事的背景和人物，包括故事发生的地点、人物的职业、年龄段等。分析这些人物和事件可能吸引哪些观众，以及这些观众的性别、年龄和职业是否多样化。如果观众群体具有多样性，说明故事的受众较广。再次，要与观众建立联系，用他们喜欢的方式讲述故事。大部分观众更希望看到精彩、有趣、冒险的故事。经典的、能够吸引观众的故事往往具备这些元素，能让观众沉浸其中。最后，编剧可以通过视觉特效和悬疑情节来吸引观众。视觉盛宴能够抓住观众的眼球，而悬疑情节则能激发他们对故事的兴趣。如今，为了满足观众的"奇观心理"和"冒险精神"，许多电影不惜投入大量资源制作视觉特效。同时，电影还可以深入挖掘普通人难以接触的领域，描写特别的情感体验，以此吸引观众。例如，电影《流浪地球》(2019)虽然以科幻为背景，但融入了中国传统文化元素，并从家国命运上升到对人类未来的哲学思考，这种情感和文化内核让中国观众产生了强烈的共鸣。

第二节　题材的选择与创新

题材的概念分为广义和狭义两种。广义的题材以社会生活和社会现象为基础进行分类。例如，按社会行业划分，有工业题材、农业题材、军事题材、教育题材等；按历史时期划分，有现代题材、历史题材、民主革命题材等；按主人公特征及观众群体划分，有女性题材、青年题材、儿童题材等。这种分类主要用于剧本的分析和研究，是一种相对

---

① 图片出自https://movie.douban.com/photos/photo/2903060880/.

宽泛的概念，常用于作品完成后对其进行归类。狭义的题材则是编剧根据自身对生活的观察、体验和分析，将生活素材进行选择、提炼、加工后融入作品的具体生活材料。它反映了编剧的创作意图，探讨的是剧本与生活的关系，对编剧的创作起到重要作用。值得注意的是，不是任何素材都可以看作剧本的题材，因为很多素材包含的内容少，可能只是生活的一个细节，很难成为一个剧本的题材。①

怎样的素材可以作为题材进行选择呢？首先，要有一定的内容事件，如一桩抢劫案、一桩杀人事件、一桩绑架案等。其次，要有独特的人物，且这个人物一定是性格独特或是有特殊经历的人。

编剧怎样在大量的题材中选择最适合自己撰写的题材呢？编剧通常选自己熟悉的题材进行剧本的写作，因为只有对自己选择的题材十分了解，才有可能写好剧本。

贾樟柯的电影创作始于"城乡接合部"或"县城"这样的背景。他以自己在山西汾阳的成长经历为素材，拍摄了"故乡三部曲"。他对家乡的土地十分熟悉，因此，在他的镜头中，常常出现城市与县城交织的模糊地带，远处的高山与眼前的废墟形成鲜明对比，如图3-3所示。同时，迪厅、大澡堂、KTV、台球厅、霹雳舞场等元素也频繁出现。这些画面带有怀旧色彩，流露出贾樟柯对现代化进程中某些问题的担忧。他始终关注那些被大众遗忘的角落，试图从真实的角度记录人们的集体记忆。

图3-3 《山河故人》②

① 刘一兵.电影剧作常识100问[M].北京：中国电影出版社，1993：28-29.

② 图片出自https：//movie.douban.com/photos/photo/2270677856/.

又如，作家梁晓声一直坚持现实主义风格，专注于描写普通百姓的日常生活。无论是早期的《雪城》《年轮》，还是2017年出版的《人世间》，他的作品聚焦于寻常巷陌中的万家灯火，展现普通家庭的生活点滴。他的故事里没有帝王将相、才子佳人，也没有离奇的情节、扭曲的人性，却依然引人入胜。这说明题材本身并无高下之分，关键在于创作者能否深入挖掘题材，了解其本质，发挥优势，弥补不足，并找到自己熟悉的生活领域进行深入探索。正如电影剧作家瓦西里·舒克申所说："我了解农村，因此我不能写别的东西。在这个领域里我是勇敢的，并最大限度地独立而不受影响。由于经验不足起初我曾蹈袭过一些别人的东西。但是，我认为我在千方百计地，在我看来是十分积极地走上了一经选定就决不反顾的创作道路。……我觉得，一般来说，我是不会离开这条道路的：也就是我的短篇小说和电影的题材将始终是农村。我在想，要把一切都说出来非得有三次生命不可。"①

对于编剧而言，有这样的自我认识非常宝贵。很多编剧，特别是新手编剧很少会意识到这一问题。他们不管自己能否胜任，仍然选择赶时髦，用热门题材写故事。虽然选择当下发生的社会热点问题的确能获得较好的反馈效果，但也要考虑自身条件、慎重选择，否则只能迎接失败和懊悔。老舍先生曾有过这方面的体会："我过去写新题材没写好。这与生活有关。因此当自己的生活准备不够，而又想写这个题材的时候，就只好东拼西凑，深受题材与生活不一致之苦。题材如与自己生活经验一致，就能写成好作品；题材与生活经验不一致，就写不好。"②

第三节 叙述人与叙事视角

选择视角是编剧在开始写剧本时需要慎重考虑的。它关系着编剧能否通过讲述故事的视角融入故事之中，并产生共情效果。因此，编剧需要确定观众应该知道哪些内容，是选择让观众比主人公知道得还多，还是让观众比主人公知道得少一点，以及观众应该通过哪个视角去了解故事的来龙去脉。这些选择都是需要在剧本的开始阶段就明确的。如果编剧没有思考过叙事视角的问题，往往会导致观众无法正确地理解故事。

一、什么是叙述人

"叙述人"指的是一个叙事文本中给"听述人"讲故事的人（"讲故事"是一种概括性说法，其中包含发议论、谈思想、描述心理活动等相关因素，"听述人"也不只是作为故事外的

---

① 刘宗次.舒克申短篇小说选[M].北京：外国文学出版社，1983：464.

② 鲁迅，等.大师写作课[M].北京：北京理工大学出版社，2022：266.

接受主体——观众或读者层面，也包括故事内的“听述人”）。叙述人是“联系作者与人物的中介，是沟通故事与观者的桥梁。通过对叙述人身份与层次的确认与划分，我们能够辨认出作者的意图与风格，故事的重心与指向，观众的‘视野’与目光所在”[①]。

当叙述人承担一部具体文本的“叙事”角色时，大多数情况下，其并不是以抽象的“他”出场或发言的，而需要拥有一个更为具体的身份。这种具体身份的获得又反映出叙述人对所叙之事抱有的某种态度。这就是人们通常所谈论的叙事学上的“人称”问题。在电影叙事中，由于摄影机的介入与参与，叙述人身份的确认变得更为复杂。因而，罗·伯戈因说：“电影叙事理论的最令人畏惧的问题，集中在叙事者的身份上。”[②]

借鉴小说叙事理论中的语法人称，可大体上把影视作品叙述人分为“人称叙事与非人称叙事”[③]两大体系。

人称叙事指的是叙述人以明确的语法意义上的人称（“我”“他”甚或“你”）的身份和语气来“讲述”故事。然而，第一人称叙事又限制着叙述的范围，叙事人只能讲述“我”所看到和了解到的故事信息。第三人称叙事则有着宽广的叙述范围，可以呈现多样的故事层面、众多的人物形象与活动场景。

非人称叙事则指作品叙事文本中没有一种明晰可辨的“叙述人声音”作为叙事源出现。例如，《霸王别姬》并无一个明确的“叙述声音”来给我们“讲述”故事，但该片依然给观众呈现了潜在的“叙述声音”。作品中的“非人称叙述人”也可分为只用“影像镜头”来表现的叙述人和以“影像+字幕”表现的叙述人。虽然两者都是隐藏的叙述人，但后者会加入文字字幕进行辅助叙事。如印度电影《因果报应》(2024)，讲述了女儿被恶人残忍迫害后，身居底层的父亲只能以身设局，杀出一条复仇血路的故事。该片开头部分以女儿乔蒂第一人称介绍自己的父亲马哈拉贾以及生活背景，使观众能更快进入故事情境中，也能提高作品的真实感，如图3-4所示。

图3-4 《因果报应》[④]

① 李显杰，修倜.叙述人·人称·视点：电影叙事中的主体策略［J］.电影艺术，1996(3)：60-68.

② 伯戈因.电影的叙事者：非人称叙事的逻辑学和语用学［J］.王义国，译.世界电影，1991(3)：4-25.

③ 巴特.符号学美学［M］.董学文，王葵，译.沈阳：辽宁人民出版社，1987：160.

④ 图片出自https：//img9.doubanio.com/view/photo/l/public/p2916289404.jpg.

图3-5 《完美的日子》①

电影《完美的日子》(2023)讲述了日本清洁工平山的故事，他热爱自己的工作，并以简单、重复的日常生活为乐，如图3-5所示。该片以一种平淡、真实、客观的叙事视角展现了东京的日常风景。片中没有人称叙事，所有时间都自然而然地展现在观众眼前，让观众自己去体会，没有过多的介绍和煽情，也没有刻意的冲突和激烈的情节设定。这种类型的叙述体系可以称为"非人称叙事"。

二、建立叙事视角

编剧想要观众融入故事，让观众产生情感共鸣，就需要站在观众的立场建立适合作品讲述的视角。叙事视角逐渐多元化，从传统的全知视角演变为内在视角，再到多重视角和模糊视角。视角的演变不仅是一种技术革新，还反映了认识论的转变，叙事视角的多样性揭示了人类认知的复杂性和多元性。②在作品中，导演会根据需要选择片中的人物或者其他身份的人来替他们传递信息，而由谁来叙述，通过哪个角度来叙述，都会带来不同的观影感受。

叙事视角大致可以分成三种类型：全知视角、内视角、外视角。③全知视角也叫"上帝视角"，指故事的叙述者是全知性的，了解作品内容的全部，因此，观众可以总揽全局，甚至比其中的角色知道的情节更多，了解故事发展变化的每一个细节。在全知视角下，作品叙事视角常常不限于某一个人物，可以在任何时间空间展开，具有很大的灵活性和自由性。内视角通常是从固定人物的视角呈现，观众只能通过剧中人物讲述的内容了解剧情。这种叙事视角相对局限，却能营造一种悬疑而神秘的气氛，吸引观众跟着叙述者一起探索，影响观众对故事的理解和判断。外视角是从外部洞察人物，不进入人物内心世界。在这种视角之下，观众甚至无法了解讲述者的内心活动和思想变化，可以营造一种疏离感。

编剧需要了解在不同情况下如何建立叙事视角。第一人称视角也叫"主观视角"，常以作品中某个人物的眼睛或声音讲述故事，可以用全知视角或内视角呈现。采用第一人称叙事的作品很常见，如《我的父亲母亲》(1999)就是用"我"的第一人称视角讲述父

---

① 图片出自https://img1.doubanio.com/view/photo/l/public/p2914293980.jpg.
② 摩里塞特."视点"论[J].闻谷，译.世界电影，1991(4)：73-100.
③ 热奈特.叙事话语 新叙事话语[M].王文融，译.北京：中国社会科学出版社，1990：171-184.

亲母亲的爱情故事。该片通过“我”对父亲和母亲的相识、相知、相爱过程的感受，用回忆的形式进行了叙述。“我”在片中只存在于现在时空，是得知父亲去世消息赶回来帮母亲料理父亲后事的儿子。通过父亲去世的事件，“我”才意识到父母爱情、品格的美好与伟大。该片通过“我”对父母一生情感的回顾，使作品真实可信，具有较强的纪实性。

李安导演的《少年派的奇幻漂流》(图3-6)也采用第一人称叙事，开头通过成年派的声音回忆他曾经经历的故事。该片通过派的第一人称视角讲述了他和孟加拉虎一起在海上经历的漂流故事，更能使观众自然而然地融入作品构建的场景，也更能体现出派在海上的漂流奇迹。所有的故事都是由派来叙述，充满了主观色彩，使观众感到好奇，到底哪个故事才是真的呢?

图3-6 《少年派的奇幻漂流》[①]

一部作品如果全部采用第一人称叙事，则会产生局限性，因为主人公也会有自己不知道的事，这时需要通过其他人物进行有效的说明和解释，包括主人公的行为动机与事件的发展线索等。因此，一些作品会在中途改变叙事视角，以增添作品的丰富度。但编剧需要把握好度，最好保持相对统一的叙事视角，否则可能会影响部分观众对作品的理解。

很多作品采用全知视角，以第三人称进行叙事。无所不知的叙述者会以客观、中立、多角度的态度给观众讲述相对完整的故事内容。第三人称视角给编剧提供了讲述故事的空间，并能让观众全面地了解到作品片段是如何拼接在一起的。在这种视角下，观众可以借助主要人物的视角来了解故事，也可以根据幕后发生的事情来分析故事。观众既能看到好人的世界，又可以了解坏人的想法，并可以知道所有事件发生的全部过程。例如，电影《致我们终将逝去的青春》(2013)通过全知视角讲述了一群青春少年从大学校园的追爱之旅到步入社会的迷茫和抉择的故事。该片开头部分主要通过郑微的视角展开故事，再通过她引出一系列人和事，将观众带入故事之中。随着故事的发展，该片的视角开始转换，从郑微转到陈孝正、张开、朱小北等人身上，向观众展现了青春群像的故事。为了让

① 图片出自https://movie.douban.com/photos/photo/1576774057/.

观众知道得更多，采用全知视角叙事，会更聚焦于故事的讲述，而可能会忽略对人物的刻画，从而减少观众对主要人物的情感认同。

有些编剧也会尝试用双人视角去叙述故事。作品中的两个人往往是对手，通过两个主要角色的视角切换，如正反两派人物视角的切换，营造紧张的故事氛围。爱情题材的故事往往也喜欢用双人视角去讲述故事。新海诚导演的动画电影《你的名字。》(2016)用双人视角讲述了不同时空的故事。该片运用时空交错的叙事手法，将彗星陨落的传统小镇和现代都市东京巧妙地联系在一起。该片前半部分的叙事视角以女主角宫水三叶为主，着重描述了宫水三叶的生活日常与其对都市的憧憬；后半部分则以男主角立花泷的视角进行反转，使得整体空间互换达到了平衡的作用。①

总体来说，很少会有作品从头到尾只采用一种叙事视角讲述故事，编剧通常会采取一种叙事视角与其他叙事视角交叉的形式进行故事的讲述。这样，观众就会更全面地了解故事。

编剧应在剧本的第一幕建立叙事视角，否则观众就会感到疑惑。叙事视角的选择应合理和必要，应推动剧情的发展或者便于观众的理解。一部影视作品中，视角的丰富虽会增添作品的呈现维度和故事元素，但并不是每部作品都能较好地运用复杂的视角。因此，影视作品叙事视角的合理选择对于编剧来说十分重要，它不仅是建立作品与观众的联系的重要因素，也是使观众对作品产生认同感的重要因素。初学者可以采用“单一视角”进行创作，在剧本创作的初期要明确建立叙事视角，可以采用不同角色进行视角的调整，以便达到叙事目的。②

本章练习题

1. 观看一部电影，分析编剧是如何搜集素材、选择题材的。
2. 观看一部电影，分析作品的叙事视角是如何转变的。

本章思考题

1. 如何理解叙述人、叙事视角的关系？
2. 编剧在何时需要确立叙事视角？初学者如何运用叙事视角讲好故事？
3. 如何在现实生活中观察生活？如何搜集素材？如何选择适合自己的创作题材？

---

① 武静.《你的名字。》“时空”叙事解读[J].电影评介，2017(15)：101-103.

② 西格.编剧“点金术”：剧本写作与修改指南[M].曹怡平，译.3版.北京：北京联合出版公司，2015：83-88.

第四章　影视剧本主题确立

教学目标：

1.掌握确立剧本主题的创作思路和方法。

2.了解角色、场景、台词与主题的关系。

3.了解剧本主题确立的重要性。

重点：

1.掌握剧本主题具体的设置方式。

2.了解剧本主题设置与其他故事要素之间的关系。

难点：

1.如何确立剧本的主题思想。

2.如何激发学生对主题探索的兴趣。

所有伟大的故事都有一个主题，如善与恶、爱与恨、正义与邪恶等。主题是在讲故事过程中极其重要的概念，但也可能难以理解。故事的主题，也就是戏剧的意图，是编剧想要传达给观众的观念和思想，它表明剧本的核心思想和想要解决的主要问题。可以说，经典的剧本都呈现了基于人类基本的生活所提出的必要需求。因此，剧本主题设置的关键在于编剧是否明确自己的观点以及想向观众传达什么思想理念。编剧需要通过角色、台词、场景和情节来论证自己的观点，并确保这些元素能够合理地回答和解释剧本中提出的问题。

第一节　主题的定义及其重要性

一、主题的概念

主题又称为主题思想，是指剧本中提出的主要问题，而思想则指编剧对这个主要问题的看法。普多夫金认为：“主题是一个为各种艺术所共有的概念。人类的每种想法都可以成为作品的主题，电影与其他的艺术形式一样，对主题的选择是没有限制的。唯一的问题是它对于观众是否有价值。”①主题的内涵是指作品对时代与现实生活的反映和思考，对人与人性的观察和剖析，对人类自身的生存与人生意义的求索。对于剧本来说，作品的价值最先体现在主题上。创作剧本，编剧不能光是在脑海里有一个想法，因为想法只是一个概念，需要一个主题来戏剧化地表现想法，即表现故事是关于什么的内容。剧本是在讲述某人在什么地方做某事，因而故事的主题实际上也在表现剧本中的人物和动作，了解剧本的主题是剧本创作的起点。②

一个剧本故事看起来好像是由表面的情节构成的，实则是围绕着主题在讲述故事内部最核心的思想。如《侏罗纪公园》(1993)讲述了人们在一个有恐龙的岛上求生的故事，但其实是在讲述“扮演上帝的危险”这一主题。有些作品包含了多个叙事主题，如电影《阿凡达》主要呈现的是环保主题，同时也涉及殖民主义和人性贪婪等叙事主题。罗伯特·麦基又称故事的主题为“主控思想”③，他认为，编剧常把主题理解为含糊的意思，错误地把“成长”“爱情”“救赎”“战争”当作主题，其实它们只是与类型相关的理解。真正的叙事主题很难用一个词去说明，而是需要用一句话去表达，需要指出故事的中心思想是什么。主控思想反映了编剧的关键性选择，描述了故事的发展过程。主控思想由价值和原因两部分构成，编剧可以通过故事的价值和原因呈现故事的核心意义。价值是故事结束时编剧思考问题的答案，原因是故事主角身心转变的主要因素，这构成了剧本故事的叙事主题呈现。

主题的好坏决定了剧本的成败，因此，主题是剧本的灵魂，它赋予故事深刻的意义，可以帮助观众理解故事的深层含义。有些编剧会在写作过程中慢慢形成故事主题，这也是一种构建主题的方式。编剧必须去思考自己要写什么，想表现怎样的思想，以及通过主控思想组织故事各要素间的关系。

二、传达思想

思想是编剧在表现主题时所持的态度、看法、主张、意向等。编剧若没有主见，则不可能建立一个主题；只有深刻体会主题，才能创作出出色的作品。从这里我们可以看出思想对于创作者的重要性，它不仅是一个故事中的概念，也是编剧对世界和人性的独特看法。

编剧需要培养自己的思想独立性。只有拥有正确的世界观、人生观、价值观以及较

---

① 普多夫金.论电影的编剧、导演和演员[M].何力，译.北京：中国电影出版社，1980：17.

② 菲尔德.电影剧本写作基础(最新修订版)[M].钟大丰，鲍玉珩，译.北京：北京联合出版公司，2016：18.

③ 麦基.故事：材质·结构·风格和银幕剧作的原理[M].周铁东，译.天津：天津人民出版社，2016：115.

高思想水平的编剧，才能创作出立场正确和观点鲜明的剧本，使影视作品更富深度并引发共鸣。编剧需要确保这些观点贯穿整个故事，为观众提供足够的时间进行思考和感受。观众在观看影视作品后会受到创作者观点的影响，而这种影响通常是潜移默化的。因此，一个不正确的价值观念可能会对观众产生负面的影响。特别是在面向未成年观众的作品中，因为未成年观众对某些事物可能缺乏足够的认知，所以作品中的价值观念更容易对他们产生不良的影响。编剧的责任之一是创作真善美的叙事主题，为观众提供有益的思考，而不是传达不适当或负面的想法。

例如，电影《长津湖》(2021)的叙事主题就是国家利益至上的价值观，如图4-1所示。伍万里的信念形成有一个转变过程：他从懵懂地观察战争、无知地卷入战争到最后明白为什么而战，明白什么是“苟利国家生死以，岂因祸福避趋之”。在《长津湖》最后一段出现的“冰雕连”，恶劣天气下他们可以选择不去完成任务，但最后以生命为代价保持伏击待命的姿势，也代表着他们对国家利益的一种选择。试想，片中的角色如果都秉持保命重要、国家利益与我无关的态度，后果会怎样？显然，一个不符合人类群体和谐原则的价值观，必定不会被观众所接受，甚至误导观众，对社会、国家产生不良后果。

图4-1 《长津湖》[①]

编剧要相信自己表达的价值观。如果编剧对自己想要表达的价值观产生怀疑，甚至不相信，便不会投入精力去收集相关资料，剧中人物也会变得言行相悖。即便勉强创作剧

① 图片出自https://img3.doubanio.com/view/photo/l/public/p2687941477.jpg.

本、拍成影视作品，观众也不会认同。对于大众来说，观看影视作品是一种娱乐、休闲的方式，他们更想看到的是生动的人物形象和紧张曲折的情节，想要跟随故事体验不同的生活，而不是通过故事明白一个道理。剧本故事的主题与教育是两个层面的内容。影视作品的主题往往呈现出故事要探讨的问题，如人与自然的关系、人与社会的关系等，而教育是让观众从故事中获得教训和信息。事实是，观众不想通过影视作品被教育和灌输知识，编剧需要给观众留下思考的空间。

好的影视作品不仅仅是视觉盛宴，更是思想传达和观众情感共鸣的媒介。影视作品的真正魅力在于其能够向观众传递深刻的思想和情感，使他们与其中的角色和故事产生共鸣。因此，编剧的任务不仅仅是娱乐，还包括通过影视作品来传达思想，引发观众的思考和情感共鸣。这是影视作品的力量所在，也是主题在剧本中如此关键的原因。在影视作品的背后，主题是潜在的思想和情感的传达者，它赋予作品深度和意义。

确定一个好的主题是创作剧本的关键。无论翻阅哪本与编剧相关的图书，都不难发现一个共同点：创作剧本需要丰富的思想和素材资源。剧本不仅仅是一系列对白和情节的堆砌，它也承载着创作者对生活和人性的深刻认知和理解。一个出色的主题是编剧工作的基石，它为剧本赋予深刻的含义，使观众对故事产生共鸣。因此，编剧需要保持开放的心态，积极寻求启发，不断探索世界，深入思考人性和道德议题。只有这样，他们才能向观众呈现出令人难以忘怀的故事，同时也为影视行业注入新的创意和情感。

三、引导情节

在创作剧本时，情节和主题的关系尤为关键。情节可以被视为一系列由主题引发的逻辑事件。中心主题起到了将故事的各个片段紧密串联起来的作用，为情节的进展提供了明确的方向。考虑到电影或剧集的时长有限，编剧难以将所有复杂的情感融汇在一个故事中。因此，选择一个明确的主题，有序指引和整合情节变得至关重要。情节和主题是相互依存的关系，如果缺少了情节，主题将无法深入人心。反之，没有明确的主题，情节容易显得碎片化，这可能会使观众感到困惑，并且难以抓住故事的核心意义。情节是看得见的舞步，而主题则是舞蹈的灵魂，赋予其深层的意义。为了创作出吸引人且富有深度的作品，我们必须确保情节与主题相互补充，共同成长。

故事主题为情节提供了方向，就如同航海者的北极星，为他们在茫茫大海中指明方向。当编剧选择了一个明确的主题，他们就为自己的故事创作奠定了稳定的基础。主题对于故事的作用是无法估量的。它确保了情节的一致性，不同的情节、角色和转折都围绕着这个中心主题进行；它又保证了故事的整体性和连贯性。没有主题，情节可能会变得散乱和无目的，失去对观众的吸引力。

主题为编剧创作提供了清晰的方向。在众多情节、角色和转折的选择中，主题帮助创作者明确什么是故事的核心。以“家庭的力量”为例，主题不仅指导家庭成员关系的塑造，还为情节发展提供蓝图。故事可能从家庭困境开始，随着情节推进，家庭成员感情加深，展现出逆境中的力量。情节转折和冲突都围绕主题展开，不是随意发生的，而是为了展现和深化主题，使故事更有深度和吸引力。观众不仅能感受情节的紧张刺激，更能领悟主题的深刻启示。

在剧本构建中，主题在高潮与低谷部分尤为关键。高潮部分通常集中揭示主题的核心价值，如《哪吒之魔童闹海》中殷夫人为保护哪吒化为仙丹，深刻展现了母爱的伟大，引发观众共鸣。低谷部分则展现主题的反面或挑战，如母爱面临的压力、误解等，为观众提供对比，深化主题层次感，也为高潮部分做铺垫。

角色的动机与动作是故事的核心，主题帮助编剧探索和确定角色动机。成功的剧作中，角色的内在动机与外在行为都与主题紧密相连。以“自由与牺牲”主题为例，剧本不仅要展现主人公为自由牺牲，也要展现其他角色对自由的追求和对牺牲的恐惧，这样可以多维度展现主题的复杂性与深刻性。

综上所述，主题在剧本创作中的重要性不言而喻。它不仅为情节提供了方向，也为角色的动机与行为奠定了基础，是整部作品的灵魂。编剧在创作时要明确并深入挖掘主题，为观众提供更为丰富和深刻的故事体验。当编剧在构建情节时，主题始终是最重要的考量因素。编剧需要不断评估每个情节是否清晰呈现了主题。如果有与主题不符或可能淡化主题的情节，编剧需要认真考虑调整或删减，以保证故事的完整性和主题的明确性。总的来说，主题是剧本的灵魂，是情节、角色和转折的核心。只有明确了主题，故事才能真正触动观众的心灵。

第二节　剧本主题表现方式

主题的确立是创作剧本的第一步，也是核心。一部剧本没有明确的主题，就意味着创作出来的剧本会主线散乱和缺乏深度。因此，确立一个清晰、连贯且引人入胜的主题是创作的核心。编剧可以从以下几方面表现剧本主题。

一、利用人物与对话呈现主题

人物是编剧的传声筒，编剧对世界的看法与观点需要通过故事中的人物进行传达。当编剧准备写故事时，首先就要思考哪些人物适合完成故事的叙事任务，而不是随意设定人物去完成故事的讲述，这样可能会导致观众无法共情。不同的故事适合特定的人物去讲述。约翰·特鲁比提出了设定人物关系的方法——"角色网络"①，如图4–2所示。他认为，人物不应该是孤立的存在，而应该与其他事物、其他人产生交集。故事的主角是需要通过其他事物和人来定义的。

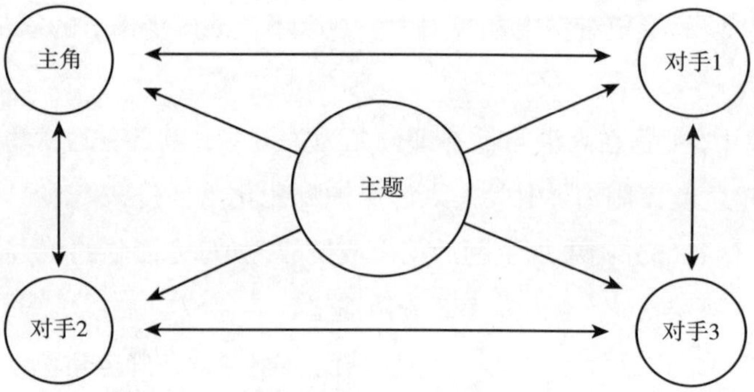

图4–2 约翰·特鲁比"角色网络"结构

将故事主题置于角色网络中，能使观众更清晰地理解人物与主题的关系，以及人物之间的互动。通常，编剧会围绕一个主题，设定主角去解决一个问题，并安排一个对立角色围绕该问题展开冲突，通过对话揭示主题。

以电影《破·地狱》(2024)为例，该片探讨了个人救赎、家庭和解与生死哲思等主题。主角道生是一名婚礼策划师，被迫转行成为葬礼经纪人，这一职业转变不仅是故事的叙事驱动力，也象征着他从逃避现实到直面生死的心路历程。他的主要对手文哥是一位传统喃呒师父，两人冲突的根源在于殡葬理念的差异。然而，随着剧情发展，道生逐渐理解了文哥的立场，而文哥也在家庭中面临着与女儿文玥的代际矛盾。道生通过观察文哥父女的互动，领悟到"破地狱"不仅是超度亡魂的仪式，更是生者打破内心困境的隐喻。

文玥作为次要角色，进一步丰富了角色网络。她是家庭矛盾的焦点，也是传统与现代的连接点，她的独立与挣扎反映了当代女性在职业与家庭之间的复杂抉择。片中的台词"生人也需要破地狱"进一步强化了主题。通过角色的互动与转变，该片将传统殡葬仪式转化为对生命意义的集体反思，展现了"破地狱"不仅是超度亡魂的仪式，更是生者挣脱现实枷锁、实现自我救赎的深刻寓言。由此可见，《破·地狱》(图4–3)中的角色是根据主题精心设计的。

① 特鲁比.故事写作大师班[M].江先声，译.长沙：湖南文艺出版社，2019：84.

图4-3 《破·地狱》①

《破·地狱》通过多组人物对话和台词，深刻呈现了其核心主题：生死哲思、家庭羁绊与自我救赎：

第一，通过台词呈现生死本质的哲思。

"死亡不是生命的终结，而是生命的一部分。"

"不只死人要超度，生人也需要破地狱。"

"人生就像一程车，重要的不是乘客，而是沿途的风景。"

第二，通过台词呈现对矛盾的反思。

"传男不传女？这是行业的传统，但传统若无用，就该被打破。"

"你的不专业会引起我先人受苦。"

第三，通过台词呈现自我救赎与释怀的挣扎。

"活着的人也在地狱里。"

"真正的告别不是说再见，而是学会放手。"

"生人都有很多地狱要破。"

这些台词通过多重维度，构建了作品的深层主题网络。它们不仅推动情节发展，更通过角色的语言与选择，将抽象的哲学思考具象化为可感的情感共鸣，使《破·地狱》超越了殡葬题材的局限，对当代社会人性进行了深刻剖析。

① 图片出自https://movie.douban.com/photo/photo/2916689341.

图4-4 《寄生虫》[①]

二、利用场景将主题视觉化

场景设计是将主题视觉化的一种表现方式。场景设计，也叫布景，是一个故事展开的时间和地点，为呈现主题提供了很好的舞台效果。根据不同主题的故事，编剧可以采取不同的场景设计，如以法庭为背景的有关正义的故事、以学校生活为背景的成长故事、以监狱为背景的救赎故事等。电影《寄生虫》(2019)就是利用场景设计表达主题的经典案例。在片中，观众可以直观地看到上层阶级和底层阶级的极大反差。该片海报直接表现了鲜明的阶级分化，如图4-4所示。

《寄生虫》中，金家蜗居在阴暗潮湿的半地下室，窗户被铁栅栏分隔，象征底层社会的禁锢感，如图4-5所示。朴社长家的别墅则以开阔的落地窗、现代艺术装饰和阳光充沛的庭院凸显上流社会的优越性，如图4-6所示。

图4-5 《寄生虫》中的半地下室[②]

图4-6 《寄生虫》中的豪宅[③]

这种垂直空间布局隐喻了韩国社会固化的阶级结构，地下室与豪宅的物理距离对应着难以逾越的阶层鸿沟。朴家别墅中隐藏的地下室揭示了底层的寄生者，形成“地下室—半地下室—豪宅”嵌套空间，不仅暗示了社会底层的生存困境，也讽刺了资本主义系统中层层剥削的荒诞性。

金家在前往别墅时需要不断“向上”攀爬，暴雨后回家则走上“向下”路径，暗示阶级跃升的虚幻性。物理运动轨迹成为阶层流动失败的隐喻，如图4-7所示。

① 图片出自https://img1.doubanio.com/view/photo/l/public/p2579942798.jpg.

② 图片出自https://img3.doubanio.com/view/photo/l/public/p2564845182.jpg.

③ 图片出自https://img3.doubanio.com/view/photo/l/public/p2564840037.jpg.

图4-7 《寄生虫》[①]

《寄生虫》通过空间对立、场景设计与动态场景的协同作用，将阶级矛盾转化为可感知的视觉语言。半地下室的窒息感、暴雨的破坏性、气味的顽固性共同构成了一幅社会分化的解剖图，该片最终通过暴力冲突揭示阶层固化的无解困境。

三、利用母题与符号强化主题

母题是指在作品中反复出现的某种元素、主题、情节模式、意象、情感倾向，通过重复性呈现来强化作品的核心思想、情感、叙事结构。符号则指具有隐喻功能的具象化元素，通过视觉或叙事暗示抽象概念表现主题。

图4-8 《开端》[②]

电视剧《开端》(2022)以时间循环为叙事母题，讲述了大学生李诗情与游戏设计师肖鹤云在公交车爆炸事件中陷入时间循环的故事，如图4-8所示。剧中主角们经历了25次循环，这一重复性情节不仅推动了故事发展，更反复考问“人性选择”：主角从最初的自我求生到最终的利他主义转变，展现了人

① 图片出自https://www.xu-du.com/d/223714-1-1.html.

② 图片出自https://img1.doubanio.com/view/photo/l/public/p2829889040.jpg.

性的升华。同时，公交车上的乘客们也通过循环逐渐呈现各自的故事，他们背负着不同的社会标签。

在符号运用上，《开端》构建了独特的隐喻系统。剧中多次出现“∞”符号，如肖鹤云的游戏界面和莫比乌斯环意象，直接暗示了“无限循环”的叙事本质。而每次循环中固定出现的手机铃声——《卡农》旋律，既是时间重置的触发点，又成为观众心理预期的锚定符号。铃声从柔和到尖锐的渐进式变调，暗示了循环强度的升级。

《开端》以时间循环母题搭建叙事骨架，通过“∞”符号、空间分层、感官意象等符号系统填充血肉，深度剖析人性善恶与社会结构。循环不仅是形式上的创新，更是内容表达的必然选择——唯有通过无限重复，才能剥离表象、逼近真相。这种“母题驱动符号，符号反哺母题”的创作逻辑，使该剧超越了类型化叙事，成为对社会现实的寓言性映射。

第三节　主题确立的注意事项

主题的选择和定位，不仅仅是简单地挑选一个中心思想或者某个具体的情感，更多的是对整个故事的核心价值和深层意义的探索。主题的传达并不是直白地告诉观众“这部作品想要传达什么”，而是需要确保情节、角色、对话都与主题保持一致，都在为主题的传达服务。只有这样，观众在欣赏作品的同时，他们的内心才能真正被主题所触动，从而产生共鸣。

一、警惕直接说教

一个优秀的故事主题能够引导情节发展，为角色的行为和决策提供内在动力，并为情节设置提供逻辑依据。然而，如果主题的呈现方式过于直接和明显，观众可能会感到被强行灌输某种观点，从而产生反感。相反，当主题以一种微妙而深刻的方式呈现时，观众会在观影过程中自然地思考和感悟，从而引发更强烈的情感共鸣，同时避免了“说教”的印象。

那么，为什么过于直接地呈现主题会让观众反感呢？从心理学角度来看，人们天生有一种反抗权威的倾向。当观众感受到自己的自主权受到威胁时，往往会下意识地产生抵触心理。当主题过于明显时，就好像有一个声音在不断地对观众说：“你应该这样理解这个故事。”这种被操控的感觉会引发观众的不满和反感。

此外，人类天性喜欢挑战和探索。面对一个谜团，人们往往愿意投入时间和精力去解开它。而当谜底被轻易揭开时，观众的兴趣就会迅速消退。过于明显的主题剥夺了观众探索和发现的乐趣，使他们在观看过程中缺乏深度的参与感。

一个真正有深度的作品需要观众投入时间和精力去思考，它在背后蕴含着哲理和情感。过于明显的主题就像是一盏过于明亮的灯，它的光芒掩盖了其他所有细节，让观众只能看到这一点，而忽略了其他部分。此外，一个好的作品往往不止一个主题，它可能会探讨生与死、爱与恨、自由与命运等多个层面。当其中一个主题过于突出时，其他主题可能会被遮蔽，从而使作品失去其多元性和复杂性。

艺术家通常会通过巧妙的隐喻和暗示来传达他们的观点，而不是直接告诉观众观点。这是因为艺术更多地关乎感受，而非逻辑。过于明显的主题往往会削弱作品的艺术性，使其变得过于逻辑化，而失去了情感和美感的表达。

二、保持主题的一致性和连贯性

在影视作品的创作过程中，主题的一致性和连贯性起着至关重要的作用。无论是一部短片还是一部长篇巨作，确保主题的一致性和连贯性是作品成功的关键因素之一。主题是作品的灵魂，是贯穿始终的核心思想。只有当每个元素都与主题保持一致时，作品才能展现出其完整性和统一性，并给予观众完整且连续的体验。当作品中的情节、角色和对话都与主题紧密结合时，它们将拓展主题的深度，从而更容易引起观众的共鸣和情感反应。

主题没有一致性和连贯性的作品很容易造成观众的困惑。当作品中的元素与主题脱节时，它们可能会变得冗余或无意义，从而削弱作品的整体效果。因此，要确保情节的发展和转折都与主题紧密相关。每一个情节转折都应该强化主题，而不是与之背道而驰。角色的性格、动机和决策都应该与主题保持一致。确保对话与主题紧密结合，可以加深观众对主题的理解。作品的背景和情境也应与主题保持一致。在创作过程中，创作者应不断地回顾和修改作品，确保每个元素都与主题保持一致性和连贯性。

编剧经常在影视作品中使用多层次的主题来为观众提供丰富的情感和思考空间，使观众的观感和体验更为立体、深入。然而，编剧还需注意如何确保多个主题之间的和谐统一，避免剧情混乱。因此，编剧需要仔细规划和权衡，确保不同的主题可以和谐共存，而不是相互竞争或掩盖。在作品中，一些主题可能更为明确，而另一些主题则可能更为隐晦。通过合理的层次安排，编剧可以控制观众的注意力和情感反应。

三、分析剧本主题类型

编剧在创作故事前，需要明确故事的主题属于哪种类型，才能在脑海中大致勾勒出故事的走向和发展脉络。对于故事主题的类型，罗伯特·麦基将其归纳为三种，即理想主义的主题、悲观主义的主题和反讽主义的主题。[①]

理想主义的主题表达的是积极向上、充满希望的生活与梦想，是一种正面的价值观念。动画电影《疯狂动物城》(2016)通过构建动物乌托邦的多元社会表象，在表层叙事中铺陈“每个动物都有无限可能”的理想宣言，却以食肉动物基因恐慌事件揭开完美秩序下的隐性偏见，形成理想主义与现实困境的张力。该片借主角朱迪从天真追梦者到制度反思者的蜕变，展现了个体在突破物种标签、对抗系统性歧视过程中，如何通过自省与行动将“改变从自身开始”的理念转化为社会改良的实践，如图4–9所示。

图4–9 《疯狂动物城》[②]

悲观主义的主题常常体现为对世界的愤世嫉俗、对生活的失落感以及无奈的情绪，它反映了人性的阴暗面以及对人类文明堕落的负面看法。电影《波斯语课》(2020)通过语言与生存之间悖论性的联系，深刻地展现了悲观主义主题，如图4–10所示。

图4–10 《波斯语课》[③]

① 麦基.故事：材质·结构·风格和银幕剧作的原理[M].周铁东，译.天津：天津人民出版社，2016：123.

② 图片出自https：//img9.doubanio.com/view/photo/l/public/p2323579586.jpg.

③ 图片出自https：//img1.doubanio.com/view/photo/l/public/p2583872900.jpg.

在“二战”背景下，犹太人吉尔斯为了求生，以2840个犹太同胞的名字虚构出“波斯语”。这一行为表面上构建了一个维持生命的谎言体系，但实际上将个体的存在简化为可替换的符号。它揭示了在极权统治下，人性的价值被系统性地抹杀，个体生命变得毫无意义的残酷现实。

作品结尾，吉尔斯用颤抖的声音复述那些名字，完成了一场历史的见证。这种将鲜活生命简化为字符档案的纪念仪式，不仅是对暴行的控诉，也凸显了语言在承载记忆时的无力感。全片始终在虚假的温情教学互动与集中营残酷杀戮机制之间形成强烈张力，解构了人性救赎的可能性。这种悲观主义不再局限于个体命运的悲剧，而是指向了整个文明体系自我吞噬的黑暗循环，展现了人类在极端环境下对自身价值和文明意义的深刻质疑。

反讽主义的主题表达了人类生存的复杂性和两面性，呈现了具有正面价值和负面价值的思想观念，也是最接近真实生活的一种主题。反讽主义主题又分为正面反讽和负面反讽两种类型。

正面反讽的主题常通过表层温情与深层矛盾的错位实现，在看似积极的行动中揭示价值系统的断裂。电影《姥姥的外孙》(2024)中，无业年轻人阿安看到堂妹因照顾病重的爷爷而继承房产后，也对身患绝症的姥姥动了心思。这暴露出金钱关系对亲情纽带的侵蚀，反讽了现代家庭关系的脆弱。阿安计划复刻堂妹的“致富之路”——获取百万遗产，却没想到争当全职孝孙的“啃姥致富”计划最终没能实现，但他从中感悟了亲情的可贵。作品结尾，阿安意外收获了姥姥从小为他准备的存款。

负面反讽的主题常表现为伦理秩序的自我消解。当个体试图在系统框架内寻求救赎时，其行动反而成为巩固压迫结构的共谋，形成道德逻辑的闭环性溃败。电视剧《黑暗荣耀》(图4-11)以校园暴力为切口，建构了阶层固化与人性扭曲的双重反讽。文东恩用精英教育体系授予的阶级跃升工具，开始实施复仇计划。其精心设计的“黑暗荣耀”计划在

图4-11 《黑暗荣耀》[1]

① 图片出自https://img1.doubanio.com/view/photo/l/public/p2885746560.jpg.

解构施暴者权力网络的同时，将自我异化为新的暴力符号生产者。剧中财阀家族用艺术收藏、慈善晚宴等文化资本粉饰暴力本质，恰如《波斯语课》中科赫军官以诗歌韵律美化死亡名单，二者共同揭示了文明外衣下野蛮内核的制度化存续。这种叙事将观众引向令人窒息的认知悖论：当反抗暴力的手段与暴力本身共享逻辑结构时，救赎不过是系统自我更新的养料。

综上所述，故事主题对作品的建构起到决定性作用，也是编剧在一开始就要思考的问题。如果主题的构思不清楚，编剧容易在剧本创作时失去方向，也就无从建构故事的结构、人物的关系，从而无法传达编剧想要通过故事传达的深意。因而，编剧在确立叙事主题时需要考虑多个层面的要素，既考虑主题的价值，又考虑社会意义，并通过人物与对话、场景设计、母题与符号去强化主题思想。只有遵循这些基本的创作规律，编剧才能逐渐深入探索人与自然、人与社会的问题，使观众产生认同。

本章练习题

1. 观看一部电影，分析其故事主题是如何表现的。
2. 结合本章内容构思故事主题，写出故事主题的类型、社会意义和角色网络。

本章思考题

1. 剧本主题的确立需要考虑哪些方面的要素？
2. 剧本的故事主题有哪些表现方式？
3. 剧本的故事主题有哪些类型？

第五章　影视剧本人物创建

教学目标：

1.了解剧本中人物的重要性。

2.了解剧本中人物的构建方式。

3.培养学生塑造剧本中人物的能力。

4.培养学生分析和梳理剧本人物关系的能力。

重点：

1.掌握剧本中人物的构建方式。

2.了解剧本中人物的塑造技巧。

难点：

1.如何在有限的时间构思人物。

2.如何激发对人物创作的兴趣。

第一节　人物的基础构建

人物塑造是一个人的一切可以观察到的素质的总和，是一切通过仔细考察可以获知的东西。这一切特征的总和使得每一个人都是独一无二的，这种各种特质的组合便是人物塑造。[①]不管是小说还是电影，随着时间的推移，人们可能会忘记剧情，但很难忘记其中经典的人物。一般来说，在阅读剧本时，人物的性格是最容易吸引读者或导演的地方。如何塑造出性格鲜明的人物形象成为编剧工作中重要的一环。剧本的整体框架通常也是为了服务于人物性格的塑造。所以，在一些作品中，人物的基础构建通常在剧情设定之前完成。首先，明确主题；其次，设置人物。这样，情节会自然而然地展开，剧本就能顺利地完成。

① 麦基.故事：材质、结构、风格和银幕剧作的原理[M].周铁东，译.北京：中国电影出版社，2001：118.

一、人物的重要性

剧本能否深入观众心灵往往取决于人物的吸引力。一个剧本的永久价值终究在于其中的性格刻画是否到位。[①]最优秀的作品不但揭示人物性格真相，而且在其讲述过程中展现人物内在本性中的弧光或变化，无论变好还是变坏。[②]因此，人物是剧本中最关键的元素之一，直接决定了作品能否触动观众的内心。影视作品之所以如此吸引人，部分原因就在于观众能够与其中的角色建立深刻的情感联系。

(一)人物是故事的引擎

人物是剧本的内在基础，是基石。它是剧本的心脏、灵魂和神经系统。[③]人物在剧本中扮演着决定性角色，是故事的核心，其性格、动机和行为不仅构成故事的组成部分，也主导着故事的进展。他们的决策、动机和行为直接影响着故事的走向。正是通过人物的情感、欲望、冲突和成长，观众才能与之建立情感联系，进而投入故事中。

电影《阿甘正传》(1994)中主人公阿甘善良、天真和无私的性格不仅影响了他个人的命运，还塑造了整个故事的基调，如图5-1所示。阿甘的人生旅程反映了美国社会的变迁，同时也代表了希望、坚持和无私的价值观。观众被阿甘的人物特质吸引，同时也因为他的性格特点而与故事情节产生紧密的情感联系。这证明了人物在剧本中的重要性。

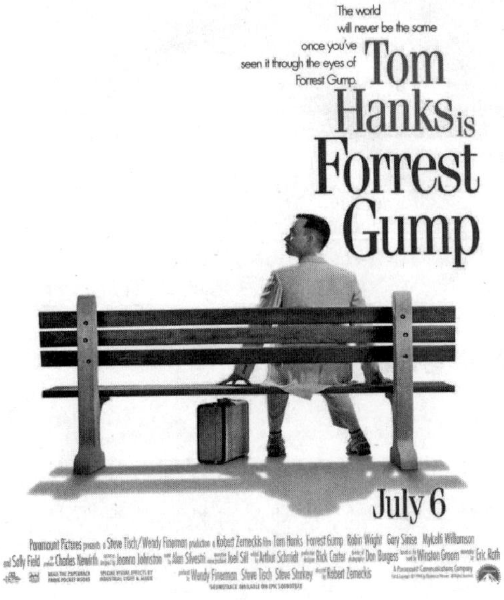

图5-1 《阿甘正传》[④]

(二)人物引发观众共鸣

剧本的目标之一是引发观众的情感共鸣，而人物是故事的情感投射点。观众通过角色的经历和情感体验故事的意义，逐渐理解、认同他们的情感、挣扎和成长。这种情感共鸣建立了观众与人物之间的连

① 贝克.戏剧技巧[M].余上沅，译.北京：中国戏剧出版社，2004：243.
② 麦基.故事：材质·结构·风格和银幕剧作的原理[M].周铁东，译.天津：天津人民出版社，2016：103.
③ 菲尔德.电影剧本写作基础(最新修订版)[M].钟大丰，鲍玉珩，译.北京：北京联合出版公司，2016：34.
④ 图片出自https://movie.douban.com/photos/photo/2500944103/.

接，使观众更加投入剧情中。

为了实现这种共鸣，人物必须具备贴近现实生活、有吸引力的特质。他们是现实人物的缩影，融合了多种现实生活中的人物特征，形成了具有典型性格的形象，即人物的“共性”，这让他们能够代表某一类人。同时，每个角色还应有其独特的“个性”。这些个性是他们在同类人物中的不同之处，也是他们的独特魅力所在。通过“共性+个性”的结合，人物得以鲜活地呈现，从而能够引起观众共鸣，使观众更加投入剧情中。

电影《美丽心灵》(2001)是数学家约翰·纳什的人物传记片，片中的主人公展现了复杂的情感变化，如图5-2所示。观众通过他的情感挣扎、精神疾病的困扰以及最终的康复，与他建立了深刻的情感联系。这种情感共鸣使得观众对人物命运产生了浓厚的兴趣，感受到了他的坚韧和胜利。

图5-2 《美丽心灵》[①]

(三)人物推动情节发展

罗伯特·麦基提出了“人物弧光”的概念，人物弧光指的是人物随着他的经历发生变化，而这些变化也往往推动着剧情的发展。

在剧本创作中，人物的目标与愿望是推动情节发展的核心动力。人物为了追求目标，不断采取行动并作出决策。这些目标和愿望构成了人物的内在动机，驱使他们克服障碍和冲突，从而推动故事向前发展。人物的每一次努力都是对欲望目标的求索过程，这一过程既是情节的展开，又是人物性格和命运逐渐显现的关键。

电影《黑天鹅》(2010)中的主人公尼娜的目标和愿望直接推动了故事的发展。她渴望成为一名顶级芭蕾舞者，但她的完美主义和自我批判使其陷入了心理困境，如图5-3所示。观众对她

图5-3　电影《黑天鹅》[①]

① 图片出自https://movie.douban.com/photos/photo/1665997400/.

② 图片出自https://movie.douban.com/photos/photo/771684494/.

的冲突和命运产生了极大的兴趣，这使得故事充满了情感张力。

综上所述，人物在剧本中的重要性不可忽视。人物不仅是故事的核心，还是观众与故事建立情感联系的关键。通过创造深刻的人物形象，建立情感共鸣，以及充分利用他们作为情节驱动力的潜力，编剧可以使影视作品更加引人入胜、深刻和难以忘怀。

二、人物的构建方式

编剧首先需要构建出具体的角色，并根据剧本的主题表达和故事讲述的需要，明确各类人物在剧本中的作用，并合理分配他们的比重。那么，影视作品中的人物的构建从何开始呢？我们需要用一个什么样的方法或者思路去构思人物呢？"通常给作者们的建议就是为他们塑造的每一个主要人物写一个人物小传。"[①]拉约什·埃格里用提问的方式分析如何构建人物的骨架。[②]掌握人物的构建方式对于故事的创作极其重要，是人物塑造的第一步。本节从问卷式人物小传、视觉化人物探索和现实人物投射法出发具体介绍人物的构建方式。

（一）问卷式人物小传

"如果剧本是影片的核心工具，那么人物小传便是辅助剧本完成的重要工具。"[③]在剧本构思之初，编剧会在大的情节框架中预先设想几个角色。在这个阶段，预想的角色形象还是相当模糊的。"我们预设的角色形态可以多样化，他们可能是人类、动物、植物，甚至是无生命的物体。"[④]然而，无论角色的外在形态如何，关键在于他们必须被赋予人类的意志，一种能够驱动他们为了满足自身欲望而采取行动的能力。正是这些行动，构成了故事发展的基础。因此，无论角色的本质是什么，只要他们展现出人类的意志，编剧就可以通过撰写人物小传来深入挖掘和分析这些预想的角色。

设计人物小传是一种高效的手段。它不但能够帮助编剧更好地理解角色，而且能辅助编剧在创作过程中完善角色的性格、动机和行为，梳理其内心逻辑、人物关系，从而塑造出立体且丰满的角色形象。在剧本构思之初，编剧对脑海中的角色有一个模糊的概念，但写下来变成文字的过程是一次理性的思考和总结。

人物小传是对人物形象全方位的观照，"它并不是对现有人物生平、事迹的追溯记录，也不是对某个人物一生的评价与定位"[⑤]。它实际上是一个将模糊人物形象逐步清晰化的

① 沃尔夫.你的写作教练［M］.孟庆玲，伊小丽，译.2版.北京：中国人民大学出版社，2014：64.
② 埃格里.编剧的艺术［M］.陈磊，译.杭州：浙江文艺出版社，2023.
③ 刘伽茵.故事短片构思与写作［M］.北京：中国国际广播出版社，2021：119.
④ 陈贤浩.动画角色设计［M］.上海：复旦大学出版社，2013：49.
⑤ 倪学礼.电视剧人物创作论［M］.北京：中国传媒大学出版社，2021：42.

过程，旨在确保人物的性格特征和行为动机在逻辑上更加合理和真实。

一般情况下，人物小传包含以下三点内容：人物的基本信息、人物的外在形象、人物前史与人物关系。[①]对于人物小传，也有学者提出，从“家庭背景、生活环境、人生经历、社会地位、教育程度、理想与信仰、婚姻状况、民族与地域性”[②]八个方面进行写作。

人物小传中包含的信息越丰富，就越能够提供关于角色的背景、动机、性格特点、成长经历、弱点、欲望等详细信息。这些信息有助于编剧充分了解角色。相较于剧本对文字的视觉化要求，人物小传更侧重于文字的概括力和表现力。它要求编剧使用简洁而精准的语言，避免空洞和笼统的描述，确保文字能够生动地捕捉并传达人物的独特性。

对于写作人物小传感到困惑的创作者，可以采用问卷的方式来深入挖掘人物的多维度特征，以便更加简单、全面且细致地了解角色。也可借鉴《你的写作教练》[③]中提供的问卷模板，通过一系列精心设计的问题来引导创作。扫描二维码阅读人物小传问卷。这些问题可以引导编剧全面而细致地了解一个人物，从而在创作中塑造更加立体和真实的角色形象。

人物小传问卷

这份问卷覆盖了角色的基本资料、成长背景、情感状态、社会关系、职业经历、兴趣爱好、人生观、价值观等多个维度，它不仅为塑造角色提供了清晰的指导，也构成了人物小传的坚实框架。通过细致回答这些问题，编剧将对所创造的人物有一个深入且全面的了解。

当然，根据不同的故事主题与人物设计，我们还可以列举出更多的问题来帮助完成这样的人物传记。回答这些问题大有裨益，虽然相当费时，但对于新手编剧来说，仍然不失为一个最佳方法。

以下是人物小传的参考案例。

电视剧《大红袍》人物小传

电影《我也有梦想》人物小传

① 刘伽茵.故事短片构思与写作[M].北京：中国国际广播出版社，2021：121-122.

② 倪学礼.电视剧人物创作论[M].北京：中国传媒大学出版社，2021：43-50.

③ 沃尔夫.你的写作教练[M].孟庆玲，伊小丽，译.2版.北京：中国人民大学出版社，2014：64-66.

（二）视觉化人物探索

在剧本创作中，编剧不仅需要塑造一个好角色，更需要塑造一个能够被视觉呈现的好角色。有时只通过语言或者文字叙述，即使是长篇大论，受众也难以对被描述的人物有准确的认知，但是看一张人物的照片或插画，受众一下子就能对人物有直观的了解。剧本虽然在表象上是语言文字，但实质上更接近图像。“电影剧本在前期准备和阅读原则上也必须承担起视听思维逻辑完整性的责任，保证其散文性的描述能让后来的读者根据文字展开视听想象。”①我们可以运用视听思维来设计人物、创作剧本。要从角色的外貌特征、着装风格、惯用道具、口头禅和习惯性动作等方面进行构思，这些元素决定了角色带给观众的第一印象，并且与剧本情节的发展息息相关。

构建角色的过程可以通过一种视觉化方法来实现，这种方法被称为“隐藏图片法”。有时候编剧采用问卷或者传记的方式像是在凭空臆造人物角色，而“隐藏图片法”更侧重于借助想象的力量发现和探索人物。这就像我们在梦中自然遇到的人物和场景一样，我们不会在每晚睡觉前想好让谁出现在梦中，梦中是什么样的场景，等等。接下来看一下“隐藏图片法”的具体步骤。

首先，编剧需要确定好想要创作的角色，然后进行一次放松冥想练习——闭上眼睛，让自己的思绪自由流动。在这种放松的状态下，编剧去想象所关注的角色的居住环境。这个地方是明是暗？是凌乱还是整洁？是现代还是古代？是安静还是嘈杂？装潢怎样？无论想象出怎样的环境细节，都有助于揭示角色性格和生活方式。

其次，编剧需要执行一个任务：在这个角色的居住空间中寻找具有特殊意义的图片。这幅图片可能藏在任何地方，如挂在墙上、放在抽屉里、藏在床垫下等。这个过程类似于一个寻宝游戏，目的是通过寻找它来更深入地了解角色的内心世界。

找到图片后，编剧需要仔细观察它的每一个细节：是彩色还是黑白、新旧程度如何、上面有没有人、他们是谁、他们在干什么、背面有没有文字等。编剧需要猜一猜这张图片为什么对角色意义重大。

最后，编剧需要将图片放回原处，保持房间的原貌，慢慢从想象中回到现实。

这个冥想过程有助于编剧将他们的发现整合到角色构建中。“隐藏图片法”的成功率非常高。那些在练习中没有找到图片的人可能会在梦中或在日常生活中突然想到这样一幅图片。这证明了人的潜意识是一个强大的资源，可以帮助我们构思出生动、真实的角色。

这种方法鼓励编剧结合左脑的逻辑分析和右脑的图像情感，以创造出具有深度和感染力的角色。编剧可以根据自己的喜好，选择是否在冥想练习中说话或录音，以帮助记忆

---

① 刘晓英.电影剧作中的视听思维初探[D].广州：广东技术师范大学，2020：11.

或避免分心，也可以在冥想时播放一些轻柔、放松的音乐。总的来说，利用“隐藏图片法”，编剧可以通过一种直观和情感化的方式来构建角色，这种方法不仅能够激发创造力，还能够加深对角色的理解。

（三）现实人物投射法

现实人物投射法，“是以间接的方式收集关于个人的动机、态度、价值观以及人格特征方面的资料进行分析的一种方法”[①]。这种方法即找到一个或多个现实中的人物作为角色的原型，为现实生活中的人物提供灵感和参照点，帮助编剧设计出具有真实性的角色。然而，这些原型应当被重新塑造和调整，以确保角色既能在剧本中站稳脚跟，又能维持其独特性和故事的一致性。如沃尔夫所说：“以熟悉的人为范本创作人物的另一个风险就是你会觉得很难赋予这些角色他们原本不具备的品质，而这些品质恰恰是故事情节所需要的。”[②]

在以现实人物为原型进行创作时，编剧可以利用现实人物投射法收集多个人物的人格特征，然后将不同人物的特质融合在一起，创造出一个独特的复合体角色。例如，可以将一个亲戚的外貌特征、一个大学同学的不良嗜好以及一个同事的社交特点结合起来，形成一个具有复杂性格的角色。此外，如果编剧对角色所处环境不熟悉，需要进行深入的调研，避免重复使用在其他媒介中呈现过的刻板形象。

通过现实人物投射法，编剧能够创造出丰满而立体的角色，既借鉴了现实生活的真实性，又赋予了角色故事所需的独特性。最终，这种创作方法不仅丰富了角色的内心世界，也增强了剧本的吸引力和说服力。重要的是，编剧在创作过程中应保持敏感和开放的态度，不断探索和实验，以找到最适合角色和故事的创作方法。通过这样的努力，角色将栩栩如生，故事也将更加引人入胜。

第二节　人物的核心塑造

在影视作品中，深入刻画人物是构建引人入胜故事的关键。《故事写作大师班》提出了七大步骤——弱点/需求、欲望、对手、计划、对决、真实自我的揭露、新的平衡点，它们是塑造主角不可或缺的元素。[③]这一系列步骤确保了角色能够经历明显的变革，使观众得以见证其内在性格的转变和成长。亨利·詹姆斯指出，人物的所说、所做，以及如何应对

① 杨焕远.方法论[M].北京：光明日报出版社，2008：179.

② 沃尔夫.你的写作教练[M].孟庆玲，伊小丽，译.2版.北京：中国人民大学出版社，2014：70.

③ 特鲁比.故事写作大师班[M].江先声，译.长沙：湖南文艺出版社，2019：95.

某一事件，如何做决定并采取行动，详细表现了人物的本质。[①]他认为，人物的本质通过其言语、行为、决策过程以及对事件的应对方式得以展现。这意味着，人物的性格、道德观念和行为模式是理解其深层本质的关键。皮埃尔·让也对人物塑造提出了独到见解，将人物描绘细分为心理、社会和身体三个层面的特征。[②]他强调了内在心理状态与外在视觉元素在角色塑造中的重要性，指出了除了性格特征外，人物的社会背景和身体特征同样对其形象构建起着至关重要的作用。悉德·菲尔德指出，令人满意的人物有四个特质：人物有一个强有力且清晰的戏剧性需求；有独特的个人观点；有一种特定的态度；经历过某种改变或转变。[③]

本节旨在对人物塑造进行深入探讨，不仅关注其内在的性格、需求、欲望，也将考察人物的转变、行为、矛盾等要素。通过这种全方位分析，编剧可以更真实、立体地刻画人物，呈现栩栩如生的角色形象。

一、性格

（一）性格的概念解析

黑格尔说："典型人物需要表现其个性，而人物若没有性格，便展现不出其个性。"[④]"性格决定命运"，这不仅是一种大众普遍认同的观点，也是学术界广泛接受的真理。"性格"一词在美学领域的核心内涵是"个性"。一个在艺术作品中具有审美价值的人物，不仅要反映出一定的普遍性和代表性，更要展现出其独特性，成为一个具有典型意义的个体。

在剧本创作中，精准塑造人物性格是确保故事成功的核心要素。"性格决定行为，行为决定命运。"[⑤]性格特点构成了角色行为的基础，塑造了角色的行为模式。例如，一个固执的角色可能会坚持完成一项艰巨的任务，而一个害羞的角色可能在社交场合中选择回避陌生人。这些性格特征成为观众与角色建立情感联系的纽带，因为它们触发了观众的共鸣，使观众能在角色的行为中看到自己的影子。

性格特点不仅塑造了角色的行为模式，还搭建起观众与角色之间的情感桥梁，使观众能够洞察角色行为背后的动机，从而产生共鸣并预见角色的未来选择。这种性格的明确性是角色独特性的决定因素，也是他们从故事中脱颖而出、推动情节发展的关键。然而，"缺乏核心性格的角色，无论其外表如何华丽，都无法掩饰其内在的空洞。他们就像穿着华丽衣服的假模特，一旦脱下衣服，就只剩下一个空壳；即便更换装扮，也仍然只是没有

① 菲尔德.电影剧本写作基础(最新修订版)[M].钟大丰，鲍玉珩，译.北京：北京联合出版公司，2016：32.
② 让.剧作技巧[M].高虹，译.北京：中国电影出版社，2005：42.
③ 菲尔德.电影剧本写作基础(最新修订版)[M].钟大丰，鲍玉珩，译.北京：北京联合出版公司，2016：49.
④ 黑格尔.美学 第二卷[M].朱光潜，译.北京：商务印书馆，1982：226.
⑤ 李湘佩.每个人的易经：性格书写人生轨迹[M].广州：华南理工大学出版社，2019：274.

灵魂的衣服架子”[①]。如果角色缺少清晰的核心性格，他们的行为和对话就会显得毫无目的，如同失控的车辆，随意冲撞。因此，角色的每一个动作和每一句对白都必须与其核心性格相一致。角色是否会选择盗窃、碰瓷或见义勇为，这些行为是否与他们的核心性格相符，是判断角色可信度和区分度的重要标准。

因此，剧本创作的第一步是为角色选定一种核心性格，这不仅是赋予角色独特性的基础，也是确保角色行为和言语合理、真实的关键。只有找到并坚持这一核心性格，角色才能在剧本中栩栩如生，与观众建立深厚的情感联系。那么，如何设计人物的性格呢？本节推荐一种高效且易于掌握的性格分析工具——九型人格分析法。这是一种系统而实用的方法，可以帮助编剧深入挖掘和表现人物的内在特质。

(二)实用的性格塑造方法

1.九型人格分析法

九型人格，又名性格形态学，是指人类具有的九种性格，它解释了不同性格间的相互关系。[②]如图5-4所示，九型人格是一种动态人格分类，涵盖九种独特的思维、情感和行为模式。每种类型基于特定的知觉过滤系统，影响注意力和能量分配。每种人格类型代表一种核心信念，贯穿生活的各个层面。

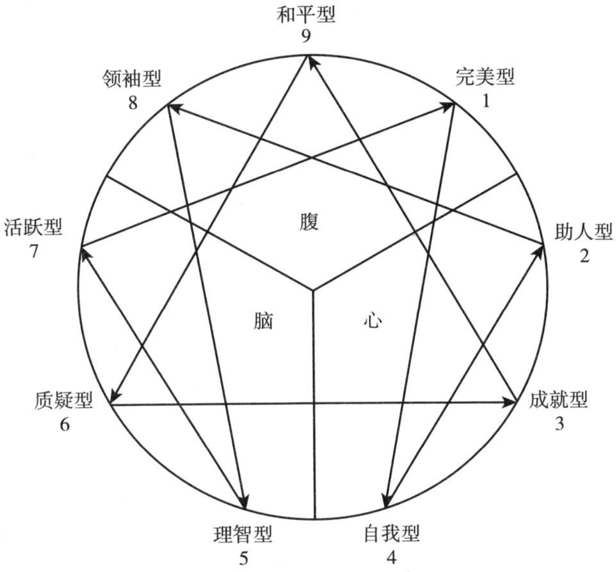

图5-4　九型人格图[③]

① 唐糖小君.故事创意指南：剧本、小说创作法[M].北京：中国纺织出版社有限公司，2022：21.

② 张海翔.揭示9型人格奥秘：知己知彼百战不殆[M].成都：成都时代出版社，2010：2.

③ 陈志嵘.性格领导力：觉醒自我、唤醒他人的管理智慧[M].北京：北京联合出版公司，2021：13.

《九型人格：透析未知的自己》一书详细讲述了九型人格的历史。[①]九型人格图的历史起源于葛吉夫的研究，他认为："一个人是无法明辨自己的性格的，因为它是隐藏在人格背后的基础。"[②]他是首位深入探究九角星并创立"神圣舞蹈"教学法的人，并将九型人格传入西方。美国人类学家海伦·帕尔默的《九型人格》[③]是比较全面和权威的著作，根据这本书的定义，九型人格分为以下类型。

第一，完美主义者：追求完美，有强烈的道德感和责任感，注重规则和秩序。

第二，给予者：乐于助人，关心他人，有时忽视自己的需求，渴望被需要和爱。

第三，实干者：追求成功和认可，努力工作以获得他人的赞赏。

第四，悲情浪漫者：寻求独特性和个人身份，情绪波动大，害怕平凡。

第五，观察者：喜欢思考和分析，倾向于保持距离，害怕依赖他人。

第六，怀疑论者：忠诚且谨慎，担心安全和稳定，容易焦虑。

第七，享乐主义者：乐观、活跃，追求快乐和刺激，害怕被困住。

第八，保护者：强势、自信，寻求控制和正义，害怕被控制。

第九，调停者：追求和谐，避免冲突，有时可能忽视自己的需求。

在塑造人物性格的初期阶段，编剧应首先了解九种基本的人格类型，并尝试将其与自己故事中的人物进行比较。这一过程要求编剧在心中构建起人物的形象，然后探索哪一种性格类型最为贴近人物形象。关键在于找到最符合人物特质的性格类型，这是进一步细化的基础。例如，如果故事中的人物具有强烈的帮助他人的愿望，那么给予者可能是一个合适的定位。

确定初步的性格类型后，编剧需要深入研究该类型的具体特征。编剧可以借助海伦·帕尔默的《九型人格》等权威著作，细致地分析每种性格的欲望、恐惧和主要特质。在此过程中，编剧应不断反思这些特征是否与故事中的人物相符。如果某些特征与人物设定不符，编剧应勇于进行个性化调整，以确保人物性格的真实性和独特性。

随着对性格特征的逐项分析和调整，人物的核心性格将逐渐显现。编剧应持续思考和填充那些使人物独特的细节，直至形成一个清晰、有深度的性格轮廓。如果现有人格类型无法满足人物塑造的需要，创作者可以自由地添加新的特征，以完全自定义的方式塑造人物。最终，通过对每个小特点的细致打磨，人物的核心性格得以确立，为故事拓展深度。

在电影《白鹿原》(2012)中，朱先生、白嘉轩和冷先生这三位角色，从"九型人格"理论的角度来看，都具有完美主义者的特征。根据海伦·帕尔默对"九型人格"的研究，

① 陈德伦.九型人格：透析未知的自己[M].北京：北京燕山出版社，2013：4–6.

② 叶文静.谋生亦谋道：九型领导力[M].北京：企业管理出版社，2022：8.

③ 帕尔默.九型人格[M].徐扬，译.北京：华夏出版社，2007.

完美主义者通常追求正确和完美，对自己和他人都有着极高的标准。他们以原则为导向，坚守道德和伦理规范，并且不断努力自我完善。这种人格类型的人往往有着强烈的责任感和坚定的价值观，对不公正和不完美的现象感到不满。然而，他们也常常会陷入自我批评的困境，努力克服自身的不足，以达到理想中的完美状态。不过，这种对完美的执着有时也会让他们显得固执，难以妥协，甚至在面对压力时表现出焦虑和沮丧。在某些情况下，完美主义者可能会呈现出“双面人”的特点，即在不受约束的环境中，他们可能会走向人格的对立面，一面是坚守道德的传教士，另一面却可能陷入某种道德困境。

在《白鹿原》中，朱先生、白嘉轩和冷先生的基本人格都属于完美型人格，也就是传统的理想人格。以白嘉轩为例，他深受儒家文化的影响，致力于建立一个遵循传统道德伦理的模范乡村社会。作为族长，他以身作则，努力维护宗法秩序和道德规范，体现了他对高标准和完美境界的追求。他的行为和决策都源于对社区和家族的责任感，以及对传统价值观的执着坚守。然而，白嘉轩的人格也展现了完美型人格的负面特征。在面对社会变革和个人挫折时，他的固执和守旧让他逐渐与时代脱节。在某些情况下，他的愤怒和失望甚至会转化为对他人的严酷对待。尽管他的初衷是维护正义和秩序，但他的方法和态度与周围人产生了隔阂，最终导致了个人的悲剧。白嘉轩的故事生动地描绘了一个在动荡时代中坚持完美理想的人物，以及这种坚持在现实挑战面前所产生的困境和矛盾。

《黑天鹅》中的主角妮娜也具有完美型人格(完美主义者)的特征。妮娜对芭蕾舞艺术的追求体现了她对完美和卓越的不懈追求，她对自己的要求极为严格，无论是舞蹈技巧还是舞台表现，都力求达到无可挑剔的境界。她对剧团导演的指令更是严格遵守，不仅自身追求完美，也非常重视周围人们的目光。然而，妮娜的自我批评和持续的自我监测逐渐演变成了一种自我压迫，她不断审视自己的不足，甚至在身体和精神上都对自己进行了极端的控制。她几乎将全部精力投入舞蹈中，导致对精神领域的忽视，这种精力的单一投入最终成为她精神崩溃的导火索。总之，妮娜的完美型人格特征在电影中被放大和极端化，展现了这种性格类型在追求理想过程中的光明面与阴暗面，以及在极端压力下可能导致的悲剧性后果。

除了九型人格，还有其他心理学理论也为创作提供了丰富的资源。例如，卡尔·荣格的八种人格类型理论、亨利·默里的“需要—压力”理论等理论都深入探讨了人格的不同方面，为编剧提供了多种可能性。在塑造人物时，我们可以参考这些理论，以确定人物的核心性格特征，使人物形象更加立体。然而，我们也鼓励编剧发挥自己的想象力和创造力，结合个人经验和理解，探索并创造出独特而富有创意的角色构建方法。

2.逐步揭露性格

在影视作品中，人物性格展现是一个逐步揭露的过程，通常不会在作品一开始就完全展现角色的所有特质。随着情节的发展，通过角色的行为、选择、对白和与其他角色的互动，观众才能逐渐深入了解角色的性格特点和成长变化。这种逐步揭示的过程不仅增强了故事的吸引力，也使得角色更加立体和真实。

在现实生活中，我们通常需要长时间的相处才能深入理解一个人的性格。这是因为人的性格特质往往在长期的观察中才能逐渐显现。然而，在电影艺术中，由于时间的限制，观众无法对角色进行长时间的观察。这时可以设置一些通过剧中人物简要说明的故事，如插入双方的回忆作为主要表现手段，或通过对双方交谈过程中对白和动作的设置使观众了解双方性格。

简单地说，在剧本人物性格的塑造过程中，首先浮现的是人物表面的性格，这个性格可能具有很强大的迷惑性，但是之后读者通过对各种冲突和事件的观察就会慢慢发现人物的真实自我。

在《三国演义》小说开头，曹操所表现出的刚正不阿(如设五色棒)、嫉恶如仇(如刺杀董卓)的性格吸引了很多读者。直到发生了杀害吕伯奢家人事件，读者们也只是认为曹操性格多疑而已，但在之后的故事中，逃跑中的曹操见到了吕伯奢，在其知道真相的前提下还是将吕伯奢杀害，读者才真正明白曹操是怎样的人。这样设计的好处是读者可以通过更多的场景、更多的对话对人物有一个深入的了解。然而，对于电影来说这种设计不可取，因为时间太长会拖慢节奏，导致剧情拖沓。电影可使用多种蒙太奇叙事方式，缩短时间，同时又完整地表达情节。因此，电影剧本中人物的设置一定要简单明了。

二、需求

(一)需求的概念解析

需求也可以称为人物的需要。悉德·菲尔德指出："每一个主要人物或重要人物都有一个强有力的戏剧性需求。戏剧性需求是指在剧本中人物所期望赢得、攫取、获得或达到的目标。戏剧性需求驱使你的人物贯穿故事线的发展。这是他们的目的、使命、动机，推动着他们完成故事的叙事动作。"[①]美国心理学家亨利·默里认为："需要是大脑中代表力量的一种结构(一种虚构或假设性概念)，这种力量从一定方向按照改变现存的不能令人满意的情景的方式来组织人的知觉、统觉和行动。"[②]需求有时可能是由内在的心理

① 菲尔德.电影剧本写作基础(最新修订版)[M].钟大丰，鲍玉珩，译.北京：北京联合出版公司，2016：49.
② 李伟.组织行为学[M].武汉：武汉大学出版社，2022：90.

过程触发的，但更多时候，它是由外界压力在特定条件下激发的。例如，当你感到饿了，内在的需求就会促使你去寻找食物；当天气变冷，恶劣的天气就会让你想要加件衣服。这些需求驱使着我们避免某些情况，或者在不得不面对时，指引我们如何应对这些压力。每种需求都伴随着特定的情绪或感受，并且倾向于通过特定的方式来引领我们的行为倾向。这些需求可能表现得强烈或轻微，可能是一时的，也可能是长久的。需求往往为我们指明了行动的方向，通过改变现状，最终达到一个让我们感到舒适和满足的新局面。

塑造人物时，编剧首先要确定角色的需求。例如，《花木兰》(2020)的戏剧性需求是花木兰证明自己，取代父亲参战；《疯狂动物城》的戏剧性需求是实现理想，成为理想中的自己；《寻梦环游记》的戏剧性需求是实现梦想，找回失落的记忆；《飞屋环游记》的戏剧性需求是完成遗愿，实现主人公和亡妻的梦想。生活中，人类的需求是多维度的，正如亨利·默里列举的20种基本需求，扫描二维码查看列表。

亨利·默里关于人类需求的列表[1]

(二)赋予角色心理和道德层面的需求

影视作品中，编剧赋予主角深刻的心理追求和道德需求，能够极大地增强角色的内在动力和故事的吸引力。“最有力的主角总是同时有一个心理层面与一个道德层面的需求。”[2]主角的心理需求通常影响其个人成长和动机，而道德需求则要求主角学习如何与他人和谐相处。这些需求不但驱动着主角的行为，而且构成了他们内心的挣扎和冲突，尤其是当他们为了与他人和谐相处而必须面对自我价值观的挑战时，这种内心的斗争触及了人性中共通的心理斗争和道德困境，往往能够激发观众的共鸣，并使观众自然而然地对主角产生同理心。

因此，编剧需要设置主要角色的心理需求或道德需求，这样才能吸引观众关注角色。需要注意的是，重点不是如何解决角色的需求，而是设置了角色内心层面的道德需求和困境后，角色可在这样的需求下产生欲望和目标，进而展开行动，从而推动故事情节的发展。

短片《口吃》(2016)中，主角格林伍德的口吃是一种外部问题，但这并不是故事的矛盾点。他认为，口吃阻碍了他的生活，解决这个心理层面的道德困境，成为强烈的故事冲突的基础。编剧如果不了解角色的需求及其背后的原因则很难展开故事。短片中，格林伍德渴望一段深入且亲密的爱情，这是他的戏剧性需求；但他又害怕自己口吃遭别人嫌

① 郑希付.现代西方人格心理学史[M].开封：河南大学出版社，1991：318.

② 特鲁比.故事写作大师班[M].江先声，译.长沙：湖南文艺出版社，2019：112.

弃，所以一直不敢和心仪的女生进一步发展情感，这是他的弱点，即道德困境。格林伍德面临的外部阻碍其实就是他的理念冲突：口吃让他无法与人建立深层交流，使他事事受阻，与外部世界产生了冲突。至此，短片已经初步构建了主角的性格。

在影视作品中，角色的需求是推动故事发展的关键。这些需求主要包括角色的心理需求和道德需求。心理需求通常与角色的个人成长和动机相关，而道德需求则涉及角色如何与他人和谐相处，以及在价值观冲突中的内心挣扎。角色的内在动机和道德困境共同构成了他们的行为和决策，为故事提供了深度和吸引力。通过明确角色的这些需求，编剧可以有效地构建角色的内心世界，并推动故事情节的展开。有些编剧知道故事的吸引力在于主角欲望的展现，试图直接以欲望开篇，却忽略了主角的弱点或需求。这种做法虽能快速启动故事，却牺牲了必要的情节转折和深度。设置人物的需求，使之具备人格魅力，这才是观众真正关注的焦点。因此，万万不可省略给人物设置需求这一根本步骤。

三、欲望

（一）欲望的概念解析

所谓欲望，指的是“主角在故事中想要得到的事物，亦即他的具体目标”①。人物的需求和欲望不同，需求指的是角色需要克服的心理需求或道德需求，故事开始时，主角经常因自身需求陷入道德困境；而欲望则指角色追求的外在目标。一旦主角有了欲望，他们便会朝着目标方向努力，采取行动以实现它。

角色的需求和欲望在影视作品中对观众产生不同的影响。需求揭示了主角需要怎样的变化才能改善自己的生活，它虽然是故事的核心，却隐藏在表面之下，是在内心层面可让观众产生同理心的要素。而欲望则让观众与主角一起渴望某件事物，无论故事情节如何曲折变化，观众都会想要与主角一起追求目标。欲望是浮于表面的，它引导观众思考故事想要表达的主题。

例如，在《寻梦环游记》中，主角米格的需求是追求音乐梦想，而他的欲望则是让太奶奶记起曾曾祖父，阻止曾曾祖父彻底消失；在《疯狂动物城》中，主角朱迪的需求是作为一只弱小的兔子赢得尊重和认可，而她的欲望则是解决动物城中的失踪案件，成为一名真正的警察；在《口吃》中，格林伍德的需求是克服自己的口吃问题，而他的欲望则是成功地向心爱之人表白。

① 特鲁比.故事写作大师班[M].江先声，译.长沙：湖南文艺出版社，2019：65.

(二)欲望的创作规则

“塑造有力的主角的下一步，是创造欲望线。”[1]约翰·特鲁比指出，人物欲望的塑造应遵循三条规则，即欲望应单一而逐渐强化、欲望必须明确、欲望的达成应在结尾。

欲望应单一而逐渐强化：在构建故事时，保持一条清晰的欲望线至关重要，这条线代表了主角的主要目标和动机。如果故事中存在多条欲望线，可能会导致叙事分散，使观众感到困惑，削弱故事的推进力。一个成功的故事往往围绕主角核心的、逐渐增强的欲望展开。随着故事的发展，主角对这个目标的追求变得更加迫切和强烈，从而推动故事节奏加快，叙事动力增强，最终形成一种不可抗拒的前进势头。例如，在动画短片《魔术师和兔子》(2008)中，兔子单一而逐渐强化的欲望是得到胡萝卜；在《疯狂动物城》中，主角朱迪的单一而逐渐强化的欲望是成为一名优秀的警察，并证明小型动物也能在警察工作中取得卓越成就；在《飞屋环游记》中，主角卡尔的单一而逐渐强化的欲望是实现他和已故妻子共同的梦想——前往南美洲的“仙境瀑布”。

欲望必须明确：故事中主角的欲望应该是清晰的、具体的，并能够在特定时间点被评判的目标。《魔术师和兔子》中兔子的欲望时间点是开头，饥饿的兔子发现胡萝卜，并尝试得到桌子上的胡萝卜，如图5-5所示。

图5-5 《魔术师和兔子》[2]

欲望的达成应在结尾：为了保证故事的完整性和叙事动力，最好将主角的欲望线延长至故事结尾，确保故事成为一个连贯的整体。例如，《流浪地球》的结尾——主角刘启和他的团队成功地重启了地球发动机，阻止了地球撞击木星的灾难，实现了他们拯救人类

① 特鲁比.故事写作大师班[M].江先声，译.长沙：湖南文艺出版社，2019：126.

② 图片出自https://movie.douban.com/photos/photo/921121480/.

和家园的愿望；《疯狂动物城》的结尾——朱迪通过解决案件，证明了自己，实现了成为优秀警察的愿望；《飞屋环游记》的结尾——卡尔完成了对妻子的承诺，将房子带到了天堂瀑布，实现了他们的共同梦想。

四、转变

（一）角色转变的概念

角色转变，又称角色转变弧线、角色的发展或改变幅度，指“角色在故事进程中的发展”①。“尤其是在电影中，主人公总是开始时一个样子，然后慢慢发生转变。”②可见剧情的推进离不开角色的转变。这种转变体现了角色的性格张力，性格张力指的是塑造的人物一路走来性格上经历的变化。角色的需求、欲望和转变是紧密相连的。一个角色的需求、欲望往往是他们转变的催化剂。在剧本的不同阶段，编剧应该展示角色如何与他们的道德困境斗争，以及这些斗争如何影响他们的性格转变。这不仅增加了故事的紧张感，也为角色的最终救赎或毁灭铺设了道路。

在剧本人物性格的塑造过程中，我们首先看到的是人物表面的性格，这个性格可能具有迷惑性；通过对各种冲突和事件的观察，我们会慢慢发现人物的真实自我，即通过转变揭露人物真实的自我。

在《大唐漠北的最后一次转账》(2019)这部短片中，卢十四最初性格胆小、贪生怕死，身份是流民。当他与唐兵郭元夜晚谈话时(第一次性格和形象转变点)，观众才发现他原本也是一个士兵并且是战斗中因为战友而活下来的幸存者。而性格胆小、贪生怕死是因为他想完成对战友的承诺——把家书送回，为之后的转变做铺垫。当郭元为了救卢十四战死时(第二次性格和形象转变点)，他接过送军费任务，人物开始升华，找回自我。人物到达目的地后升华完成，故事结束。我们可以从以上人物线发现，短片中卢十四之所以真实，是因为他的转变并非一次完成，而是在不断进化中完成了自我的蜕变。在设置人物时，编剧需要注意初始立足点的合理安排以及持续的加工与打磨，从而实现人物性格和形象自然的转变与深化。

《哪吒之魔童降世》中，哪吒从一个叛逆、顽劣、被误解的魔童转变为一个勇敢、正义、承担责任和勇于牺牲自我的英雄。《我不是药神》中，主角程勇从一个普通的中年失败者转变为一个英雄，程勇的性格转变展现了人性中的善良和勇气，同时也批判了现实社会中的一些问题，让观众在感动之余，对生活和社会有了更深的思考。

---

① 特鲁比.故事写作大师班[M].江先声，译.长沙：湖南文艺出版社，2019：112.

② 沃尔夫.你的写作教练[M].孟庆玲，伊小丽，译.2版.北京：中国人民大学出版社，2014：75.

(二)角色转变的原则

随着故事的发展,角色应该展现出成长和变化。性格的发展是角色旅程的一部分,它应该反映出角色经历的事件和内在的心理变化。角色的性格应该随着剧情的发展而展现出新的维度。这种变化增强了角色的复杂性,使他们更加立体和真实。“角色转变不是发生在故事结尾,而是在开头。”[①]具体转变原则可以归纳为以下几点:第一,应预设主角从开头即有的转变潜力,而非仅在结尾展现;第二,主角应具备初始的可塑性,其转变幅度须在写作之初就确定,以确保最终的角色成长;第三,性格转变不应该是突兀的,而应是角色在经历痛苦、失败、挑战、收获后的自然结果;第四,性格转变的真正艺术在于其复杂性,一个角色可能在某些方面变得更好,而在其他方面变得更糟;第五,角色的性格转变应该与故事情节紧密相连,确保角色的行为与其性格发展和情节的推进相一致。

(三)角色转变的技巧

主角的成长通常始于其内心深处的信念。这些信念不仅定义了他们是谁,也指导着他们的行为。随着故事的推进,主角可能会经历信念的转变,这不仅改变了他们看待世界的方式,也引导他们采取新的行动。这种转变是多维度的,可以是细微的个人成长,也可以是激烈的性格重塑。最终,这些转变不仅丰富了角色的内心世界,也揭示了角色真实的自我。接下来,我们将探讨一些常见的角色转变类型。

1.角色的成长转变

真正的成长故事并非身体成熟,而是年轻人在挑战和重塑自身信念后,采取新的道德行为的过程。例如,在《哪吒之魔童降世》中,起初哪吒认为自己注定是邪恶的、被世人误解和排斥的,因此,他玩世不恭,对抗整个世界。随着故事的发展,哪吒不仅遇到了各种挑战,也加深对友谊、亲情和命运的认识。这些冲突让他开始质疑自己的初始信念。在哪吒师父太乙真人的指导和自身的反思下,他逐渐认识到自己的命运并非不可改变,他可以选择成为什么样的人。最终,哪吒选择了对抗命运,保护陈塘关的百姓,即使这意味着他可能会牺牲自己。这一行为标志着他的道德成长和角色的真正转变。

2.从成人到领袖的转变

在许多引人入胜的故事中,主角通常会经历一种深刻的转变,从最初只关心自己的目标,逐渐意识到他们也需要帮助他人找到正确的道路。例如,在《狮子王》(1994)、《拯

① 特鲁比.故事写作大师班[M].江先声,译.长沙:湖南文艺出版社,2019:115–116.

救大兵瑞恩》(1998)、《黑客帝国》(1999)等经典作品中，主角在故事发展过程中，视野和心胸都得到了开阔，他们不仅追求个人的成长，也致力于引导和支持他人走向正确的方向。

3.从领袖到暴君的转变

并非所有的角色转变都是积极的。有时候，角色会从一位领袖堕落成暴君，这个过程使他们从引导他人寻找正确道路转变为强迫他人走上自己的道路。

4.角色的蜕变

在某些故事类型中，如恐怖、奇幻作品，角色可能会经历极端的转变。从人类变为动物或其他形态，这象征着原始冲动的释放或自我毁灭。这种转变通常标志着角色从软弱、破碎的状态中寻求突破，也可能标志着自我的彻底丧失。例如，在《变蝇人》(1986)、《狼人》(2010)、《变形记》(2016)等作品中，人物的变形揭示了人性的黑暗面和原始本能。而在《疯狂的麦克斯2》(1981)、《金刚》(2005)中，我们看到了从"野兽"到"人"的转变，象征着主角的学习和成长。

5.从转变的终点入手

编剧可以从转变的终点入手，连同真实自我的揭露一起思考，接着决定转变的起点，即主角的需求和欲望，再构思中间的发展步骤。[①]剧本角色塑造的一个高效技巧是从角色的最终转变入手，即通过真实自我的揭露回溯到转变的起点，先聚焦于主角的需求和欲望，接着精心构思中间的发展步骤。这种方法能显著提升编剧的故事写作能力，因为每个故事都是主角的学习历程，而知道终点有助于避免创作上的迷失。

6.双重逆转

双重逆转，即让主角和对手都面对真实自我的揭露，并相互从对方身上学习，从而呈现两种而非单一的待人处世之道。此技巧通过赋予双方各自的弱点与需求，确保对手具有人性及转变的可能，使观众在对比中更深刻地理解角色的成长与需求。双重逆转不仅丰富了故事的层次感，也让观众能更全面地审视故事全貌。其成功运用常见于爱情故事，因这类故事天然包含相互学习与成长的主题。例如，在电影《泰坦尼克号》(图5-6)中，主角杰克和罗丝的转变就体现了双重逆转。罗丝从受束缚的富家千金转变为勇敢追求自由生活与爱情的女性，她的转变也启发了杰克对生命价值的更深思考，杰克从一个随性自由的贫穷艺术家转变为为了救罗丝而牺牲自己的人。

---

① 特鲁比.故事写作大师班[M].江先声，译.长沙：湖南文艺出版社，2019：123.

图5-6 《泰坦尼克号》[①]

7.角色的进场与出场

有时可以通过设计角色的进场和出场来突出角色的性格和转变。《神偷奶爸》(2010)中，格鲁的进场以恶作剧展现其以恶为趣的性格——他赠气球安慰孩童，随后戳破离去。作品的结尾是格鲁和他收养的三个孤儿女孩在一起的温馨场景，和角色的出场形成鲜明的对比，体现了角色的成长与转变。《口吃》中，格林伍德的进场以一通结巴的电话对话开启，直接勾勒出其内向、社交恐惧及语言障碍的形象。短片结尾他鼓起勇气见到了心仪的女孩，微笑的镜头和开场嘴部口吃的特写形成呼应，突出了角色的心理转变。

值得注意的是，在电影中，主角进场后应立即抛出与主线紧密相关的事件，使角色发生改变，引导观众关注后续的关键情节。如《长津湖》中，伍千里返乡憧憬未来时，突如其来的归队命令成为推动故事发展的主线。此外，人物的出场同样关键，它能凸显角色的真实性格特点。雷公在牺牲前的遗言——“不要把我一个人留下”，展现了他对生命的渴望。他勇敢地驾驶载有标识弹的汽车保护战友，诠释了“真正的勇士”精神，使雷公的形象深入人心。

在剧本创作中，角色的转变是推动剧情发展和增强故事深度的关键因素。角色的成长和变化不仅丰富了角色的内在世界，也加深了观众的情感共鸣。角色转变的概念涵盖了从故事开始到结束的整个发展过程，其需求和欲望是转变的催化剂。编剧须展示角色如何在道德困境中挣扎，并由此影响其性格的转变。这种转变应从故事的开头就有所体现，并且是合理的、不突兀的，与角色的经历和故事的发展紧密相连。

① 图片出自https://movie.douban.com/photos/photo/2605864037/.

五、行为

一个人的行为，而不是他的言谈，表明了他是什么样的人。[①]优秀作品中成功的人物形象无一不是通过极具个性化的动作体现出来的。性格决定了行为选择，行为反过来也在不断塑造性格。随着时间的推移，这些相互影响的过程逐渐塑造了独特的性格。人物性格的塑造可通过两类动作实现：一是矛盾冲突高潮时的关键时刻动作，体现人物强烈的个性特征；二是日常生活中的特色细微动作，即“细节动作”，体现人物的性格和情感。

（一）关键时刻动作

关键时刻动作指的是剧情的矛盾冲突紧张尖锐时，尤其是发展到高潮时刻人物的关键性举止动作。[②]这种动作往往具有强烈鲜明的个性特征，并因此使人物产生某种类似于“亮相”的效果。

《泰坦尼克号》的高潮部分，在泰坦尼克号沉没的紧急时刻，杰克的关键动作展现了他的性格。当船即将沉没时，罗丝被困在水中，杰克找到了一块漂浮的木板。在这个关键时刻，杰克将罗丝放在木板上，并告诉她要活下去，自己却留在水中。一系列动作不但展现了杰克的勇敢和牺牲精神，而且产生了类似于“亮相”的效果，使观众对杰克的印象深刻。这个关键动作是杰克人物塑造的高潮，也是作品情感力量的集中体现。

《哪吒之魔童降世》的高潮部分，当陈塘关面临巨大灾难，百姓的生命受到威胁时，哪吒站了出来。他决定与自己的命运抗争，不再接受他人给他的“魔童”标签，而是要用自己的力量去保护他人。哪吒的标志性动作是他在天空中施展法力，用混天绫束缚住冰块，伴随着“我命由我不由天”这句经典台词，哪吒用行动阻止了龙族摧毁陈塘关。这个动作不仅展现了哪吒的成长和转变，也体现了他对抗不公命运的决心和勇气，使观众对他留下了深刻印象。

（二）细节动作

另一类塑造人物性格的动作，是在一般生活场景、平常人事活动中特意选取的具有个性特色的细微动作，它也被称为“细节动作”。[③]

在剧本中，设计角色的细节动作是展现其性格和情感的重要方式，它们无声地呈现角色的内心世界，揭示角色的背景、价值观和当前的心理状态，帮助观众理解角色的动机和个性。例如，一个角色频繁地看手表、脚步匆忙、眼神不定，暗示了内心的焦虑或处于时间压力之下；另一个角色通过平静和有序的动作，显示出自信和控制力。

---

① 菲尔德.电影编剧创作指南(最新修订版)［M］.魏枫，译.北京：北京联合出版公司，2016：69.

② 桂青山.影视剧本创作教程［M］.北京：北京师范大学出版社，2004：213.

③ 桂青山.影视剧本创作教程［M］.北京：北京师范大学出版社，2004：214.

《哪吒之魔童降世》中，哪吒在村子里捣蛋时，常常做鬼脸或做一些调皮的动作，比如吐舌头、眨眼等，无聊时嘴里含一根小草或走路时将手插在裤子里。这些精心设计的细节动作，突出了哪吒随性的姿态和不受约束、自由散漫的性格，如图5-7所示。

图5-7 《哪吒之魔童降世》的细节动作①

在短片《大唐漠北的最后一次转账》中，角色在沙尘暴中的行为反映了他们的性格和内心世界，扫描二维码阅读该部分剧本内容。

《大唐漠北的最后一次转账》剧本片段②

当沙尘暴席卷而来时，两个角色的反应截然不同。一个角色迅速采取行动，保护战马，显示出无畏和责任感；而另一个角色则表现出犹豫的态度和自我保护的倾向。这些动作细节不仅增强了角色的个性描绘，还加深了故事的情感层次。

在剧本创作中，行为是刻画角色关系、冲突及心理发展的关键要素。行为不仅展现了角色间的亲疏远近，还通过细腻的动作和表情设计，服务于故事的整体叙述，推动情节发展，揭示角色内心世界，并增强场景的情感张力。编剧须精心构思每个动作与表情，确保它们与角色性格、故事情节紧密相连，从而塑造出一个真实、立体且鲜活的人物角色。

六、矛盾

任何事物都是作为矛盾统一体存在的，矛盾是事物发展的源泉和动力。特别是在剧本中，人物的矛盾冲突推动情节的发展。但“并不是所有的行动都能构成情节，只有那些

① 图片出自https://movie.douban.com/photos/photo/2564563319/.

② 百禄是道.大唐漠北的最后一次转账脚本［EB/OL］.(2019-11-22)［2025-01-22］.https://weibo.com/ttarticle/p/show?id=2309404441411448602676.

能够引起矛盾、造成事件的行动，才能充分地体现人物性格，构成电视剧的情节”①。“作为情节，必须有行为之间的冲突，而人物命运的幸与不幸就系于人的行为同外界的矛盾冲突及其后果上。”②

矛盾是推进故事发展的动力，一个好故事通常蕴含“人物与人物的矛盾”“人物与环境（自然环境与社会环境）的矛盾”“人物与自我的矛盾”三种矛盾。③ 也有学者将矛盾简单划分为两类，即内部矛盾和外部矛盾。“内部矛盾是指事物内部所固有的矛盾，是事物发展的内部原因。外部矛盾是指事物自身与其所产生联系的其他事物之间的矛盾，是事物发展的外部原因。在事物变化发展的过程中，内部矛盾是内因和依据，外部矛盾是外因和条件。外因基于内因产生作用，它们的对立统一决定着事物的发展方向。”④

（一）内部矛盾与外部矛盾

1.内部矛盾：人物与自我的矛盾

在影视作品中，内部矛盾主要是指人物与自我的矛盾。这是一种更加微妙和深层的冲突，涉及角色内心的斗争，如良心与欲望、自我认同与外界期望的矛盾。在电影《七月与安生》中，主人公的内心矛盾反映了对自我认同和友情的探索。这种矛盾使角色的内心世界变得丰富，拓展了故事的情感深度。

把人物放进矛盾中去写，重视从矛盾中深挖其内心，从而表现出他与一般人相似而又不同于一般人的特征，这无疑是一种有效的方法。⑤这个观点强调了人物塑造离不开内部矛盾的挖掘。内部矛盾是角色内心戏的精华所在。它们往往源于角色内心深处未解决的问题，如梦想与现实的落差、心中的欲望与道德的抗衡以及个人自我认同与社会压力之间的挣扎。详细描绘角色面临选择时的心理挣扎是深化内部矛盾的关键。

随着故事的推进，内部矛盾应当逐步升级，最终达到高潮，迫使角色做出改变命运的决策。这个过程不仅展示了角色的成长，也为故事带来了转折点，增强了情节的紧张感和不确定性。观众会对角色的最终选择和命运保持高度关注，因为他们已经投入了情感，并希望看到角色如何解决其内心的矛盾。

---

① 姚力.视角·线索·矛盾冲突（电视剧研究系列）[J].电影文学，1996(4)：53-56.

② 杨景祥.艺术哲学[M].石家庄：河北人民出版社，2011：425.

③ 厉震林，万传法.华语电影：新发展与新探索[M].北京：中国电影出版社，2022：199.

④ 刘宗灵，王幸媛.完善党的自我革命制度规范体系的唯物辩证法省思[J].思想理论战线，2024(4)：1-9.

⑤ 王英.在矛盾冲突中塑造人物形象[J].新闻知识，1993(12)：25-26.

例如，在《哪吒之魔童降世》中，哪吒的内心矛盾丰富而深刻。首先，哪吒自出生起就被贴上了“魔童”的标签，他在内心深处渴望被认同和接受，但同时又因自己的特殊身份而感到孤独和愤怒。这种内心深处的矛盾源于他对自我认同的挣扎，以及他与周围世界的格格不入。随着故事的发展，哪吒的内心矛盾逐渐升级，他在与命运的抗争中不断成长，最终在面临陈塘关的灾难时，其内心矛盾达到了顶点。最终，哪吒选择了对抗命运，用自己的力量保护了陈塘关，这一决策不仅展示了他内心的成长，也为他的命运带来了转折点。观众通过哪吒的心理挣扎和最终的选择，看到了他从叛逆的“魔童”成长为英雄的过程，这种矛盾的升级和解决增强了故事的紧张感，让观众情感更为投入。

在电影《流浪地球》(图5-8)中，刘启的内在矛盾体现在他面临着个人能力与承担拯救地球重任之间的显著差距，这种落差造成了他的自我怀疑和成长的压力。同时，他对父亲刘培强的态度也是复杂的，表面上充满憎恨和厌恶，实则在内心深处充满对父亲的爱和尊敬。这种情感上的矛盾拓展了角色的深度，并为观众提供了情感上的共鸣点。

图5-8 《流浪地球》①

2.外部矛盾：人物与人物或人物与环境的矛盾

外部矛盾包括人物与人物的矛盾、人物与环境(自然环境与社会环境)的矛盾。如与家庭成员、朋友、敌人之间的矛盾，与社会阶级、政治氛围、文化背景之间的矛盾。

(1)人物与人物之间的矛盾

这类冲突最为常见，涉及角色间的直接对抗或冲突，包括是非、善恶、利益等方面。在电影《无间道》中，卧底警察与黑帮成员之间的矛盾不仅是法律与犯罪的矛盾，也是个人忠诚与背叛的矛盾。这种矛盾塑造了深刻的角色形象，推动了紧张而引人入胜的剧情发展。《流浪地球》中刘启和刘培强之间的父子矛盾，是片中重要的矛盾之一。刘培强为了人类的未来，不得不做出艰难的选择，离开生病的妻子，远赴空间站服役，这让刘启在

① 图片出自https://movie.douban.com/photos/photo/2545472803/.

心中埋下了怨恨。然而，在拯救地球的共同目标下，父子二人的关系逐渐得到修复。这些矛盾不仅推动了人物的成长和转变，也给观众带来了对人性、责任和牺牲的深刻思考。

另外，人物与人物之间的矛盾不是一成不变的，随着剧情的推进，矛盾会随之发展。《功夫熊猫》(2008)中的角色间矛盾关系如表5-1所示。

表5-1 《功夫熊猫》角色间矛盾关系①

角色	矛盾起因	矛盾发展	矛盾化解
阿宝与师父	师父不信任阿宝能担任“神龙大侠”	师父抛开成见尝试信任阿宝→发现阿宝的天赋→训练→师徒关系的确认→救师父	放下成见，逐渐接纳
阿宝与残豹	“神龙大侠”名号之争	恐惧→面对→参悟秘籍	打败残豹
阿宝与五侠	五侠对阿宝的轻视	五侠对阿宝的轻视→以朋友身份获得尊重	获得认可
阿宝与父亲	父亲认为阿宝的梦想应当是做面条	违背父亲的意愿学习功夫	获得父亲的理解和认可
师父与残豹	心爱的徒弟残豹的变节	残豹越狱→对决→师父遭遇危机	师父解开心结，获得平静

（2）人物与环境的矛盾

这种矛盾通常发生在人物与自然、社会环境的抗争中。例如，在电影《2012》中，人物面对自然灾害的绝望与挑战，反映了人类在自然力量面前的渺小和努力求生的决心。这种矛盾冲突强调了生存的主题，同时展现了人物在极端环境下的性格和选择。在《流浪地球》中，太阳即将衰败的危机构成了一个强大的外部矛盾，迫使人类采取行动以求生存。面对这一自然灾难，人类启动了“流浪地球”计划，试图将地球带离太阳系，寻找新的栖息地。然而，在这个宏伟计划的实施过程中，人类遭遇了重重困难，如木星引力引发的地震、行星发动机的熄火、地球航行轨道的偏离等。这些障碍不仅考验着人类的科技和智慧，更挑战着人类的意志和团结。在不断的逆境中，人类展现出不屈不挠的精神，通过团结协作和不懈努力，人类克服了一个又一个难关，展现了面对自然挑战时的顽强和智慧。

外部矛盾为人物提供了挑战，迫使他们做出反应，有时候是适应，有时候是反抗。观众可能会对人物面临的社会不公和文化偏见感到愤怒，或者对人物在逆境中展现出的勇气和坚韧感到钦佩。外部矛盾的描绘让观众看到人物如何在现实世界中生存和斗争，这些冲突是推动故事发展的又一动力。

① 殷俊.论美国动画电影的角色关系构成：以三部美国动画影片为重心[J].西南民族大学学报(人文社会科学版)，2014(10)：168-171.

(二)主要矛盾与次要矛盾

在一部影视作品的众多人物关系矛盾中，总有一个主要矛盾，在故事发展中始终占据主要地位，影响着故事的走向。同时，一些次要矛盾也会随着主要矛盾的展开而发展，并与之相互交织。“研究任何过程，如果是存在着两个以上矛盾的复杂过程的话，就要用全力找出它的主要矛盾。捉住了这个主要矛盾，一切问题就迎刃而解了。”[①]“主要矛盾与次要矛盾，主要故事与次要故事穿插、纠结在一起，既错综复杂又线索分明，从而构成一个有机的整体。”[②]

在剧本创作中，平衡主要矛盾与次要矛盾是一种艺术。主要矛盾构成了故事的核心，它是推动情节发展和角色成长的主要力量。而次要矛盾则增加了故事的层次和复杂性，帮助深化角色和情节。有效地平衡两种矛盾是创造一个引人入胜和情感丰富的故事的关键。

主要矛盾通常围绕故事的中心主题展开，直接影响主角的命运。这种矛盾应该是深刻的，触及角色的核心价值观和生活的主要方面。例如，在一部探讨自由意志的电影中，主要矛盾可能是主角在追求个人自由与遵守社会规范之间的斗争。主要矛盾应该清晰、强烈，并贯穿整个故事，要确保观众对剧情保持持续的兴趣。

次要矛盾支撑并衬托主要矛盾，为故事提供额外的冲突和转折。这些矛盾可能是更小的个人问题，如家庭关系、友情或职业挑战。它们不仅丰富了主角的人物形象，也为故事提供了更广的维度。在处理次要矛盾时，编剧需要确保次要矛盾不会盖过主要矛盾，而应该与主线相辅相成。

在剧本中，平衡主要矛盾和次要矛盾是至关重要的。过分强调任何一方都可能导致故事失衡，要么使情节过于单薄，要么使故事过于杂乱。主要矛盾应该是故事的驱动力，而次要矛盾则提供了必要的背景和细节，帮助观众更全面地了解角色和他们的世界。

在考虑作品时长和节奏时，编剧需要谨慎地处理次要矛盾。应避免让这些矛盾过于复杂或占据过多的故事空间。每个次要矛盾中的角色都应有其明确的目的和功能，通常是为了衬托主角或推动主线发展。次要矛盾应该在适当的时机得到解决或演化，以保证故事的流畅性和聚焦性。

《哪吒之魔童降世》中，主要矛盾围绕着主角哪吒的自我认同与命运抗争展开。哪吒天生魔丸转世，被村民误解和排斥，他内心渴望被认同和接受，但命运注定他将成为一个祸害。这一主要矛盾深刻触及哪吒的价值观和生命意义，推动着他不断成长和抗争。在故事中，这一矛盾始终占据主要地位，影响着哪吒的行为和故事走向。

---

① 毛泽东.毛泽东选集：第1卷[M].北京：人民出版社，1991：332.

② 张智华.电视剧叙事艺术研究[M].北京：中国电影出版社，2013：42.

次要矛盾主要包括哪吒与父母的关系、与师父太乙真人的师徒矛盾以及与村民的误解和偏见。这些次要矛盾为故事增添了层次和复杂性，使角色更加立体。例如，哪吒与父母的矛盾，展现了亲情的力量，为哪吒的成长提供了情感支撑；哪吒与太乙真人的师徒矛盾，则体现了师徒间的信任与成长。

在平衡主要矛盾与次要矛盾方面，该片做得恰到好处。例如，在哪吒面临命运抉择时，父母的关爱和期望成为他抗争命运的重要动力。同时，该片对次要矛盾的处理有所限制，没有让它们过于复杂或占据过多篇幅。每个次要矛盾中的角色都有明确的目的和功能，如太乙真人既是哪吒的师父，又是他成长过程中的引导者。在次要矛盾的设定上，该片做到了简洁明了。例如，哪吒与村民的矛盾主要体现在他们对哪吒的误解和排斥，而没有过多地展现村民的个人故事。这样的设定既保证了故事的流畅性，又使得观众能更专注于主要矛盾的解决。

因此，平衡故事的主要矛盾与次要矛盾，不仅保证了故事主线的清晰与明确，还能够提供足够的空间和时间让观众来探索角色的多样性和复杂性。在这个过程中，主要矛盾负责推动故事发展，而次要矛盾则负责丰富故事背景和拓展情感深度。

(三)矛盾对角色的重要性

矛盾是塑造角色不可或缺的工具，它为角色的行为和决策提供了合理的复杂性。内部矛盾丰富了角色的内心世界，让每个选择都反映出在信念、欲望、恐惧和责任感之间的挣扎。外部矛盾则展现了角色与外部世界的互动，揭示了他们在社会中的定位和性格特征。这些矛盾可能源自社会期望的冲突或文化的限制，它们让角色的社会属性和个性相互作用，构建了一个立体的形象。

在影视作品中，矛盾是推动情节发展的核心力量。矛盾通过角色的行为和决策显现出来，深刻影响着角色的选择和故事的走向。内在矛盾和外在矛盾共同塑造了角色的性格，使他们栩栩如生，充满动力。角色的矛盾不但使他们的行为合理化，而且拓展了个性的深度，创造出与观众情感共鸣的复杂人物。矛盾是故事叙述的核心，它激发观众的情感，促进思考，并促进观众对角色命运的关注，使角色与故事更富有吸引力。通过精心设计的矛盾，角色在故事中“活”起来，在观众心中留下深刻印象。

综上所述，在剧本创作中，人物的核心塑造是构建引人入胜的故事的基础。本节深入探讨了六个关键要素：性格、需求、欲望、转变、行为和矛盾。性格是角色的内在特质，决定了他们的行为模式和观众的情感共鸣。需求和欲望是角色行动的驱动力，需求是角色内在的心理和道德追求，而欲望则是他们外在的具体目标。转变是角色经历的成长过程，从故事开始到结束，反映了角色在面对挑战时的变化和发展。行为是角色性格的外在表现，通过关键时刻的动作和日常的细节动作展现个性。矛盾是角色发展和故事推进的动力，包括内部矛盾和外部矛盾，它们共同塑造了角色的复杂性和深度。通过这些要素的综合运用，编剧可以创造出立体、真实且具有深度的角色，为观众带来深刻的情感体验和思考。

第三节　人物的关系网络

在影视作品中，深入塑造人物是构建故事的关键。成功的人物塑造往往意味着已经赢得了观众一半的心。然而，仅有鲜活的人物形象还不够，人物之间的关系同样至关重要。作为社会性生物，人的个性和行为是在与他人的互动中显现的。影视作品通过构建复杂的人物关系网络，并通过角色间的互动和冲突来推进情节，揭示人物性格的不同层面。

很多学者对人物的关系都有着较深入的研究，温迪·简·汉森强调了主角和对手之间的戏剧冲突是戏剧的核心，“主角和对手之间的核心冲突才是推动所有人物的戏剧动作的起点”①。格雷马斯提出符号矩阵理论，他认为，所有故事都建立在一组对立意义组上，但一组不足以支撑整个故事，所以将二元对立扩充为四元，使得叙事分析的实现更为完善。皮埃尔·让基于格雷马斯的理论将电影中的人物分为六类：主体、对立体、主体的辅助体、对立体的辅助体、输出体和客体，并指出一部剧作的动力有三个源泉：主体、对立体和输出体。②

由此可见，人物的创建不仅仅包括主角的塑造，故事中的人物有很多，不能只聚焦于主要角色。编剧需要在故事的开始，先构建一个人物关系网络，找出各个角色的不同点，赋予各个角色不同的个人特质。本节将基于格雷马斯及其符号矩阵理论讨论如何构建人物的关系网络。

一、人物间的关系网络

（一）格雷马斯符号矩阵理论

格雷马斯的符号矩阵理论是他在古典亚里士多德逻辑学的命题与反命题理论和斯特劳斯的二元对立理论的基础上扩充而来的，是一种符号学分析模式。他将斯特劳斯的二元扩充为四元，使得作品中的叙事分析更加完善，更能揭示事物之间的复杂关系。符号矩阵理论认为，将故事中的一个主要角色设为X，它的对立项为反X，与X矛盾但不对立的项为非X，与反X矛盾但不对立的项为非反X。格雷马斯符号矩阵如图5-9所示。

① 汉森.编剧：步步为营（重订本）[M].郝哲，柳青，译.北京：世界图书出版公司，2010：36.

② 让.剧作技巧[M].高虹，译.北京：中国电影出版社，2005：25-34.

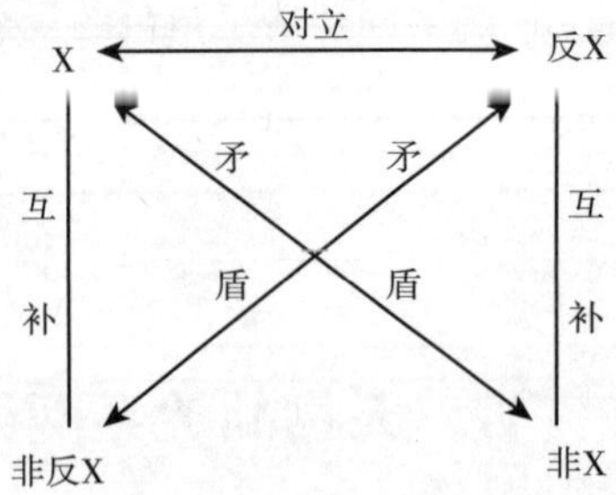

图5-9 格雷马斯符号矩阵

图中的X和反X是故事的两个主要对立面，整个故事起源于二者的对立。由于故事的发展需要，非X和非反X被引入故事中。非X是X的矛盾项，虽然矛盾，但不一定对立；非反X是反X的矛盾项，它们也是矛盾的，但不一定对立。这四个元素共同构成了故事的复杂网络，当它们在故事中得到充分展开和叙述时，整个故事的框架和深层含义也就随之清晰。

通过符号矩阵的应用，影视作品中的人物关系可以通过图形化的模式直观展示。每个角色或概念都被放置在特定的位置上，展现出它们之间的对立和矛盾关系。通过这种结构，编剧可以从不同角度深入分析角色，揭示它们背后更丰富的内涵和故事的深层次主题。这种多维度的分析方法不仅帮助编剧理解角色行为的动机，也让观众对整个故事有了更全面的认识。

（二）基于格雷马斯理论的人物关系解读

下文将对符号矩阵中的各个组成部分进行详细的解释和分析，以便读者更好地理解每个元素所代表的含义和它们在人物关系结构中的作用。

X即主体，我们常称之为主角。X是故事的核心人物，承载着推动情节发展的关键任务。主角面临并试图解决故事中的核心难题，并通过追求自己的目标或欲望来驱动行动。然而，主角通常具有某些弱点或未满足的需求，这些因素妨碍了他们实现目标的过程。在故事中，其他角色扮演着支持或对立的角色，他们与主角可能是明确的对手或盟友，有时甚至两种关系兼具。正是这些复杂多变的角色关系，为故事带来了转折和动态变化，构成了叙事的丰富性和吸引力。

反X即对立体，也可以称为对手。对手是阻止主角实现其目标的角色或力量，但他们不应该仅仅是主角成功的障碍，这样的角色设定太过单一和刻板。主角与对手之间应该有更深层次的联系，他们可能追求相同的目标，导致故事中出现不可避免的直接冲突。主角与对手之间的关系是故事中最为关键的关系，通过他们之间的斗争，可以揭示故事更深层次的主题。对手的角色并不是固定不变的反派，他们可能具有比主角更让人喜欢或更有道德感的特质，甚至可能是主角所爱的人或朋友。这种复杂性使得主角与对手的关系更加丰富和真实，为故事拓展了深度和提升了冲突的张力。

非X通常指的是与反X互补，与X矛盾但不对立的角色或力量。

非反X通常指的是与主角X互补，有潜在矛盾但不对立的角色或力量。非反X可能包括朋友、家人、导师或其他支持主角的角色，他们可能在某些方面与主角存在分歧，但总体上是支持主角的目标的。

以《哪吒之魔童降世》为例，分析片中的角色关系，人物关系矩阵如图5-10所示：

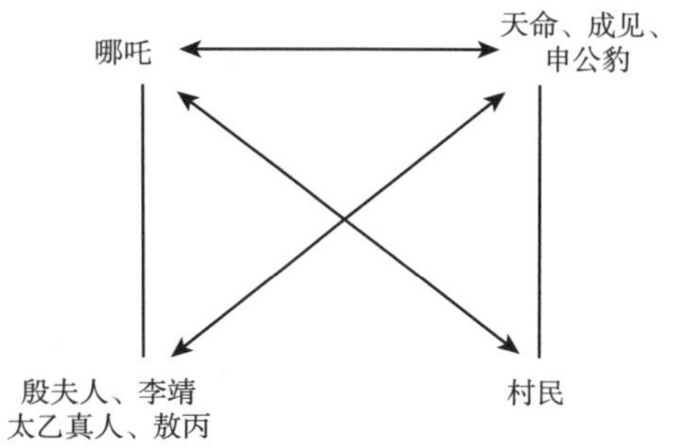

图5-10　《哪吒之魔童降世》人物关系矩阵

X：哪吒。作为电影的中心人物，哪吒代表X，他具有追求自我价值和反抗命运的决心。哪吒的目标是反抗自己作为魔丸的出身，以及消除周围人的偏见，证明自己的价值。

反X指的是阻止哪吒实现其目标的角色或力量。天命、成见、申公豹都可视为反X。在电影中，哪吒最强大的对立面不是某个具体的角色，而是他所反抗的天命和周围人的成见。这些元素是推动哪吒行动的外部对立力量。另外，申公豹作为反派角色之一，可被视为反X的一部分，因为他直接参与了对哪吒不利的行动，并且有自己的目的和计划。

非X指的是与社会成见互补，与哪吒矛盾但不对立的角色或力量。电影中的村民具有非X的属性。其中，村民对哪吒持有偏见和感到恐惧，这种态度与哪吒的需求和行为存在矛盾。尽管存在矛盾，村民并不直接与哪吒处于敌对状态。他们的偏见和恐惧更多是出于无知和对魔丸转世传说的害怕，而不是有意识地与哪吒为敌。

非反X是指在电影中与哪吒存在潜在矛盾，但并不与他形成对立关系的角色或力量。如殷夫人、李靖、太乙真人、敖丙都可以被归为此类角色。哪吒的母亲殷夫人理解哪吒，始终与他站在同一战线上，她的爱和支持是哪吒成长和对抗命运的重要力量，与哪吒形成了互补关系，是典型的非反X。在电影中，李靖不完全接受社会对哪吒的成见，他努力寻找拯救哪吒的方法。这体现了他与社会成见之间的矛盾。尽管李靖和哪吒在处理问题时有时会有分歧，但他并没有与哪吒处于对立状态。相反，他努力克服社会成见和天命的不公，以保护和拯救自己的儿子。太乙真人作为哪吒的师父和朋友，与哪吒有共同的目标——帮助哪吒掌握自己的命运，因此，可以被视为非反X。敖丙作为龙族的太子，虽然在电影中代表了与哪吒对立的力量，但他的角色更为复杂。敖丙与哪吒的关系起初是对立的，然而，随着故事的发展，他们之间逐渐产生了友谊。尽管敖丙的角色带有反X的属性，但他最终并没有成为哪吒的敌人，因此，他更接近于非反X。

约翰·特鲁比将角色塑造的流程细分为几个关键步骤：第一，编剧应从宏观角度出发，将所有角色打造成相互联系的网络，通过故事脉络的展开进行角色间的比较和区分；第二，依据故事主题和角色间的对立关系，为每个角色赋予独特的个人特质；第三，集中精力深入构建主角，塑造具有丰富层次和深度的角色，以吸引观众的兴趣；第四，精心塑造主角的对手，这一角色在重要性上仅次于主角，对定义主角性格起到关键作用；第五，运用角色塑造技巧在故事进程中创造冲突，推动情节发展。①

编剧可以运用格雷马斯的符号矩阵理论来精心构建剧中人物的关系网络，以此为基础，遵循角色塑造步骤，逐步塑造每个角色。这种方法不但能够为角色之间的关系拓展深度，而且有助于突出故事的主题和加剧内在冲突。

二、人物的互动与亲疏关系

（一）人物的互动关系

在剧本创作中，人物的互动是构建故事张力和动态的核心元素。这些互动不但揭示了角色的性格和相互关系，而且对于增强故事的真实感至关重要。通过展现人物的日常对话、共同工作、一起用餐等场景，角色变得更加立体，观众也能更容易与他们建立起情感联系。情感动态的展示尤为关键，角色间的情感交流如初次相遇、争吵和和解，都能透过互动得到细腻的描绘。例如，《泰坦尼克号》中杰克和罗丝的爱情故事就是通过他们的一系列互动逐步展开的。

互动的种类丰富多样，每种互动都有其特定的作用和意义。日常互动如家庭成员间的晚餐对话，能够展示家庭内部的和谐或紧张关系。在《寻梦环游记》中，观众在米格与父母的互动中可以看出父母对米格的音乐梦想持反对态度，这导致了他们的冲突。专业互动则通常出现在工作环境中，通过团队成员的合作或竞争揭示职场关系和职业道德。例如，韩国电视剧《未生》(2014)成功地描绘了职场关系和办公室文化。这部电视剧改编自同名网络漫画。《未生》的故事以实习生张克莱在一家大型贸易公司的职场生活为主线，展示了他在职场中遭遇的各种挑战、与同事的相处模式、来自上司的压力以及自身职业成长的历程。在情感互动的故事中，角色间的情感交流显得尤为关键，它不仅展现了角色的内心世界，还反映了情感关系的起

① 特鲁比.故事写作大师班[M].江先声，译.长沙：湖南文艺出版社，2019：83.

伏和发展。《甜蜜蜜》通过黎小军和李翘的互动，展现了一个复杂而深刻的情感故事。这些互动形式共同构成了故事的丰富性，为观众提供了深入理解角色和故事的机会。

(二)人物的亲疏关系

亲疏关系指关系或感情上的距离的远近。在剧本创作中，对人物的亲疏关系的深入探索和精准描绘对于构建一个引人入胜的故事至关重要。亲疏关系不但定义了角色间的互动模式，而且深刻影响他们的行为、决策和情感发展。家庭关系、友情关系、爱情关系、敌对关系，每一种关系都承载着丰富的情感和故事潜力。

在故事中，家庭关系的细腻描绘可以显著影响角色的决策和行为。在《教父》(1972)中，柯里昂家族的纠葛不仅是剧情的核心，也深刻影响了每个家庭成员的命运和选择。家族内部的亲疏关系，尤其是教父与儿子的关系，构成了角色决策的重要基础，并推动了故事的发展。

友情关系在故事中常常起到平衡和补充的作用。在一部以团队合作为主题的故事中，团队成员的友情可以帮助展现角色的不同面貌，也为故事增加了团结和忠诚的主题。友情的起伏和变化往往反映了角色内心的成长和转变。美剧《老友记》中，六位主角的友情关系展现了他们各自的性格特点，并在整部剧中提供了无数温馨和欢乐的时刻。随着剧情发展，他们的友情也经历了考验和变化，反映了角色内心的成长和转变。

爱情关系在以爱情为主题的影视剧中常常是故事情节的主要驱动力，它不仅影响角色的个人选择，还可能影响整个故事的走向。《泰坦尼克号》中，主角之间的相遇、相爱、阶级差异和生死考验构成了故事的核心。爱情的甜蜜和挑战揭示了角色的情感深度和内心世界，构成了电影情感的高潮。

敌对关系在影视作品中更为重要。黑格尔曾经说过“没有冲突便没有戏剧”，给主角设置敌对关系便会产生冲突。一般敌对关系也就是格雷马斯理论中的反X，是仅次于主角的角色。因此，编剧在塑造对立角色时，对立角色一定要是不平凡的人，性格也要与主角一样坚定，充满“野心”，在心理上要与主角完全相反。若主角代表正义，反派就代表邪恶，凡是主角赞成的，反派就一定要反对。反派的性格越直接、越单纯，他的动力也就越大。在故事开头时编剧可以不停地让反派战胜主角，当然这里的战胜要从一开始轻松到逐渐费力，因为我们需要主角去成长。如果反派一直在碾压对手，观众也就失去观看的欲望了，而这种失败的压抑也是最后主角成功时观众快感的来源。

随着故事的发展，人物的亲疏关系也在不断变化。这些变化可能是由外部事件驱动的，如一场突如其来的灾难，也可能是内部情感的自然发展。在某些情况下，亲疏关系的变化成了推动故事发展的关键因素。在美剧《权力的游戏》中，不同家族和角色之间的联盟和背叛关系不断变化，这些关系的变化不仅推动了剧情的发展，也展示了角色的复杂性。角色之间的婚姻联盟、家族内部的权力斗争和跨家族的背叛，都是推动故事发展的关键因素。

三、关系的发展与变化

“在剧本中，‘戏’，不仅产生于冲突本身，也产生于受冲突影响的特定的人物关系。”[①]人物关系的发展与变化是构建深层故事和角色的关键。随着故事的进展，角色之间的关系不断经历着转变和演化，这不仅反映了角色的内心成长，也是推动故事前进的重要因素。

在国外的影视剧(特别是商业大片)中，人物关系的演变显得尤为频繁。仅仅是一个突如其来的事件或某个关键性的“发现”，就能让人物的关系发生翻天覆地的转变。友谊与恩怨的界限模糊不定，两个人物前一刻还是亲密无间的挚友，转瞬之间可能因故反目成仇；而曾经不共戴天的仇敌，也可能在某一瞬间握手言和，成为并肩作战的伙伴。这种复杂多变的人物关系，为观众带来了无尽的惊喜。

关系的演变在剧本中的重要性体现在多个层面。首先，它是情节发展的催化剂。例如，在《权力的游戏》中，随着权力斗争的升级，原本亲密的盟友可能变成敌人，反之亦然。这些关系的转变为故事增添了不可预测性，使情节更加扣人心弦。其次，关系的变化反映了角色内心的成长和转变。在《教父》中，迈克尔与家族成员的关系演变反映了他从冷漠的外人到无情的领导者的转变，这种转变不仅展现了角色的多维性，也体现了故事的深层主题。最后，关系的演化能够为角色间的互动拓展情感深度。

人物关系的发展和变化通常呈现为逐渐累积的过程。这种变化可以是由外部事件如战争、灾难或社会变迁等引起的。在“速度与激情”系列电影中，特别是在早期几部电影中，主角多姆和布莱恩之间的关系变化是由一系列的突发事件引发的。最初，布莱恩作为卧底警察接近多姆的赛车团队，他们的关系基于欺骗和猜疑。然而，随着共同经历了危机和挑战，他们的关系逐渐发展为深厚的友谊和信任。这种关系的演变不仅是情节推进的关键，也展现了角色个性的深层次发展。

人物关系的发展和变化也可以是角色内心情感和态度的自然演变，这个过程是逐渐累积和发展的。在《泰坦尼克号》中，杰克和罗丝之间的关系演变是一个典型的逐渐累积的过程。起初，他们只是船上的两个陌生人，一个来自上层社会，另一个是穷画家。随着故事的发展，他们的互动逐渐增多，由最初的好奇和吸引逐步发展出深刻的爱情。这种关系的变化不仅推动了故事情节，也加深了故事的情感层次。

此外，关系的发展与变化通常与故事的主题和信息传递紧密相关。首先是体现故事

---

① 谭霈生.论戏剧性[M].北京：北京大学出版社，2009：90.

主题，一般角色间关系的变化往往会与故事的主题相互呼应。在《肖申克的救赎》中，安迪和瑞德的友谊演变不仅推动了故事情节，也体现了自由和希望的主题。随着两人友谊的加深，他们共同经历的挑战和胜利更加凸显了故事的核心信息。另外，关系的发展与变化也可以展现社会文化背景。例如，在《天堂电影院》(1988)中，主角与他的童年恋人以及电影院的关系演变，不仅讲述了一个成长故事，也反映了电影行业和社会的变迁。

本章主要探讨了剧本中人物角色的创建过程，包括人物的基础构建、核心塑造以及关系网络的建立。首先，强调了人物的重要性，介绍了人物构建的方式和背景环境。其次，详细阐述了性格、需求、欲望、转变、行为、矛盾等元素在人物核心塑造中的作用。最后，讨论了人物之间的关系网络，包括人物的互动与亲疏关系，以及关系的发展与变化。通过本章内容，读者可以了解到如何为剧本创造具有深度和复杂性的角色。

本章练习题

1. 用问卷的方式写一个人物小传。

2. 找一个影视作品案例，分析其中主要角色的人物性格、需求（心理和道德层面）、欲望、转变、行为、矛盾等。

3. 为你的故事构建一个人物关系网络，并用格雷马斯及其符号矩阵理论分析。

本章思考题

1. 人物小传是什么？人物小传包含了哪些要素？

2. 如何塑造主角？包含哪些要素？

3. 如何用格雷马斯符号矩阵理论设置人物关系？格雷马斯符号矩阵理论中包括哪些元素？

第六章　影视剧本结构

教学目标：

1.理解多幕结构，掌握独幕剧结构、两幕剧结构和三幕剧结构的基本概念和特点。

2.理解线性叙事结构的连贯性和逻辑，认识非线性叙事结构的多样性。

3.熟悉典型的叙事结构，包括了解英雄之旅结构及其与三幕剧结构的关系、掌握布莱克·斯奈德节拍表的内容和应用、学会使用丹·哈蒙的故事圈结构来构建作品。

4.能够运用所学结构分析和创作剧本，提升对叙事结构的理解和应用能力。

重点：

1.掌握剧本三幕剧结构的特征与设置要点。

2.了解非线性叙事结构的特点和应用。

3.了解英雄之旅结构的基本概念及其与三幕剧结构的关系。

难点：

1.通过三幕剧结构创作剧本。

2.将英雄之旅结构的各个阶段与三幕剧结构相对应，并在创作中灵活运用。

“结构是剧本中最重要的元素。它是将所有元素黏合在一起的力量所在。我们可以把它看成人体的骨架、脊柱，它就是一切的基础。”[①]叙事学中的叙述结构可分为内部结构和外部结构两种。内部结构是组织命题的结构，即剧本中的故事主题、情节、内容、象征等组织方式；外部结构是“组织裁剪序列的结构”，即剧本中如何通过叙事形式来呈现故事，是指“从情节和场面之中叙事形式本身可以看到的东西”[②]。剧本的结构指的是剧本的基本框架，包括剧本的起始、发展和结束等主要部分。这种结构有助于确保故事的连贯性和完整性，也有助于塑造和发展故事中的人物和情节。在本章中，我们将深入探讨剧本的

① 约翰逊.短片剧本创作[M].余韬，译.北京：世界图书出版公司，2017：112.

② 董小英.叙述学[M].北京：社会科学文献出版社，2001：289.

外部框架结构，包括多幕结构和线性结构或非线性结构。此外，我们还将分析剧本内部结构，如英雄之旅结构、布莱克·斯奈德节拍表和丹·哈蒙的故事圈结构。这些分析旨在为剧本创作提供指导和帮助，帮助编剧构建一个结构严谨、层次分明的故事世界。

第一节　多幕结构

亚里士多德反复强调，在戏剧创作的众多元素中，结构扮演着至关重要的角色。尽管现代的多幕结构理论是在此后逐渐形成的，但亚里士多德在《诗学》中对戏剧结构的深刻见解仍然是戏剧学和文学批评领域中不可或缺的重要资源。在剧本创作中，幕是构成剧本的基本结构单元。剧本有多种形态，包括独幕、两幕、三幕乃至五幕等结构。本节将分析剧本中的"幕"结构，依次讨论独幕剧结构、两幕剧结构以及三幕剧结构。特别是三幕剧结构，由于其普遍性和重要性，我们将单独对其进行深入的讨论和解析。

一、独幕剧结构及两幕剧结构

(一)独幕剧结构

独幕剧诞生于西方，被称为"one act play"，"act"可理解为"动作"。"one act play"本义为"一次动作的戏"。独幕剧要求剧情的发展到高潮压缩在一个动作段落之内。[①]独幕剧的特点是在故事中往往只有一个转折点。叙事逻辑通常围绕主人公展开：主人公因外部激励而采取行动，在行动过程中遭遇阻碍并努力克服。在某个瞬间，故事出现关键转折，随后走向结局。而结局有时并非圆满，可能留下悬念，引发观众的遐想。

在创作独幕剧时，重要的是通过精心设计的戏剧行动来体现编剧的意图。独幕剧应该简洁而集中，避免剧情过于复杂，以免影响观众的兴趣和好奇心。编剧在构思时，需要从宏观角度提炼主题思想，同时从微观角度选取具体事件。与多幕剧不同，独幕剧应选择那些充满矛盾和冲突、具有强烈戏剧性的片段，以紧凑的情节和鲜明的人物塑造来展现主题，为观众提供深刻而集中的艺术体验。通常，短片因为剧情相对简单，不追求系统性的结构、情节，也不追求完整性，其剧本常采用独幕剧结构进行叙事。以下通过案例剖析如何采用独幕剧结构进行叙事。

短片《黑洞》(2008)中，一个男人在晚上加班时偶然间打印出了一张有黑洞的纸，这

---

① 施蛰存，海岑.外国独幕剧选 第一集[M].上海：上海文艺出版社，1981：引言2.

张纸有神奇的魔力，上面的黑洞可以穿过任何物体的表面。男人发现了这个魔力后欲望爆棚，开始做非法的事，并一步步将自己推向了深渊，最终被吸进了黑洞。虽然时长仅3分钟，该短片深刻揭示了一个道理，即人如果太过贪心，就会像片中的主人公一样，被自己的贪婪所困，最终走向毁灭。

《黑洞》片段

该片通过发现秘密、进行小偷小摸、产生犯罪的念头、自食其果四个行动层层递进，最终发生转折，结束故事，使观众在短时间内，通过简单的情节理解故事的深层含义，其故事结构如图6-1所示。

图6-1 《黑洞》故事结构

《充电人生》(2020)是一部充满讽刺意味的短片。该片以极端化手法展现现代人对智能手机的病态依赖。短片主角是一位韩国年轻女性，她在手机仅剩4%电量时突然出现窒息、喉咙干痒等生理反应，被迫在濒死状态下疯狂寻找充电设备。她因手机电量彻底耗尽失去意识，又被路人用充电线救活——手机重启的瞬间，她也随之恢复生命体征。短片通过惊悚化的叙事节奏，将手机电量耗尽与生命体征直接挂钩，隐喻数字生存已成为人类的新生命线。其中，街头狂奔寻找充电器的荒诞场景，以及手机重启象征着生命复苏的设定，尖锐讽刺了社交媒体时代人类被工具异化的生存困境。

《充电人生》片段

该短片采用了独幕剧的结构，故事结构如图6-2所示。女主人公因手机电量不足而面临窒息的危险，从而迫切地寻找充电点，这个外部的紧急情况成为推动她行动的直接动力。在寻找充电点的过程中，女主人公遇到了重重阻碍。直到最后一刻，她发现了一条充电线，但此时手机已经耗尽了电量，导致她在离充电点仅几米之遥的地方窒息。幸运的是，一位路过的大叔发现了她，并及时为她的手机充上了电，从而挽救了她的生命。这个意外的转折为故事带来了戏剧性高潮，并迅速引导至结局。通过这种独幕剧的结构，短片在极短的时间内展现了整个故事，成功地描绘了现代人对智能手机的依赖，使观众能够迅速理解剧情，并领悟到其中的深层含义。

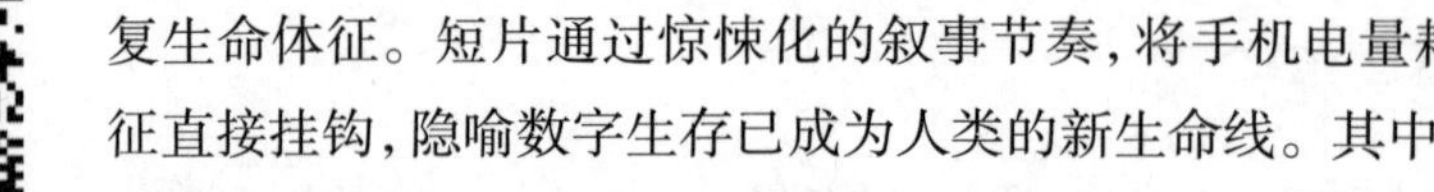

图6-2 《充电人生》故事结构

(二) 两幕剧结构

亚里士多德提出了对悲剧结构的理解，将其划分为两个核心组成部分：一是“结”（复杂情节的交织）；二是“解”（情节的解开和解决）。[①]悲剧的本质在于通过情节的展开来引发观众的情感反应，其中，“结”指的是悲剧中主角遭遇的主要困境或冲突点，这是剧情发展的关键时刻；“解”则是指这一冲突的解决，以及随之而来的剧情高潮和结局，它标志着悲剧故事的圆满结束。尽管亚里士多德并未直接提出现代戏剧理论中的“幕”的概念，但他的结构分析为后来的戏剧创作和理论发展奠定了基础，如图6-3所示。

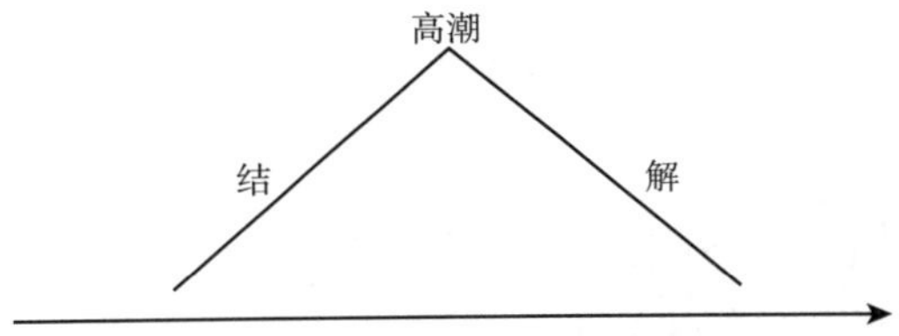

图6-3　亚里士多德的“结和解”结构

之后，古斯塔夫·弗赖塔格在研究古希腊和莎士比亚戏剧后发现脍炙人口的剧作都会利用“铺垫、上升、高潮、回落、结局”的五幕剧结构创造出戏剧张力。这个五幕剧结构也被称为弗赖塔格金字塔。如图6-4所示，弗赖塔格没有改变亚里士多德“结和解”的结构基础，而是保留了相同的结构和框架，试图通过“上升的行动”和“回落的行动”来发展它。弗赖塔格的五幕结构可以被当作两幕剧结构和三幕剧结构的折中方案。

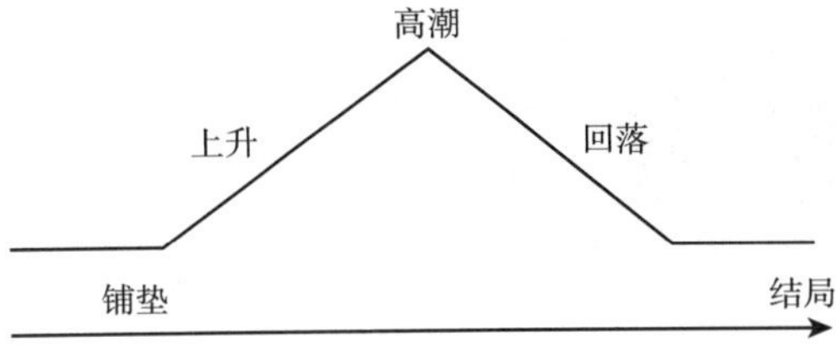

图6-4　弗赖塔格金字塔

有学者认为弗赖塔格金字塔存在的问题是代表着“结”和“解”的金字塔两翼拥有等同时间。然而，亚里士多德也没有明确两翼的时间比例，并且大家也假定亚里士多德认为它们是相等的。如果我们根据大多数以故事为中心的经典作品中高潮的发生时间，将时间比例纳入亚里士多德的范式中就会发现，高潮应该位于接近结尾的位置。因此，就有了图6-5所示的两幕剧结构。

① 亚里士多德.诗学[M].北京：商务印书馆，1996：131.

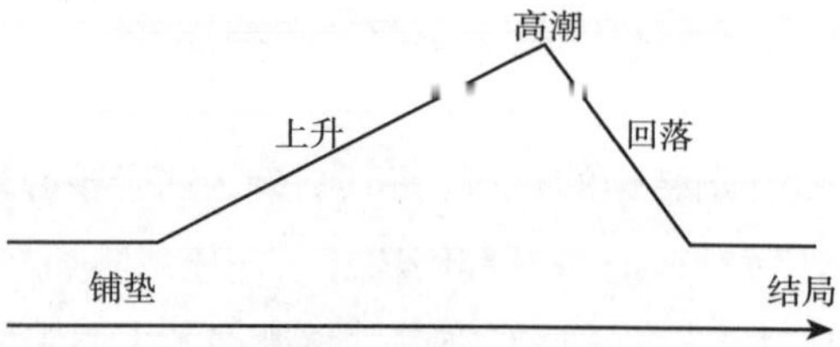

图6-5 两幕剧结构[①]

《宵禁》片段

在大多数情节驱动的作品中，我们常常看到这种简单的两幕剧结构。也有少数以故事为中心的经典作品没有高潮，相应地被分成两个主要部分，即第一幕和第二幕。

接下来，我们用案例来分析如何基于两幕剧结构创建作品结构。

图6-6 《宵禁》[②]

《宵禁》(2012)是一部由肖恩·克里斯汀森执导和编剧的剧情短片。正在浴室中准备自杀的男主角里奇，接到妹妹的电话，请他照顾自己的女儿，他立马结束了自杀行为准备去照顾小外甥女。在与小外甥女相处期间，他们的关系在短时间内由陌生转变为彼此信任与依赖。这也促使里奇最终放弃自杀，如图6-6所示。

该片故事结构简单，主要由两个主要情节点构成，第一个情节点是里奇处于人生的低谷，准备在浴室里轻生。他神情呆滞，生无可恋。突然一阵急促的电话铃声打破了安静的气氛，他接到了多年未联系的妹妹的紧急电话，妹妹无奈地请求他照顾一天她的女儿索菲娅。尽管他们成年后因矛盾而疏远，里奇在挣扎后还是决定帮助妹妹。第二个情节点发生在里奇如约完成照顾外甥女索菲娅的任务后，他将索菲娅安全送回家，并见到了受伤的妹妹，意识到了妹妹遭遇的家庭问题。他在与外甥女、妹妹的谈话中意识到自己的问题，虽然收获了真情，但终究还是不被理解和需要，于是他再次踏上了不归路。回到家中的里奇再次准备轻生，此时妹妹的电话又一次响起，这次他挣扎了一番后鼓起勇气接听了电话，电话中妹妹请求里奇以后多陪陪索菲娅。短片结尾里奇神情释然、面带微笑，或许妹妹的请求让里奇再次意识到生活的意义，他最终放弃了轻生的念头。

① 赵丹.新媒体短片剧本创作[M].杭州：浙江摄影出版社，2021：60.

② 图片出自https://movie.douban.com/photos/photo/2361568225/.

片中，男主人公经历了两次生命的转折，每次转折都以电话作为切入口，诠释生命的意义和亲情的力量。因此，可以说，《宵禁》这部短片将三幕剧结构缩减为两幕剧结构，如图6-7所示。

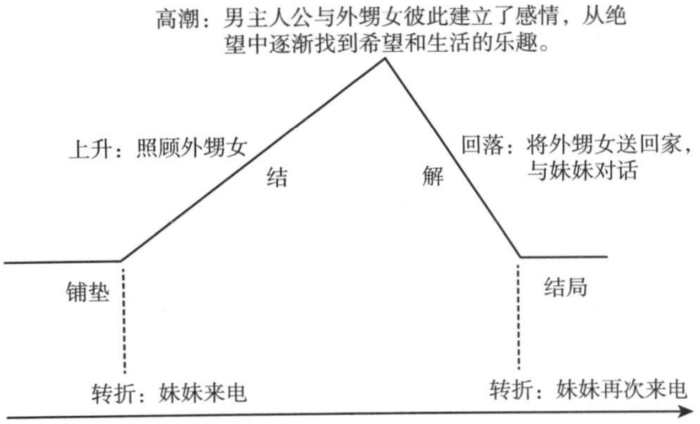

图6-7 《宵禁》两幕结构

《校合唱团的秘密》(2016)也是将三幕剧结构缩减为两幕剧结构进行叙事的，片长25分钟，如图6-8所示。这是一个关于说谎和反抗的故事，它用“校合唱团的反抗”反映了社会权威对弱者的压迫。

图6-8 《校合唱团的秘密》①

在该片中，女孩索菲转学到一所新学校，准备参加校合唱团。但该合唱团是全国数一数二的合唱团，合唱团老师艾利卡为了让合唱团在比赛中胜出，采取了不正当的手段，让唱得不好的同学全部默唱，且大家互相不知情。索菲的好友丽萨是合唱团的主唱，她发现老师的秘密后，联合其他同学一起进行反抗最终获得胜利。虽然短片采用了双线叙事，但实际上采用了两幕剧结构。第一幕主要表现了索菲最初转学到新学校时，她对一切都充满期待，并开始在合唱团练习唱歌准备参赛，但老师艾利卡专门找到索菲，告诉她因为她的唱功不佳会影响合唱效果，让她默唱。这对于索菲

《校合唱团的秘密》片段

① 图片出自https://movie.douban.com/photos/photo/2417536874/.

来说是一个打击，也是一个转折点。这件事发生后，索菲并没有反抗，她的好友丽萨发现了端倪，并联合其他学生想办法与老师对抗，解决问题。第二幕发生在合唱团参加比赛当天，平时听话的学生们联合起来对抗老师，用默唱回击了老师的不当行为，捍卫了自己的权利，老师被气走后所有孩子开心地放声歌唱。可以看到，该片对三幕剧结构进行了衍生，用两幕建构了故事，并通过两个转折点诠释了故事主题，如图6-9所示。

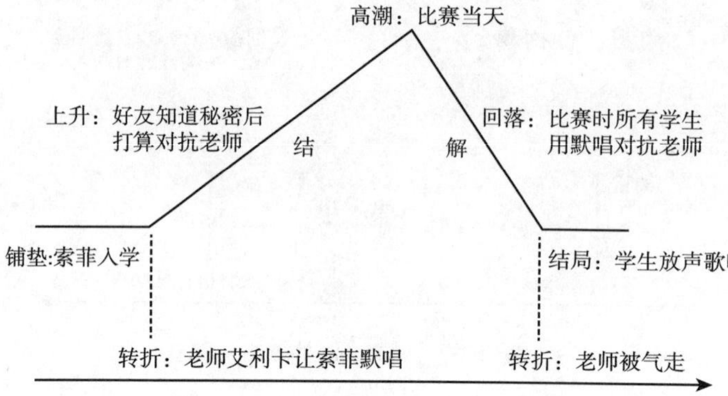

图6-9 《校合唱团的秘密》两幕结构

二、三幕剧结构

亚里士多德的《诗学》认为，所有的故事，包括喜剧和悲剧都应该有开头、中间和结尾三个部分。这三个部分就是我们今天所说的三幕剧结构。三幕剧结构是一种将故事分为三部分的叙事模式，包括第一幕、第二幕和第三幕。更确切地说，三部分是开头、中间和结尾。悉德·菲尔德称之为建置、对抗和结局。[①]三幕剧结构是剧本的框架，每一幕都有不同的功能，旨在构建一套讲故事的策略，如第一幕设定故事背景世界、角色的目标，以及阻止角色实现目标的冲突或障碍；第二幕设置角色实现目标的风险，从而使冲突加剧；第三幕主要以实现目标或失败来结束故事，如图6-10所示。

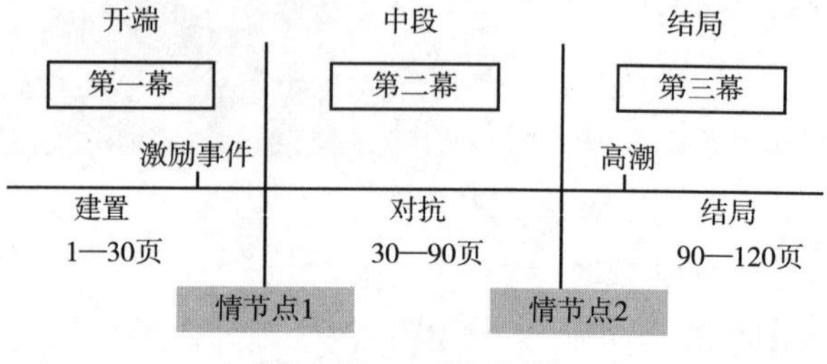

图6-10 三幕剧结构

① 菲尔德.电影剧本写作基础(最新修订版)[M].钟大丰，鲍玉珩，译.北京：北京联合出版公司，2016：7.

通过图6–10可知，故事由开端(建置)、中段(对抗)和结局三个部分组成。一部电影的时长通常在2小时左右，这是多年的经验和经济效益所决定的。按照荧幕播放的1分钟等于剧本中的1页来计算，完整的电影剧本通常有120页(当然每部作品的实际情况各有差别，但大多数作品都遵循这个法则)。因此，编剧首先需要在脑海中拟订大概的时间计划，按照作品讲述的模式和习惯，一般作品的开头和结尾相对较短，中间故事的发展部分时间最长。

虽然有些影视作品的剧本不止三幕，但包含了三幕剧结构模式，按照故事的起因、发展和结局三个部分进行撰写。而情节和冲突包含在三幕剧结构之中，是结构中的重要组成部分。无论采用哪种结构模式，剧本都需要确保有一个清晰、连贯的故事线，能够引导观众从头到尾地关注和理解故事。剧本是一个整体，它的组成要素有很多，三幕剧结构是指用于讲述故事的框架，为剧本创作者提供了一个指导方针。

三、三幕剧结构解析与设置

电影编剧习惯将电影剧本的第一幕故事(开端部分)设置为约30页。在作品开始10分钟时，编剧需要向观众展现故事的吸引力。在经历了故事背景介绍、人物及人物关系的基本描述之后，作品就会迎来第一个转折点，即故事的“情节点1”，以便故事自然地过渡到中段部分。这里的情节点指的是任何一个偶然事故、情节或大事件，它通常是主要人物的职责，在剧本中的目的是使故事线保持在确定的位置。

(一)提出问题：第一幕的建置

对于一部作品来说，故事的开场是吸引观众视线的重要因素。通常在向观众呈现作品的风格、介绍故事的背景之后，剧本就需要立刻开始建置故事。故事的建置通常包括介绍故事的背景、主要角色、故事发生的时空、故事的类型等内容，它是戏剧性动作的一个段落。第一幕的设置主要包括介绍人物、人物的故事世界以及某种“激励事件”，通常处于故事开始的时刻，在电影的第20分钟至第30分钟展开，占整个故事25%左右的篇幅。在剧本的开场部分需要明确主要人物是谁，故事讲了什么内容，以及故事的环境背景是什么。因此，在剧本的开场部分需要明确以下几点。

1.明确故事的结局

在撰写剧本之前，编剧首先需要明确故事的结局，如果结局不明确，则意味着编剧无法有效地完成故事的写作，并且使作品将面临更多的风险。剧本故事的结局意味着“解决方法”，即剧本中主要人物的戏剧性需求是否达成。故事有一条明确的发展线，将所有部分互相关联，如果有了明确的结局，编剧就很清楚应该怎样设计故事的发展走向、如何设计故事的来龙去脉，才有可能达成故事的结局。如果没有明确的结局，编剧就不会有明确的目标，只能漫无目的地尝试故事的各种可能性，结局往往一事无成，最终时间浪费了，故事也没有创作出来。

《海底总动员》(2003)的结局中，故事中的主要问题都得到了解决。玛林找到了失踪的儿子尼莫，并成功带他回到家中。此外，玛林也逐渐学会了勇敢和冒险，同时也意识到他的儿子已经成熟，能够照顾自己。总的来说，这个结局给人留下了积极的印象，也为整个故事画上了一个完美的句号。

图6-11 《玛丽和麦克斯》[1]

在写作之前，编剧脑海里就需要有一个清晰的结局，这样剧本的来龙去脉才会比较清楚。就像《西游记之大圣归来》(2015)的开头片段，观众看到了齐天大圣的归来，还看到了江流儿对齐天大圣的崇拜与好奇，这其实就预示了作品的发展脉络。故事的结尾就是目的，整部作品就是向观众展现大圣归来的过程。

2.抓住观众的眼球

作品通常会用强烈的视觉效果和有冲击力的对话作为开场引起观众的兴趣。大部分经典的作品开场都是极具感染力的。如动画电影《玛丽和麦克斯》(2009)开场使用独特的黏土形式，展现了墨尔本市一个小镇的场景。无论是其中的场景还是人物都呈现了独特的风格，如图6-11所示。每一个出场的人物都有鲜明的性格和别样的人生经历，观众会被深深吸引，好奇主要角色到底会发生怎样的故事。

图6-12 《僵尸新娘》[2]

再如动画电影《僵尸新娘》(2005)开场的镜头是用黏土的形式创造的诡异的黑白世界，男主角画好一只蝴蝶后，便将一只装在玻璃瓶里的蝴蝶放生了，似乎为结局埋下隐喻，如图6-12所示。紧接着镜头

① 图片出自https://movie.douban.com/photos/photo/2923413050/.

② 图片出自https://movie.douban.com/photos/photo/735361115/.

跟随着蝴蝶呈现了男主角所在的城市，展现了一个黑白色、死寂般的19世纪城市的风貌，人们造型古怪、阴森，预示着故事的诡异。

3.确立作品风格和基调

编剧特别需要注意的是通过文字去描述影视作品的基调，以便导演能更好地把握作品的风格。这种描述通常不只是对故事时空的影像描绘，也不只是通过对话或声音去表达，更多的是通过描述性的段落进行渲染。例如，《阳光灿烂的日子》剧本开头就确立了基调，扫描二维码阅读剧本片段。

《阳光灿烂的日子》剧本片段①

可以看到，编剧在开头就想方设法地渲染时代氛围。该片讲述了一群生活在部队大院里的孩子，在耀眼的阳光与遍地的红旗中度过自己的青春。编剧通过马小军的旁白试图告诉观众北京的飞速发展，以及对记忆中青春的怀念。大院广场的场景描绘也将故事背景交代得十分清楚，如毛主席的雕像、挥舞着彩带的红军，还有观众熟悉的民族歌曲。这些画面与声音的呈现，将该片的基调描绘得十分清晰，把观众带入了那个时期的北京。此时，电影的基调已经确立。

《少年派的奇幻漂流》一开始就给观众呈现了印度的异域风情，一家野生动物园里各种动物自由生活的画面，加上印度风情的音乐，让观众感受到了一种美好、平和、安宁的氛围。接着通过开头小说家和成年派的对话，观众便知道该片主要呈现少年派的传奇航海经历，且是和一只老虎一起的海上奇幻漂流。整部作品以回忆的方式进行叙述，用较为独特的视觉效果表现了派的奇幻经历，使整部作品充满了传奇色彩。该片开头，小说家与成年派的简短对话便巧妙地传递了诸多关键信息：故事的时间与地点、人物的身份背景、名字的由来，以及小说家创作《少年派的奇幻漂流》的初衷。这段对话凸显了派的海上经历的重要性和传奇色彩。这种独特的叙事手法，由成年派开启了整部作品的讲述，为后续情节发展奠定了坚实基础。

《少年派的奇幻漂流》剧本片段

4.设置“激励事件”

影视作品的“激励事件”往往提出了叙事需求以及解释了需要解决的问题。特别是犯罪类型影视作品中，常在开头部分设置一个杀人事件，以此来引起观众的好奇心，并在后续的故事中展开对罪犯的一系列调查。但并不是每部作品都会在一开始单刀直入地呈现杀人事件，而是会选择一系列情景去铺垫，以使故事讲述的角度更加新颖。例如，《误杀》(2019)开头展现了在监狱里服刑的男主角李维杰越狱的情节，正当观众以为这

① 王蒙，王元化.中国新文学大系 1976—2000 第二十八集 影视文学卷二[M].上海：上海文艺出版社，2009：495–496.

是一起与《肖申克的救赎》类似的越狱故事时，该片将观众带入了现实，原来这段故事是李维杰和好友们在闲聊中根据自己喜欢的电影编造的故事情节。接着，该片再通过李维杰与颂叔的对话，引出了重要线索人物——警察桑坤，并交代了故事背景。通过对李维杰以及他与家人的关系、警察局长一家人的关系等的刻画，预示了一场灾难即将发生。编剧在开头做了大量的铺垫，巧妙地通过设计一个人中了彩票被杀的案件引出了故事的发展。而开头李维杰幻想的越狱事件奠定了该片的基调。

为了引起观众的好奇心，编剧还需要在建置部分提出作品需要解决的问题，如罪犯最终是否被捉拿归案？被拐卖的孩子找回来了吗？他爱的那个女孩最终和他在一起了吗？似乎每部作品都需要给观众一个交代。问题将始终贯穿着整部作品，问题的提出也意味着建置部分的结束。但一个故事之所以有趣，是因为它既不会像现实生活那么循规蹈矩，又不显得太过平常。编剧通常会在介绍完故事发生的背景和人物关系之后设置一个转折点，让作品的主要角色开始面对问题。这将故事引入一个新的方向，要求主要角色打破常规思维，做出某种新的决定，增添故事的紧张度，把观众带入一个全新的领域。例如，在《误杀》中，第一幕的转折点就是李维杰的女儿被警察局长的儿子强奸，而她不小心“杀”了他。这一转折点改变了主要角色的全部生活轨迹，把观众带入了一个意想不到的故事世界中。

（二）直面问题：第二幕的对抗

故事的第二幕是故事的发展部分，在电影剧本中通常有60页左右。在第二幕中，主要角色往往会面对一系列的挫折和障碍，它们也被称为对抗事件。这里的障碍主要指的是人物的戏剧性需求和现实的阻碍之间的对抗关系。戏剧性需求指的是“在剧本中人物所期望赢得、攫取、获得或达到的目标”[①]。主要角色为了达到自己的戏剧性需求会想方设法面对阻碍、冲破阻碍，从而达到自己的目标。当然，主要角色需要一个决定性事件，即“情节点2”，它可以帮助主要角色做最后的决断。

第二幕是故事的中心部分，故事开始正式展开，冲突大量出现，主题也逐渐凸显，人物的关系、事情的发展、问题能否解决也将在第二幕逐渐明晰。通常第二幕主要展现的是主要角色如何解决在第一幕遇到的问题，包括他们采取了哪些方式和行动、经历了哪些磨难和内心的挣扎等，这些内容都需要在第二幕进行详细阐述。但第二幕毕竟不是故事的结局，需要留有悬念并吊足观众的胃口，让观众猜测障碍能否顺利消除。如果是类似《误杀》的故事，编剧通常会在第二幕用大量篇幅去描写主要人物，即罪犯要通过怎样的方式去躲避追捕，警察通过哪些方式去抓捕罪犯；如果是爱情故事，则通常会在第二幕进一步发展主要角色的爱情关系；如果是竞赛电影，则通常会在第二幕展开各种

① 菲尔德.电影剧本写作基础(最新修订版)[M].钟大丰，鲍玉珩，译.北京：北京联合出版公司，2016：10.

艰苦的备赛活动，让主要角色都经历艰苦的努力。在撰写第二幕时，编剧需要注意以下几点。

1.明确主角的行动目标

当第一幕已经展现了主要角色面临的新问题时，第二幕首要的任务便是使观众明白主要角色的行动目标。这样的设置有助于观众保持对主要角色的关注，并将关注点移情到故事中去，与主要角色保持情感的联系。编剧可以通过设置明显的行为动作去表明主要角色的目标，也可以通过相对隐喻的信息让观众意识到主要角色的意图，以及将来可能面临的危机和成就。在《误杀》中，当李维杰得知女儿误将警察局长的儿子打死后，他勇敢地承担起一切，开始不惜一切代价隐瞒事件的真相，保护自己的家人。《你好，李焕英》中，主人公贾晓玲在第二幕中的行动目标很鲜明，因为第一幕已经将她面临的问题解释得很清楚：贾晓玲从小就不是优秀的女孩，她想为妈妈争光，可是一直都没有机会。唯一一次争光，是她借着升学的机会办了一张假的本科证书，结果还被识破，于是就遭遇了母亲被车撞之后到医院抢救的事件。第二幕中，当贾晓玲突然意识到自己穿越时空到妈妈的年轻时代，便趁机把对妈妈的爱用一种独特的方式在这次独特的人生旅行中进行弥补与偿还。她的行动目标变成了通过自己的努力使妈妈能过上琴姨一样体面的人生，改变妈妈的命运，让她不再重蹈覆辙。或许在她的眼里，妈妈能够像琴姨一样光鲜亮丽、富有，就是一种成功。

2.设置第二个转折点

在第二幕中，需要一个转折的事件将故事引入第三幕，将故事推向高潮，让主要角色作出重要决定，带领观众进入新的领域。因此，相比第一幕的转折点，第二幕的转折点赋予故事紧张感，会直接推进故事进入结局。例如，在《卧虎藏龙》(2000)中，玉娇龙坐上花轿准备成亲，却被罗小虎冲乱接亲队伍，于是李慕白和俞秀莲劝解罗小虎，并开始寻找离家出走的玉娇龙，这一情节可以看作第二幕的转折点。这一转折加速了剧情的发展，李慕白和俞秀莲需要在短暂的时间内找到玉娇龙并夺回青冥剑，甚至李慕白还幻想能收玉娇龙为徒。可以说，第二个转折点暗示了剧情发展的黑暗时刻和新的转机，而答案将在故事第三幕中揭晓。很多时候，编剧会在第二个转折点进行一种设计，让原本无法医治的人起死回生。当所有人觉得主要角色只能这样面对现实时，或是主要角色快要达成目的时，第二个转折点总会将观众点醒。例如，在《你好，李焕英》中，当贾晓玲费尽心机希望李焕英能和厂长的儿子在一起时，却意外发现李焕英居然和偷偷相恋的人领了结婚证。

(三)解决问题：第三幕的结局

故事的第三幕，也是故事的结尾部分，在电影剧本中通常设置为20—30页。在第三幕中，故事需要给观众一个交代，主要角色也要面临最终的审判，以考验其戏剧性需求是否得到满足。如果没有得到满足，那么其状况如何？有些结局是有明确答案的，有些却是开放性结局，需要观众自己去思考。值得注意的是，如果编剧将第一幕或者第三幕的时间拉得太长，则会导致作品节奏缓慢、叙事重点不突出、叙事冗长等问题。当然，时间的设置跟作品的总时长相匹配，因为每部作品的总时长不尽相同。

得益于第一幕故事和第二幕故事的精心设计，在第三幕中，主要角色需要面对自己的终极目的，做出最后决定并采取行动。如果是犯罪片，第三幕通常告知观众罪犯是否被捉拿归案；如果是爱情片，第三幕通常会说明相爱的人是否终成眷属；如果是悬疑侦探片，第三幕将展现事情的真相；等等。

1.设计高潮

作品的高潮常常出现在大结局之前，它促使作品走向结局。高潮部分冲突达到顶点，角色做出最终决定或采取行动，例如，在《海底总动员》中，小丑鱼尼莫终于和拼尽一切解救他的爸爸相聚了，可没想到尼莫做了一个惊人的选择，眼看着一艘捕鱼的船要将一群鱼捕捞，他通过自己小小的身躯，勇敢地冲进捕鱼网，用自己的智慧解救了鱼群。作品的高潮事件足够吸引观众，也让人提心吊胆，最终引出故事的主题和大结局。通常一旦高潮事件出现，便很快能迎来故事的大结局。

2.设计大结局

在第三幕中，观众会随着剧情的发展时刻保持紧张，担心主人公能否完成他的使命，能否有一个好的结局。结局是故事主题的表达，也是某种情绪或情感的宣泄，抑或是某种决心。

《哪吒之魔童降世》结局剧本

例如，在《哪吒之魔童降世》第三幕的大结局中，观众随着剧情的发展时刻保持紧张，担心哪吒和敖丙能否完成他们的使命，能否有一个好的结局。这种紧张感通过天雷的冲击、废墟中的挣扎以及殷夫人和太乙真人的情感反应得到了充分的体现。当殷夫人从废墟中挖出莲花，发现哪吒和敖丙的魂魄时，观众的情感得到了短暂的释放，但随即又被太乙真人的话语拉回紧张状态。太乙真人的画外音“不认命，就是哪吒的命！”深刻揭示了电影的核心主题——我命由我不由天。最后，哪吒的眼神坚定起来，象征着他不向命运低头的决心。这种决心不仅是对个人命运的挑战，也会对观众情感起到激发作用。

三幕剧结构并不是一个公式，编剧没有必要严格遵循三幕剧结构，很多编剧尝试用新颖的结构来突破三幕剧结构的局限。但对于初学剧本创作的人来说，三幕剧结构有助于帮助编剧厘清创作思路。

第二节 线性与非线性叙事结构

在影视作品叙事的发展历程中，线性叙事以其清晰的因果关系和时间顺序的连贯性，成为经典的叙事方式。然而，路易斯·布努埃尔执导的电影《一条安达鲁狗》(1929)打破了这一模式。这部电影通过展示缺乏逻辑联系和无序的零散画面，挑战了传统的叙事结构，为观众带来了一种断裂、混乱和碎片化的视觉感受，从而在电影艺术中开辟了一种新的叙事可能性。这种非线性叙事方式不仅突破了时空限制，也为观众提供了一个开放、多元、多维的叙事空间，提升了影视艺术的表现力。

非线性叙事是多元的、任意的和不确定的，它通过解散、打乱、重组、链接、跳跃的方式，允许观众通过不同路径或多路径进入作品，从而引起作品内容和意义的变化。[①]非线性叙事打破了传统叙事的稳定有序。这种叙事方式为影视作品创作提供了更多的创新空间和可能性，同时也为观众带来了全新的观影体验。研究线性叙事与非线性叙事，有助于理解影视作品的多样性和复杂性，为影视创作提供灵感和思路。

在影视作品的创作中，一个清晰的故事结构是至关重要的。前面的章节中我们提到过剧本的多幕结构，为剧本写作提供了实用的框架思路。而影视作品也有一个基本的叙事结构，即线性叙事结构。

一、线性叙事结构

线性叙事结构指影视作品是按照“开端—发展—高潮—结局”这样的逻辑结构来组织故事情节的，时间呈现出指向性，故事的发生遵循一定的因果关系。通常，遵循线性叙事结构的影视作品，故事主要围绕单一的主要角色发展，暗示故事是对发生的一切进行历史式或生命历程式的说明。大部分好莱坞电影都是线性叙事结构的，它们聚焦于某个追求特定欲望的单一主角，讲述主要角色如何追求欲望并因此经历转变的故事。

开端：在这一幕中，观众将首次见到主要角色和故事场景。无论是英雄还是反派，角色都应该在第一时间展现出他们的特点和动机。这为故事奠定了基础，让读者对角色产生兴趣。通常还会有故事发生的导火索：一个意外事件或者挑战突然出现，迫使主要角色采取行动。这个事件通常是主角内心欲望的直接体现，它激发了故事的进程，并设定了一

① 刘世文.作者隐退、非物质化、非线性和超文本：论新媒体艺术创作的深刻变革[J].廊坊师范学院学报(社会科学版)，2014(1)：33-37.

个清晰的目标。

发展：随着主要角色开始追求目标，他们开始遇到各种障碍和挑战。这些矛盾和冲突逐渐升级，为故事增添了紧张感和戏剧性。电影通常通过很多次要情节来加剧故事的冲突；短片通常通过2—3个关键事件来展示矛盾的激化就足够了。随着矛盾不断加剧，危急时刻终于到来，故事进入最为紧张和深刻的转折点。此时主要角色面临最大的挑战，感到绝望。在这个时刻，主要角色可能会经历一系列的情感反应，做出关键决策，发现重要的秘密或问题，或者获得一种神秘的力量或领悟。

高潮：高潮是主要角色与主要对手直接对峙的时刻。前者已经没有任何退路，只能全力以赴。这一刻通常需要主要角色采取大胆的行动，可能是物理上的战斗，也可能是内心的挣扎。在作品中，危机和高潮也可以交织在一起，形成一个戏剧性顶点。

结局：故事将走向一个结论。主要角色可能会成功或失败，但重要的是，故事的结局能够满足观众的期待，并传达出编剧的意图。在电影中，我们常常看到戏剧性的或团圆式的结尾，但在短片中，结局可以更加尖锐和个性化，只要它能够有效地传达故事的核心信息。[①]

《鹬》片段

例如，三维动画短片《鹬》(2016)讲述了饥饿的小鹬努力克服恐水症，到海浪涌动的沙滩上觅食的故事。这部短片采用了经典的线性叙事结构，主要分为四个部分：开始、发展、高潮与结局。

开始：清晨的海边，小鹬生活在妈妈的呵护下，等待妈妈捕来的食物。妈妈意识到小鹬已经长大，应该学会自己寻找食物，于是开始鼓励小鹬走向海滩，独自捕食。

发展：小鹬遭遇了各种障碍，先是被贝壳夹住嘴巴，又被海浪淹没。饥饿的小鹬想要再次觅食，可面对海浪不敢前行。这时小鹬遇到了寄居蟹朋友，并学会了捕食的技巧，克服了对海浪的恐惧。

高潮：高潮部分是全剧最紧张的时刻，小鹬克服对海浪的恐惧，排除了一个又一个的障碍，最终成功捕捉到食物。

结局：故事的最后，小鹬学会避浪方法而成功捕到食物后，与同伴们共享成功的喜悦，这一温馨的画面展现出成长的喜悦和独立精神的胜利。

《鹬》这部动画短片透过小鹬的成长之旅，深刻地展现了成长过程中不可避免的挑战与困难，以及面对恐惧、独立成长所需的勇气和智慧。该片采用了线性叙事结构，将一系列相互关联的事件有序地串联起来，最终汇聚成一个充满戏剧性的高潮和结局。这种叙事方式不但使得故事线条清晰、易于理解，而且通过细腻的画面和感人的背景音乐，成功地传达了一个深刻故事，触动了无数观众的心弦。除了这部短片之外，还有很多短片的结构是线性叙事结构，如《恰卜恰布》(2002)、《丹麦诗人》(2006)、《三分钟》(2018)等。

① 张然，任伟峰.动画短片剧本写作[M].苏州：苏州大学出版社，2013：55.

二、非线性叙事结构

对于叙事作品来说，虽然线性叙事结构是最传统、最基础的叙事方式，但非线性叙事结构也备受编剧青睐。正如戈达尔所说："每一部电影都有一个开端、一个中间阶段和一个结局，然而，却没有必要按照这个顺序来展现故事。"[①]非线性叙事结构相较于线性叙事结构，在构建时更加复杂。其事件往往在时间中随意跳跃，或不断被复制，观众难以追踪时间顺序，只能感受到画面的流逝。这种无视时间规则的叙事方法在非线性叙事结构中随处可见，并且是编剧特意为之，其目的是增加作品的理解难度和拓展主题深度。

约翰·特鲁比将剧本故事创作分为线性模式、迂回式、螺旋式、分支式和爆发式[②]五种模式。除了线性模式外，其余类型都属于非线性叙事结构。

可见，非线性叙事结构比较复杂多变，不太有规律可循。但我们仔细研究后能发现，非线性叙事也具有一定的逻辑结构，仍然有故事的开端、发展、高潮、结局。对于非线性叙事结构，我们以环状式、复调式、文学式这三种结构进行阐述。

(一)环状式结构

环状式结构采用环形思维来组织画面，通过回旋式、环扣式、循环式等多样化的叙事形式，构建出一个非线性、多维度的故事网络。它摒弃了单一的因果链条，转而采用多个并行或交织的叙事线索，围绕一个或多个中心主题展开。各个线索可能独立发展，也可能在特定节点相互连接，形成闭环，使观众在观看过程中体验到时间与空间的流动性和复杂性。环状式结构强调故事元素的关联性和回环性，允许情节在不同时间点和空间中自由跳跃，从而创造出悬念和深度，激发观众的思考。这种结构在叙事节奏、线索交织和主题表达上要求高度的精心设计，以确保故事的连贯性和观众的理解度。环状式结构的作品往往具有开放性结局，鼓励观众参与故事的最终构建，体会发现和解读的快感。

环状式结构中有三种常见的形式：回旋式、环扣式、循环式。这三种形式都是环形思维，但略有不同。回旋式结构是从事件的不同角度、不同层面回旋进行叙述，故事就像一个迷宫，角色在某个地点反复进行推敲从而选择新的路线和方向。[③]角色在这个选择过程中所经历的思考和悬念是这种结构的特点。他们在面临相似的障碍时，迂回尝试解决问题。随着原有障碍的逐一化解，新的挑战与障碍又相继涌现。

在短片《和尚与飞鱼》(1994)中，和尚为了抓住鱼而费尽心机，尝试了用鱼竿钓鱼、用渔网捕鱼、翻书求经、请其他和尚帮忙、晚上点起蜡烛等多种方法，但依然无法捕捉到那条

---

① 汉森.编剧：步步为营(重订本)[M].郝哲，柳青，译.北京：世界图书出版公司，2010：75.

② 特鲁比.故事写作大师班[M].江先声，译.长沙：湖南文艺出版社，2019：11.

③ 刘凡.电影叙事结构探析：线与非线[J].电影文学，2011(15)：18-19.

鱼。整个捕鱼的过程实际上是在重复，尽管方法和环境有所不同，结果始终是失败的。这种回旋式结构的非线性叙事手法，不仅可灵活运用于短片创作之中，同样也适用于电影创作之中。电影《落水狗》(1992)就是成功运用这种叙事结构的典范。该片讲述的是一个关于抢劫的故事，虽然故事简单，但是错综复杂的人物关系和多头并进的线索激发观众的兴趣，加上非线性时间关系的不确定性，使观众在观影的过程中反复推敲剧情，体会参与游戏的快感。

环扣式结构是一种嵌套式纵向结构，即由一个个充满悬念的事件两两之间相互串联而成，前一事件中的部分信息会成为后一事件的线索，在某种程度上，后一事件也能对前一事件故意隐藏的信息进行补充。这种结构的特点是每个环节紧密相连，共同推进故事发展。在创作过程中，编剧会巧妙地布置悬念和意外情节，以持续吸引观众，增强故事的吸引力和叙事张力。也有学者称之为“汽车站结构”[①]。斯坦·霍华德将这种结构比喻为故事发展中不断有重要配角出现并离开，犹如乘坐公交时人们的上上下下。尽管这些配角的戏份不多，但他们在帮助主角解决问题、制造冲突或提供关键信息方面发挥着至关重要的作用。电影《公民凯恩》(1941)就是运用这种结构的一个经典例子，它通过记者的采访，从多个角度展现了凯恩的多面性，构建了立体的人物形象。环扣式结构由于其复杂性和对众多配角及情节的需求，更适宜于长片而非短片的叙事。

循环式结构采用圆形的思维来组织画面，在作品结束时，结尾再次回到作品的开头部分，成为一个循环。[②]代表作品有乔治·格里芬导演的《视觉大师》(1978)。作品受早期运动研究成果的启发，通过一系列的走路循环，表现了角色在圆圈的周围无限运动的动画循环。

《视觉大师》片段

短片《伟大的历史动画》(1991)是一部由布鲁诺·伯茨多执导的讽刺动画短片。这部短片以讽刺的笔触讲述了人类文明的发展史，实际上是一部充满杀戮和血泪的战争史。短片从古代到现代、从西方到东方、从野蛮到文明地展示了人类使用武器征服同类的历程。随着时代的进步，武器的级别越来越高，但其杀戮的本质从未改变。掌握武器后，随之而来的是权力、财富和美人。然而，无论多么伟大的胜利者，在大自然的视角下都是失败者，人类因热衷于战争而成为大自然嘲笑的对象。短片通过以讽刺和夸张的方式呈现一系列历史事件，如石器时代的争夺、埃及战争、特洛伊战争、罗马帝国的征服与掠夺、十字军东征、蒙古帝国的崛起、欧洲发现新大陆、英国资产阶级革命、法国大革命、美国独立战争等，展示了人类历史上的循环冲突。短片叙事遵循循环式结构，将故事线编织成一个循环往复的圆，表现了历史的重复性和人类行为的循环性。这种结

《伟大的历史动画》片段

① 张然，任伟峰.动画短片剧本写作[M].苏州：苏州大学出版社，2013：55.

② 敬鹏林.非线性叙事：电影叙事范式的异变与扩展[J].重庆邮电大学学报(社会科学版)，2015(4)：142-146.

构不仅丰富了叙述层次，还拓展了时空结构，使得短片在有限的时间内有效地传达了对战争和人性的深沉反思，展现了人类文明发展过程中的悲剧性和讽刺性。

泰伦·蒙哥马利导演的动画短片《追寻》(1996)，其叙事也遵循了循环式结构。短片通过一个圆形叙事结构，展现了命运的循环性。故事的主人公是一个由沙子构成的小沙人，他在沙漠中醒来，身边仅有一个空瓶子。为了生存，小沙人踏上了寻找水源的艰难旅程。在这场旅途中，小沙人穿越了由不同物质构成的世界：首先是纸的世界，接着是石头的世界，最后是机器的世界。在每个世界，小沙人都面临着不同的挑战。当他终于在一处机器世界中发现了水源，满怀希望之际，却为了躲避机器的碾压而不得不化成散沙，最终漂流至海底。短片接近尾声时，小沙人奇迹般地重获新生，再次醒来，身边依旧是一个空瓶子，仿佛一切回到了起点。该片巧妙运用了循环式结构，暗示着人类在无情宇宙中的渺小和不断重复的生存挑战。

获得英国电影学院奖最佳动画短片奖的短片《坠落的艺术》(2004)，其叙事同样遵循了循环式结构。短片讲述了在一个废旧的军营外，高耸入云的跳台上，大胡子军官为士兵们戴上闪亮的勋章，然后再将他们一个个推下跳台。摄影师拍下士兵的尸体，将照片交给屋内的胖子将军，进行所谓的"艺术创作"，一旦对这个"创作"结果不满意，胖子将军就会命令重来，进入无限的循环。短片中士兵们因将军的"艺术"梦想而不断惨死，只要将军的梦想不停止，杀戮就不会停止。

波兰实验动画大师兹比格涅夫·雷布琴斯基执导的动画短片《探戈》(1981)，重复的事件彻底吞噬了情节。故事发生在一个固定的空间内，即一个不算宽敞的房间。在这个空间里，皮球一次又一次被掷进房间，而23个真人角色则在这个房间里完成了自己的生活片段，这些片段不断循环往复，形成了一种时间上的循环结构。这些角色包括捡皮球的男孩、喂奶的妇女、小偷、送货人、写作业的女孩、端食物的主妇、喝汤的老人、倒立的青年、购物回家的女人、修理电灯的男人等。尽管房间里的人物众多，但他们的运动轨迹和速率恰好避开了彼此，创造了一个热闹非凡的奇观景象。每个人都有自己的行为和故事线，也遵循了多线索叙事的复调式结构。这部短片巧妙地将环状式结构和复调式结构融合，创造出一种独特的叙事风格。

无论是回旋式、环扣式还是循环式，这些环状式结构的非线性叙事手法，不仅灵活运用于短片创作之中，同样也在众多电影中展现出了其独特的魅力与深度。其中，有些电影作品颇值得关注，如米尔科·曼彻夫斯基的电影首作《暴雨将至》(1994)和保罗·哈吉斯的电影代表作《撞车》(2004)。它们的叙事形式都呈现出一种环状式结构，或者以环状的时空关系为主，或者以环状的人物关系为主。在这类影像结构里，时间是模糊的，因果是相对的，不知所起也不知所终，它的根本意义在于能准确而形象地描绘人类生存境遇和内心欲望，透视出人们控制时空秩序的心理渴求。

(二)复调式结构

“复调”本是音乐术语，指的是由两条或两条以上各自具有独立性(或相对独立)的旋律所构成的多声部音乐，那些旋律有机地结合在一起(同时结合或相继结合)、协调地流动。米兰·昆德拉说：“伟大的复调音乐家的基本原则之一就是声部的平等，没有任何一个声部可以占主导地位，没有任何一个声部可以只起简单的陪衬作用。”①复调式叙事结构在小说创作中占据了极其重要的地位。这种叙事结构具有多人物中心、多角度的叙事特征，将真实与虚构的两种或几种故事进行杂糅或组合，多条线索相互阐明，表现同一主题。

在影视作品中，我们可以借用“复调”这一词来说明非线性叙事结构的一种类型。剧本中的复调式结构是一种非线性叙事结构，它通过整合多条或明显或隐含的叙事线索，各自独立又相互交织，共同阐述一个核心主题，从而创造出一种多线索、层次丰富的叙事形式。这些线索可能完全独立，也可能在某些点上相互连接，它们可以是分散的片段、梦境、回忆或深层次的思考，涵盖叙事、心理、哲学等多个维度。每条线索虽源自不同的领域，并且在表面上没有直接的联系，但共同围绕着一个中心主题展开，或者由一条主要的故事线索或主题线索贯穿始终，最终通过相互影响和交织，共同构建作品的深层意境，并在特定的时空交汇点达到戏剧性高潮，展现出统一而复杂的故事世界。

皮特·帕恩导演的短片《草地上的午餐》(1987)就采用了复调式结构，是一部充满隐喻的多线索叙事动画短片。短片由四条线索组成，最后四条线索汇聚到了爱德华·马奈那幅著名的油画《草地上的午餐》(图6-13)之上，画中的四个人物正是之前四条线索中的人物。

图6-13 爱德华·马奈油画《草地上的午餐》②

① 昆德拉.小说的艺术[M].董强，译.上海：上海译文出版社，2004：95.

② 图片出自https://baike.baidu.com/item/%E8%8D%89%E5%9C%B0%E4%B8%8A%E7%9A%84%E5%8D%88%E9%A4%90/81895.

短片《草地上的午餐》的第一条线索是位于画面后方的女子安娜，她的职责是购买画面下方的那些物品。短片开头，安娜从噩梦中惊醒，开始了她充满挫折的一天。家中的一系列小灾难，如打破的鱼缸、无人接听的电话，以及被锁在家外的窘境，都细腻地展现了她生活的无奈。在外出过程中，她不断遭遇不幸，最终因一袋苹果而受到陌生人的骚扰。

《草地上的午餐》片段

第二条线索是名画中位于裸女身后的绅士。据介绍，此人是爱德华·马奈的兄弟欧仁·马奈，一个中产阶级艺术收藏家。最开始皮特·帕恩对理想中的中产阶级生活进行戏谑的调侃，他用华丽的偶动画制造出一系列富足、奢华和一尘不染的欧式中产阶级家庭生活，之后立刻回归夸张的手绘风格。当华丽的生活被现实撕碎，可怜的收藏家拖着长长的西服逃出家门，将西服换成了没有任何特点的灰布衣服。在彼时的体制下，人们在物资匮乏的商店排长队，苹果成了令人垂涎三尺的紧俏商品，面包生产过剩，被立即销毁。金钱失去了任何作用，想要的东西只能通过冒险的以物易物来得到。还好收藏家侥幸依靠一颗抢来的苹果，经几手倒换得到了一身体面的衣服。

第三条线索是名画中关键人物裸女。据介绍，她是爱德华·马奈从街上领回的一个妓女，长期为画家充当模特。故事也以画中模特的形象开场，她是一个有着美丽面庞的女人，却在孩子出现后失去了脸面。之后她带女儿去游乐园，用捡来的苹果换来了气球，在交给女儿气球的一刹那重新获得脸面。

第四条线索是讽刺最为直白和精彩的一场戏。这条故事线展示了一位趾高气扬的巨人先生，在专制体制中一步一步变成侏儒的寓言。在办理公园草坪使用许可证的过程中，作者把官僚体制挖苦得体无完肤，也把一个体制中充满奴性的人物刻画得惟妙惟肖。

最后，四人聚到了公园的草地上，重现油画《草地上的午餐》，这是一个既让人摸不着头脑又令人拍案叫绝的交集，其中的讽刺尽数体现于此。另外，片中还有一位倒霉的画家贯穿始终，他最终带着碾扁的左手，躺在路边，空洞地仰望着天空，如同导演对时局的迷茫和抗争。短片用戏谑的手法深刻地表现了导演的叙事意图。短片围绕角色发生的故事相对独立，但同时彼此间又有着直接的关联，短片形散但神不散。

保罗·德里森的动画短片《末世》(1999)，将屏幕划分为八个画面同时叙事，通过不同的情节表现每个季节。虽然每个画面不是同步的，但通过地球的四季看人类生存环境的叙事方式，依然围绕叙事本体。片尾用自下而上的大火将八个画面统一起来，同时也隐喻了短片的主题：人类赖以生存的地球，如果得不到保护，将会被人类的无知所毁灭。多个画面的形式让叙述空间得到了扩展，叙事主题则将分割的画面统一起来，形式的独特性让作品风格更加显著。

除了短片外，一些电影作品也用到了复调式结构。例如，库布里克的作品《奇爱博士》(1964)和《2001太空漫游》、大卫·格里菲斯的作品《党同伐异》(1916)都拥有多条叙事线索，呈现多维度、复杂的叙事空间。第78届奥斯卡金像奖最佳影片《撞车》也运用了多个故事线索平行推进并交叉呈现的叙事技巧，并且融合了环状式结构，使开端和结尾形成闭环。复调式结构中多条故事线平行地发展，使时间运转成为超乎想象的现实元素，拓展了叙事空间、叙事的深度和丰富性，为观众提供了多角度的思考和感受。

（三）文学式结构

文学式结构不以戏剧性事件为主，不强调情节的完整性和事件的因果关系，而更注重情感的传达。故事内容主要以碎片的形式呈现，可以是梦境、幻想、回忆等，这些碎片内容通常没有明确的时间顺序，而是通过非线性方式展现故事，允许叙事者从不同的角度和时间点来构建故事。小说式结构、散文式结构、诗意式结构都属于这种叙事结构。

小说式结构的影视作品借鉴小说的六大要素进行叙事，涵盖时间、地点、人物、起因、经过和结果，注重情节的发展和细节的描写。它们可用非线性方式循序渐进地推进故事，最终呈现一个比较完整的叙事。这类作品以其可读性和深入的人物心理刻画为特点，通常避免激烈的矛盾和冲突，其情节不会过于复杂，而是更多地传达作者的个人情感和故事的内在韵味，从而表现深刻的主题。

动画短片《回忆积木小屋》(2008)采用了小说式结构，通过现实与回忆的交错式切换来表达老人的孤独与对亲人的思念。故事的开始是一个孤独的老人不小心将心爱的烟斗掉入水中，为了找回心爱的烟斗，老人决定潜入已被海平面覆盖的旧屋中。随着现实中老人越潜越深，过去的珍贵回忆也用倒叙的方式展现。当老人下潜到第一个房间，拿到烟斗的一瞬间，画面闪回到老伴帮他捡烟斗的回忆里，美好的回忆让老人舍不得回到现实。他继续下潜，接着看到了老伴生病躺在床上，他坐在一旁喂药的场景，画面又闪回到现实中，老人面前只剩下一张破旧的小床。通过这种现实与回忆的切换，短片鲜明地表达出老人的孤独，以前他有老伴的陪伴，三餐、四季都可以和对方共度，但是如今却只剩下他一个人。这种交错式的叙事结构，从视觉上传递情绪，更能直击人心。

片中，随着老人下潜，他陆续看到了女儿结婚、女儿第一次带男友回家、老人和妻子年轻时的画面，剧情始于老年生活，中间贯穿了中年、青年、童年时期，最终又回到了老年。在这个过程中，随着老人的下潜，观众不仅看到了珍贵的回忆，也了解了这座积木小屋的由来。在这样的非线性叙事结构下，导演采用小说式结构，用朴实真诚的情感去打动观众，虽然全片几乎没有对白，但它通过现实和回忆的对比，触动每个人的心弦。

短片《父与女》(2001)也遵循了小说式结构。短片交代了故事的时间、地点、人物、起因、经过和结果，完整地讲述了故事。片中女主角每年都回到湖边等待父亲的归来，这种重复的行为成了她生活的一部分。片尾，女主角在生命的暮年发现了父亲遇难时划过的木船。她不断地奔跑，仿佛穿越了时空，变得越来越年轻，最终见到了父亲。这里的非线性结构，打破了传统的时间顺序，使故事具有深刻的情感和主题内涵。

图6–14 《安娜与贝拉》①

散文式结构，与小说式结构相似，但不注重情节的完整性，更强调情感和主题内涵。伯厄·林导演的短片《安娜与贝拉》(1984)遵循了散文式结构，开头便直接进入主题，没有过多的铺垫。暮年的安娜和贝拉一起喝着红酒，对着相册回忆过去的点点滴滴，如图6–14所示。短片运用隐喻的手法，在回忆与现实交错间，将支离破碎的小故事通过两位老姐妹的回忆一气呵成讲述完。在回忆过程中，短片展示了姐妹俩从年轻到老年的故事。她们回忆起儿时的打闹，共同度过学生时代，模仿鸭子、参加舞会。转眼间，她们已是亭亭玉立的大姑娘，两人一起出去约会，与男孩子们彻夜狂欢。当然，她们之间也有秘密，比如离开安娜而又投向贝拉怀抱的那个男孩。姐妹俩各自有了家庭和孩子，但她们不曾分离。该片没有强烈的戏剧性冲突，而是通过日常生活中的点滴细节，表达出人物的嫉妒、恐惧、欣喜和失望等复杂情感。这种叙事方式让观众更接近真实的生活，感受到人物内心的真实情感。这种散文式结构的叙事方式虽然会削弱故事的戏剧性，但更能引领观众的思考和表达故事深层内涵。

《安娜与贝拉》片段

诗意式结构的影视作品，相对更加难懂，这种结构不遵循常规的时间顺序，而是通过一系列独特的视觉符号来构建故事，赋予作品一种诗意的美感。其形式要素决定了作品的组成。以尤里·诺尔施泰因的《故事中的故事》(1979)为例，这部自传性质的动画短片通过回忆的方式，展现了导演童年的经历和成长过程。短片中充满了丰富的象征性意象，如笨拙的小灰狼、飞驰的火车、昏暗的街灯、飘零的落叶等，这些意象反复出现，共同编织成一幅抒情诗般的画卷。诗意式叙事利用这些视觉符号，创造出多层次的叙述空间，并通过对比和隐喻等蒙太奇手法，构建出具有强烈视觉冲击力的意境。尤里·诺尔施泰因运用蒙太奇剪辑技巧，将回忆中的片段式的、意识流的、无序的元素巧妙地串联起来，形成了一种非线性的、独特的艺术表达。片中，记忆的碎片伴随着儿歌的旋律，从遥远的过去被逐一拾起，视听意象在时间和空间的多重维度上跳跃变换，营造出一种既梦幻又真实的诗意氛围。

《故事中的故事》片段

综上所述，环状式结构、复调式结构与文学式结构不仅在影视短片中得到广泛应用，

① 图片出自https://movie.douban.com/photos/photo/2159583649/.

也在长篇影视作品中展现出其独特的魅力。每种结构都有其独特的表现力，编剧可以根据作品的内容、主题和创意需求，选择最合适的叙事结构，无论是独立采用还是相互结合，这些结构都能够丰富作品的层次，加深主题的表达，使故事更加生动。

第三节　典型的叙事结构

除了上面提到的独幕剧结构、两幕剧结构、三幕剧结构之外，还有一些经典的剧作结构值得探索。本节将探析英雄之旅叙事结构、布莱克·斯奈德节拍表、丹·哈蒙的故事圈结构这三类典型的叙事结构。

一、英雄之旅叙事结构

众多故事背后往往隐藏着相似的叙事模式：一位主角踏上冒险之旅，结识新伙伴，面对重重阻碍，与反派角色较量，并在归途中成长为一个不同的人。这样的故事有着共同的叙事结构——英雄之旅。动画片《狮子王》、小说《西游记》改编的同名电视剧、漫画《鬼灭之刃》改编的系列动画电影等众多影视作品都遵循这一模式。这一结构贯穿始终，成为剧本创作中不可或缺的一部分。鉴于其普遍性和有效性，深入了解并系统学习这一结构显得尤为必要。

(一)英雄之旅叙事结构的定义

英雄之旅叙事结构(The Hero's Journey)，也被称为单一神话(Monomyth)，是由美国神话学家约瑟夫·坎贝尔在其著作《千面英雄》中提出的。他认为，英雄之旅是能够“提供引领人类心灵前进的象征”[①]的叙事结构，是指英雄接受冒险的召唤，启程从此岸的已知世界前往彼岸的未知世界，在遭遇考验、历经磨难之后得以启蒙与回归。

这个概念描述了许多古老神话、文学作品和电影中英雄角色共有的基本模式。英雄之旅是情节点和人物发展的典范：当英雄穿越世界时，他们将在旅程的每个阶段经历内在和外在的转变。坎贝尔提出了英雄之旅的三个阶段：离开、启蒙、归来，恰好对应着好莱坞经典三幕剧作结构——离开之幕：英雄离开普通世界；启动之幕：英雄冒险进入未知领域(“特殊世界”)，并通过各种考验和挑战，成为一个真正的胜利者；返回之幕：英雄凯旋。

2007年，编剧克里斯托弗·沃格勒完善了坎贝尔的原始结构。他将坎贝尔的3个阶段拓展为12个阶段。

第一，展现普通世界(ordinary world)——旅程还没有开始。在英雄发现一个陌生的

① 坎贝尔.千面英雄[M].黄珏苹.译.杭州：浙江人民出版社，2016：7.

新世界之前，读者必须首先了解现状：一个岁月静好且无聊的初始世界。

第二，冒险的召唤(call to adventure)——英雄被邀请进入一个未知的世界，开始他们的旅程。

第三，拒绝召唤(refusal of the call)——初始的犹豫或拒绝，出于恐惧、责任或其他原因。

第四，神秘力量的援助(supernatural aid)——英雄得到一个导师或某种神奇物品的帮助。

第五，跨越第一道门槛(crossing the first threshold)——英雄正式踏上旅程，进入未知的领域。

第六，试炼、盟友和敌人(trials, allies and enemies)——英雄遇到各种挑战和障碍，找到盟友，面对敌人。

第七，进入最深的洞穴(approach to the inmost cave)——英雄准备面对最大的挑战或危机。

第八，最终考验(the ordeal)——英雄经历生死考验，这通常是故事的高潮。

第九，获得奖赏(the reward)——英雄取得胜利，并获得某种形式的奖赏。

第十，回归之路(the roadback)——英雄开始返回普通世界。

第十一，复活(resurrection)——英雄在返回普通世界的途中经历最后一次重大测试，这是他们内在变化的最终证明。

第十二，带着魔法药物回来(return with the elixir)——英雄带着获得的宝藏、知识、智慧、经验回来，可能用来治愈身体或灵魂的创伤，或者改善整个社区。

英雄之旅叙事结构因其普遍性和对观众情感共鸣的强大力量而备受青睐。接下来通过电影《星际穿越》(图6-15)进行结构分析。

图6-15 《星际穿越》[1]

第一，展现普通世界。《星际穿越》最初展现了英雄的“日常生活”，也可以说是英雄最初的“普通人”的生活状态。库珀是生活在美国未来某个时期的普通

① 图片出自https://movie.douban.com/photos/photo/2614988097/.

人，他生活的家乡发生了农作物不断死亡的恶性循环事件。人类的文明因为生态环境恶化而变得岌岌可危。

第二，冒险的召唤。出现在该片交代完矛盾的前提后，库珀为了解决美国农作物死亡的问题，必须面临挑战。而这种挑战对他而言无疑是两难的选择，给观众制造一个疑惑：主角能否迎接挑战？英雄的目标逐渐变得清晰。在《星际穿越》中，墨菲的"鬼魂"将他引向美国国家航空航天局的秘密藏身处，工作人员要求库珀肩负一项危险的探索任务，并进入太空。

第三，拒绝召唤。当库珀面临这一抉择时，他的内心非常苦恼，因为他一旦开始行动，就意味着他将失去亲人。于是，他陷入两难的境地。库珀的女儿墨菲求库珀不要离开她。

第四，神秘力量的援助。当库珀难以抉择时，他的导师出现了。约翰·布兰德教授是库珀的导师兼朋友，他不仅为库珀提供了专业的星际旅程相关知识，也为库珀提供了心理指导，并告知会照顾好库珀的家人。

第五，跨越第一道门槛。库珀逐渐进入了星际旅程的世界，并且已经做了相关的心理建设，这也标志着他的星际旅程即将进入下一个阶段。然而，随着库珀启动了离开家的汽车，以及飞船驶向天空，观众知道库珀已经走上了不归路。在这一阶段，观众为库珀捏了一把汗，不知道接下来会发生什么事。这引发了观众的一系列思考：库珀的星际之旅会成功吗？故事的主题是探索星际穿越还是亲情？角色又有了怎样的变化？

第六，试炼、盟友和敌人。在这一阶段，英雄进入一个特殊的世界，通常还会组建一个团队，遇到自己的盟友和敌人。库珀结识了飞船上的其他队友和机器人，他们降落在一个海洋星球上，发现了之前降落在那里的飞船残骸，并遭遇了海啸。其中一名队员还被卷走，他们的飞船遇到了故障，以至于延误了时间，而这一延误导致地球时间过了23年。

第七，进入最深的洞穴。这一阶段英雄会更接近自己的目标，也会遇见最危险的时刻，为终极作战做准备。库珀团队到达了曼恩所在的星球，以为快要实现目标，但面临着极大的考验。

第八，最终考验。这一时期的考验是英雄面临的最难的考验，如果能够闯过这一关就意味着转机。这一阶段，英雄几乎一无所得，迎来了生命的至暗时刻。在这一阶段，曼恩承认他为了保住性命而撒谎的事实，并试图杀死库珀。

第九，获得奖赏。英雄历尽艰辛，想要的东西即将唾手可得。库珀向布兰德承认，他是对的。

第十，回归之路。这一阶段，是第三幕的开始，现在主角已经获得了奖励，英雄想要回到普通世界，但在返回的途中出现了更多的危险。库珀牺牲了自己，为了让布兰德能够到达下一个星球，他们在这个过程中又损失了51年，库珀进入了黑洞卡冈图雅的视界面。

第十一，复活。英雄通过了终极考验，这也是故事的高潮部分。一旦通过了终极考验，事情就会朝着美好的结局迈进。库珀发现自己在一个魔方中，意识到了这就是墨菲的“鬼魂”，并想尽一切办法向墨菲发送信号。墨菲最终找出了能拯救人类的答案。

第十二，带着魔法药物回来。在这一阶段，英雄在经历了一系列事件后获胜而归。但区别在于英雄已经有了很大的转变，变得成熟且坚毅。他会带着希望和成功的秘方回到最初的地方。库珀在一个新的空间站醒来，见到了女儿墨菲，但可惜的是女儿已经变成耄耋老人了。库珀看到墨菲被亲人所包围，内心平静，满足了自己的欲望和需求，也开始了新的冒险。

（二）英雄之旅叙事结构与三幕剧结构的关系

英雄之旅叙事结构与三幕剧结构是两种常见的叙事框架，经常被用于分析和创作故事，尤其是在影视剧创作中。虽然这两种结构在细节上有所不同，但它们在根本上都是为了塑造一个引人入胜的故事。不论是英雄之旅叙事结构，还是三幕剧结构，故事的第一个阶段总是围绕着主要角色及其周围的世界展开的。三幕剧结构是一种更古老的叙事模型，通常被描述为故事的开端、中段和结局。第一幕是建置，介绍人物、环境和故事的基础情况；第二幕是对抗，主要是人物面对挑战和冲突的发展；第三幕是结局，冲突达到高潮并得到解决。

故事的第一个阶段，如希德·菲尔德所说：“在剧本的前十页，需要介绍清楚谁是主角，以及故事大概想要讲什么样的道理，故事中的环境是什么样的。”[1]在英雄之旅叙事结构中，初始阶段的内容与三幕剧结构的第一幕相似，都是在表现“常态世界”，包括展现普通世界、冒险的召唤、拒绝召唤、神秘力量的援助和跨越第一道门槛，如图6-16所示。在这一阶段，故事介绍了英雄的日常生活和背景，随后通过冒险的召唤引入主要冲突或挑战。英雄可能会犹豫或拒绝这一召唤，但在导师的指导下，最终决定跨越第一道门槛，进入特殊世界。通过对英雄常态生活的描述，观众得以进一步了解英雄的性格、能力及其对生活的想法等重要细节，为故事设定了基本的情境和动机。

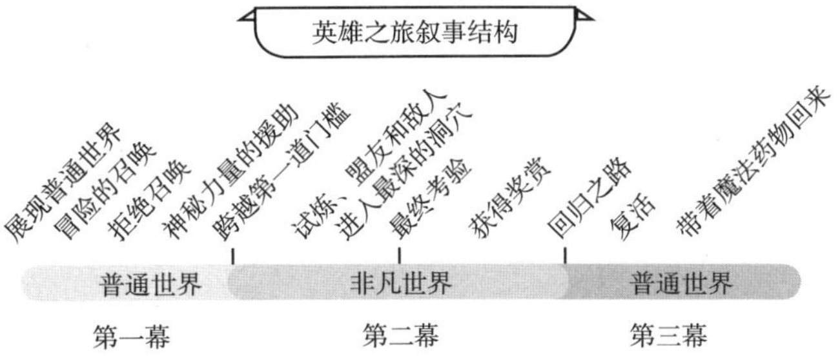

图6-16 英雄之旅的结构模型

① 菲尔德.电影剧本写作基础(最新修订版)[M].钟大丰，鲍玉珩，译.北京：北京联合出版公司，2016：151.

第二幕对应英雄之旅叙事结构的中间阶段，包括试炼、盟友与敌人，进入最深的洞穴，最终考验，获得奖赏和回归之路。在这一阶段，英雄在特殊世界中面对各种挑战和冲突，结识盟友并对抗敌人。随着故事的发展，英雄逐渐接近最大的挑战或危险，即“洞穴”。在最终考验中，英雄面临生死关头，充满了紧张和冲突，推动了角色的成长和情节的发展。

第三幕对应英雄之旅叙事结构的最终阶段，包括复活和带着魔法药物回来。在这一阶段，英雄经历最后的考验，彻底转变并准备回归平凡世界。

英雄之旅叙事结构与三幕剧结构的关系在于，它们都提供了故事发展的框架。前者可以被视为三幕剧结构的一个细化版本，它在三幕剧结构的基础上加入了更具体的人物发展和情节进展的步骤。总的来说，英雄之旅叙事结构提供了一个更为详尽和复杂的叙事指南，而三幕剧结构则提供了一个更为宏观和简洁的视角。创作者可以根据自己的需求选择使用哪一个模型，或者将两者结合起来，以创作出更为引人入胜的故事。

二、布莱克·斯奈德节拍表

在好莱坞的电影工业体系中，布莱克·斯奈德提出了一种更为具体、细致且有效的电影结构划分方法。他将剧本比作海洋，而编剧则如同在大海中游泳的人，传统三幕剧结构中的空白空间就像是大海中的开阔水域，编剧在其中可能会迷失方向，感到恐慌。为了解决这一问题，他提出了15个节拍的概念，它们在大海中“相当于设置了15座岛屿”[①]，为编剧提供了明确的指引和结构支撑。布莱克·斯奈德在书中详细阐述了这15个节拍，它不但是商业电影的必备结构要素，而且是商业电影创作的模板。这种方法不仅为编剧提供了清晰的路线图，也为电影的叙事增添了更多的深度和复杂性。

(一)15个节拍的内容介绍

15个节拍即开场画面、主题呈现、铺垫、推动、争执、第二幕衔接点、B故事、游戏、中点、坏蛋逼近、一无所有、灵魂的黑夜、第三幕衔接点、结尾、终场画面。它们分别位于剧本的第1页、第5页、第1页—第10页、第12页、第12页—第25页、第25页、第30页、第30页—第50页、第55页、第55页—第75页、第75页、第75页—第85页、第85页、第85页—第110页、第110页。它以110页英文剧本的比例进行每个节拍的分配，每页英文剧本相当于1分钟的电影时间。虽然每部作品的时长不尽相同，但各个节拍所占的比例是一致的。

1.开场画面

开场画面快速设定电影基调和风格，介绍主角背景，并通过强烈的第一印象吸引观众。它是故事的启动点，与终场画面形成对比，展示剧情发展，确保观众从一开始就被吸引并投入故事中。

---

① 斯奈德.救猫咪：电影编剧宝典[M].王旭锋，译.杭州：浙江大学出版社，2011：57.

2.主题呈现

主题的引入和明确表达至关重要。在电影的“前5分钟里就会有人(通常不是主角)提出问题或作出陈述(通常针对主角),而这个问题或陈述就是影片的主题”[①]。这个主题随后成为整个剧本争论的核心,无论是角色的互动还是剧情的发展,都围绕这一核心展开。优秀的电影无论其类型如何,都会在第5页明确其要传达的核心观点,这是电影吸引观众和传达信息的关键。一旦确定了电影的主题,编剧应确保在剧本中清晰地表达出来,并以此激励自己完成创作。简而言之,电影的主题是其灵魂,需要在剧本的早期阶段就被明确并贯穿始终。

在《疯狂动物城》中,兔子朱迪立志成为警察,这是一个在动物世界中看似不可能实现的梦想。面对父母的保守建议——放弃梦想、安心于种萝卜的平静生活,朱迪选择了坚持自己的理想。她要成为首位兔子警官,并展现出对理想的执着追求。片中,朱迪不仅用言语表达了自己的坚持,更通过实际行动证明了决心。在一次勇敢的救援中,她帮助了被狐狸欺负的小动物们,夺回了珍贵的游戏票。这一行为不仅是对朱迪勇气的展示,也是作品主题的生动体现:无论外界如何,坚持自己的理想,用行动去实现它。除此之外,《寻梦环游记》《拯救大兵瑞恩》等都用特定段落呈现了主题。

3.铺垫

剧本的前10页是铺垫阶段,关键在于吸引观众、介绍主角和目标,同时暗示人物特性和需要的转变。这一阶段通过展现主角的缺陷和需求,为剧情发展埋下伏笔,同时建立故事的初始状态,预示着即将到来的冲突和变化,为整个故事的展开奠定基础。

《疯狂动物城》中,朱迪在警察培训中经历了自我怀疑,但通过不懈努力,她克服了困难,成为一名警官。然而,她的一次失误导致动物城陷入恐慌,她再次质疑自己,甚至考虑放弃警察梦想。这一阶段的铺垫详细描绘了朱迪成长的不同阶段,为观众呈现了她动态的世界观。在《大白鲨》中,警长怕水的弱点在高潮时成为他必须面对的挑战。《哪吒之魔童降世》中,哪吒被预言为一个将会带来灾难的魔丸,这为他的成长和故事的发展做出铺垫。

4.推动

推动环节是剧本中一个决定性瞬间,常出现在第12页,它打破主角的常态,触发故事的进展。这一环节通过一个意外事件或消息,迫使主角离开舒适区,为观众揭示了即将到来的冒险和变化。

5.争执

争执环节位于剧本的前四分之一,是主角面对催化事件后的心理和情感斗争。这是主角在全身心投入冒险前的最后一搏,他们质疑、犹豫,最终做出关键决定。这一环节展

① 斯奈德.救猫咪:电影编剧宝典[M].王旭锋,译.杭州:浙江大学出版社,2011:59.

示了主角如何克服疑虑，坚定地迈向他们的旅程。

推动和争执这两部分相结合，从而构成了故事中关键的激励事件，迫使人物进入无法回避的矛盾之中。激励事件在观众与主角建立情感联系后触发，打破了原有的平衡，激发主角追求新的平衡。激励事件是推动剧情发展的核心，决定了故事的走向。

《疯狂动物城》中，朱迪的激励事件起始于她接手寻找水獭先生的任务。起初，她作为交警的平凡生活因一个盗窃案而变得复杂，尽管成功抓获了窃贼，却面临牛局长的不满。朱迪的坚持最终使她获得了调查机会，但面临着压力——她仅有48小时的破案时间，否则将失业。这一系列事件不仅打破了朱迪原本平静的生活，也推动她深入动物失踪案的调查，开启了她不可逆转的冒险旅程。《拯救大兵瑞恩》中米勒上尉接到寻找瑞恩的任务、《大白鲨》中大白鲨的出现、《克莱默夫妇》中妻子的离家、《魔术师和兔子》中魔术师因匆忙上台表演却忽略了兔子想要吃胡萝卜的愿望、《校合唱团的秘密》中老师让热爱唱歌的索菲默唱，这些都是激励事件。

6.第二幕衔接点

第二幕衔接点指的是第一幕和第二幕之间的过渡部分。主人公需要主动从旧世界向新世界过渡，通过清晰的行动进入故事主线。例如，《疯狂动物城》中朱迪的主动争取令其获得了寻找水獭先生的任务。这一行动不仅推动了情节的发展，也标志着朱迪正式进入故事的核心冲突。这个衔接点通常伴随着主人公的决心和勇气，为后续的挑战和成长奠定了基础。

7.B故事

B故事是作品的支线故事，充当主题的补充，并为剧情提供缓冲。在《疯狂动物城》中，B故事聚焦于朱迪和尼克的关系发展。起初，他们因成见而相互对立，但随着案件调查的深入，两人的关系逐渐由冲突转向合作，并最终建立起深厚的情感纽带。

8.游戏

布莱克·斯奈德认为，游戏环节是“电影海报中的核心本质部分”[①]。这一部分里人物回到故事主线，并将其向前推进，但节奏并不快，在电影中起到奠定轻松基调的作用，为观众提供了从主线剧情中喘息的机会，同时也展示了电影的主题和角色之间的动态关系。通常作品的精彩片段也会在这里出现，给作品带来一定的喜剧效果。

在《疯狂动物城》中，游戏环节通过一系列趣味场景推动故事发展。朱迪和尼克首先探访了瑜伽馆，在那里通过一系列滑稽的误会获得了关键线索。接着，他们在车管所遇到了反应迟钝的树懒闪电，制造了一场充满幽默的等待戏码。之后，他们发现失踪水獭的豪车，并意外被当地黑帮教父抓获，而这个黑帮教父实际上是一只小鼩鼱。这些情节都增强了剧情的趣味性。在《哪吒之魔童降世》中，哪吒与敖丙首次正面交锋后，两人形成了一段互相较劲但又带有幽默感的关系，哪吒在师父太乙真人的指导下进行修炼的搞笑场面，

① 斯奈德.救猫咪：电影编剧宝典[M].王旭锋，译.杭州：浙江大学出版社，2011：65.

也属于这一环节。

9.中点

中点出现在剧本的第55页，是故事的转折点，将剧本分为两半。它可能表现为主角的伪胜利或伪失败，为剧情增加紧张感和指明方向。中点之后，随着风险的增加，故事紧张度提升，直至高潮。中点与随后的“一无所有”时刻形成对比，为剧情增加复杂性，是推动故事发展的关键。

在《疯狂动物城》中，中点是朱迪和尼克根据线索寻找司机曼查斯，却发现两人陷入了更加紧张的局势。他们遭遇了攻击并几乎被解雇，但最终发现了失踪动物的真相，揭露了幕后黑手狮子市长，取得了暂时的胜利。《拯救大兵瑞恩》的中点是米勒上尉错误地找到一个同名的瑞恩，这个误会将他们引向了寻找真正的瑞恩的新方向。

10.坏蛋逼近

坏蛋逼近是剧本中点之后的阶段，通常发生在剧本的第55页至第75页。在这一节拍中，尽管主角可能取得了初步胜利，但故事中的主要对立势力并未完全被击败，而是开始重新集结并加强其力量。这同时也是主角团队内部分歧开始显现的时刻，团队成员可能因胜利而产生自满或争执，导致团队凝聚力下降，为主角带来了新的挑战和困难。例如，动画电影《花木兰》(1998)中，花木兰虽用雪崩击退敌军，但仍有敌人存活并计划报复。

11.一无所有

一无所有是剧本中一个关键的转折点，常出现在剧本的第75页。在这一节拍中，主角面临故事的最低点，表面上看似彻底失败，生活中的各个方面都陷入混乱和绝望。这一时刻往往伴随着“死亡气息”，象征着旧世界的终结和主角必须面对的内心或外部的重大损失。这种绝望感为主角的重生和故事的高潮进行了铺垫。在《拯救大兵瑞恩》中，米勒上尉的部队在攻打雷达站后，面临队员伤亡和内部矛盾，任务进入半途而废的僵局。

12.灵魂的黑夜

灵魂的黑夜是主角在一无所有之后经历的深刻心理斗争，通常位于剧本的第75页至第85页。这是一段对于主角来说没有希望、处于深渊的时期，他们尚未找到解决问题的办法。这个阶段至关重要，因为它标志着主角在达到最终解决方案之前的最深重的挣扎和反思。灵魂的黑夜是主角认识到自身局限、接受失败并从中吸取教训的关键时期，为他们的转变和故事的最终解决提供了必要的情感深度。在《疯狂动物城》中，朱迪的一番言论导致与尼克的关系破裂，城市陷入分裂，她自己也陷入了深深的自责，选择辞职并返回家乡。这些环节共同构成了故事的转折，推动情节向前发展，为高潮进行铺垫。

13.第三幕衔接点

第三幕衔接点约在剧本的第85页，主角在B故事的启发下找到了解决问题的关键。随着解决方案的明确，故事向着高潮和结局迈进，预示着一个综合了故事所有元素的圆满结局即将到来。在《疯狂动物城》中，朱迪从父母的话中得到启发，认识到"午夜嚎叫"实际上是由"嚎叫花"引起的狂暴现象，揭示了食肉动物的攻击性并非天生，而是由人为因素导致。

14.结尾

结尾即第三幕的高潮。主角通常通过一系列行动来克服困难，实现局势的逆转。在《疯狂动物城》中，朱迪和尼克成功揭露了羊副市长的阴谋，修复了食肉动物和食草动物之间的关系，恢复了社会的和谐与信任。在《寻梦环游记》中，主角与祖先亡灵联手，先战胜了歌神的追随者，然后揭露了歌神的真面目。在《拯救大兵瑞恩》中，米勒上尉和他的小队在保护瑞恩并守卫桥梁的行动中，面对德军的层层进攻，小队成员接连牺牲，包括米勒上尉。最终，援军到达，消灭了敌人，瑞恩完成了守桥任务，小队实现了他们的使命，而米勒上尉在战争中实现了自我救赎和人性的升华。

15.终场画面

终场画面指的是作品的结尾，往往和开场画面相呼应。例如，在《疯狂动物城》中，朱迪在警察局的地位得到了提升，她成为一名真正的刑警。

(二)15个节拍的本质

上文提到，叙事结构可分为外部结构和内部结构两种。从叙事学的外部结构角度来看，布莱克·斯奈德的15个节拍可以被视为具备结构功能的电影叙事的可视骨架，它们定义了故事的物理形态和叙事的表面层次。这些节拍作为叙事的序列和场景的安排，决定了故事如何被讲述和呈现给观众。例如，开场画面和终场画面作为叙事的起始和结束，为观众提供了故事的入口和出口。推动和第二幕衔接点两个节拍则作为转折点，推动故事从一个阶段过渡到另一个阶段。

内部结构关注的是叙事的深层含义和组织方式，包括故事的主题、情节、内容和象征等。斯奈德的节拍在内部结构上表现为故事的内在逻辑和心理发展。例如，主题呈现这一节拍明确了故事的核心理念，而B故事这一节拍通常涉及人物的内心世界或与主线平行的次要情节，拓展了故事的深度。中点这一节拍提供了故事情感上的起伏，而坏蛋逼近、一无所有和灵魂的黑夜等节拍则深化了人物的冲突和内心挣扎。这些节拍共同构成了故事的内在意义和主题深度。

综上所述，布莱克·斯奈德的15个节拍是一种综合性的剧作工具，它不仅从结构上规定了故事的外在形态和叙事序列，也从内容上指导了故事的内在逻辑和情感发展。斯奈德的节拍理论体现了叙事学中结构和内容的统一，是一种经过实践检验的、适用于商业电影的叙事模式。通过这些节拍，编剧能够在确保故事具有吸引力和观众认同感的同时，深入探讨人物、主题和情感，创作出富有层次和动感的影视作品。

三、丹·哈蒙的故事圈结构

在之前的章节中，我们探讨了两种典型的叙事结构——英雄之旅叙事结构、布莱克·斯奈德节拍表。这些结构为编剧提供了丰富的创作选择，如果这些结构还未能完全激发创作灵感，那么可以尝试探索另一种叙事结构——丹·哈蒙的故事圈结构。丹·哈蒙的故事圈结构更专注于剧本的内部故事要素。这种结构深入挖掘角色发展、主题深度和情感层面，为编剧提供了一个全新的创作视角，有助于构建更为丰富和立体的叙事世界。通过丹·哈蒙的故事圈结构，编剧可以更深入地探索角色的内心世界，以及他们与故事主题之间的复杂关系。

(一)丹·哈蒙的故事圈结构概念解析

丹·哈蒙认为，故事似乎有一个固有的结构，这种模式在所有类型的故事里都能找到，无论是什么媒介、主题、长度。因此，他把这一想法称为故事圈(Story Circle)。如图6–17所示，丹·哈蒙的故事圈结构分为8个部分，聚焦的是故事的根本元素：第一，角色处在舒适区，熟悉且能控制环境；第二，角色有想要的东西，努力追求目标；第三，为实现目标，角色进入陌生环境；第四，角色努力适应新环境，但困难重重；第五，角色得到想要的东西，但也面临新障碍；第六，角色付出沉重的代价，好坏参半；第七，角色回到熟悉状态，重回舒适区；第八，角色经历彻底改变，内心成长。丹·哈蒙的故事圈结构不受时长的约束，不需要将作品分成几个部分、每个部分规定不同的时间比例。

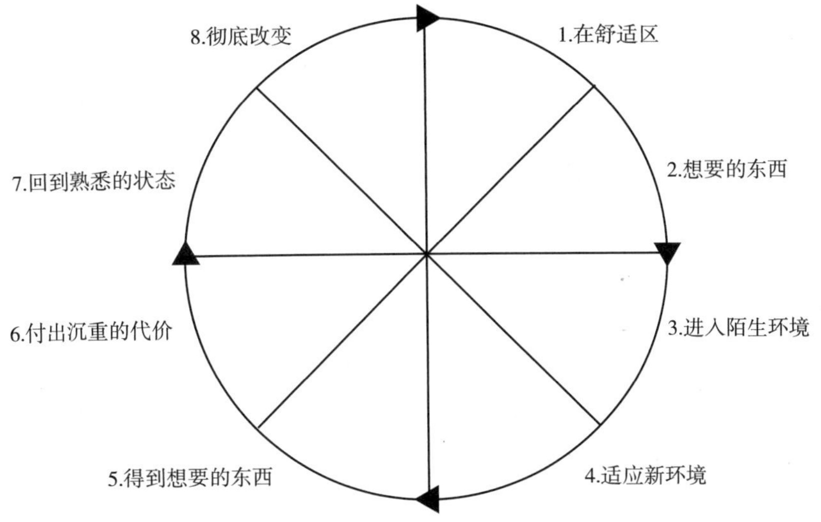

图6–17　丹·哈蒙的故事圈结构

丹·哈蒙的故事圈结构用多功能和有机的方式来建构故事，可以用于一个完整的剧本故事或一个场景。丹·哈蒙的故事圈结构对于编剧来说无疑是建构结构的利器，它脱离了传统的编剧公式，聚焦于影视故事的核心元素。

(二)如何应用丹·哈蒙的故事圈结构构建作品

在第五章中，我们已经分析过短片《口吃》中的角色建构，也知道主要角色想要的是亲密的爱情，但他很难接受自己口吃的现状，不敢面对现实。接下来，我们通过《口吃》分析如何应用丹·哈蒙的故事圈结构建构故事内核。

丹·哈蒙的故事圈结构的第一部分，角色处在舒适区。短片一开始介绍了主角格林伍德，通过接电话等细节描述，观众知道他面临口吃带来的外部冲突障碍。之后短片又通过他练习手语，进一步向观众展示口吃对他的生活影响之深。他试图去克服和解决问题，这也为短片最后和艾莉的见面埋下了伏笔。

丹·哈蒙的故事圈结构的第二部分，角色有想要的东西。短片介绍完格林伍德后，就描述了他和艾莉网聊半年的情况，以及他很想和女孩在一起的心思。

丹·哈蒙的故事圈结构的第三部分，角色为了实现目标进入陌生的环境。突然有一天，艾莉问格林伍德能不能见一面，她正好要来伦敦。为了得到自己的爱情，格林伍德不得不面对陌生的环境。需要注意的是，编剧想要让观众在意的是格林伍德最终是否因为口吃而被心爱的姑娘拒绝，而不是口吃本身造成的外部冲突问题，这样才能引起观众的兴趣和好奇心。

丹·哈蒙的故事圈结构的第四部分是适应新环境。格林伍德面临两难的抉择，他渴望与艾莉见面，但又不想让对方知道自己口吃。经过一番内心的挣扎，他最终下定决心，无论多么困难，都要勇敢追求目标。于是，他回复了艾莉，表达了见面的渴望。这一刻标志着他向内心深处的渴望迈出了重要的一步。

丹·哈蒙的故事圈结构的第五部分是得到想要的东西，即爱情。格林伍德终于等到了艾莉的回信，对方愿意和自己见一面。

丹·哈蒙的故事圈结构的第六部分是付出沉重的代价。在格林伍德快要见到艾莉的过程中，他付出了很多，增强了戏剧效果，推动了故事的发展。例如，他为了约会收拾自己、改变自己，不断和自己的纠结作斗争，苦思冥想以什么样的方式去解释，一遍遍去演练，直到最后见到艾莉。

丹·哈蒙的故事圈结构的第七部分，回到熟悉的状态。片尾，格林伍德见到了心仪已久的艾莉，并发现她是聋哑人，这对该片的理念冲突起到了关键作用，让观众在恍然大悟的同时也感到很欣慰。这使格林伍德“回归”到熟悉的状态中，他终于可以坦白一切，不用畏惧，也不用担心艾莉的拒绝。这里的“回归”指的是回到冲突前的平衡点，把信念冲突带入临界点，

《口吃》片段

导向精神宣泄。

丹·哈蒙的故事圈结构的第八部分，彻底改变。短片中，格林伍德一直面临外部冲突和内心束缚的双重阻碍，如果要去见艾莉，就面临着挑战。如果挑战失败，格林伍德就会保持原来的理念；如果挑战成功，他就会焕然一新，打破原来所有的执念。编剧想把戏剧性放到最大，让观众认为格林伍德一定会失败，但在短片的最后又出现一个反转，原来故事进展得很顺利，观众也松了一口气。观众之所以觉得结尾酣畅淋漓，不仅是因为两人的约会顺利，更是对主角自我接纳、勇于冒险的精神的认同。短片最后，编剧呈现了已经克服外部冲突的艾莉，与摆脱内心束缚的格林伍德，并试图让观众意识到格林伍德和艾莉的问题互补，他们正是完美的一对。格林伍德说话虽然口吃，但艾莉根本听不到，格林伍德瞬间改变了信念，他解决了自己的问题，得到了自己想要的爱情。《口吃》的结构如图6–18所示。

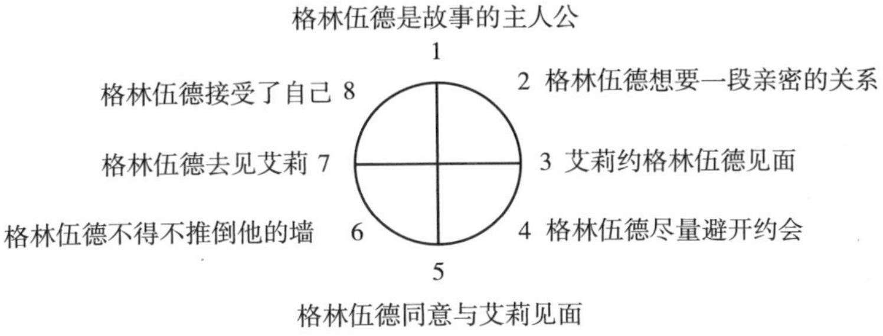

图6–18 《口吃》的结构

这个案例清晰地呈现了如何应用丹·哈蒙的故事圈结构构建故事。丹·哈蒙的故事圈结构可以适用于多种故事，甚至各种长度和题材的影视作品。理解了故事的核心元素，就可以写出打动人心的故事。接下来，看看动画片《瑞克和莫蒂》第二季(2015)第二集是如何使用丹·哈蒙的故事圈结构的，如图6–19所示。

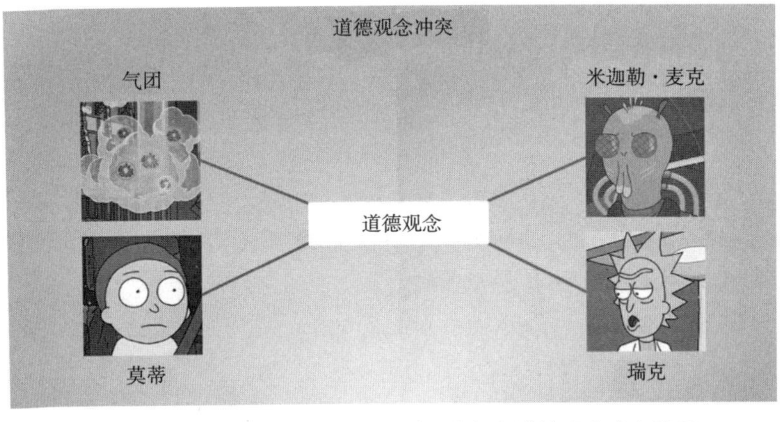

图6–19 《瑞克和莫蒂》第二季第二集角色道德观念冲突关系

莫蒂相信绝对主义的道德，瑞克则与之相反。在故事的第一部分，莫蒂遭遇了哲学问题，瑞克把枪卖给了杀手。第二部分，莫蒂说出了他的渴望，想要修补瑞克造成的道德困境。第三部分，当莫蒂决定找麦克的时候，进入陌生的环境中。第四部分，莫蒂快速追踪到麦克。第五部分，莫蒂得到了他想要的东西——阻止了麦克暗杀他的目标，完成了道德任务，让世界恢复了道德中立。同时，莫蒂不顾瑞克的反对救出了气团。第六部分，莫蒂的行为导致了严重的后果，让莫蒂对自己产生了怀疑，当莫蒂和瑞克尝试逃脱气团时，他逐渐意识到拯救气团的生命是以牺牲更多人的生命为代价的。第七部分，莫蒂回到了他熟悉的状态中，结束故事的冲突，即莫蒂打算将气团转移回他自己的星球。第八部分，莫蒂改变了自己的想法，因为气团说要回来清洗碳基生物，所以莫蒂最终杀了气团，保护地球。这一举动意味着莫蒂信念的转变，他明白了做正确的事往往比人们意识到的要难很多，而很多事情并不像人们想象中那样是非分明。瑞克的观念最终获胜，他挑战了莫蒂的核心信念。这种结构为我们提供一个充满动力的故事，它允许角色采取行动，做出决定，并应对这些决定带来的后果，而这些都发生在一个简短的时间框架内。

综上所述，本章深入探讨了剧本的结构，从传统的多幕结构入手，详细解析了独幕剧、两幕剧以及经典的三幕剧结构。其中，三幕剧结构被分解为建置、对抗和结局三个阶段，每个阶段都有其特定的任务和目标。接着，第二节聚焦于线性叙事结构与非线性叙事结构，介绍了环状式、复调式和文学式等非线性叙事手法，为编剧提供了更宽广的叙事视野。第三节列举了英雄之旅叙事结构、布莱克·斯奈德节拍表和丹·哈蒙的故事圈结构等典型叙事结构，这些结构不仅为编剧提供了丰富的叙事工具，还帮助他们深入理解故事的内在逻辑和情感节奏。

本章练习题

1. 分析一部电影的结构，并分析每一幕的重要事件。
2. 分析一部短片的结构，并分析短片的重要事件。
3. 根据故事的叙事结构，制作故事的结构简图。

本章思考题

1. 什么是三幕剧结构？
2. 什么是英雄之旅叙事结构？
3. 线性叙事结构和非线性叙事结构的区别是什么？
4. 布莱克·斯奈德节拍表包括哪些节拍？
5. 丹·哈蒙的故事圈结构中包含哪些要素？

第七章　影视剧本故事线与情节设置

教学目标：

1.理解情节与故事的关系，了解情节的基本含义，掌握故事线及情节点的设计安排，以及情节冲突与悬念的构建。

2.培养学生对故事情节的组织能力，能够运用丰富多样的情节元素，创作有吸引力的故事。

重点：

1.掌握情节之间的连贯性和逻辑性。

2.了解矛盾冲突的构建与悬念设置。

难点：

1.如何构建紧凑而连贯的故事情节。

2.如何制造合理而有力的冲突，增强悬念性。

第一节　故事的情节点

情节指事情的变化和经过，作为叙事性文学作品内容构成的要素之一，它是叙事作品中表现人物角色之间相互关系的一系列生活事件的发展过程。[①]一部完整的故事一般由多个情节组成，情节由按照因果逻辑组织起来的一系列展示人物性格形成与发展、人物与人物之间或人物与环境之间相互关系的具体事件构成。情节是故事变化的线索走向，事件则是细节，是具体发生的事情。

例如，动画电影《驯龙高手》(2010)讲述了一名瘦弱的维京少年历经挫折驯服一头凶猛巨龙并成为驯龙高手的故事。其内容可大致划分为“群龙来犯，击中夜煞”“降龙训练，

① 杨璟，臧连荣.影视编剧教程[M].重庆：西南师范大学出版社，2018：110.

驯化夜煞”“屠龙大赛，夜煞被擒”“龙穴曝光，出海战斗”“人龙联手，决斗龙王”等情节。其中“降龙训练，驯化夜煞”这一段主要情节又由人物七次面对不同类型巨龙的挑战以及观察夜煞、喂养夜煞、帮助夜煞试飞等事件组成，展现了主人公希卡普的成长以及人与龙之间关系的改变。

一、情节要素

对于剧本而言，结构是其骨架，情节则是使其丰满的血肉。[①]我们不仅要按“起、承、转、合”的结构写出故事发展的过程，还要通过许多生动的细节表现出深刻而有张力的情节。美国著名小说作家詹姆斯·斯科特·贝尔在分析了几百种情节后，总结出了“LOCK系统”。“LOCK代表主角(Lead)、目标(Objective)、冲突(Confrontation)和冲击结尾(Knockout)。”[②]贝尔认为，稳固的情节首先要有引人注目的主角，要让观众对其产生兴趣。很多故事利用“车祸现场”原理把人物塑造得十分醒目，如同人们开车看到车祸现场会停下来张望一样，观众也喜欢看到主角犯下难以挽回的错误，把人生搞得一塌糊涂。电影《星际穿越》中主角库珀为了拯救人类的未来，忍痛与已经失去母亲的孩子们分别；动画电影《意外的幸运签》(2010)中一个犯了重罪的灵魂重生于一个自杀男孩的体内，之后经历着男孩凄惨晦暗的人生：由于性格孤僻，他遭受同学排挤，成绩垫底；父亲一事无成，哥哥冷漠无情，母亲背叛家庭；他目睹暗恋的女孩为了虚荣出卖身体。在一个充满矛盾和灾难的角色身上，观众期待看到故事发生，因此会一直关注他。

一般来说，好的情节中，主角通常只有一个主要目标。主角主要目标的形成，会使故事产生明确的问题导向，观众也就会产生好奇：“他能实现自己的目标吗？”我们一再强调，目标是人物的驱动力，有了目标，主角才会去做选择和行动，否则就会太被动。目标通常有两种，一种是想得到某样事物，另一种是逃避某样事物。例如，动画电影《寻梦环游记》中，出生鞋匠世家的男孩米格想要实现自己的音乐梦想，于是偷偷练歌，并报名亡灵节才艺比赛，在遭到家人阻拦、乐器被毁后离家出走，冒险闯进纪念堂偷走歌神的吉他，误入亡灵世界；电影《飞越疯人院》(1975)中，麦克墨菲生性自由，由于厌恶监狱里的强制劳动而假装精神异常，被送进了精神病院，却更加忍受不了院内森严沉闷的规矩和冷漠残酷的管制，为了逃出樊笼，他做出了许多大胆而疯狂的行为。

当故事有了目标明确的主要角色时，为了提高观众对角色持续的关注度和兴趣，可以设置其他角色或外在的阻力让故事更精彩。这样，就可以抓住观众的心，让观众担心主

① 杨璟，臧连荣.影视编剧教程[M].重庆：西南师范大学出版社，2018：112.

② 贝尔.这样写出好故事[M].苏雅薇，译.长沙：湖南文艺出版社，2017：7.

要角色的命运和结局。因此，设置冲突障碍是一种有效的方式，可以使情节充满坎坷却动人。例如，在电影《人在囧途》(2010) 中，主角李成功一心只想“回家过年”。然而，在回家的途中，他碰上了甩也甩不掉的“瘟神”牛耿，因此遭遇了诸多意想不到的麻烦。接连不断的冲突与障碍使得这段归途极富戏剧性，也让观众越发关心“李成功能否成功回家过年”。如果一段情节中存在一些紧张、压力或焦虑，观众的情感会紧随人物悸动不安，产生情感的变化，从而被情节打动。

编剧需要给故事设计一个好的结局，且是令观众感到震撼的结局。例如，在改编自莫泊桑同名小说的电影《项链》(2007) 中，爱慕虚荣的女主角玛蒂尔德家境普通，她为参加上流社会的晚宴向朋友借了一条名贵的项链，却不慎丢失，她只得借钱买了新项链还给朋友。为了偿还债务，玛蒂尔德节衣缩食，为别人打短工，过了十年劳苦生活，最后她得知那条丢失的项链原来是赝品。这个意外的真相无疑给主角沉重一击：自己竟被一条廉价的项链支配了十年。观众也在这样一个反转的结局中回味无穷：玛蒂尔德花了十年时间才付清爱慕虚荣的代价，值得吗?

在影视作品创作中，情节设计十分重要，故事里形形色色的人物都依靠情节展现性格力量，作品中世界通过情节呈现千姿百态，作品的主题思想也依托情节自然倾诉与表露。因此，情节的设计不能被简单描述为陈列故事发生的过程，而是具有逻辑关系的精心安排。组织好情节的关键在于解读丰富而又鲜明的人物，以其个性化的行动、动作冲突的描写为情节内容，融入编剧的情感和意图，产生艺术感染力。

二、主要情节和次要情节

主要情节即“基本情节”，在叙事性文学作品中指围绕主要人物的活动而展开的、由主要矛盾引起的事件的发展过程。①它所描述的是处于主要地位的矛盾冲突与生活事件，是构成叙事性文学作品的主要内容，决定着一部作品的开端、发展、高潮及结局。

次要情节即“一般情节”，在叙事性文学作品中指对主要情节起补充说明作用的情节，或是主要情节的支流和衍生出来的情节。②它常常围绕着次要人物的活动而展开，所描述的是处于次要地位的矛盾冲突与生活事件，具有相对的独立性，但又从属于主要情节。次要情节一般由主要情节派生而出，其矛盾的主体不一定是作品的主人公，但大体上要围绕某一主要人物的活动展开。在一些情节复杂的叙事性文学作品中，它往往是必不可少的内容构成因素，对主要情节的发展起一定的辅助性作用。恰当地组织和穿插次要情节，有助于呈现作品所反映的社会生活的丰富性和复杂性。

---

①② 庄涛，胡敦骅，梁冠群.写作大辞典[M].上海：汉语大词典出版社，1992：310.

在现代影视的叙事中，主要情节通常是动作型故事，表现人物的实体目标；次要情节则通常是关系型故事，表现人物的精神目标，为角色提供展现爱好、梦想、信仰与欲望的空间。例如，电影《肖申克的救赎》的主要情节围绕着主角安迪的实体目标——“获得自由”展开。安迪在狱中的一系列活动，如善待狱友、偷买工具、利用金融才能获得特权和保护、凿洞潜逃等，都直接指向了这一目标。这些事件构成了该片的叙事主线，展现了安迪为实现自由所采取的行动。而次要情节则是典狱长对《圣经》的“信仰”，他在新一批囚犯入狱时引用《圣经》训话：“把信仰交给上帝，其他一切都交给我”，还表示这所监狱里只有两样东西：纪律和《圣经》。之后，典狱长与安迪有了一段关于《圣经》的对话，典狱长查房时看到安迪正捧着一本《圣经》，他问安迪：“你最喜欢哪一章？”安迪用《圣经》中的一句话回答他：“经常审视自己，上帝随时会降临。”典狱长随后说出了自己更喜欢的一句：“我是世界的光明，追随我就能战胜对黑暗的恐惧。”离开牢房时，典狱长把《圣经》还给安迪并说道：“得救之道，就在其中。”两人都对《圣经》内容烂熟于心，可不同的是，典狱长表面是一个手持《圣经》的虔诚信徒，内在却是虚伪和自私的，他只是以《圣经》作为约束囚徒的工具，让他们受到一种宗教的心灵的控制；安迪却真正地参悟了《圣经》，从中找到了心灵的救赎。

次要情节穿插于主要情节之中，体现出主要人物与次要人物截然不同的“信仰”，一个是意志，另一个是欲望。也正是这样的区别，让安迪获得了救赎，让典狱长走向了毁灭。可以说，主要情节是主人公遇到的外部事件及其采取的贯穿行动，次要情节是围绕外部事件呈现出的人物侧写。[①]

图7-1 《卧虎藏龙》[②]

主要情节和次要情节有一种互动关系，它们相辅相成、紧密相关。例如，在电影《卧虎藏龙》中，李慕白与俞秀莲的爱情是次要情节，对于整部武侠片的主要情节——玉娇龙的人物关系发展来说，起到了一种对比和推动的作用。观众对李慕白和俞秀莲情感的关注，会与李慕白与玉娇龙之间的情感形成关联，产生一种极其神秘又隐晦的情感想象，如图7-1所示。又如玉娇龙与罗小虎之间的爱情(次要情节)，为玉娇龙在面临人生抉择时，最终选择跳崖的行动做了重要的铺垫。

---

① 姚睿.作为次要情节(B故事)的爱情关系[J].当代电影，2016(12)：35-39.

② 图片出自https://movie.douban.com/photos/photo/457360342/.

次要情节不仅可以为主要角色提供一些机会，丰富人生经历，还能推动主要情节的发展。在动画电影《心灵奇旅》(2020)中，乔伊和“二十二”(人名)之间的关系发展(次要情节)促成了乔伊对梦想和人生目标的理解(主要情节)，使他既实现了人生目标，又对人生有了新的领悟。这里的次要情节增添了故事的张力，推动乔伊用一个新的视角去理解和观察世界，并和“二十二”共同面对生命的旅程，有助于观众理解乔伊的内心世界，展现了乔伊从前对生活的忽视，这让故事和人物更加立体，也让故事更贴近现实生活中人们的生存现状，如图7-2所示。

图7-2 《心灵奇旅》①

图7-3 《肖申克的救赎》中的《圣经》内页②

次要情节中展现的人物喜好或信仰也可以成为其逆转状态的关键，让主线发展难以预料，产生意外的惊喜。就像《肖申克的救赎》的结尾那样，安迪在众目睽睽之下突然从监狱消失了。他取走了典狱长贪污的37万美元，并用一本《圣经》替换掉了典狱长记录黑色收入的账本。之后，他还将一沓厚厚的举报材料寄给报社，揭露了典狱长的罪行。典狱长在慌乱中翻开安迪留下的那本《圣经》，发现《圣经》早已被挖空，书页里是一个小锤子的轮廓，如图7-3所示。原来安迪把越狱的工具藏在了这样一个明目张胆的地方，日复一日在监狱的墙壁上凿出一条自由的通道。而藏着锤子的那一章，正是“出埃及记”，讲的是犹太人的领袖摩西带领同胞逃离埃及人统治，奔向自由国土的故事，这隐喻了安迪的救赎之路。扉页上有安迪给典狱长的临别赠言：你说得没错，得救之道，就在其中。《圣经》不仅表达了安迪对信仰的怀疑与顿悟，更在最终变成救赎和逃生的工具，同时也传达出冲破枷锁、向往自由的精神。

因此，可以说，在一个故事中，好的次要情节的设置对展现故事主题起到了重要的作用，主要情节关注故事的内容，次要情节关注故事的细节。然而，一个故事中的次要情节并非随意设置的，缺乏次要情节会削弱故事的维度与深度，使故事显得单调；太多次要情

① 图片出自https://movie.douban.com/photos/photo/2628626261/.

② 图片出自https://movie.douban.com/photos/photo/1798678884/.

节，又使故事显得杂乱无章。我们应该做的是明确人物实体目标，抓住主要矛盾，确定主要情节，并组织好人物关系、性格矛盾、情感冲突，生发出导向人物内在以及故事内核的次要情节。

三、情节点

悉德·菲尔德认为，情节点是主人公的一个机能，推动着故事向前发展，直到结局。剧本的主旨是不断地从一个情节点发展到另一个情节点。[①]显然，情节点是一个非常重要的元素，它是纺织情节的关键，特指一个事变或事件，把故事转向另一方向，朝设计好的方向发展，它将故事从开端到结尾之间各个情节段落进行巧妙连接。

根据三幕剧结构理论，在剧本的第一幕的结尾和第二幕的结尾有两处重要的情节点设置，分别为"情节点Ⅰ"和"情节点Ⅱ"。"情节点Ⅰ"是故事真正的开端，它负责"'钩住'动作并且把它转向另一个方向的偶然事故、情节或大事件"[②]，并顺利连接第一幕和第二幕。我们可以将其理解为主人公在日常生活中的突发事件，或后续情节的起因，导致故事向不寻常的方向发展。

例如，《头脑特工队》(2015) 中小主人的大脑原本由乐乐(代表乐观) 主导，并和其他各种情绪共同正常工作，相互调配。但有一天情绪控制陷入了混乱，忧忧(代表消极) 碰过的记忆球都被忧伤化。故事起因是小主人莱莉搬家了(图7-4)，由于搬家而感到各方面的不适应，忧郁情绪浸染了现有的生活体验和过去的记忆，个性区域的发展也停止了运转。乐乐和忧忧在争抢记忆球的过程中也不小心被卷入记忆管道，从中央控制区被迫来到长期记忆区，它们必须回去让一切重新正常运行，故事也由此迎来大的转折。

图7-4 《头脑特工队》中莱莉搬入新家[③]

---

① 菲尔德.电影剧本写作基础(最新修订版)[M].钟大丰，鲍玉珩，译.北京：北京联合出版公司，2016：127-129.

② 菲尔德.电影剧本写作基础(最新修订版)[M].钟大丰，鲍玉珩，译.北京：北京联合出版公司，2016：140.

③ 图片出自https://www.iqiyi.com/v_19rrk9svco.html?s3=pca_115_episode_new&s4=0&vfrmblk=pca_115_episode_new&vfrm=3&s2=3&vfrmrst=0.

在动画电影《无敌破坏王2：大闹互联网》(2018)中，主角拉尔夫的日常生活除了在游戏里做他的破坏工作外，就是和好友云妮洛普一起在其他游戏世界里尽情玩耍。他们几乎玩遍了所有的游戏，生活渐渐变得百无聊赖。然而，故事的“情节点Ⅰ”随即出现：突然有一天，街机游戏开始受到互联网的冲击，与此同时，云妮洛普所在的游戏《甜蜜冲刺》因为游戏机上的方向盘破损，被拔掉了插头，导致她和该游戏中的其他角色都失去了家园，无家可归，如图7-5所示。这一突发事件让云妮洛普心情十分低落，也标志着故事开始朝向不同寻常的方向发展。正是这个“情节点Ⅰ”的出现，促使拉尔夫决定和云妮洛普一起闯入互联网世界，去易贝上购买一个新的方向盘并寄给游戏厅老板，以此来恢复《甜蜜冲刺》游戏，从而揭开了故事的新篇章。

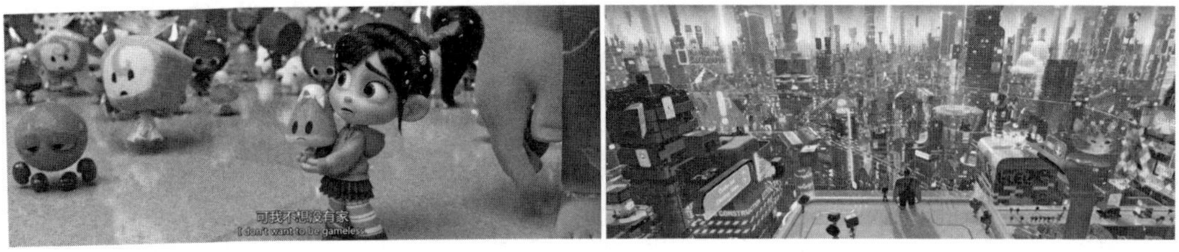

图7-5 《无敌破坏王2：大闹互联网》[①]

“情节点Ⅱ”则导向故事的结局[②]，我们可以把它看作高潮前的转折与危机来临的契机。《泰坦尼克号》中主角罗丝和穷画家杰克在一艘豪华邮轮上不顾世俗的偏见坠入爱河，就在两人感情逐渐升温的过程中，邮轮因为速度过快撞到冰山，船舱的右侧破裂导致海水大量涌入，船体即将沉没。“邮轮撞到冰山即将沉没”就是本片的情节点Ⅱ，这一事件直接将故事转向生死危机的到来，故事也由第二幕过渡到第三幕，此刻罗丝毅然放弃登艇逃生的机会，选择返回船舱营救杰克，共同面对危机。

在《哪吒之魔童闹海》(图7-6)中，哪吒为了敖丙能够重获肉身，突破重重升仙考核，终于拿到了珍贵的玉液琼浆。然而，就在这一关键时刻，陈塘关却突遭屠戮，满城被海底熔浆吞噬，一片惨状。这段情节是该片的情节点Ⅱ。这一突如其来的变故，让哪吒与敖丙的关系陷入了前所未有的危机之中，人物的情绪也紧绷到极点，故事迅速推向哪吒找东海龙王复仇的高潮。

① 图片出自https://www.iqiyi.com/v_19rqy2h0ok.html?vfm=m_331_dbdy&fv=4904d94982104144a1548dd9040df241.

② 菲尔德.电影剧本写作基础(最新修订版)[M].钟大丰，鲍玉珩，译.北京：北京联合出版公司，2016：137.

图7-6 《哪吒之魔童闹海》中的陈塘关大战①

悉德·菲尔德所提到的情节点Ⅰ、情节点Ⅱ是故事框架中的关键情节点，但并不是说所有剧作有且仅有两个情节点，实际上他指出："当剧本最后完成时，它可能有10至15个情节点之多，其中的大多数都位于第二幕中。究竟有多少，取决于你的故事需要。情节点的目的是推动故事向前发展，直到结局。"②如果一个故事相对曲折复杂，那么其情节点也会相应增多。

一部90分钟左右的电影通常可能会有5—7个主要情节点。以《狮子王》为例，该片讲述了小王子辛巴在经历父王被害、流亡成长后，重返荣耀王国，击败篡位的叔叔刀疤，复国救民并登上王位的故事。如果把"辛巴成王"的主线比喻成一条直线的话，那么为了使这条直线更加生动形象，编剧为它多设计了几个弯，那这几个弯就是情节点。《狮子王》的主要情节点有以下几处。

情节点1：刀疤为谋王位，诱骗辛巴外出，让鬣狗伺机捕杀辛巴。

情节点2：刀疤联合鬣狗，以辛巴为饵，设计谋害木法沙，并追杀辛巴。

情节点3：辛巴流亡途中遇到彭彭、丁满，幸运获救。

情节点4：辛巴偶遇娜娜，在丛林叙旧，得知荣耀王国的灾难。

情节点5：拉飞奇找到辛巴，辛巴与父亲的英灵会面。

情节点1之前辛巴在父母的呵护下过得顺风顺水，还养成了傲慢的性子。情节点1的发生，推动辛巴离开了日常生活的居所，来到大象墓园——那个"太阳光照射不到的地

① 图片出自https://movie.douban.com/photos/photo/2918293488/.

② 菲尔德.电影剧本写作基础(最新修订版)[M].钟大丰，鲍玉珩，译.北京：北京联合出版公司，2016：127.

方”，这也是辛巴第一次接触危险。刀疤的阴谋也就此拉开帷幕。

情节点2之前辛巴的成长道路都有亲人相伴，辛巴一直以父亲为榜样，无论有什么危险，父亲都会保护辛巴。情节点2的出现，迫使辛巴的生活遭遇了一次重大挫折，辛巴目睹父亲为救自己而身亡，叔叔也责怪他，鬣狗不停追杀他，辛巴的外在、内在状态都转向了负面。这一情节点衔接了前后情节段落，既是刀疤第一次阴谋失败所引发的后续情节，又是辛巴踏上流亡之路的起因。

情节点3之前辛巴还在流亡，伤痕累累，身心疲惫。情节点3中彭彭、丁满收留了辛巴，并陪伴在他左右。他们为辛巴带来一丝曙光，推动故事走向另一个方向——辛巴放下过去的伤痛，在丛林中开始了一段平民生活。

情节点4之前辛巴与彭彭、丁满一起在丛林生活，戏耍玩闹，不问世事。情节点4中辛巴与娜娜的偶遇，打破了辛巴平静自由的生活，让辛巴内心产生挣扎，原本三个“没有烦恼”、形影不离的好兄弟在此后心事重重。情节点4与情节点3和之后的情节点5相比不是那么明显，主要表现在人物情感、心态上的变化。

情节点5与情节点4衔接得十分紧凑。娜娜劝说辛巴复国未果，而拉飞奇的到来，进一步推动主人公行动，让辛巴接下来的动作发生大的转折，他终于明白要吸取教训、直面过去的错误，肩负责任并夺回属于自己的荣耀。接下来的情节走向另一个方向——辛巴找刀疤决斗，故事迎来高潮。

当然，片中还有许多其他大大小小的次要情节和情节点，每一个情节点都使故事变得跌宕起伏、引人入胜，一直到结局。它们不仅控制故事方向的转变，有时还代表了人物状态的改变、场景的转换。例如，在经历了“木法沙身死”这一事件后，荣耀王国风云变幻，刀疤篡位、鬣狗入侵，辛巴从非洲大草原流亡到丛林边际，他的身份从小王子转为平民，内心也由无忧无虑变得沉痛自责。

编剧如果撰写一部短片剧本，其所包含的情节点相较于一部长片可能要精简得多。例如，动画短片《包宝宝》(2018)，讲述了一位母亲与象征着儿子的包子之间陪伴成长的故事，探讨了中国式家庭关系与教育问题，如图7-7所示。

图7-7　《包宝宝》[①]

该片情节点主要有以下几点。

情节点1：包子活了过来，变成了一个小宝宝。

① 图片出自https://movie.douban.com/photos/photo/2528718537/.

情节点2：包宝宝被一群踢足球的少年吸引。

情节点3：有了女朋友的包宝宝要搬走。

情节点4：梦醒了，离家的儿子回家了。

情节点1的发生让华裔女子原本冷清的生活发生了改变，她和包宝宝一起度过了一段热闹而快乐的成长时光。

情节点2之前，包宝宝都是听母亲话的乖孩子，母亲带它去哪儿它就到哪儿，母亲去打太极它就跟着打太极。情节点2出现，包宝宝开始被外界所吸引，有了自己的想法。情节朝另一个方向发展——包宝宝变得叛逆。

情节点3之前，包宝宝虽然抵触母亲的管教，但还是一直与母亲住在一起，直到情节点3出现，包宝宝要彻底脱离母亲的掌控，母子关系破裂，故事推向高潮。

情节点4让结局发生了转折，随着梦的苏醒、儿子的归来，故事渐渐回暖，从不幸转向圆满。

图7-8 《调音师》[①]

又如，在法国短片《调音师》(2010)中，富有天赋的钢琴家阿德里安因比赛失利而转行成为调音师，他通过假扮盲人享受特殊待遇并窥探客户隐私，如图7-8所示。在一次调音中，他意外卷入凶案，在生死危机中强装镇定弹奏钢琴。

该片的情节点主要有以下几点。

情节点1：阿德里安在伯恩斯坦钢琴大赛上失利。

情节点2：阿德里安转行做调音师，假扮盲人。

情节点3：阿德里安来到一户刚刚发生凶杀案的人家。

情节点4：装有笔记本的大衣被凶手拿走。

情节点1是阿德里安人生的转折点。这一情节点的发生让他遭遇挫折，从成为天才钢琴家的梦想道路上跌落，从此一蹶不振。情节点2标志着阿德里安人生的又一次转折。在这一情节点之后，主角开启了另一番不一样的人生，他享受着社会对盲人的特殊待遇，日子过得顺风顺水。情节点3则为主角混得风生水起的行骗生涯带来了重大危机。在该情节点中，阿德里安自恃盲人身份，在被拒绝后仍坚持要进门调琴，这一行为最终为他招

① 图片出自https://movie.douban.com/photos/photo/1468027171/.

来了杀身之祸。情节点4直接将故事带向高潮。阿德里安本可以靠出色演技蒙混过关，却不料被凶手察觉，招致杀意。他只能不停弹奏钢琴，试图用音乐延缓死亡。此刻，生死悬于一线，故事达到最紧张、最扣人心弦的时刻。

无论是长片剧本还是短片剧本，故事是复杂还是简单，情节点的设计都是为了让故事的发展在“情理之中，意料之外”，使情节的外部动作或内在情感更加跌宕起伏。情节点设计好了，便可以让作品结构有一个坚实的基础，帮助编剧把握情节的叙述节奏，不至于迷失方向、偏离主题。关于情节点的设计不应囿于框架之中，我们要将一个原理或模型融会贯通，形成相对灵活的剧作观念。

第二节　故事悬念与冲突驱动

好的故事必然调动起观众的情绪，无论是利用“激烈的争吵”，还是“有压力的选择”，抑或是“晦暗不清的疑团”，编剧需要思考如何吸引观众的兴趣，让观众的情感被激发出来，并逐渐得到强化。若要使观众忘却时间的流逝，始终如一地心系故事情节，其关键就是对人物在某段经历过程中产生的悬念和冲突这两大要素进行设计和安排。

一、故事悬念

所谓悬念，“就是急于知道问题答案的心情和愿望”①。它是编剧吸引观众的一种手段，通过展现人物命运的遭遇和未知情节的发展变化，激发观众的急切期待。希区柯克对“悬念”有过一段经典的诠释：“如果你要表现一群人围着一张桌子玩牌，然后突然一声爆炸，那么你便只能拍到一个十分呆板的炸后一惊的场面。另一方面，虽然你是在表现同一场面，但是在打牌开始之前，先表现桌子下面的定时炸弹，那么，你就造成了悬念，并牵动观众的心。”② 前面的表现手法只能产生意外，但无法构成紧张和好奇的情绪，观众并不关心玩牌的时候会有什么值得期待的事情发生，而炸弹的出现威胁到了人物的生命，观众的注意力被立即抓住，情感瞬间被调动起来，产生更为丰富的心理活动，观众会本能地担忧炸弹什么时候爆炸，人物能否及时发现炸弹并躲过这场灾难，这就是悬念。

悬念是钩住观众继续往下观看的重要因素，影响着作品的观看体验，其重要性不言而喻。

悬念的构建包括“设悬”和“释悬”两个方面。“设悬”是事件的谜面，当落单者被跟踪、女孩被男孩追求时，悬念就会若隐若现，观众就会想知道受害者能不能成功逃生、女孩会不

① 凌纾.动画编剧[M].武汉：湖北美术出版社，2006：100.

② 凌纾.动画编剧[M].武汉：湖北美术出版社，2006：101.

会答应男孩。“释悬”是事件的谜底，当落单者遇害、女孩接受了求爱，答案揭晓，悬念就消失了。因此，悬念只存在于观看事件的过程中，一旦知道结果，观众的预期得到验证，悬念就立即消失了。制造悬念，就是创造和延长预期。也就是说，要想增强作品的吸引力，编剧就要学会创造和延长悬念存在的时间，激发观众的猜测与渴望，而不是急于解答观众的疑惑。

(一)冲突制造悬念

一般认为，故事情节的悬念来自冲突。冲突可以帮助制造悬念，在冲突没有得到解决之前，悬念就一直存在。冲突不能太快就得到解决，否则悬念就会消失。反之，冲突也不能一直保持下去，否则观众会感到悬念一直拖在那里，没有得到解决。正确的做法介于两者之间，编剧需要不断寻找冲突来源，创造新的情境和障碍，制造新的冲突和悬念；同时也需要解决冲突，放下悬念，给观众一个喘息的机会，为下一个悬念做好准备。

电视剧《盲侠大律师2020》(2020)中有一案件讲的是主角文申侠代表跳楼昏迷少女控告她的前男友诽谤，并索偿一亿元。该案件的情节发展中，编剧不断制造冲突、设置悬念，让案件变得疑云重重。具体过程如表7-1所示。

表 7-1 《盲侠大律师 2020》相关案件中的冲突与悬念

情节发展	冲突	悬念	
女孩跳楼自杀未遂	大好年华vs轻生	设悬：自杀的原因是什么	
母亲状告渣男，奈何渣男家势力强大	弱势群体vs权贵子弟	释悬：被渣男欺骗感情导致轻生	设悬：能否成功打赢官司
律师利用高价赔偿引发舆论的力量压倒男方	舆论vs权势	释悬：有机会打赢官司	
查案发现，男孩是性功能障碍者，雇用援交女孩蒙骗世人	新线索vs原供述	推翻谜底：女孩并非为情所困	设悬：母亲为何撒谎，自杀真相是什么
母亲曾冲动辱骂女儿，并对女儿进行网暴	母亲vs女儿	释悬：女孩因受不了母亲的精神折磨而选择结束生命，母亲隐瞒真相趁机索赔	

首先，“20岁的女孩跳楼自杀未遂”这一事件中，人物的身份年龄与其行为产生了一个冲突：花季少女正处于有着大好未来的年纪，但她选择轻生。由此产生一个悬念：女孩自杀的原因是什么？随后，女孩的母亲状告女儿的前男友欺骗感情，声称男孩分手后还在网络上诽谤女孩是“贪钱妓女”，这导致网友围攻而使女孩承受不了，选择自杀。上一个悬念——“女孩为什么轻生”的疑问，从母亲这里得到了答案，原来是因为被前男友欺骗了感情。但男方家势力强大，而女方属于弱势群体，双方之间经济实力悬殊，引发冲突：弱势群体状告权贵子弟；继而产生新的悬念：母亲能否打赢官司、状告成功？母亲请的律师打算利用高额赔偿引发舆论的力量压倒男方。上一个冲突产生的悬念在这里也得以解

答，弱势的母亲通过舆论的力量是有机会胜诉的。

经过事件的调查，律师才发现案件远非表面上那么简单。一方面，女方其实是援交女孩；另一方面，男方实际上是性功能障碍者，为了不被外人发现，才花钱去雇用女孩蒙骗世人。这就又产生了新的冲突：新线索与原供述不符；引发新的悬念：既然男女是雇佣关系，又怎么会是因为欺骗感情而自杀？母亲为何撒谎？女孩自杀的真相到底是什么？最后真相大白，其实逼着女孩自杀的就是母亲。母亲早在女孩的日记中发现了她去做援交的事，冲动之下说出伤人的言语，让女孩不堪其辱。母女矛盾显露，原来母亲才是压垮女孩的最后一根稻草。悬念得以解答：女儿因受不了母亲的精神折磨而选择结束生命，母亲却隐瞒真相趁机索取巨额赔偿。

在这段故事中，编剧将案件的结局与原来的发展设计得大相径庭，中途不断提供新的线索，打破观众对案情原先的认知，产生新的矛盾冲突。随着悬念诞生，一波三折的情节强烈吸引了观众，使他们急切地想探究真相。

（二）画面产生悬念

有时候悬念的制造也并非那么复杂，一般来说，当一个不做任何解说的画面出现时，悬念就产生了。编剧往往只需要利用短短几个客观镜头就让观众开始产生种种疑问和推测。

以动画电影《玛丽与魔女之花》(2017)为例，开头映入眼帘的是一片熊熊烈火，一双腿从镜头前匆忙跑过，观众会疑惑这是哪里，为什么会着火，跑过去的人是谁？一个小女孩穿梭在着火的建筑外围，观众会察觉原来刚刚是她。画面接着呈现出一棵参天大树，树上有很多串联在一起的屋子，屋子里面还有很多人在跑动。观众可能会想：他们是住在这里的人吗？这是一个原始的村落吗？小女孩怎么一个人在外面？她的家人还在里面吗？他们能否成功逃生？

《玛丽与魔女之花》片段

画面中的小女孩紧贴着外墙攀爬，脚底松动的石块令她不慎下坠，她连忙用手抓住支撑点，右手缠着一个布袋子。观众可能会想：为什么逃生要带着这个布袋？袋子里装着什么？当画面中屋里穿着怪异的人听到响动发现了小女孩，便大喊着要来抓她。观众会察觉原来这并不是小女孩的家，他们也不是她的家人。那他们是什么人？为什么要抓小女孩？其中有一个男人提到“花种”，看来他们抓小女孩是为了得到花种，是女孩手中袋子里的东西吗？花种究竟能干什么，竟然引得这么多人争夺？画面中女孩奋力逃跑，突然遇到爆炸阻碍了前路，被迫退至树干尽头。奇装异服的人们赶来，拿着带电的绳索逼近。难道女孩要被抓住了吗？她能否绝处逢生？一根扫帚从远方飞来，女孩纵身一跃，抓住扫帚飞走了，观众会想到这是女孩的魔法扫帚，难道女孩是魔女吗？

刚刚那群人中出现一个脚踩飞行器的神秘人，听声音是个女人，她是他们的首领吗？女人对他们发号施令，原本是人形的手下瞬间化为一堆灰色的黏稠怪物，朝女孩追去，原来穿着奇装异服的家伙并不是"人"。灰色怪物喷出黑乎乎的液体，对女孩进行攻击，女孩能成功摆脱它们吗？突然一道刺眼的亮光出现，刚刚着火的地方发生了毁灭性的爆炸，巨大的火球撕裂了怪物，女孩也被冲击坠落森林，她的头发由红色变为黑色，扫帚也失去了飞行的能力，小女孩究竟是什么来历？她的发色为什么变了？魔法消失了她会摔死吗？布袋子里的东西从空中散落掉在地上，是一颗颗发着蓝光的种子，这就是花种吗？它有什么特别之处？种子落地生根，发出耀眼的光芒，周围的草木生物都迅速生长，森林焕发旺盛生机，原来这就是花种的神奇力量。接着画面内出现片名——"玛丽与魔女之花"，这与之前的女孩和花种又有着怎样的联系呢？悬念就这样在一幕幕画面中自然产生和消解。

（三）提高筹码

"提高筹码"指的是提高人物目标的重要性。[①]悬念让观众不知道后事如何，促使他们继续观看下去，直到找到答案为止。然而，有时候编剧设置的悬念，虽然会让观众产生一些疑惑，但不一定能真正引起他们关心，勾不起他们的情绪。一般而言，观众对这个悬而未决之物的情感参与度越高，他们对人物的担忧就越多，那么悬念的力度也就越强。假设故事中一个人物正在酒店房间寻找自己的睡衣。尽管这个问题悬而未决，也不太可能在观众的心中唤起太多的担忧。而如果编剧想办法将这个找不到的"睡衣"变得很重要，比如，人物的睡衣里放着一张重要的纸条，上面写着某个神秘问题的答案——那是宝藏钥匙的所在之处或心仪女孩的电话号码。这就意味着睡衣在人物心中有了分量，纸条的丢失可能让他失去一笔解决生活困境的财富或获得爱情的机会，其结果有了利害关系。而在该人物睡觉的时候，一个洗衣房员工把他的睡衣取走了。这样一来，"找睡衣"这件事的过程才有了紧张感，观众才会对这个问题的结果产生更为迫切的期待，想要知道睡衣有没有被清洗，纸条上的内容有没有被损毁或被有心之人发现。编剧精心设置悬念时，应该把它放在一个赌注很高的情节中，这样观众与人物才能产生情感联系，被故事牢牢抓住。

二、冲突驱动

冲突，即矛盾冲突。矛盾冲突是"矛盾"和"冲突"两个词，这两个词的意义基本相同。在戏剧中，冲突只不过是矛盾的另一种说法。罗伯特·麦基提出："当主人公走出激励事

① 卢克曼.情节！情节！通过人物、悬念与冲突赋予故事生命力[M].唐奇，李永强，译.北京：中国人民大学出版社，2012：91.

件,他便进入了一个由冲突法则统领的世界。若无冲突,故事的一切都不可能向前进展。"① 矛盾冲突的问题可用哲学来解释:一切事物本身就是矛盾的,矛盾是一切运动和生命力的根源,事物只因为自身具有了矛盾,它才会运动。也就是说,矛盾是世间万物与生俱来的特质,是推动事物发展的动力,没有矛盾的事物就不会发生变化,有了矛盾,事物才具有动力和活力。剧本也不例外。

剧本中的矛盾冲突是整部影视作品的内容基础,正是由于一方面同另一方面存在着这样或那样的矛盾冲突,才使整部影视作品得以产生和发展。如果没有矛盾冲突,情节就没有发展,矛盾冲突是推动情节前进的动力。一个题材是否适合影视创作,取决于该题材是否包括矛盾冲突;一个情节是否具有可看性,取决于矛盾冲突的强弱。具体来讲,矛盾冲突是指两个或两个以上的行为主体在特定问题上目标不一致或意见分歧而产生的相互矛盾、排斥、对抗的一种态势。例如,路上有一百元钱,A同学认为要交给警察,B同学想据为己有,A同学觉得B同学这样做有失美德,B同学觉得A同学多管闲事,那么A同学和B同学对"捡到的钱该怎么处理"这个问题产生了意见分歧,这就是矛盾冲突的一个具体表现。

在剧本创作中,编剧要学会制造矛盾冲突,让各种各样的矛盾冲突推动情节发展。否则编剧写出的故事会平淡无味,无法引起观众的兴趣。

(一)冲突的类型

剧本的矛盾冲突通常表现为外部冲突和内部冲突两大类,包括人物与人物的冲突、人物与事件的冲突、事件与事件的冲突、人物与社会的冲突、人类社会与自然环境的冲突、人物内心冲突等。

1.外部冲突

影视作品中的冲突可能是来自外部的,是外部的自然、社会环境,或者是另一个角色对人物的主观行为或愿望造成了阻碍或其他影响,因此,某个角色要实现自己的主观愿望,客观上就必须想办法克服困难,化解外部冲突。

外部冲突可以是一个人物和另一个人物的冲突,如《功夫熊猫》里的阿宝和段王爷,段王爷杀害了阿宝的母亲,他们是仇人关系;可以是人物与社会的冲突,如《料理鼠王》(2007)中"老鼠怎么可能当厨师?"的偏见,社会不接受老鼠厨师,人物身份与社会规则产生冲突;可以是人物与自然的冲突,如《幽灵公主》(1997)展现了人与自然的天然矛盾,为了开采矿石,幻姬带人破坏森林,幻姬在森林中运输铁矿石时,森林中的白狼神前来阻止,遭幻姬火枪攻击坠落悬崖;可以是人物与命运的冲突,如《火影忍者》(2002)中的鸣人,他是漩涡一族的后代,成为封印九尾的容器,即便他不愿如此,但注定受到九尾的干扰、

① 麦基.故事:材质·结构·风格和银幕剧作的原理[M].周铁东,译.天津:天津人民出版社,2016:219.

背负九尾的罪孽，一直被大家排斥；可以是事件与事件的冲突，如睡懒觉和上早课形成了冲突，该冲突以“上课迟到”为结束。

2. 内部冲突

冲突有时是在内部产生的，针对人物自身以及与自身有关的决定。比如当作品中的人物面临两难选择的时候，最容易产生内部冲突。

图7-9　希卡普在犹豫[①]

在《驯龙高手》中，主人公希卡普需要杀死一头凶猛巨龙带回村，才能证明自己维京人的身份。但当善良的他看到身陷囹圄的夜煞时，迟迟不愿刺下手中的刀，如图7-9所示。希卡普此刻内心产生了挣扎，是选择维护荣誉而杀了这条龙，还是遵从善良的本心放走它。内部冲突展现的是人物的内心危机。

在大多数剧本中，冲突是由内部和外部的各种矛盾交替展开的。事实上，内部冲突也通常由戏剧的外部冲突来展现。比如男人陷入婆媳纷争，不知道帮母亲还是帮媳妇的内心矛盾，表现在他两个都“哄骗”的外部冲突中。又如电影《第二十条》里，韩明老婆为了解决儿子打伤教导主任之子被告的事情，让韩明给教导主任送两瓶茅台请求撤案。而韩明在市检察院工作，对送酒一事犹豫不决。一方面是儿子的前途，另一方面是自身将面临违法，被追究责任。其内心挣扎表现在“既送又瞒”的矛盾行为中。韩明瞒着老婆，一边给教导主任送水果请求和解，一边把酒转送给在警局工作的大舅子帮忙撤案。

编剧在创作剧本的时候要尝试多种内外矛盾冲突的结合，如果一部影视作品只有一种冲突，则容易使剧情显得单薄。若故事只有内部冲突，它很容易成为一个意识流的故事；若故事只有外部冲突，就会变成一个动作剧或一个闹剧。会写故事的人往往不会只利用一种冲突，而是把内部冲突和外部冲突结合起来，让它们共同作用于情节发展，形成对于情节的更深层的推动。

一般情况下，故事首先主要发展外部冲突，由外部冲突打开情节发展的方向，推进人物外部动作和人物关系。将所有主要人物带入事件冲突的中心，以便正面展开他们之间的矛盾冲突。其次，情节发展进入内心动作的进程，逐步深入人物内心冲突的层面，心理情节逐步增多。最后，内心动作和外部动作同步加强，相互推动，深化冲突，使冲突走向高潮。以下面的小故事为例进行说明，如图7-10所示。

① 图片出自https://www.iqiyi.com/v_19rrmugvis.html/.

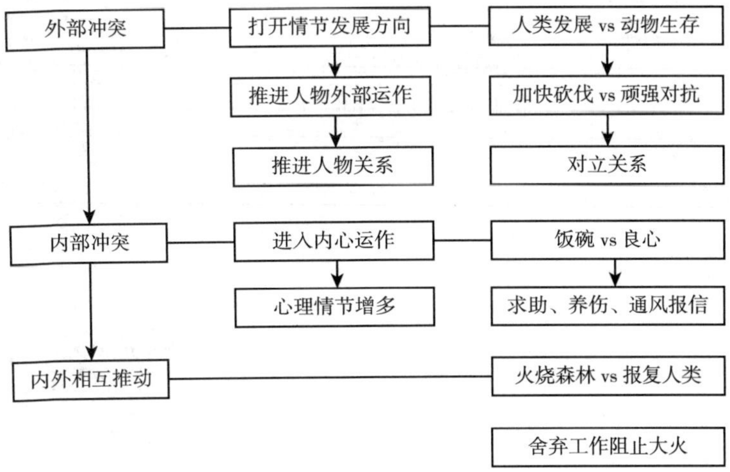

图7-10　案例结构

A的公司派一支队伍在森林里修建工厂，森林动物前来阻止他们，A所在的队伍与生活在森林里的动物们产生了矛盾。由伐木队伍和森林动物的外部冲突展开情节，推进双方的动作，使他们逐渐形成对立的关系，将所有主要角色带入事件冲突的中心。

接着公司下令，不管动物的死活，一定要在一个月内建起工厂，伐木队伍夜以继日地加快砍伐节奏，倔强的动物顽强对抗，虽然阻挡了人类破坏森林的步伐，但也伤亡惨重。

此时心地善良的A，一方面为保住饭碗而不得不完成工作，另一方面又不忍心看到动物受到迫害、无家可归。情节发展进入内心动作的进程，表现出A内心的矛盾与挣扎。A悄悄地将受伤的动物们救助起来，帮它们养伤，心理情节逐步增多。

养好伤的动物们团结起来报复那些伤害自己的人类，伐木队伍被动物们惹怒了，决定一把火烧了这片森林，A忍不住偷偷给动物们通风报信，让动物们逃到安全地区，并且想办法阻止这场大火。伐木队伍和动物们的外部冲突与A的内部冲突同步加深，相互推动，使冲突走向高潮。

在这个例子中，主要的外部冲突是伐木队伍要砍伐森林，而森林动物要保护森林。主要的内部冲突是A的工作性质和善良本性的冲突。一开始只是单一的外部冲突在推动情节发展，在外部冲突正面展开后，内部冲突也随之出现。外部冲突与内部冲突连接在一起，使冲突变得更加复杂，内部冲突让这个情节线出现波折，使情节更具有可看性。如果只有外部冲突的话，那么双方就一直对抗下去直至分出胜负就可以了，没什么亮点。而内部冲突与外部冲突的结合，让这部分剧情出现了转折，观众会期待接下来人物A该如何抉择，他会采取什么行动，事情该如何发展。

内部冲突与外部冲突相结合的创作手法可以激化剧情冲突，让故事更有可看性。这是矛盾冲突的最佳使用方法。

（二）冲突的结构

在剧本中，矛盾冲突几乎贯穿了整部作品的开端、发展、高潮、结局。从开端起，冲突发生吸引观众；在故事发展阶段，各种冲突交织并深化推进；在高潮阶段，冲突爆发；在结局阶段，主要冲突得到解决。以《驯龙高手》的矛盾冲突结构为例，如图7-11所示。

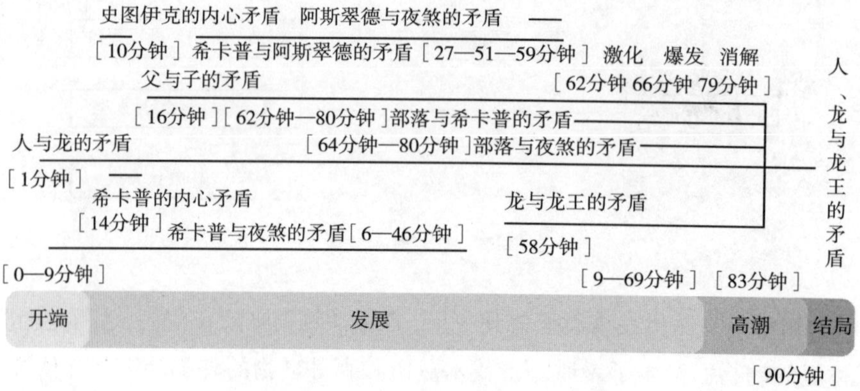

图7-11 《驯龙高手》矛盾冲突结构

开端：故事发生在极寒之地以南的伯克岛上，维京人祖祖辈辈与龙战斗，他们以屠龙为荣耀。这天，巨龙群偷走维京人的食物并毁坏维京人的房屋，维京人面临着过冬粮食紧缺的困境。开头交代了主要矛盾——人与龙之间的生存矛盾，这也是推动情节发展的外部冲突，吸引观众观看人与龙之间的较量。后续的故事都是围绕这个主要矛盾展开的。主人公希卡普是部落首领史图伊克的儿子，他十分瘦弱，舞不动锤子、挥不动斧头，但头脑十分聪明，爱好发明。他的诉求是成为一名真正的维京勇士，目标是杀死一头高等级的巨龙，向瞧不起他的部落人证明自己的能力，赢得勇士荣誉和梦中情人阿斯翠德的青睐。在部落遭受龙族袭击时，希卡普用自己发明的绳索击中夜煞，夜煞落入森林，希卡普与夜煞之间的矛盾由此产生。

发展：当希卡普在森林找到被绳子困住的夜煞后，他想把夜煞的心脏带回去给全部落人看，可是鼓起勇气举起刀后他下不去手。屠龙种族的荣誉和他善良的内心形成矛盾，不断挣扎后，希卡普割断绳子放走了夜煞。同时，史图伊克在部落召开会议，计划寻找龙穴，提出让新兵进行降龙训练。会议后，史图伊克内心充满矛盾，他一方面希望儿子成为真正英勇的维京战士，另一方面又对儿子没信心，害怕儿子不是这块料，会在战斗中受到伤害。高伯则认为希卡普应该与其他人一起训练，学习与龙战斗。史图伊克被高伯说服，内心矛盾过后，决定让儿子参加降龙训练。

接下来，希卡普从森林回到部落，父子之间的矛盾冲突被提出，一边是希卡普意识到自己没办法做到屠龙，另一边是父亲的期望。父子意见发生冲突：父亲坚决要求希卡普参加降龙训练，而希卡普不再想与龙战斗了。这一次的父子冲突因“希卡普答应父亲”而暂告一段落。降龙训练拉开帷幕，高伯宣布在降龙训练中表现优秀的新兵将有幸在全部落人面前亲手屠龙，这一讯息为后来的父子冲突激化埋下伏笔。在第一次训练中，希卡普从高伯口中得知龙无时无刻不在寻求杀戮。他开始思考，为什么他放走夜煞的时候，夜煞没有杀掉他，这个疑惑让希卡普开始尝试去了解巨龙。

于是，希卡普怀揣着疑惑再次走进森林寻找夜煞。本片的主要矛盾——人与龙的矛盾，将从希卡普的这个主动行为展开，由他开始渐渐被化解。接下来，史图伊克率军扬帆起航，寻找龙穴。同时，降龙训练展开，希卡普与夜煞之间的关系也逐渐发展。在第二次降龙训练时，希卡普总是向师父高伯询问夜煞的事情，心不在焉的他撞倒阿丝翠德，并导致她陷入危险，使得阿丝翠德对希卡普产生误会，觉得他把训练当儿戏，对他好感下降。这里开始提出阿丝翠德与希卡普的矛盾。随着希卡普在森林里对受伤夜煞的照料，两者的矛盾逐渐缓解，情感关系不断推进，希卡普对龙的了解也越发深刻，这也帮助他在降龙训练里大放异彩。

希卡普在部落的名声大噪，加深了希卡普与阿丝翠德的矛盾，阿丝翠德想夺得屠龙资格，而进步如黑马的希卡普自然成为她的障碍，所以阿丝翠德对希卡普的不满也在日益加深。希卡普稳拿屠龙资格的趋势，也为后来父子矛盾爆发做进一步铺垫。至此，随着降龙训练接近尾声，希卡普的秘密行动将被阿丝翠德慢慢揭开，他与阿丝翠德的矛盾也将随之爆发。希卡普帮助夜煞飞行成功，成为有默契的好伙伴，他们之间的矛盾冲突也彻底化解。落在岛上休息时，又有其他种类的龙向希卡普表示亲近，希卡普对龙的认知彻底改变：不只是夜煞，其他龙也很友好。希卡普认为，人与龙可以和谐共存。

夜晚，史图伊克带着骄傲的心情来到希卡普的房间，表扬儿子并鼓励儿子屠龙，最后送给儿子一顶象征荣誉的维京帽。此刻父亲有多大的期望，后来父子矛盾的爆发就有多激烈，这个事件为矛盾爆发积蓄最后的能量。希卡普在最后一次降龙训练中胜出，获得了屠龙资格，他第二天必须当着全部落人的面斩杀一头龙。在两难选择下，希卡普打算带着夜煞远走。这时，阿丝翠德因为没有获得资格而气急败坏，她和希卡普的矛盾到达了爆发点，她跟踪形迹可疑的希卡普一探究竟，激烈质问希卡普为何短时间内变得如此出色，结果发现了希卡普和夜煞的秘密。阿丝翠德与夜煞之间也产生了一些小矛盾，随着夜煞允许她骑、带她飞行，阿丝翠德消除了对龙的敌意，与夜煞的矛盾也自然化解。

在夜煞的促成下，阿丝翠德对希卡普产生了好感，也认可了人与龙的友好关系。阿丝翠德与希卡普的矛盾得以化解。深夜，夜煞受到召唤，背着阿丝翠德和希卡普来到了龙穴。希卡普和阿丝翠德得知龙穴的位置和龙王的秘密。原来以往巨龙抢夺人类食物都是因为受了龙王的压迫，它们为了自保性命不得已而为之。该事件揭开了龙与龙王的矛盾。回到森林深处，阿丝翠德欲将龙穴告知史图伊克，被希卡普阻止。阿丝翠德被希卡普的勇敢、坚定和善良所打动，两人感情更进一步。此刻，希卡普认为，人和龙没有那么大的仇恨，一切都是龙王所为，希望人类能放下对龙的仇视。在屠龙大赛上，希卡普面对梦魇当场卸甲，丢掉了头盔，试图向部落人展示龙的友好。

可是，父亲对他的所作所为感到愤怒，制止了他的行为。这时候，父子矛盾被摆到了镜头前。梦魇受惊，对希卡普展开猛烈攻击，赛场大乱，夜煞冲进赛场，救下希卡普，误伤父亲和部落人，被捉拿关押。此时，希卡普与夜煞的秘密被彻底暴露。父子矛盾彻底激化。史图伊克与希卡普在房间内争吵，父子关系破裂。史图伊克得知寻龙穴的方法，不听儿子劝阻，率军押送夜煞起航，带队开凿龙穴。一时间，希卡普失去了父亲、部落的信任，以及最好的朋友夜煞。这是该片矛盾最集中的段落，人与龙的矛盾、父与子的矛盾、希卡普与部落的矛盾、夜煞与维京部落的矛盾、龙与龙王的矛盾相互交织，故事推向高潮。

高潮和结局：龙王出洞，维京人死伤惨重，船只燃烧，夜煞身陷危机。希卡普受到阿丝翠德的鼓舞，教部落同伴们驯龙的方法，乘龙前去龙穴展开营救。此时，史图伊克和高伯欲当诱饵，保护部落人逃离，希卡普与伙伴骑着龙赶到，救下史图伊克和高伯。史图伊克看到儿子真的有方法联手巨龙一起对抗龙王，觉得儿子很了不起。这个事件让父子之间的矛盾、部落与希卡普之间的矛盾得到缓解，也让史图伊克和部落的人对巨龙有了新的认识。史图伊克帮助希卡普一起救出夜煞，并道歉，父子矛盾化解。同时，史图伊克与夜煞之间的矛盾也得到缓解。此时，人与龙的矛盾、龙与龙王的矛盾都转向人、龙与龙王的矛盾。希卡普和夜煞联手智斗龙王，龙王自燃坠地而亡，希卡普与夜煞落入火海，幸运生还。人和龙一起携手战胜了龙王，高潮结束。全片主要矛盾：人、龙两个种族之间的矛盾，随着龙王的死亡而得以解决。所有高潮前紧绷的情绪得以释放，故事进入尾声。希卡普在家中苏醒，他失去了一条腿，但还活着。一开门，全部落人都和龙融洽地相处着。龙从一开始的敌人变成了“宠物”。希卡普最初的诉求也实现了，他完全得到了阿丝翠德的芳心和全部落人的敬重。

又如，动画电影《小美人鱼》(1989)从开头起就用一个主要矛盾吸引观众——人鱼公主爱上了人类的王子。到故事发展阶段，主要矛盾和次要矛盾相互影响、交织在一起：由于身体的限制，加上父亲的阻止和女巫的阴谋，小美人鱼中了女巫的奸计，她失去了声音，出卖了灵魂。小美人鱼要去化解诅咒，可是遭到女巫千方百计的阻拦，没能化解诅咒。这导致她父亲为了换回她的灵魂而交出了王位、变成骸骨，女巫篡位成功，海底世界面临巨大的灾难。矛盾激化，将故事推向小美人鱼和王子一起对抗女巫的高潮。结尾处，斗争过后一切归于平静，国王也承认了小美人鱼和王子的爱情，赐给她一双脚，小美人鱼终于能跟王子在一起了，主要矛盾得以解决。

(三)冲突与人物

矛盾冲突贯穿于情节当中，与人物有着密切的关系，它是展现人物形象、人与人之间的矛盾关系和人物内心矛盾的重要元素。

1.矛盾冲突与人物形象

人物形象主要是由剧情冲突决定的，当人物的行动遇到阻碍或者出现对峙的局面时，人物的性格才能够充分展现。障碍的本质与目的的本质一样，都是展现主要角色的维度。编剧给角色设置诉求、目标，是为了展现角色的个人理想或内心欲望；而在其实现目标的道路上设置障碍，也是为了展现角色的品质、精神或缺陷。从戏剧的角度上来讲，所谓成功的剧情展开，是指在人物与冲突的目的之间不断地建立越来越深的联系，主要角色的形象就会通过他遇到的困难以及不断出现的冲突树立起来。例如，电影《超人：钢铁之躯》(2013)中主角克拉克·肯特正义、无所不能的英雄形象就是在一次次冲突和对抗中树立起来的，如图7–12所示。

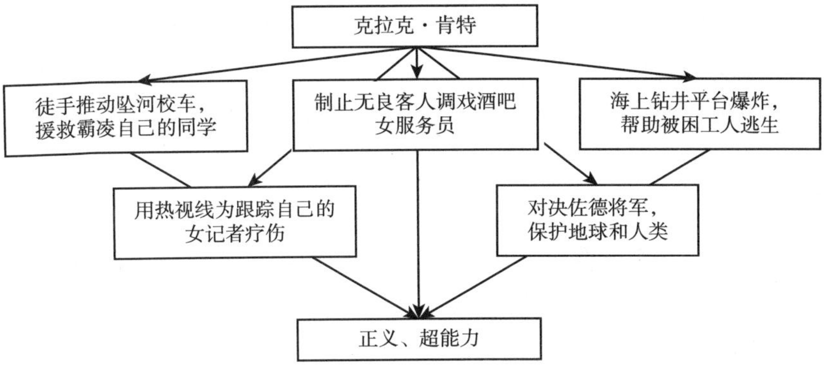

图7–12　超人形象与冲突障碍

因此，设置障碍是必要的。如果一个主要角色在情节发展中没有遇到任何需要克服的困难以及需要解决的冲突，或者是所遇到的困难并不足以对其自身形成挑战，那么，这样的刻画方式就会削减观众对主要角色的兴趣，因为没有悬念，也没有看头。

2.矛盾冲突与人物性格、人物关系

矛盾冲突发展的核心是人物性格的发展与人物关系的改变，这也是矛盾冲突深入发展的阶段性标志。动画电影《埃及王子》(1998)开头的矛盾冲突是埃及人和希伯来人的民族矛盾。这个矛盾冲突的发展演变，主要靠人物性格和人物关系来体现。片中，摩西本人身份出现巨大转折，从奴隶变成王子、从王子变成平民、从平民变成希伯来人的领袖，

他逐步走向成熟，性格也由天真直率变得沉稳内敛。他和兄长兰姆蒂斯的关系，也不得不由原来的情同手足变为势不两立。摩西要争取希伯来人的权利，兰姆蒂斯要维护埃及帝国的利益。当兰姆蒂斯加重了对希伯来人的奴役时，摩西为了拯救希伯来人不得已借助神杖的力量夺去了兄长亲生孩子的生命。摩西性格的转变和他与兄长之间关系的变化，体现了民族矛盾不断深化，如表7–2所示。

表 7–2 《埃及王子》的人物性格发展、人物关系变化

人物	身份	性格	情节发展	与兄长关系变化
摩西	奴隶	从天真直率到沉稳内敛	埃及法老下令杀光所有希伯来男婴，摩西被母亲放入摇篮，顺尼罗河水漂流	从情同手足到势不两立
	王子		被埃及王后收养，与兄长兰姆蒂斯一同长大	
	平民		得知身世真相，离开王宫，经历苦难	
	领袖		上帝赐予神杖力量，与兄长对抗，肩负解放希伯来人的使命	

人物性格的丰富性和人物关系的复杂性也是矛盾冲突的关键。人物性格越丰富，人物关系越复杂，矛盾冲突就越激烈。例如，电视剧《狂飙》(2023)中的高启强，是一个具有复杂性格的角色，既有善良、重情的一面，又有虚伪、狠辣的一面。当他还是个身处社会底层的卖鱼小贩时，他为人老实隐忍，靠辛勤劳动供养弟弟妹妹长大、念书，受到不公平待遇也只是忍气吞声。当他依靠陈书婷和泰叔发迹后，他开始欺行霸市、贿赂盘剥、敲诈勒索，甚至不惜买凶杀人。表面上，他热爱家庭、致富思源、从事公益、谦卑有礼，维持着良好的社会声誉和厚德形象。实际上，他骗取前辈的信任与赏识，在政商两界为自己建立起保护伞；利用小龙、小虎和老默的兄弟情谊，为自己卖命、干脏活；为了赚钱，放任弟弟堕落为贩毒的罪犯；不顾妻儿的安危，一次次刀尖行走导致妻子被人谋害身亡。对于高启强而言，小龙、小虎和老默既是兄弟又是刀枪，安欣亦敌亦友，陈书婷是相亲相爱的妻子也是上位工具。随着高启强身份和性格的转变，小龙、小虎从欺凌者变成忠于他的小弟；他与安欣的关系也从患难时的惺惺相惜，变成了水火不容的正邪对立；他与陈书婷的关系从相互扶持到渐行渐远。高启强身上充满了矛盾，这也让整部剧的剧情变得复杂。

（四）设计冲突

生活中的冲突总以多种多样的形式呈现，通过观察这些冲突的产生原因，编剧可以概括出许多引发冲突的方式。以下是两种设计冲突的基本方法。

1.人设冲突

制造矛盾冲突，可以从人物设定入手。例如，小美人鱼爱上了王子，但王子是人，她是人鱼，这就是一个典型的矛盾点，观众会好奇，人鱼要如何做才能和人在一起？由于身体的限制，她无法待在岸上，那么她会如何想办法出现在王子面前呢？再如，《美女与野兽》(1991)中野兽想让美女爱上自己，可他外表凶恶，由此产生了一些矛盾与误会。又如，《疯狂动物城》中的朱迪，她梦想当警察，抓捕凶犯，可她是只身形娇小、力量薄弱的兔子，天生的资质与梦想之间产生了矛盾。另外，在该片中，朱迪、羊副市长、牛局长等角色都属于食草动物，他们与食肉动物之间存在着群体间的冲突。人设的冲突可以形成角色的能力与目标之间的冲突、角色与角色之间的相互矛盾关系、角色与外部环境的冲突以及角色自身的特殊吸引力。

2.事件冲突

制造矛盾冲突，也可以从事件上入手，即为人物诉求设置障碍。编剧可以建立对立的双方，双方的目标、利益、立场有所不同，从而引发矛盾事件。例如，上文提到过一个案例，人类要在森林大肆伐木，而生活在森林里的动物们不允许人类破坏自己赖以生存的家园，两者产生了矛盾，那么由此矛盾就可以引出一系列情节：人类如何千方百计赶走动物，动物们如何想方设法保卫家园。

无论是从人设上还是从事件上去制造矛盾，简言之，当一位剧中人的欲望受到压迫，希望做什么而做不成的时候，冲突就产生了。当冲突产生的时候，就会引发情节。

第三节　故事线与情节点设置

在剧本创作中，故事线与情节点的设置对于构思整个故事的主要线索与走向十分重要，决定了人物命运的发展方向与事件发展的因果逻辑。安排好故事线和情节点就好比规划好动车轨道，动车沿着轨道行驶，可以更安全、更快速、更稳定地到达目的地。故事线与情节点的设置保证了情节发展始终在故事主题下进行，使创作不偏航，故事不越轨。

一、故事线的含义

在叙事性文学作品中，故事线是指一系列情节连同细节所构成的事件和人物命运发展的相对过程，即情节发展变化的线性叙述，又称情节线。情节线是故事脉络的具体体现，编剧将情节点串联起来，形成因果关系。剧本中的情节线主要有简单情节线、复杂情节线和网状情节线。

(一)简单情节线

简单情节线是指"全剧从头到尾只有一条贯穿始终的情节线"[①]。一般来说，简单情节线的故事走向清晰明了，只有单一情节线贯穿始终，没有交织的副线或多条平行展开的情节线。例如，动画电影《萤火虫之墓》(1988)根据"二战"时期因空袭而流离失所的哥哥清太和妹妹节子相依为命的流亡生活来安排情节线索，如图7-13所示。兄妹俩的父亲上了战场就再也没回来，母亲又在一次空袭轰炸中去世，随后两人去投靠亲戚却遭到了冷漠无情的对待，清太只好带着妹妹重新寻找落脚之处，两人找到一个废弃的防空洞，在艰苦中度过了一段自由且温馨的时光。可妹妹却因长期的饥饿和恶劣的环境离世，留下清太一人在孤独与危险中苦苦挣扎，最终饥寒交迫的清太也气息奄奄地躺在人来人往的车站，渐渐走向死亡。该片情节简单、脉络清晰，没有复杂的多线叙事，主要进行人物刻画以及展现故事的深度，观众能从简单的情节中感受到复杂的情感，被兄妹之间真挚的亲情、孩子内心的天真烂漫所感动，同时也痛心于战争的残酷，给人们带来灾难与痛苦。

图7-13 《萤火虫之墓》[②]

(二)复杂情节线

复杂情节线是指作品中有两条及两条以上平行发展的情节线。[③]复杂情节线中的多条线索应有主次之分，编剧一般把贯穿全作、伴随主要角色展开的情节线作为主线，而叙述其他角色或次要情节的情节线作为副线，也可以叫支线。副线通常需要有机地服务于主线，如给主线增加难度，与主线形成相互呼应，或对主线进行补充和扩展。

动画电影《海底总动员》讲述了小丑鱼父亲玛林寻找失散的儿子尼莫的故事。其中一条线索以小丑鱼玛林的视角展开，讲述了他坚定不移寻找儿子的漫漫征程，也是该片的主线；另一条线索则以小丑鱼尼莫的视角展开，展现了他被人类抓走后是如何克服恐惧自我成长的，这是该片的副线。双线交替叙事呈现出双倍危机，一边是玛林为了寻找儿子的踪迹一路被天敌追杀，另一边是尼莫困在鱼缸即将被当作生日礼物送给一个外号"鱼类

---

① 杨璟，臧连荣.影视编剧教程[M].重庆：西南师范大学出版社，2018：118.

② 图片出自https://movie.douban.com/photos/photo/2548931145/.

③ 杨璟，臧连荣.影视编剧教程[M].重庆：西南师范大学出版社，2018：119.

杀手”的小女孩，两边都面临生死考验。副线的出现让主线情节更加紧迫，玛林自身难保，他要寻找的儿子也同样处于危险之中，使得剧情更加惊心动魄。

同时，多条线索的叙述也让观众了解到比角色更多的信息，不仅看到父亲玛林的险境，也能观察到儿子尼莫的危机，并见证了父亲和儿子共同的变化与成长——过去那个让自己儿子都瞧不起的胆小鬼玛林成为真正的英雄，而尼莫也比父亲想象中更坚强独立。复杂情节线的优势在于运用几条不同的线索来推动情节的丰富性，使情节更具冲突性，情况更为复杂，故事更具可看性。

动画短片《许愿盒》(2017)讲述了一个贪婪的海盗和一只天真的猴子找到传说中的许愿宝箱的故事，如图7-14所示。该片的主线表现了海盗因贪婪失去一切：海盗冒险多年捡到宝箱却发现里面空空如也。他意外发现猴子能从箱子里拿出各种自己喜爱的水果，于是海盗利用猴子从宝箱中拿到了黄金，却因为过分贪婪导致帆船不堪重负破裂、下沉。最终海盗失去了一切，而海盗最看不上的水果变成了他们漂在海上支撑他们生存下去的食物。故事的副线是许愿宝箱的背景故事。该片主线和副线一明一暗，主线通过海盗和猴子的戏剧活动直接呈现给观众一场啼笑皆非的许愿过程，而副线有意隐藏于幕后，成为暗线。明暗双线的运用，增强了观众的代入感，让短片更有层次感和深度，也让“贪婪终将导致一无所有”的主题更加突出。

图7-14　《许愿盒》[1]

因为每条情节线都各自有逻辑的发展，复杂情节线有时也很难分清主次，这种情况一般是将主线拆分成若干条线索，观众需要将这些线索拼凑起来才能了解全貌。例如，电影《第二十条》里检察官韩明在工作中遇到的三个不同案件，一是公交车司机张贵生见义勇为致死案，二是王永强反杀案，三是自己的儿子韩雨辰为阻止校园霸凌打伤同学被起诉。三个不同情节的案件互不干涉，但都指向同一条法律，共同展现一个主要问题：“情与法”的困境。又如，电影《罗生门》(1950)，该片通过强盗多襄丸、武士妻子真砂、武士亡魂(由女巫召唤而出)和砍柴人这4个不同角色的视角，分别讲述了4个版本的案发过程，如图7-15

图7-15　《罗生门》[2]

① 图片出自https://movie.douban.com/photos/photo/2545048522/.

② 图片出自https://movie.douban.com/photos/photo/2508194232/.

所示。这4个版本的案发过程，实际上都是围绕武士被杀这一主线展开的。然而，不同人物在叙述同一件事情时，内容相互矛盾，主要角色各执一词。这种叙述方式使得武士身亡的真相变得扑朔迷离。该片通过这种手法，深刻地展现了人性中虚伪的一面：为了维护自己的利益与形象不惜编造谎言。

（三）网状情节线

网状情节线指多条情节线索去中心化、并行交织发展。①网状情节线与复杂情节线一样，都是多条情节线叙事，但不同于复杂情节线中主线与副线的关系，网状情节线没有中心情节线，线索之间通常依靠巧合关系结构黏合在一起。其特点在于能创作出结构新颖而有创意的故事，通常呈现出滑稽、荒谬的作品风格。例如，电影《低俗小说》（图7-16）中共有4条情节线。

图7-16 《低俗小说》②

情节线1围绕着一个有着自己道德标准的黑道杀手因为一次巧合放下屠刀的线索而展开：黑帮大佬马沙的两个手下朱尔斯与文森特，被派去从叛徒手里拿回宝箱。朱尔斯带着文森特准时来到叛徒住处，朱尔斯进去念了段《圣经》，文森特找到了马沙的宝箱，随后

---

① 杨璟，臧连荣.影视编剧教程[M].重庆：西南师范大学出版社，2018：120.

② 图片出自https://movie.douban.com/subject/1291832/photos?type=S.

两人一起结果了两个叛徒。就在他们以为万事大吉的时候，藏匿在厕所里的另一个叛徒突然蹿出对着他们一顿胡乱扫射，没想到所有子弹都完美地避开了两人，文森特认为这是巧合，朱尔斯却认定这是神迹，是神为他们挡下子弹，并暗示他该金盆洗手了。两人处理掉所有叛徒后，拿着宝箱返回，路上文森特无意间擦枪走火失手打死了此次任务的线人，两人满身血污，车内也一片狼藉。为了躲避警察，朱尔斯把车开到好友吉米家，并给马沙打电话请求支援，马沙派出一名清理专家前来帮他们清理现场。之后汽车连同尸体被送往报废场，两人换上吉米的衣服，并决定到附近的早餐店吃完饭再打车回去。两人在早餐店遇到打劫，脱身后返回马沙的酒吧，交还宝箱，朱尔斯从此金盆洗手。

情节线2围绕着一对男女盗贼在早餐店坎坷的打劫经历而展开：早餐店靠窗的座位上坐着一对男女盗贼，男人外号“小南瓜”，女人外号“小兔子”，他们正在讨论自己坎坷的抢劫经历，感慨现在想弄钱太难了又不想去找份正经工作，并突发奇想要抢劫这家早餐店。两人举起手枪就开始行动，男人将店员全部赶到大厅集中控制，威胁经理并清空收银台，搜刮顾客的钱财。过程中男人看中了朱尔斯身旁的宝箱，让他交出宝箱，不料被朱尔斯和文森特合力制服。就在男女盗贼以为小命不保时，朱尔斯以《圣经》内容对男女盗贼进行了一番教育后大发善心地放走了他们。

情节线3围绕黑帮马仔与老大情妇之间的危险感情来安排情节线索：文森特接到黑帮老大马沙交代的任务，陪大嫂米娅出去玩。两人兜风、聊天、喝酒、跳舞，文森特在性感妩媚的米娅面前逐渐沦陷，气氛变得暧昧。一边是对老大的忠诚，另一边是美人的诱惑，文森特的内心无比挣扎。就在文森特纠结之时意外发生，米娅误食文森特外套里的高纯度药粉命悬一线，文森特忐忑不安地拖着昏迷的米娅找到卖药者，及时给她注射了肾上腺素，最终米娅捡回一命。回到家的两人心照不宣地放下了心中的不安分，决定埋藏今晚的秘密并握手告别。

情节线4围绕一名拳击手违背协议被黑帮老大追杀后逃出生天的线索而展开：黑帮老大马沙找到落魄拳击手布奇，用钱财买通他打假拳输掉比赛。但比赛那天布奇违背了马沙的指示，在第一回合就打败对手，串通朋友赢得一大笔钱。赛后布奇迅速乘车逃离，打算和女友远走高飞。在逃亡途中，布奇发现忘记带上一块十分重要的祖传金表，于是冒着风险回家寻找。不料马沙已经派人前来埋伏，布奇解决掉文森特，又开车撞伤了马沙。马沙对布奇一路追杀，来到一家杂货铺，却遭店里两人囚禁，马沙被羞辱，布奇脱身后返回救下马沙。经此一战，马沙不再追究布奇背叛的事，放他离开，并要求他保守今天的秘密。

4条情节线以不同人物、不同矛盾为中心来叙述，讲述了杀手朱尔斯的金盆洗手、男女盗贼的最后一票打劫、马仔文森特的桃花劫与拳手布奇的绝处逢生，分别独立，又因巧合有所交集。情节线1与情节线2的交集是因为朱尔斯和文森特碰巧来到男女盗贼临时起意打劫的早餐店用餐。情节线1、情节线3和情节线4的关联是由于文森特执行老大派遣的任务。文森特在情节线1中被派去抢回宝箱，有惊无险地完成任务；在情节线3中被派去陪大嫂，悬崖勒马保住性命；在情节线4中被派去猎杀布奇，却在不经意间被布奇一枪击毙。几段情节误打误撞，看似荒诞不经，却像极了充满偶然与无常的真实人生。

二、情节线的设置

单一故事线的设置比较容易，编剧只需抓住四件事情：结尾、开端以及情节点Ⅰ和情节点Ⅱ，按照故事结构搭建故事进程和拐点即可。例如，当书写一个爱情故事，编剧可以首先确定爱情故事的开端与结尾。如果是个喜剧，则主角可以有个圆满的结局。接着从线性上规划好情节发展过程，用情节点Ⅰ和情节点Ⅱ将情节方向牢牢固定在恰当的位置上。主角将经过“情节点Ⅰ”而相恋，然后经历“情节点Ⅱ”而结婚，“情节点Ⅰ”和“情节点Ⅱ”的事件一般与作用在人物身上的感情和有形力量相适应，影响人物内在情感生活并推动故事向动作的下一阶段发展。

例如，男女主角因为帮朋友筹备一场浪漫的婚礼而相遇了，单身的男女主角在幸福氛围的感染下，都想改变自己冷清的独居生活。设置情节点Ⅰ：婚礼当天发生意外，为了让婚礼顺利进行，男女主角通过默契的配合化解了危机，彼此之间也开始心生爱慕。经过这一事件，男女主角从单身日常进入恋爱状态；设置情节点Ⅱ：男女主角在经历生死考验后，庆幸可以劫后余生，也更加确定爱情的意义，有情人终成眷属。除此之外，还可以添加一些其他的情节点，使发展进程更加丰富和曲折，由此形成一个更为清晰的故事线框架：男主角和女主角因为一场浪漫的婚礼相遇了，通过默契的相互解围而相恋，结果因立场不同而分开，后来解开误会、和好，经历一次生死不弃的救助最终结婚。

多故事线的设置看似情况复杂，但其实是不同的单线情节搭建在一起，关键在于找好支点。作为支点的可以是主线，编剧可按照单一情节线进行构思主线。有了主线之后，故事就有了支点，编剧再来根据支点上的元素穿插别的情节线。例如，电影《红尘》(1994)的主线：贫穷的三轮车夫德子与媳妇阿梅住进胡同大院后，夫妻两人的美好生活在街坊邻居的流言蜚语中逐渐走向了破灭，最终德子带着行李独自离开，阿梅也在绝望中服药自尽。该片围绕主线设置阿梅是“红尘女子”的暗线，揭示二人的婚姻在旧社会的不易与不寻常，也为后来阿梅的悲剧结局埋下伏笔。还有一条关于街道办主任孙桂珍的家庭丑闻的支线，让原本以高风亮节自居、批斗阿梅身份肮脏的孙主任也被撕开了遮羞布，她最终承受不住大家的议论当场昏死过去，这使人性的丑态呈现得更加淋漓尽致。

图7-17 《抓住稻草的野兽》①

支点也可以是故事的中心思想，它是所有故事都必然存在的支点。例如，电影《抓住稻草的野兽》(2020)表达了善恶终有报的主题。心怀邪念的人将不可避免地陷入绝境，即便抓住了救命稻草也无济于事，如图7-17所示。6条情节线的设置都是为了体现该主题。

情节线1：夜总会的“妈妈桑”妍熙借了高利贷并欺骗男友泰英替她做担保，为偿还债务她不惜谋财害命，杀害了员工美兰，为了掩盖真相又杀害了警察，最终惨死于放贷者杀手的刀下。

情节线2：在海关工作的泰英因女友失踪而负债累累，只能靠帮人偷渡来赚钱还债，突然女友妍熙带着巨款归来，泰英想方设法独吞财产，在携款潜逃的过程中死于车祸。

情节线3：忍受不了家暴的陪酒女美兰在女老板妍熙的怂恿下杀夫骗保，最终死于妍熙手中。

情节线4：非法居留韩国的偷渡者镇泰迷恋上了陪酒女美兰，得知美兰投资失利又惨遭家暴后，想帮助美兰除掉她的丈夫，却误杀了别人，最终在自责与疯癫中被美兰嫌弃并杀害。

情节线5：清洁工忠万在桑拿房的储物柜中捡到一大包现金，他打算用这笔钱解决生活的困境，却不想被放贷者发现，差点和母亲一起葬身火海。

情节线6：放贷者朴社长凶残成性，为了追回贷款，逼迫泰英在一周内凑齐欠款，为了拿到妍熙的赃款，假扮警察欺骗忠万，最后死于妍熙的背叛。

一个主题将多个人物的命运遭遇与选择关联在一起，让身处困境的这些人，都将一个本不属于自己的钱袋视为人生的最后机会，最终自食恶果。

支点还可以是一个时间段。电影《11：14》(2003)呈现了环环相扣的诸多事件。所有这些松散的事件，看似毫不相干，却在11点14分这个特定的时刻相互交织，互为因果。它们像一张错综复杂的网，将每一个角色紧紧联系在一起，最终汇聚成一个出人意料、不可思议的结局。电影《罗拉快跑》(1998)中，编剧巧妙地设置了三条回环式情节线，全部集中在罗拉从11点40分接到男友电话到12点整男友打劫超市的这20分钟内。编剧通过思考这20分钟内能发生什么、能改变什么，精心设计了情节线，展现了时间的紧迫性和命运的多种可能性。

支点还可以是一个目标。在电影《疯狂的石头》(2006)中，重庆某濒临倒闭的工艺品厂在翻修公共厕所时挖出一块价值连城的翡翠，为了还清欠款、挽救工厂，谢厂长顶着建

① 图片出自https://movie.douban.com/photos/photo/2595844116/.

筑开发商的压力，决定将翡翠进行展览卖钱，如图7-18所示。关于翡翠的新闻刊登后，开发商冯董想要阻止工厂起死回生，雇用国际大盗麦克前来盗取翡翠；另一边小偷三人帮为了谋财也计划来偷盗；同时，厂长儿子谢小盟为了讨好漂亮的女孩子想用假翡翠调包真翡翠。几拨人都要来争夺同一样东西——老坑翡翠，这使他们的故事线相交。

图7-18 《疯狂的石头》①

一般来说，多线剧情中的每一条情节线索都可以被看作一条单线剧情，每条情节线上的人物、场景和情节都应该是相对完整的，并且有自己的逻辑。因此，在进行多线叙事的时候，可以先设定好要讲几条线，捋清每条线上的人物和矛盾。然后，让这些线进行碰撞。

图7-19 《两杆大烟枪》②

除了可以利用上文所说的支点让它们产生关联，还可以通过重复利用人物来将线索编织在一起。例如，电影《两杆大烟枪》(1998)中的黑帮老大哈利，设赌局坑四兄弟钱的是他，派打手找笨贼去抢古董枪的人也是他，如图7-19所示。重复利用人物的好处就是自然而然地增加了不同情节线的交集。另外，某条情节线中没有交代清楚的信息，可以用其他情节线进行互补解释；而其他情节线中被隐藏的信息，也可以部分通过这条情节线来阐明。还是以《两杆大烟枪》为例，片中有一条情节线是两个笨贼的故事：两个笨贼被黑帮老大哈利的打手要求去抢老伯爵的两把古董枪，结果他们抢了一大堆枪，唯独把黑帮老大要的那两把古董枪给卖了，然后他们又被迫回去把枪抢回来，结果看到一个人拿着这两把枪进了黑帮老大的办公室，所以两个笨贼冲进黑帮老大的办公室抢枪，因为双方都不认识彼此，一阵火拼之后同归于尽。在该情节线中，笨贼把枪卖给了谁，以及把枪拿给黑帮老大的人是谁，是用另外的情节线来解释清楚的；而其他情节线，如四兄弟打劫用的两把古董枪是怎么来的，又是通过笨贼的故事进行交代的。

三、情节点的设置

由于情节的核心内容是人物角色关系的发展，所以情节点的设置也可以被看作人物

---

① 图片出自https://www.iqiyi.com/v_19rrmy7yko.html?s3=pca_115_episode_new&s4=0&vfrmblk=pca_115_episode_new&vfrm=3&s2=3&vfrmrst=0.

② 图片出自https://cinehello.com/stream/125307.

动作、人物性格、人物情感和人物关系在发展过程中不同阶段的具体体现。

(一)人物命运的拐点

情节点会出现在人物动作的发展线上，通常是由一个事件，让人物启程或改变其行动目标。电影《末路狂花》(图7-20)的故事发生在美国20世纪80年代，天性独立的餐厅女服务员路易丝和单纯懦弱的家庭主妇塞尔玛是一对好友，为了释放工作与生活带来的压抑，她们展开了一场自由的度假之旅，却因为遭遇一系列欺辱与暴力而被迫成为逃犯，走上了一条无法回头的绝望之路。

图7-20 《末路狂花》[①]

片中，两位主角在收拾好行囊启程后，首站来到一家酒吧，本想好好放松和体验，却被不怀好意的男人哈伦盯上。哈伦将单纯的塞尔玛骗到僻静的停车场意图强暴她，塞尔玛强烈反抗后遭到男人的殴打与辱骂，好友路易丝在愤怒之下朝哈伦开枪，哈伦中枪死亡。这一情节点出现在人物动作的发展线上，意外打破了原本美好的自驾游。人物行动目标由"旅行"转向"逃亡"，路易丝打算找男友帮忙取出自己所有的积蓄和塞尔玛逃到墨西哥，重新开始人生；人物命运也就此改写，两位生活平凡的社会底层妇女开始亡命天涯。

(二)人物性格的转变

情节点往往出现在人物性格的发展轨迹上，它并非寻常小事，而是重大的变故或全新的体验，能够对人物的性格产生深刻的影响。在《末路狂花》中，单纯善良的塞尔玛在逃亡途中偶遇了牛仔乔迪。乔迪利用自己英俊的外表和塞尔玛的同情心，从搭

① 图片出自https://movie.douban.com/photos/photo/2875239526/.

便车到敲门躲雨，一步步巧言令色，最终骗走了塞尔玛和路易丝所有的逃命钱。这一变故成为塞尔玛性格转变的催化剂，她从一个守法、胆小的女性，勇敢地迈出了持枪打劫的一步。这一行为是人物性格深刻转变的鲜明标志，背后是她内心疯狂与野性的觉醒。

(三)人物情感发展的阶段性标志

在人物情感的变化发展中也会有情节点，只不过没有外部动作的改变那么明显，一般是对人物情感变化有决定性意义的事件。例如，《末路狂花》中，乔迪将路易丝和塞尔玛逃往墨西哥的计划透露给警方，使她们陷入绝境。夜幕下，两人驱车穿越犹他州的纪念碑谷，在一片深沉的黑暗与宁静中，路易丝默默喝起了酒，停下车时塞尔玛已在副驾驶座位上沉睡，路易丝走出汽车抬头凝视着山峦背后隐匿的阳光，如图7-21所示。这段无声胜有声的静默，是片中人物情感发展的高潮。两位主人公在寂静中产生感悟，她们接受了命运，感激过往的相伴与包容，坚定了对彼此的感情，无惧共同面对生死。

图7-21 路易丝和塞尔玛驱车穿越纪念碑谷[①]

再如，电影《怦然心动》(2010)讲述了阳光帅气的男孩布莱斯和勇敢活泼的女孩朱莉之间纯真而青涩的少年感情。片中，小女孩朱莉对刚搬来的邻居家中的小男孩布莱斯一见倾心，并展开了热烈的追求，布莱斯却对她避之不及，想尽各种办法让朱莉远离他，但朱莉对布莱斯的好感并没有因为布莱斯的冷淡和推辞以及同学们的嘲笑而减少。

直到有一天，朱莉喜欢的梧桐树要被砍掉。朱莉经常爬上这棵梧桐树远眺，在树上她看到了不一样的迷人风景，这棵梧桐树象征着朱莉的精神寄托。施工队在树下催促朱

① 图片出自https://www.bilibili.com/video/BV1c14y147Pa?spm_id_from=333.788.recommend_more_video.-1&vd_source=73a0455c6ec1be1604dd700571a36d8f.

莉离开，朱莉坚定地抱着大树，恳请布莱斯跟她一起保护这棵树。然而，布莱斯不理解朱莉为什么要执着于一棵树，因此，面对朱莉的求助他并没有理会，转身上了校车。最终朱莉被父亲带走，梧桐树被砍掉，为此朱莉哭了整整两周。等到朱莉走出悲伤，她看周围事物的眼光开始改变，开始思索自己对布莱斯的感情是否还像以前一样，她开始完全明白父亲说的：整体大于部分之和，看人看物得观其全貌。梧桐树上风景的发现与消逝，就是朱莉对布莱斯情感变化中的情节点，她不再盲目盯着布莱斯的眼睛和微笑，不再被局部表象所迷惑，而是从整体的角度去看待布莱斯。

(四)人物关系的变化

情节点通常也会出现在人物冲突发展的某一阶段，当人物关系正向或反向发展到一定程度时，编剧需要安排一个情节点对这一阶段的人物关系做出明确的归纳，使观众明白此时的人物关系变化。例如，在动画电影《头脑特工队2》(2024)中，女主人公莱莉进入青春期后，她的大脑总部迎来了4位新的情绪成员：焦焦、慕慕、丧丧和尬尬。起初，乐乐与焦焦之间保持着和谐的同事关系，彼此都表现得相当谦虚和客气。然而，当莱莉面临即将与好朋友分别、适应新环境以及应对重要的冰球训练等挑战时，焦焦为了预防莱莉未来可能发生的坏情况，开始表现得独断专行，如图7–22所示。

图7–22　《头脑特工队2》[①]

焦焦不仅将莱莉原本“自信、快乐”的信念之树拔断并扔进了遗忘区，还将乐乐等老员工赶出了中央控制区，送入了潜意识监狱，自己则独占了操作台。焦焦与乐乐之间的观念差异成为矛盾爆发的伏笔。随着双方冲突的逐渐升级，当矛盾变得明显且焦灼时，出现了“焦焦赶走旧情绪，强行掌控主导权”这一关键情节点，这不仅深刻揭示了两个角色之间的对立关系，也直接导致了莱莉性格与行为的转变，以及她与朋友关系的疏远。该情节点的设置，巧妙地总结了人物关系在这一阶段的发展，为后续的剧情奠定了基础。

总而言之，情节点的设置需要编剧把握好人物塑造、冲突发展的关键环节，它是人物

① 图片出自https://movie.douban.com/photos/photo/2909618827/.

命运转折、性格转变、情感发展及关系变化的标志。这一转折点未必是震撼人心的戏剧高潮或主要场景，它同样可以是一段意味深长的对话、一组安静或充满动作的镜头。情节点是什么样子，取决于编剧的叙事策略与创意选择，但万变不离其宗，它必须服务于故事需求，作为推动情节发展的偶然事件、情节转折点、大事件，被编剧精心设计。

本章练习题

1. 尝试分析一部电影的主要情节和次要情节，以及它们的关系。

2. 分析一部电影的故事背景、主要人物、情节发展和矛盾冲突，并尝试用图谱展示出该片的情节线索、情节点、人物命运/性格/情感/关系变化、事件因果联系等。

3. 以“寻找失落的宝藏”为主题构思一条故事线，并列出你计划在故事中设置的情节点。

4. 选择一个公共话题，与同学分别构思故事线和情节点，然后比较和讨论你们的创意。

本章思考题

1. 什么是故事线？它在叙事结构中起到什么作用？

2. 情节与故事线有何关系？如何理解情节是故事线的具体展开？

3. 情节点在故事中扮演什么角色？它如何推动故事的发展？

4. 在创作故事时，如何设置有效的情节点来吸引观众？

第八章　影视剧本场景

教学目标：

1.理解场景的概念，掌握场景的要素及其作用。

2.根据故事需求，独立创建符合剧情发展的场景时空和氛围。

重点：

1.掌握影视场景的特征与写作要点。

2.了解场景设计对情节建构的影响和作用。

难点：

1.构建真实、有效的场景。

2.通过连续的场景设计呈现故事情节和主题。

剧本的场景设计至关重要，因为它不仅为故事提供了物理空间，更通过视觉元素传达情感和主题。合乎逻辑、有代入感的场景设计，可以增强故事的真实感，帮助影视作品更深刻地表达故事主题，让观众更深入地沉浸于故事世界之中。

第一节　场景的定义与作用

一、场景的定义

影视作品中的场景，指的是镜头中所展现的除人物之外的一切“物”的元素。具体而言，它涵盖了作品镜头中的结构、色彩、光影、道具、陈设、材质以及自然气氛等物象。[①]可以说，场景在影视画面中占据了很大一部分，是影视作品视觉造型的重要组成部分。它不仅为人物提供了表演的舞台，还作为事件发生的背景，与故事和角色共同构成了影视艺

① 韩笑，曾雯.动画剧本创作[M].北京：清华大学出版社，2009：114.

术的三大基本要素。场景的设计和运用对整部作品的风格定位、角色塑造、情绪氛围营造以及画面叙事都具有重要的意义。

二、场景的要素

场景是剧本中最为重要的一个因素：它是某件事情发生的地点；它是戏剧性(或喜剧)动作的一个特殊单元。[①]任何场景都处在空间和时间中。场景作为人物表演的舞台和事件发生的背景，是剧本创作与作品拍摄的基本单位，涵盖了时间和地点两大要素。这两个要素将事物固定在框架内。

在剧本的写作过程中，编剧通常会以场景为单位进行分场创作，具体描述故事发生的时间、地点，并阐明人物在特定时空背景下的表演及所经历的事件。导演也会依据剧本，以场景为单元来组织拍摄与制作工作，将发生在同一时空范围内的情节内容定义为一场戏。因此，场景不仅是剧本时空关系的具体展现，也是导演安排拍摄与制作工作的重要依据。每个场景的建置都需要确立时间和地点这两个要素，它们共同构筑了影视作品中人物活动和情节发展的基础框架与时空环境。

在撰写剧本时，编剧通常会将时间、地点的信息清晰地标明在场景标题中，具体内容包含“内/外景”“地点”“时间”。其中，“内/外景”用于指明该场戏是发生在室外环境还是室内环境，室外为“外景”，室内则为“内景”。“地点”则详细说明了情节内容发生的具体空间范围，如“公园大道520号”“总经理办公室”“地安门东大街”“手术室”等。“时间”则是指情节内容发生的具体且连续的时间段，通常指出一天当中的某一时段，如“白天”或“夜晚”。有时，时间可能会更加具体，如“初春清晨”“盛夏晌午”“深秋午后”，甚至因剧情需要具体到年月日、时分秒，如“1949年10月1日”“17时30分11秒”。这种情况通常为故事中一些特定时间的回忆片段，或围绕着关键时间展开的情节。例如，在《肖申克的救赎》的剧本中，第7、8场戏的场景标题分别为“7.内景，陪审团评议室，日间，1946”“8.内景，法庭，日间，1946”[②]，明确写出了时间为1946年的日间，场景内讲述的是这一特定时期发生的事情。这些时间和地点上的区别是必要的，这有两点原因。一是因为一天中不同时间段的光线各异，而一年四季的气候景象也各具特色。这种时间上的细分对于场景中的光影效果、环境条件和情绪氛围的呈现至关重要。

以《驯龙高手》为例，白天训练场上新兵身上的光影与夜晚围坐在烧烤架旁的新兵身上的光影截然不同，如图8-1所示。阴云密布的白天，光线是散射的，画面整体呈现冷色调，营造出充满寒意、潜藏危机的氛围；到了夜晚，烧烤架中的火焰作为点光源，散发出暖光，使得画面整体转为暖色调，氛围融洽且闲适。

---

① 菲尔德.电影剧本写作基础(最新修订版)[M].钟大丰，鲍玉珩，译.北京：北京联合出版公司，2016：145.

② 达拉邦特.肖申克的救赎[M].王凌，慕容雪村，译.长沙：湖南人民出版社，2015：8–9.

图8-1 白天训练场上的新兵(左)与夜晚部落烧烤架旁的新兵(右)[①]

二是因为每个地点都有其不同的空间结构和特性,通过内/外景和地点的分类,导演在二次创作时能够构思场景布置、角色走位和镜头转换。这有助于导演根据剧本所标明的时空设置,做出更出色的场面调度和画面调整。

在《驯龙高手》中,大海外景与部落房屋内景在布局、构图、角色动作和镜头运动方式上都展现出显著的不同,如图8-2所示。在海面上,希卡普和夜煞试飞时,由于场景开阔,角色运动范围大,动作张力十足。因此,该片在呈现该场景时大量使用了大仰拍、大俯拍、跟镜头和摇移镜头;构图上则以礁石、天空、海面为背景,运用全景和远景来展现翱翔的自由感和愉悦感。相比之下,部落房屋内的空间则相对狭小,镜头多为小幅度的推拉摇移,角色动作和活动范围受限;构图则多以桌椅、楼梯、柱子为背景,运用中景、近景和特写来呈现画面。

图8-2 大海外景(左)与部落房屋内景(右)[②]

编剧在剧本创作中需要对时间和空间有较为精确的把握,包括对内/外景的设计安排。一般而言,室外场景在画面上往往更具张力,能够展现开阔的视野和动态的画面;而室内场景则使画面元素更加集中,营造出特定的情感氛围。例如,《驯龙高手》中有一场希卡普与其父亲史图伊克深夜谈心的戏,被安排在狭小的室内空间中,营造出一种局促而尴尬的氛围。如图8-3所示,作为维京部落的首领,史图伊克对瘦弱的儿子寄予厚望,希望他能够成为一名骁勇善战的屠龙勇士。然而,希卡普本性善良,始终无法狠下心来屠龙,反而在与夜煞的相处中,探寻到了一种无须伤害龙便能击退它们的方法。正因希

①② 图片出自https://www.iqiyi.com/v_19rrmugvis.html?vfrmrst=0&vfrm=3&vfrmblk=pca_115_IP_card.

卡普在降龙训练中展现出的非凡才华，夜晚他迎来了父亲史图伊克满怀骄傲的探访。史图伊克对儿子大加赞扬，并鼓励他继续屠龙之路，最后还赠予他一顶象征着维京人荣誉的战帽。在探访过程中，父亲史图伊克高大的身躯挤进了儿子那狭窄的房间，这一鲜明的视觉对比映射出父子间存在的隔阂与矛盾。史图伊克深爱着儿子，却未曾真正倾听过他内心的声音；而希卡普则因背负着父亲的厚望，不敢向父亲袒露自己的真实想法。这场戏选择在内景呈现，所有角色表演和镜头运动均在有限空间内。室内空间不仅为人物的交谈提供了一个私密的场所，更使得两个并未真正敞开心扉的人不得不近距离地面对彼此。这种设置使得父子矛盾更加鲜明地凸显出来，气氛也变得更加紧张和不安。倘若这场戏被安排在外景，那么这种独特氛围便会难以呈现。因此，在决定一场戏是放在内景以表现特定氛围，还是选择外景以凸显剧作张力时，都是需要经过深思熟虑和精心考量的。

图8-3　希卡普与父亲在小房间①

《云水谣》剧本片段

接下来，以电影《云水谣》(2006)的剧本片段②为例解析其中完整的场景。扫描二维码阅读《云水谣》剧本片段。

一场戏的开始首先是场景标题，它标出了场景序号和故事发生的时空场所。场景序号表示了这场戏在整个剧本中所处的位置，并与前后场景区分开来。所选段落的场景标题以加粗的黑色字体突出显示，这是剧本中常用的标注方式。标题明确交代了“外景”“战壕”“晨”“小雪”等信息，使读者能够清晰地了解到这场戏的时空环境是冬季清晨的战壕。接着，剧本开始描述该时空环境下的人物、在这个空间里的行为和对话等。通常，每个镜头、每组叙事

① 图片出自https://www.iqiyi.com/v_19rrmugvis.html?vfrmrst=0&vfrm=3&vfrmblk=pca_115_IP_card.

② 《云水谣》剧本[EB/OL].(2016-12-20)[2024-08-21].https://mp.weixin.qq.com/s/Xi8O1DRUD1sE8eeDQVha3w.pdf.

动作、每句台词都会单独成行，以便清晰地划分不同的情节元素。在《云水谣》剧本片段中，第一段生动地描绘了人物的外貌和动作，展现了王金娣和陈秋水在战场雪地的偶遇画面。随后，两人的对话逐渐分行展开，他们通过分享水泡饭和对刷牙的看法而互生好感。这种内心的温暖和火热与外部环境的寒冷形成了鲜明的对比。好的场景写作往往有着明确的设置目的，通过刻画场景内的人和物揭示人物的相关信息、深化人物情感、推动剧情发展。就像这个案例中的场景设置，其主要目的就是发展人物关系。王金娣和陈秋水的感情在这个场景中迅速升温，朝着积极的方向发展。

剧本的段落划分通常以场景变化为依据，每个新场景都标志着一个新段落的开始。场景的变化由场景标题来界定，只要标题中的时间或地点任一要素发生变化，就意味着进入了一个新的场景。这意味着，即使时间未变，情节发生的空间变化也会导致场景的改变；同样，即使空间未变，时间的变化也会导致场景的改变。以下以《狮子王》剧本片段[1]为例进行说明，扫描二维码阅读该剧本片段。

《狮子王》剧本片段

剧本片段的剧情虽然都发生在白天这一时间段，但地点的变化导致了不同场景的划分，如“荣耀岩 外 日”“刀疤的洞穴 内 日”“丛林 外 日”等。每个场景都作为一个新的段落，完整地呈现了该场景中发生的一系列事件。这些事件不仅丰富了剧情，还与前后的场景形成关联、相互推进，共同促使故事不断发展。例如，从荣耀岩上的庆典到刀疤洞穴中的争论，再到丛林中的图画，每个场景都为后续情节埋下了伏笔，使得整个故事更加引人入胜。

三、场景的作用

场景在剧本中的作用是多方面的，不仅可以展现故事背景，还可以突出人物心理，营造氛围，服务于情节发展，表现作品的中心思想和主题，抒发人物情感，等等。

（一）展现故事背景

场景能够向观众展示故事发生的背景信息，如时间、地点和环境等。《狮子王》的开头是电影史上最为经典的场景之一。一轮炽热的太阳缓缓升起，这个镜头不仅标志着新的一天的开始，也象征着生命与希望的诞生。太阳的升起暗示了时间的流逝，同时也预示了故事的开始。地点方面，通过展现非洲大草原的一望无际和广袤无垠，观众可以迅速锁定故事发生在非洲的腹地。草原上各种动物的身影交织在一起，形成了一幅生机勃勃的画卷，进一步凸显了草原的特征。

① 王钢，张波.动画剧本创作及赏析[M].北京：清华大学出版社，2010：116–118.

如图8-4所示,《狮子王》虽然没有明确指出具体的历史时期,但通过传统的非洲音乐和原始的自然景观,营造出一种超越现代文明、回归自然的氛围。这种设置使得故事具有一种普遍性和永恒性,使故事能够跨越时代被不同年龄和文化背景的观众接受。至于季节,虽然该片没有直接指明故事发生在哪个季节,但是丰富的绿色植被和动物们活跃的状态表明故事发生在一个生长季节,可能是春末或夏初,这是大自然生命力最为旺盛的时期。该片通过对动物们聚集的场景进行描绘来体现环境。伴随着《圈套生活》(*Circle of Life*)这首歌曲的高潮部分,各种动物聚集,向荣耀岩进发,展示了非洲草原生态系统中各物种间相互依存的关系。这不仅揭示了非洲草原这一特定环境,也传递了一个更广泛的生态环境信息——所有生物都是地球大家庭中不可或缺的一部分。

图8-4 非洲大草原场景①

总而言之,《狮子王》的开头通过精妙绝伦的视觉呈现和音乐配合,有效地传达了时间、地点、季节和环境等多层次信息,为观众提供了一个引人入胜的故事开头。

(二)突出人物心理

场景是刻画人物的重要手段,它不仅能反映人物的性格、形象,还能突出人物的心理活动和思想观念。在《机器人总动员》中,瓦力的家被设计在一个废弃的车厢里,车厢内部堆满了它悉心收集的各种人类遗留物品,从录像带到小饰品,无一不被它视若珍宝。如图8-5所示,这些物品不仅反映了瓦力对人类文化和情感生活的好奇与向往,更成为它内心世界的一扇窗口。瓦力通过观看老式音乐剧录像带,模仿并学习人类的情感表达,这一行为深刻地展现了它对爱与陪伴的渴望,如图8-6所示。

① 图片出自https://www.iqiyi.com/v_19rr57r5jk.html?vfrmrst=0&vfrm=3&vfrmblk=pca_115_series_card.

图8-5　瓦力的家①

另外，瓦力生活的地球被垃圾覆盖，天空灰暗，缺乏生命迹象的环境不仅展示了人类文明的消亡，也反映了瓦力孤独的心理状态。在这样荒凉的环境中，瓦力日复一日的清理工作显得尤为孤独和无望，但它依然坚持每天的工作，这反映出它的坚韧和乐观。《机器人总动员》通过场景设计刻画角色的内心世界，使得电影在呈现震撼的视觉效果之外，也赋予角色更深层的情感和更丰富的心理感受。

图8-6　瓦力观看音乐剧录像带②

(三)营造氛围

场景的选择和设计可以营造特定的氛围，为观众提供视觉上和情感上的引导。《你好，李焕英》通过精心设计的场景来烘托电影的情感氛围和推动故事情节的发展。片中，李焕英的家是一个充满怀旧感的老式居所，家中陈设既展示了李焕英对家庭的爱和对过去美好记忆的留恋，又反映了贾晓玲焦虑、迷茫和对母爱渴望的心理状态。如图8-7所示，

①② 图片出自https: //www.iqiyi.com/v_19rrjpwu8w.html?s3=pca_115_episode_new&s4=0&vfrmblk=pca_115_episode_new&vfrm=3&s2=3&vfrmrst=0.

这样的场景设计帮助观众更好地融入电影的情感氛围。当贾晓玲穿越回过去，那时的街道、服饰、道具等都极具时代感，这些细节的呈现不仅重现了 个时代的风貌，也为观众营造了一种身临其境的感受，使得整个时空穿越的情节更加真实可信。

图8-7　李焕英的家[①]

《你好，李焕英》通过不同场景的刻画和布局，成功营造出电影所需传达的各种气氛，如图8-8所示。

图8-8　20世纪80年代的场景[②]

除了可以直接用绘画造型的手段正面描绘场景气氛之外，创作者还可以借助对场景细节的刻画来侧面烘托气氛。例如，《天空之城》(1986)在展现飞行岛屿拉普达的宏伟与神秘时，就巧妙地运用了场景细节：主人公在前往拉普达内部的途中经过一个水塘，透过清澈的水面，他们瞥见了水下深邃如渊的城市街道，如图8-9所示。更令人惊叹的是，沿途这样的水塘数不胜数，每个水塘下都隐藏着一条巨大的街道。这仅仅是拉普达的一小部分，由此观众可以想象拉普达的全貌何其壮观。通过画面对水塘的描绘，观众便能联想到整个拉普达的浩瀚与神秘。

①② 图片出自https://m.ixigua.com/video/6916812681592865288?utm_source=baidu_lvideo&wid_try=1.

图8-9　拉普达的水塘与水下街道①

(四)服务于情节发展

影视作品是剪辑的艺术，为了使故事情节流畅，就要保证场景之间的连续性，使其起到承上启下的作用，情节更合理。很多经典的影视作品都遵循着这一基本的叙事原则：通过场景的顺序表现故事情节。电影《我不是药神》通过精心的剪辑，将场景之间的过渡处理得非常流畅，使得整个故事情节紧凑、合理，同时也加强了情感表达和拓展了主题深度。该片开头便通过主人公程勇在生活中的挣扎来设定背景，反映出他所处的社会环境和个人处境。这些场景为后续故事的展开奠定了基础。随着程勇从一个小商贩变成印度仿制药的"代购者"，片中的场景也从狭小的商铺转移到医院、印度、舞厅以及教堂等地，如图8-10所示。

图8-10　从商铺到医院、印度、舞厅、教堂的场景变化②

这些场景的转换不仅推进了故事情节，也突出了主人公的内心冲突、个人与社会现实之间的矛盾。在该片的后半部分，随着程勇与白血病患者及家属关系的发展，场景也更多地转移到了病房和患者家中，如图8-11所示。

图8-11　病房和患者家中③

这些更加私密的空间加深了人物之间的情感交流，同时也更加突出了该片探讨的医

① 图片出自https://www.iqiyi.com/v_1hl962cieqg.html?s3=pca_115_episode_new&s4=0&vfrmblk=pca_115_episode_new&vfrm=3&s2=3&vfrmrst=0.

②③ 图片出自https://www.iqiyi.com/v_19rreozmq8.html?s3=pca_115_episode_new&s4=0&vfrmblk=pca_115_episode_new&vfrm=3&s2=3&vfrmrst=0.

疗伦理和社会责任问题。该片通过法庭审判的场景，将各个人物和之前发展起来的故事线索汇聚在一起，通过紧张的剪辑节奏和场景之间的紧凑切换，将故事推向高潮。在该片结尾，程勇回到了他的小店，但此时他已经不是原来那个只为生计奔波的小商贩。这个场景的回归不仅是故事的闭环，也是对主题的深化。总体来说，《我不是药神》通过连贯且富有张力的场景转换，确保了故事情节的流畅性，同时也通过这些场景加强了对角色心理和社会问题的探讨。

（五）表现作品的中心思想和主题

场景是表达主题的重要载体。《泰坦尼克号》的场景设计紧密围绕着该片的中心思想和主题：爱情、阶级差异、人性以及灾难面前的抉择。该片通过泰坦尼克号这个豪华客轮内部不同区域的场景设计，刻画了1912年社会阶级的差异。一等舱的奢华与三等舱的拥挤形成鲜明对比，这不仅展示了社会的不平等，也为罗丝和杰克跨越阶级的爱情故事构建了背景，如图8–12所示。

图8–12　一等舱与三等舱的对比①

片中，华丽的船舱、星光下的甲板等场景成为罗丝和杰克爱情故事的见证，传达出一种浪漫和梦幻的氛围，如图8–13所示。

图8–13　甲板和船舱②

然而，随着故事的发展，这些场景又成为灾难发生时人物挣扎和痛苦的背景，凸显了

①② 图片出自https://www.iqiyi.com/v_1lu8c0ub5bc.html?s3=pca_115_episode_new&s4=0&vfrmblk=pca_115_episode_new&vfrm=3&s2=3&vfrmrst=0.

该片的悲剧色彩。泰坦尼克号沉没的场景设计极具震撼力，巨大的船体倾覆、人们在冰冷海水中挣扎求生，不仅展示了灾难的残酷，也反映出在生死关头人性的光辉，如乐队坚持演奏、有人自愿让出生存机会等，如图8–14所示。

图8-14　倾覆的船体与坚持演奏的乐队①

该片开头和结尾的现代探险场景，与过去泰坦尼克号的故事相交织，不仅是技术上的展示，也是对历史记忆与现实生活之间联系的思考。这种设计使得该片主题超越了单纯的历史重现，触及了对现实生活和历史事件进行反思的更深层次。通过以上场景设计，《泰坦尼克号》成功地表达了其中心思想和主题，同时也为观众提供了视觉体验和情感体验。

(六)抒发人物情感

在中国传统文学作品中，“借景抒情”“托物言志”等手法屡见不鲜，作者常通过细腻描绘景物，巧妙地将情感与志向寄托其中。在影视作品中，这一手法同样被广泛应用，编剧通过对景物的精心刻画，象征性地展现人物内心的情感波动与深沉情怀。

例如，雪以其洁白无瑕的特质常被赋予纯洁的象征意义。在电影《情书》(1995)中，雪景的运用便展现出了丰富而细腻的情感层次：从纯真的暗恋，到无尽的思念；从朦胧的悸动，到小心翼翼的表白，再到难以言喻的遗憾。雪景贯穿其中，成为情感表达的重要载体。电影开头，女主角渡边博子躺在雪地上，小雪花随风轻拂过她的面庞。随后，她大口呼吸，起身轻轻拍落身上的雪花，轻缓而低沉的音乐悄然响起。博子从这片白茫茫的雪地中走出，迈向不远处萧瑟的树林与村落，一种油然而生的惆怅随之升腾，寓意着她失去爱人后心中那份久久难以释怀的哀伤，以及对往事的无限追忆，如图8–15所示。同时，片中女孩藤井树与同名男同学之间那段青涩情感，也如同那未被践踏的白雪一般，纯净而美好。雪景为这段未曾说出口的暗恋铺上了一层洁白的底色，使得校园、图书馆以及雪地中的串串足迹，都成为这段暗恋情感的默默见证者。

① 图片出自https://www.iqiyi.com/v_1lu8c0ub5bc.html?s3=pca_115_episode_new&s4=0&vfrmblk=pca_115_episode_new&vfrm=3&s2=3&vfrmrst=0.

图8-15 《情书》雪景①

又如，动画电影《长安三万里》(2023)中，高适与李白落霞披身、纵马芦苇荡的广阔场景，不仅为观众呈现了一幅壮丽的自然画卷，更抒发了人物的情怀。如图8-16所示，落霞满天，余晖洒落，芦苇荡随风起伏，宛如一片金色的海洋，两人纵马其中，马蹄惊起一片鸥鹭，这些鸟儿扑翅而起，向着太阳的方向腾飞。这一景象，与人物内心的激情相呼应，象征着其潇洒不羁的生活态度以及怀揣大鹏之志的豪迈情怀。

图8-16 芦苇荡场景②

(七)构建冲突或解决矛盾

故事的发展往往依靠矛盾冲突，其中，最常见的是人与人之间的冲突。然而，编剧同样可以利用场景来构建冲突，推动故事发展。例如，在动画电影《怪兽屋》(2006)中，主要冲突源自一个会吞噬人和物的怪兽屋，主人公为保护周围人，勇敢前往探险并与怪兽屋展开战斗，最终揭示了其背后的悲伤故事。

在电影《心慌方》(1997)中，人物被困于结构复杂的高度精密迷宫，整个故事围绕“立方体”场景展开。人物在一个个相同形状的立方体内遭遇未知危险，机关、陷阱和谜题构成重重阻碍。人物与险恶场景不断斗争，场景也不断考验着人性，成为推动剧情发展的主

① 图片出自https：//www.iqiyi.com/v_19rrho324c.html?s3=pca_115_episode_new&s4=0&vfrmblk=pca_115_episode_new&vfrm=3&s2=3&vfrmrst=0.

② 图片出自https://www.iqiyi.com/v_1x1h3bj0t14.html?vfm=m_331_dbdy&fv=4904d94982104144a1548dd9040df241.

要动力，如图8-17所示。

图8-17　立方体迷宫场景①

场景可以构建冲突，同样，也可以帮忙解决冲突。在电影《野蛮师姐》(2004)中，有一场警察追击匪徒的戏。男主人公试图从匪徒手中救出一个女孩，并选择通过一条小巷子进行偷袭。然而，由于巷子太过狭窄，他被夹在中间，匪徒发现了他并反向袭来，但匪徒同样也卡在巷子中间，如图8-18所示。男主人公与匪徒的矛盾冲突被场景巧妙化解，产生了令人啼笑皆非的喜剧效果。

图8-18　《野蛮师姐》窄巷场景②

诸如此类的案例还有很多，如《狮子王》中，当辛巴失去父亲的庇护后，他遭到了鬣狗的追杀，并被围堵至山崖边。在绝境之中，辛巴纵身一跃，从陡峭的山坡滚下，落入荆棘丛中。得益于身形娇小，他能够在荆棘的缝隙间灵活穿梭，而鬣狗则因体形较大，被荆棘刺痛，无法继续追击，只能被阻挡在外，如图8-19所示。就这样，辛巴与鬣狗的冲突暂时得以化解，辛巴也侥幸逃生。

① 图片出自https://www.bilibili.com/video/BV14Q4y1P7bZ/?spm_id_from=333.337.search-card.all.click.

② 图片出自https://movie.douban.com/subject/1394268/.

图8-19 荆棘丛场景①

再如《超凡蜘蛛侠》(2012)中的下水道场景，蜘蛛侠在遭到蜥蜴博士攻击时，利用自己身形的优势，从狭小排水口中逃脱，从而摆脱了危机，如图8-20所示。

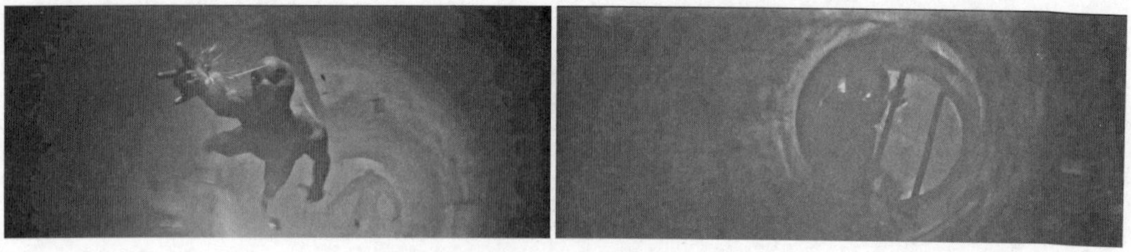

图8-20 下水道场景②

(八)直接叙事

通过场景的变化，作品能够直接推进故事情节，交代剧情发展。以电影《天使爱美丽》(2001)为例，片中的艾米莉因一次意外失去了母亲，此后，她的父亲深陷悲伤，对她疏于关心。被家庭忽视的艾米莉感到越发孤独，常常一言不发地站在窗前。此时，窗下花坛中的一只小熊玩偶静静地坐在花丛中，与她的孤寂相呼应。接下来，场景发生变化：晴日里的阳光被雨天所取代，小熊周遭的鲜花消失不见，取而代之的是丛生的杂草，小熊也被雨水淋湿。紧接着，画面转到冬日，小熊被皑皑冬雪覆盖；随后，画面再次转换，春日里鲜花重新绽放，小熊却已历经风霜，显得破败不堪，如图8-21所示。这时，一只鸟儿翩然而至，在小熊身旁稍作停留，随即振翅飞走。随着镜头缓缓上移，艾米莉已经长大成人，她拎着行李，离开了家。花坛中小

图8-21 花坛小熊的变化③

① 图片出自https://www.iqiyi.com/v_19rr57r5jk.html?vfrmrst=0&vfrm=3&vfrmblk=pca_115_series_card.

② 图片出自https://www.iqiyi.com/v_19rrjyphgs.html?vfrmrst=0&vfrm=3&vfrmblk=pca_115_fansou_card.

③ 图片出自https://v.qq.com/x/cover/o9ltjk5yc26z6w9.html.

熊的一连串变化，不仅展现了时间的流逝，也叙述了艾米莉在风雪中独自成长的心路历程。

再如，动画电影《宝莲灯》(1999)中，为了展现沉香长途跋涉寻找孙悟空的艰辛历程，该片通过一系列场景的变换来叙述：先是险峻的高山，紧接着是寒风刺骨的雪地，随后是炎热的沙漠，最后是湍急的河水。如图8-22所示，这些场景的变换不仅生动描绘了沉香的艰难旅途，还有效避免了冗长的叙述，使得故事叙述更加紧凑有力。

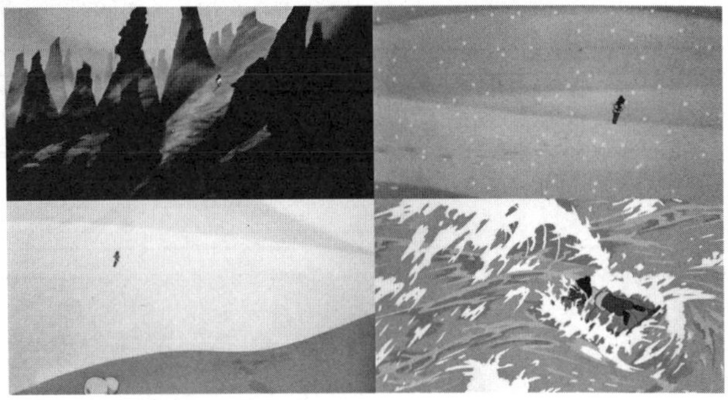

图8-22　沉香经历的场景变化①

因此，场景不仅是故事发生的时空背景，还承载着突出人物心理、营造氛围、服务于情节发展等多重功能。

第二节　影视场景的特征

场景的特征包括时代性、社会性和自然性。时代性体现了作品的历史背景，如电影《甲方乙方》(1997)中的旧式四合院和老北京胡同，展现了20世纪90年代初的北京市民生活。

社会性则反映了特定社会结构和文化，如《肖申克的救赎》中压抑的监狱环境，如图8-23所示，反映了20世纪中期美国监狱系统的环境特征。

图8-23　《肖申克的救赎》中压抑的监狱环境②

自然性则体现了自然环境对作品氛围的影响，比如电影《阿凡达》中潘多拉星球上的原始森林和飘浮山脉，如图8-24所示，为电影创造了一个独特而又引人入胜的自然世界。这些特征共同作用，使得影视作品能够在视觉、情感和思想上产生深刻的影响。

① 图片出自https://www.iqiyi.com/v_19rrhnutng.html?vfm=m_331_dbdy&fv=4904d94982104144a1548dd9040df241.

② 图片出自https://www.iqiyi.com/v_19rra0h3wg.html?vfm=m_331_dbdy&fv=4904d94982104144a1548dd9040df241.

图8-24 《阿凡达》中的原始森林和飘浮山脉①

一、时代性

影视场景的时代性特征主要是指影视作品中的场景设计能够反映出故事发生的年代特征，包括那个时代的建筑风格、服饰特点、交通工具、社会风貌等。这些元素共同构建起一个让观众信服的时代背景，不但增强了故事的真实感，而且有助于观众更好地理解和感受角色的行为和情感。

例如，在电影《让子弹飞》(2010)中，该片通过对20世纪20年代中国小镇的再现，展现了当时的社会风貌，如图8-25所示。从木结构的建筑、旧式火车到角色们身着的中山装、旗袍，再到那个时代特有的帽子和烟斗，都准确地复刻了那个时代的生活方式和社会状态。此外，片中的对白和角色行为也呈现了那个时代的独特语言和社会习惯，如土匪与地主、官府的互动，以及对于金钱和权力的追逐等，都深刻地反映了当时社会的阶级关系和人际互动模式。

图8-25 《让子弹飞》中的鹅城场景②

① 图片出自https://www.iqiyi.com/v_19rr7rcneo.html?s3=pca_115_episode_new&s4=0&vfrmblk=pca_115_episode_new&vfrm=3&s2=3&vfrmrst=0.

② 图片出自https://weibo.com/5574289022/NAtuXFzx4.

通过这样细致入微的场景设计，观众能够被带入一个历史时期，更加身临其境地体验到当时人们的生活状态和社会环境，从而更深入理解作品想要传达的主题。

二、社会性

影视场景的社会性特征指的是场景设计不仅反映了一个时代，更展现了该时代的社会结构、文化特征以及人们的生活方式。它通过具体的环境细节来体现社会的价值观念、阶级关系、经济状况和文化冲突等，从而拓展故事情节的深度和广度。

在电影《活着》中，导演张艺谋通过细腻的场景设计，展现了中国从20世纪40年代到20世纪70年代社会巨变的历程。电影中的家庭空间从开始的富家大院逐渐转变为空间局促的小屋，如图8-26所示，反映了主人公家庭命运与国家社会变迁的紧密联系。在不同历史阶段，居住环境的变化反映了社会结构的变动。

图8-26　福贵家的场景变化①

电视剧《琅琊榜》通过琅琊阁和皇宫的场景设计，展现了架空历史背景下的宫廷斗争和智谋较量。如图8-27所示，琅琊阁内书卷满墙、机关重重，象征着主人公梅长苏深厚的智慧和谋略；皇宫的金碧辉煌与权力中心的冷酷无情形成对比，展现了封建王朝权力斗争的残酷。

图8-27　琅琊阁和皇宫场景②

① 图片出自https://www.ixigua.com/7303472568730976795?series_flow=1&logTag=b02c8705c5c7abab3703.

② 图片出自https://www.iqiyi.com/v_19rroc615w.html?vfm=m_331_dbdy&fv=4904d94982104144a1548dd9040df241.

通过这些场景设计，观众能够感受到人物在特定社会背景下的生活状态和精神面貌，进而引发对人性、社会和历史的深入思考。

三、自然性

影视场景的自然性特征，是指场景设计中融入自然元素，并通过自然环境来表达作品的主题和情感。自然性不仅包括自然风光的选择和呈现，还包括自然环境对人物情感和故事发展的影响。

图8-28 《卧虎藏龙》中的竹林打斗场景①

例如，在电影《卧虎藏龙》中，导演李安巧妙地使用了中国传统水墨画风格的自然风景来呈现人物复杂的内心世界。电影中的竹林打斗场景，不仅展示了武术动作的美感，也通过竹林的挺拔和风的流动来象征人物间微妙的情感关系和内心的纠葛。竹林的静谧与武打动作的激烈形成对比，增强了场景的视觉冲击力，并拓展了情感深度，如图8-28所示。

又如，电影《那人那山那狗》(1999)讲述了儿子接替父亲成为邮递员，在父亲的陪伴下第一次送信的故事。该片通过细腻的镜头语言和秀美的自然风光，展现了父子的情感变化。如图8-29所示，青山、绿水、梯田、树林等景象充满了朴实又清新的气息，为这段路途增添了几分宁静。在连绵不绝的大山中，父子二人从最初的不和谐逐渐走向了互相理解。他们行走的这条蜿蜒曲折的乡间邮路，不仅是该片的叙事线索，更是情感的纽带。它承载着父子之间的亲情、乡亲们对邮递员的敬爱，以及狗对邮递员的忠诚。该片通过邮路的曲折漫长，表现了人与人的深厚情感。

图8-29 《那人那山那狗》中的山野风光②

① 图片出自https://www.iqiyi.com/v_19rtge6mvc.html?vfm=m_331_dbdy&fv=4904d94982104144a1548dd9040df241.

② 图片出自https://v.qq.com/x/cover/d36cl4sro0cd13f.html?ptag=newdouban.movie.

这些精心设计的自然场景，不仅为观众提供了视觉上的享受，更重要的是通过自然环境与人物命运、情感的交织，丰富了作品的主题内涵。

第三节　创建故事场景

落实到场景的实际创建中，编剧不仅需要思考如何构建一个场景，更要思考如何创作出一个有效的场景。在场景的设计与安排中，有三点需要特别注意：一是明确场景目的和场景目标，二是建立场景内的冲突，三是场景节拍和序列的搭建。

一、明确场景目的和场景目标

(一) 场景目的

场景目的是指编剧设置这个场景的目的。该目的必须是人物终极目标或故事主干的一方面，即场景的设置应与故事主线紧密相关，能够引导和帮助人物一步步走向终极目标的实现。

例如，《天空之城》中“高架桥”和“废井坑”这两个场景的设置，就是为了帮助主人公找到天空之城的线索。因为一开始他们甚至都不知道飞行石的作用，经过这两个场景他们才明白了飞行石的力量和天空之城的存在，终于踏上了寻找天空之城的主线道路。

又如，《驯龙高手》中创造森林这一场景的主要目的是促进希卡普和夜煞两个角色的关系。森林就像他们的秘密基地，在这里，希卡普与夜煞能够不受外界影响，从而慢慢了解、友好相处。

再如，在《寻梦环游记》中，为了展现米格家族成员的关系，编剧将场景设定在墨西哥亡灵节期间的米格家中。通过色彩缤纷的剪纸和花团锦簇的灵坛等细节，展现了墨西哥亡灵节的祭祀传统，并介绍了米格的祖辈经历和家族成员。特别是场景中一位死去亲人的照片缺失，暗示了家族中有一位成员被遗忘，也透露出家族内部的矛盾。随后，该片通过展现米格的家庭环境，以及米格与家庭成员的对话，让观众得知米格与他们对音乐的看法截然不同。这个场景揭示了米格和睦的家庭背后隐藏的深深伤痛和记忆，为米格日后揭开真相埋下伏笔。

明确场景目的，对场景进行筛选，可以确保每个场景不仅仅是一系列事件的简单堆砌，而是有目的地推动故事发展。无论是用于交代背景信息，还是刻画人物形象、发展人物关系，抑或是为主线剧情提供线索，故事中的每个场景都应当具有意义，对故事的进展做出实质性贡献。

(二)场景目标

场景目标是指人物在当前场景中追求的目标。一般来说，在每个场景中，人物都在追求一个与当前时空紧密相关的目标，并在此过程中遭受一定的阻碍。为了在压力下追求这一目标，人物会选择采取某种行动。然而，在行动的过程中，人物往往会从任一或所有冲突层面产生出一个在意料之外的反应，从而改变预期的结果，使他的外在时运、内心生活或二者同时发生正面或负面的转变。①最终，这个目标在该场景中完成或失败后，人物会进入下一个场景。

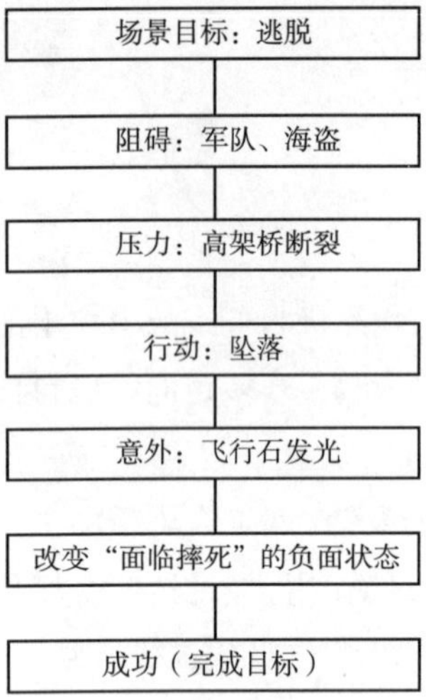

图8-30　高架桥场景结构

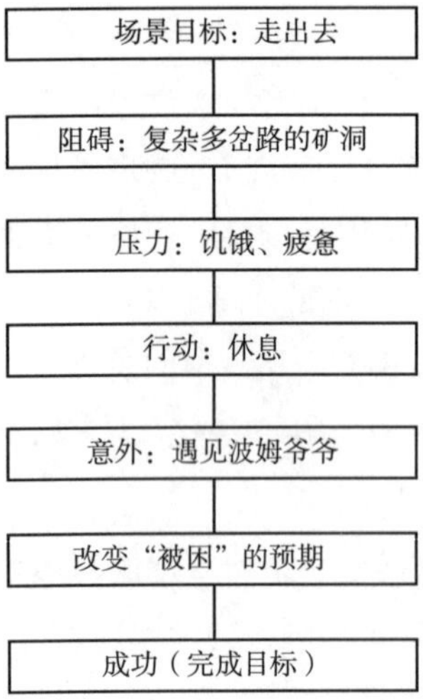

图8-31　废井坑场景结构

例如，在《天空之城》的“高架桥”的场景中，主人公巴鲁和希达的目标是“逃脱追击”。而阻碍他们逃脱的两股力量是军队和海盗，军队与海盗为了抢夺他们手中的飞行石对他们展开了追杀。巴鲁和希达选择穿越高架桥来躲避海盗和军队的追杀。结果高架桥断裂，巴鲁和希达不慎坠落。然而，在坠落过程中，希达戴着的飞行石意外发光，使他们飘起来，这一情况改变了预期中人物会被“摔死”的结果，化解了坠落带来的矛盾冲突，将巴鲁和希达“面临摔死”的负面状态和境遇转向正面，最终他们成功落到废井坑并逃脱，如图8-30所示。

在下一幕的“废井坑”场景中，主人公的新场景目标是走出去，此时阻碍他们的是复杂多岔路的矿洞。迫于饥饿和疲惫的压力，他们选择坐下充饥，休息片刻。接着，在行走的过程中，他们意外遇见了波姆爷爷，从他那里得到了启示和指引，得知拉普达人和飞行石的关系，确定了新的场景目标并展开新的追求，从而迎来了故事的进一步发展，如图8-31所示。

明确场景目标的重要性体现在两个方面。一方面，它是驱动场景的力量，促使事件发生。编剧要思考人物为什么来到这里，当人物追求他们的目标时，又会遇到怎样的挑战、冲突和转折，这些元素共同构成了故事的张力。另一方面，它为场景和整个故事提供了一个清晰的结构框架，每个场景目标的胜利或失败都可以看作向故事终点迈进的一

① 麦基.故事：材质·结构·风格和银幕剧作的原理[M].周铁东，译.天津：天津人民出版社，2016：266–267.

步，这种结构上的关联有助于保持故事的连贯性和节奏感。

总而言之，场景目的是编剧设计这个场景所欲达到的目的，而场景目标则是人物在进入这个场景中所要达成的目标。人物会有与场景紧密相关的目标，这些目标可能得以实现，也可能无法实现。但无论如何，所有场景目的都是引导和帮助人物一步步实现其终极目标。

二、建立场景内的冲突

通常而言，每一个场景都必须蕴含某种形式的冲突，因为构建场景内的矛盾冲突是吸引观众持续观看的有效方法。编剧应当尽力确保所有场景都充满情绪张力。

编剧的任务是在那些看似缺乏冲突的场景中巧妙地增设冲突，或者将已有的冲突进一步升级。冲突是剧情的核心，它甚至可以源自人物与环境、某个物件或道具之间的对立。如果一个场景中没有冲突，那么这个场景就需要被重新设计。

以动画《爆笑虫子》第三季(2015)第三集《纸箱》为例，场景设定在一个雪花纷飞、寒风凛冽的街头。编剧充分利用了这一环境的特点，调动场景中的一切元素，精心设计了这场戏，通过编排矛盾冲突来推动故事的发展。

《纸箱》

主要矛盾：恶劣的天气

一个冬季，红色和黄色两只虫子在风雪中蹒跚前行，身上仅裹着一片薄如蝉翼的叶子。

加深矛盾：失去“衣物”

阵阵寒风吹来，卷走了这片叶子。失去了遮蔽物的虫子，冻得瑟瑟发抖、鼻涕横流，只能紧紧抱在一起取暖。

缓解矛盾(铺垫)：避风小屋

就在这时，风又吹来了一个绝佳的庇护所——一个纸箱。纸箱盖住了虫子们，让它们感受到了温暖，体温也逐渐恢复了正常。虫子们高兴极了，在纸箱里蹦跶起来。随后，安然入睡。

引入新矛盾：小屋破损

好景不长，黄色虫子流下了长长的鼻涕，想找个东西擦鼻涕，便从纸箱壁上撕下了一小层纸。不料，这一撕，竟让寒风吹破了这层薄弱的守护，寒风灌进了纸箱。

缓解矛盾(铺垫)：堵住洞口

黄色虫子急忙用舌头堵住破洞，寒风被暂时挡住，虫子们松了一口气。可是没过多久，黄色虫子的舌头就被冻疼了。红色虫子见状，换下黄色虫子。

加剧矛盾：破洞扩大

然而，洞口被口水打湿，越来越大，寒风肆虐。无奈之下，虫子只能用屁股去堵。结果露在外面的屁股不仅受冻，还被风刮来的树枝打得生疼。更糟糕的是，一个滚过的水瓶还浇了虫子一屁股水。两只虫子就这样轮番受着罪，疼得眼泪直流。

高潮：奋力一搏

破洞越吹越大，树枝穿过洞口扇在虫子身上。纸箱里的两只虫子已经被吹得举步维艰，只能一起用整个身体挡住洞口。然而，补救措施最终还是无济于事，它们被冻在原地，眼睁睁地看着纸箱被吹走，暴露在寒风中。

结尾：认命等待

虫子们冻僵在原地，被吹断的树枝无情地鞭打着。

编剧在设置场景之初，便选取了一个紧迫的场景——风雪交加的街头，这为故事的矛盾冲突奠定了基础。恶劣的天气与弱小的虫子形成了对立关系，构成了故事的起点。随后，编剧进一步推动人物处境向负面发展，加深了这一矛盾：虫子们身上仅有的遮蔽物被风吹走，它们面临着被严寒天气冻死的严峻危机。在此情境下，编剧环顾该场景，设想并引入了道具来缓解矛盾。一个纸箱的出现，显得既合理又适时，它扭转了虫子们的处境，使它们暂时逃离了死亡的威胁，转危为安。这一变化不仅解决了虫子们当前的困难，更为后续矛盾的引入悄悄埋下了伏笔。紧接着，编剧围绕纸箱这一关键道具，创造了其与人物诉求之间的新冲突。纸箱的破损，让原本已经放松警惕、开始呼呼大睡的虫子们再次陷入了被冻僵的危机之中。

面对这一冲突，编剧让虫子们用舌头去堵住破洞，这一权宜之计暂时缓和了紧张的局势，但同时也为后续矛盾的加剧埋下了伏笔。编剧紧紧抓住"纸箱被撕破"这一核心情节，结合虫子们简单而天真的性格特征，深入挖掘并加剧了矛盾。虫子们笨拙的补救措施非但没有解决问题，反而使洞口越来越大，矛盾越发激烈。同时，编剧再次利用场景中的道具——树枝和水瓶，让它们与虫子们产生新的冲突，与破洞的矛盾相互交织，共同推动着故事的发展。最终故事迎来了高潮，洞口之大已经远远超出了虫子们自身解决问题的能力范围。树枝扇在虫子屁股上，纸箱被无情地吹跑，虫子们再次暴露在了风雪交加的严酷环境之中。

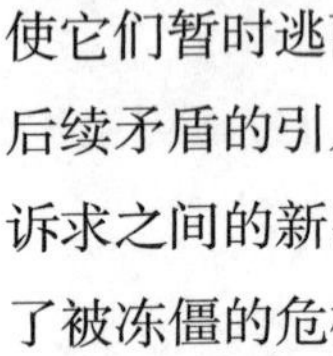
《博物馆大混乱》

上述案例中，冲突的建立起源于一个充满张力的场景，这是一个极佳的矛盾起点。那么，如果遇到一个平平无奇的场景，又该如何在其中构建冲突呢？

以《倒霉熊》第一季(2006)第二十五集《博物馆大混乱》为例，我们来看编剧是如何在"平静的场景"内建立矛盾冲突，以推动故事发展的。

艳阳高照时，倒霉熊来到博物馆，好奇地四处张望。

引发矛盾：摇晃石碑

倒霉熊摸了摸墙上悬挂的石碑，觉得有趣便推了几下，不慎使一根绳索断裂，石碑一端掉落，但好在没有大碍，吓得它赶忙离开。

增加矛盾：碰撞陶罐

匆忙中，倒霉熊差点撞倒陶罐，好不容易扶正后继续前行。

加深矛盾：打碎石像

见到前方的人形石像有趣，倒霉熊左瞧右瞧模仿石像动作，却又不小心将石像眼球碰落。它急忙去捡，却一脚将眼球踢飞至石像底座下。试图挪动石像取球时，它发现石像头太重，便蹲下用手搜寻，却触发了老鼠夹，手被夹疼。挣扎间，石像被撞倒在桌子上。倒霉熊急忙取下老鼠夹，摆正石像，捡起眼球安装。但石像的头因冲撞断裂，掉落并摔碎在地上，眼球也滚落，不知所终。它慌忙将碎片藏在底座后，用陶罐盖住石像。

高潮：灾难现场

闯祸后的倒霉熊想悄悄溜走，不料经过石碑时，一脚踩到了眼球，滑倒在地，引发石碑震动，另一根绳索断裂，石碑轰然砸向地面。倒霉熊慌忙起身，拼尽全力去扶石碑，却因用力过猛，石碑撞墙碎裂。震动导致其他文物也纷纷掉落，博物馆一片狼藉。

结尾：倒霉透顶

更惨的是，倒霉熊还被一块石碑碎片压得连连后退，不慎撞倒了身后的罗马柱，翘起的石碑碎片直接将它砸晕了过去。

这一集的故事发生在风和日丽的一天，地点是一个安静的博物馆，场景中仅有倒霉熊这一位角色。表面上，这里似乎没有任何矛盾冲突，也没有其他角色会与倒霉熊产生摩擦。然而，编剧巧妙地挖掘了角色的性格和场景中道具的特性，让倒霉熊因好奇心驱使，与那些脆弱易损的历史文物形成了一连串意想不到的冲突。首先，倒霉熊因为觉得悬挂的石碑好玩，便推了起来，结果导致绳索断裂，石碑一端掉落，构成了角色与文物之间的初步冲突，冲突的起因则是倒霉熊的好奇与莽撞。而那块摇摇欲坠的石碑，像是一颗定时炸弹，为后续的高潮埋下了伏笔。紧接着，倒霉熊因疏忽大意，不慎碰到了石碑旁的陶罐，陶罐晃动了几下，幸好它及时扶稳。此处，编剧并没有急于加剧矛盾，而是通过这一小插曲逐渐铺垫，预示博物馆里暗藏“危机”，让观众心中隐隐感到不安。

在连续的冲突之后，编剧又适时地插入轻松或幽默的元素。倒霉熊开始对着一个有趣的石像模仿动作，石像的逗趣造型和它的表情瞬间为场景增添了几分轻松欢乐的气息。这一安排既制造了笑点，缓解了紧张氛围，又与前后事件形成鲜明对比，有效控制了故事节奏。然而，欢乐并未持续太久，第三次危机随即降临。倒霉熊碰掉了石像的眼球，这一意外引发了一连串的动作，不仅石像眼球掉了，倒霉熊的手也不幸被老鼠夹夹住，最终还导致石像头部彻底破碎。这次，角色与文物的冲突变得更为强烈。面对文物的损毁，倒霉熊极力补救，他用陶罐代替石像头部，暂时掩盖了问题，松了一口气。但祸不单行，慌乱离开的倒霉熊不幸被破损的文物零件绊倒，这一倒触发了更为激烈的连锁反应，最开始那块摇摇欲坠的石碑，终于成为激化矛盾的炸弹：石碑砸地，文物纷纷摔落，石柱倾塌，倒霉熊遭殃。冲突再度升级，最终达到了无法收拾的地步。

编剧在看似没有冲突的场景中利用道具引发冲突，并让这些冲突环环相扣、不断升级，使得倒霉熊越发倒霉，最终事态发展到无力解决的地步。这种矛盾的制造和安排方式值得编剧学习和借鉴。

三、场景节拍和序列的搭建

在构建场景时，节拍和序列是两个至关重要的概念，它们对场景内部的发展及场景间的衔接与变化起着关键作用。

（一）节拍

节拍是场景中的最小结构组成部分。一般而言，节拍是“动作/反应中一种行为的交替”[①]，一个动作带来一个反应，由此组成一个节拍。例如，小偷窃取老太太家的首饰，老太太发现后举起拐杖追打，小偷惊慌地翻墙逃跑，老太太报警。小偷行窃（动作），引起老太太追打（反应），一个人物行动对应着他人的一个反应，这一过程即一个节拍。在此过程中，老太太看见小偷偷了多少首饰、怎么偷首饰，这些内容都属于同一个节拍。只有当人物的行为发生明显变化时，才会出现一个新的节拍。在这个例子中，显著的行为变化即老太太追打小偷。同样，连接着的下一个节拍是小偷逃跑（动作）和老太太报警（反应）。

场景的转折正是由一个个节拍所产生的行为变化构建而成的。以电影《伯德小姐》（2017）中的公路场景为例，该场景围绕着7个节拍展开，展现7个具有明显区别的行为：第一，广播中正讲述《愤怒的葡萄》，母女两人流着泪相视一笑（品味小说/共情）。第二，故事结束后，伯德顺手取出磁带想要播放音乐，却被母亲出言阻止（欲获得娱乐/阻止）。第三，两人对视沉默（不满/不解）。第四，伯德开始抱怨生活的无趣，母亲则嘲讽伯德不知足（抱怨/嘲讽）。第五，母女俩开始争执，伯德表示她想去东海岸念书，并打算通过贷款来实现这一愿望，母亲则因为家庭经济困难，对伯德的想法表示了严厉的呵斥（提出请求/指责）。第六，伯德一心向往充满文化气息的城市，而母亲却认为她无能又势利，双方的争执越发激烈，情绪也不断升级。争吵中伯德坚持让母亲称呼自己为“伯德小姐”，拒绝使用本名克莉丝汀，这让母亲觉得荒谬至极并否定了她（坚持自我表达/伤其自尊）。第七，伯德愤

① 麦基.故事：材质·结构·风格和银幕剧作的原理[M].周铁东，译.天津：天津人民出版社，2016：33.

怒地解开安全带跳车，母亲惊恐大叫(摆脱/慌乱)。

这7个行为推进了节拍，每一个交流都要强于上一个节拍，母女之间的矛盾不断激化，语气和态度也变得越来越强硬。直到最后一个节拍，鸿沟彻底形成，揭露出伯德对自己出身的抗争。在这之前，母亲一直在试图说服伯德接受现状，但这一转折点的到来，让母女两人彻底关闭了沟通的心门。

节拍支撑着场景的细节变化，并引导人物动作和反应朝向一个明确的目的。这些节拍一个个地追踪着场景的发展，直至场景末尾，最终实现场景结尾所承载的价值。倘若缺少这些小小的节拍，人物的行为就会变得杂乱无章，而场景也会因无法达成其变化的目的变得枯燥无味。

(二)序列

节拍构建场景，场景则构建故事设计中下一个更大的动态单位——序列。①一个序列通常由2到5个场景组成，每个序列都围绕着一个明确的写作主题展开。比如，从主人公在宿舍投递简历开始，到前往公司面试，最终在火车上收到录用通知的这一过程，就构成了一个完整的序列。这个序列的主题是“得到工作”，其写作目的在于描绘主人公从无业状态到成功就业的全过程。

在序列中，每一个场景的冲击力呈递进趋势，直至最终到达顶峰。每个场景都会多多少少改变人物的行动方向和处境，而一个序列中的结束场景必须传达出更为强劲且具有决定意义的变化。以电影《疯狂动物城》为例，兔子朱迪怀揣着成为警察的梦想，渴望在动物城的警察局就职。然而，彼时的她还只是一只小兔子，因此，开头的场景描绘了她从孩童成长为警察的过程。

场景一：兔窝镇的胡萝卜艺术节

小兔子朱迪和朋友们排演了话剧，讲述了动物世界从弱肉强食到和平共处的新时代。话剧结束时，朱迪勇敢地表达了自己想去动物城当兔子警察的愿望。然而，她的这一想法遭到了台下动物的嘲笑，父母也对此深感忧虑，他们认为警察职业危险重重，屡劝朱迪留在镇上，安安心心地做个种胡萝卜的农民。

在集市上，朱迪偶遇狐狸吉丁欺负小羊。她挺身而出，帮助小羊夺回被吉丁抢走的票，尽管受伤，却更加坚定了她成为警察的决心。

场景二：动物城的警校

初入警校，朱迪面临的是一系列严格而艰苦的训练挑战。起初，由于体形和力量的

---

① 麦基.故事：材质·结构·风格和银幕剧作的原理[M].周铁东，译.天津：天津人民出版社，2016：4.

限制，她在每一项训练中都屡屡失败，甚至在日常生活中也遭遇尴尬，比如上厕所时不慎掉进马桶里。然而，乐观的朱迪并没有因此气馁或放弃。她咬紧牙关，下定决心要克服这些困难。于是，她利用深夜的时间进行苦练，增强体魄，提升技能。通过坚持不懈的努力与聪明才智，朱迪逐渐将自己的体形劣势转化为优势，凭借灵活小巧的身躯，在各项考核中表现出色。最终，她从警校毕业，并被分配到动物城的警察局，开始了她的警察生涯。

每个场景都对人物的行动和境遇变化进行了呈现。场景一：从梦想萌芽到下定决心；场景二：从挫败到优秀。同时，这两个场景构成了一个序列——朱迪成为警察的过程。它们之间呈递进关系，经历这两个场景的事件，朱迪的内心越发坚定，能力越来越强，离成为警察的目标越来越近。"从警校毕业"带来的决定性变化是朱迪获得了警察这一新的身份，正式踏上了她的警察生涯。

节拍和序列能够帮助编剧理性规划和审视场景。节拍作为场景中的最小结构单元，通过动作与反应的交替，勾勒出人物行为的轨迹和内心变化，推动场景细节的呈现。这些节拍串联起来，构成了场景的转折和进展，使得场景层次分明。而序列则作为场景组成的更大动态单位，通过场景的递进和冲击力的累积，实现人物行动方向和处境的根本性转变。在创作中，编剧合理搭建节拍和序列，可以使场景更加紧凑有力、逻辑连贯，对于提升场景创作的质量和效果具有重要意义。

本章练习题

1. 选择一个熟悉的或想象中的地点（如老街巷、未来城市、神秘森林等），撰写一个详细的场景描述。要求包含场景的基本信息（地点、时间）、环境细节（天气、光线、声音等）、人物活动（至少两个角色的互动）以及场景所要传达的情绪或氛围。

2. 有一条船航行在海上，但水箱突然破裂了，离到达陆地还有八天，剩下的淡水只够船上所有人喝一天。根据给出的情景，想象并创作一个场景。

3. 选取影视作品中的一个经典场景，描述该场景的内容，然后分析该场景在剧情中的作用。

本章思考题

1. 场景在剧本中的作用是什么？

2. 如何有效构建和描述一个剧本中的场景？

第九章　影视剧本语言

教学目标：

1.了解剧本语言的特征与类型，认识剧本语言的重要作用及具体运用。

2.培养学生对剧本语言的编排能力，为后续剧本创作打下基础。

重点：

1.理解剧本中叙述性语言与有声语言的含义与功能。

2.了解剧本中不同类型语言的特点与设计安排。

难点：

1.通过剧本语言揭示人物心理，展现人物性格。

2.创造有力且自然的对话场景。

第一节　剧本的视听语言

一、视听语言

（一）视听语言的概念

法国著名剧作家马塞尔·马尔丹在《电影语言》中指出："由于电影拥有它自己的书法——它以风格的形式体现在每个导演身上——它便变成了语言，甚至也从而变成了一种交流手段，一种情报和宣传手段。"[①]视听语言，是一种以影像和声音的运动幻觉为基础，利用视觉与听觉两种感官刺激的合理安排，向观众进行思想交流、情感交际与信息传播的特殊语言。

① 马尔丹.电影语言［M］.何振淦，译.北京：中国电影出版社，1982：引言4.

视听语言与文学语言有着不同的语法和规律，其语言形态并非以文字、词语、短句、句子编排呈现，而是存在于视听当中，由镜头、镜头的组接以及声画关系构成。视听语言的语法变化和运用遵循人们长期的视听实践与主观思维活动，通过对影像、声音的选择和并置来表达特殊含义和情感，用于传达创作者思想，与观众进行沟通。

（二）视听语言的构成

视听语言的主要内容分为视觉部分、听觉部分和视听综合部分。视觉部分指的是影视作品中有关人物、场景、道具、光影、色彩等构成影像画面的造型元素和构图要素，包含作品中角色的外部形象、表演及其身处的时空环境等内容；听觉部分是指配合视觉部分来进行表达的人声、音效、音乐等声音要素，包括人物台词以及画面内部或外部的环境音、动作音、气氛音与歌曲等；视听综合部分是指作品的视觉部分与听觉部分协调配合形成的一种密切的表现手段，通过影像与声音信息的关联、组合、重复、递进，在画面图像与声音变化之间建立有意义的联系，包括镜头组接、声画关系。

（三）视听语言的特征

作为一种独特的艺术表达方式，视听语言通过图像、声音以及两者的相互作用来传递信息和情感，具有一系列显著特征。这些特征不仅构成了影视艺术的核心，也是区分影视艺术与其他艺术门类的关键所在。

1.真实性与虚拟性

影视艺术与现实世界之间存在着一种辩证关系：影像既是基本现实的映射，又是一个超越现实的“仿像”世界。视听语言作为复现与展示影像的关键桥梁，其本身就蕴含着真实性与虚拟性的双重属性。具体而言，一方面，在创作实践中，无论是画面的摄制还是声音的录制，影视作品都深深植根于现实的土壤之中，这使得它们在一定程度上保留了现实的真实印记；另一方面，视听语言作为一种表现手段，对画面与声音进行了富有深意的编排与重组，这种处理方式使得影像并不能完全等同于客观现实生活的直接再现。相反，它是对现实的一种再创造与再演绎，凸显出其虚拟性的一面。尽管影视作品在最终形态上已从现实世界中剥离，但其声画结合所产生的强烈真实感与说服力，往往能让观众产生身临其境的深切体验。更为引人注目的是，随着数字技术的迅猛发展，影像世界与现实生活的界限正变得越发模糊。真实性与虚拟性在影视艺术中相互交织、相互影响，共同形成了视听语言的独特魅力与吸引力。

2.直观性

视听语言的直观性体现在画面与声音的同步呈现上，这为描述人物与事件的外观特征赋予了得天独厚的优势。相较于文学语言，视听语言以其独特的直观特点，不仅能够更为准确地再现物质形象与环境，还在描绘人物性格与个性时展现出足够的生动性。它可以通过画面直接展示物体的形状、色彩和质感，以及环境的布局和氛围，使观众能够直观地感知场景的细节和整体的视觉效果。同时，它通过表现角色的面部表情、动作和声音，让观众更切实地理解角色的反应、行动和情感状态。此外，视听语言擅长将情绪表达外化，传递出强烈的视听冲击力，这一点是其他艺术语言所难以企及的。因此，视听语言的直观性不仅为影视艺术的诞生与存在提供了理论依据，更是影视艺术目前无法被替代的价值所在。

3.延伸性

视听语言的延伸性是指镜头画面、声音之外的“言外之意”，具有强烈的象征、暗示、隐喻等延伸作用。影像中呈现的人物、场景、灯光、音乐及色彩等元素，能直观地展现出特定的情境、氛围与情感基调。例如，幽暗的灯光透露出隐秘与深邃；低回的音乐使人陷入沉思；起伏的麦浪带来丰收的喜悦；无根的浮萍则反映出一种随波逐流的无奈。同时，这些物象、声音又有各种思想延伸，可以表达很多言外之意：幽暗的灯光如同希望之光，虽渺茫但坚韧；低回的音乐好似情人间的私语，温柔而深情；起伏的麦浪象征着金色的理想与丰收的期盼；无根的浮萍则隐喻着漂泊不定的人生旅程。因此，视听语言常常带有诗意般的象征意义、韵律感和独特的氛围，引人深思并让人产生共鸣。正是这种基于画面的联想为影视艺术带来了无限可能性和丰富性，一朵鲜花的绽放与凋零可以暗示生命的延续和终结；一轮皎洁明月的升起，既可象征舒适与浪漫，又能寓意孤独与冷清。在众多语言形式之中，鲜有如视听语言这般的具象形式，可以超越其画面形态，蕴含并传达出多重深层含义。

4.局限性

视听语言的局限性主要体现在对抽象事物的表达上。视听语言作为一种通过视觉和听觉元素来传达信息、情感和故事的艺术形式，拥有直观且丰富的表达方式。它能够借助图像、动作、色彩、声音以及剪辑等手法，生动地展现人物、情节和环境。然而，任何语言都有其局限性，视听语言也不例外，它在表达某些抽象概念时显得力不从心。视听语言受限于其本质属性，即它只能记录和表现那些有形的、可被看见和听见的事物。这意味着，对于那些无形却深刻影响故事和人物内心世界的内容，如思维过程、复杂的心理状态、深藏的愿望等，视听语言往往难以像文字那般直接、准确地捕捉和传达。

这些抽象事物是构建故事深度和人物丰富性的重要组成部分，它们在影视作品中往往需要通过间接手段来暗示或象征，而非直接展现。这要求编剧在运用视听语言时巧妙地结合其他艺术手段，如造型、表演、解说，以及导演的创意构思，从而共同突破局限，更全面地讲述故事，深入探索人物内心世界。

二、剧本与视听语言

(一)剧本与视听语言的关系

剧本是影视作品创作的艺术基础与思想基础，是一切影视创作活动的根本依据。从本质上讲，剧本写作是文学思维与视听思维的有机结合，其文体样式兼具影视与文学的双重特性。在二者的交互渗透中，剧本将文学的叙事因素与影视的声画造型因素巧妙地融为一体。剧本的部分外在语言形态、叙述方式与小说、散文等文学体裁相近，但从具体文本结构和表现手法来看，其内部各要素之间的组合则受到视听语言基本规律的制约，展现出更强的直观性和可视性。剧本创作需要基于视听语言的思维逻辑，以文字叙述的形式加以表达，书写未来作品中的镜头画面与声音，并多运用美术的手段，借助环境、光影、色彩、音乐、台词等视觉和听觉元素来塑造人物、烘托情感、叙述故事。剧本创作遵循视听语言的思维与规律，而其写作过程和成果也将直接关系着一部影视作品视听风格的呈现，二者存在着不可分割的密切联系。

(二)剧本语言

剧本是用文字表述和描写未来影视作品的一种文学样式，根据其表达内容和功能，可以大致划分为叙述性语言和有声语言两个部分。在写作过程中，这两部分语言都各自拥有独特的表达要求和表意作用。

1.叙述性语言

(1)叙述性语言的概念

叙述性语言是一种简练而朴实的表达方式，其核心目的在于叙事，构成了剧本的主要文本内容。此类语言主要用于展现叙事场景、描绘人物形象及记述叙事动作，涵盖了事件的发展进程、人物的面貌特征与活动经历、景物空间的位置及其变化。同时，它也包含了编剧出于特定意图或遵循影视创作技巧而向其他主创人员提供的指示性语句。在作品制作中，这部分叙述性语言将被转化为具体的画面呈现给观众。

例如，电影《青山翠谷》(1941)剧本中第一章开篇的几段文字。扫描二维码阅读剧本片段1和观看影片片段。

《青山翠谷》剧本片段1①

《青山翠谷》影片片段

以上剧本片段的第三段便是典型的叙述性语言，叙说了主人公休的外貌、着装、动作表现以及所处的景物空间。在此之中，还穿插了少量与摄影机有关的描述，如“镜头移向窗口”，用于指导创作者实现特定的镜头运动效果。此外，剧本片段中还包含一些其他提示用语，如“出片头字幕”“插入旁白”，以及以括号形式出现的“以上述一系列交替镜头为背景”“即影片故事的叙述者”等，这些表达都是为了向其他主创人员传达创作过程中的特定意图和构思。

（2）叙述性语言的特征

叙述性语言不同于描写性语言。描写性语言作为接受美学中的一个重要术语，是文学创作中不可或缺的表达方式。为了塑造鲜活可感的艺术形象，作者在文学作品中常常运用很多生动的形象化语言。他们通过比喻、排比、对偶、反复等多种修辞方式，对人物和事物的具体特点进行细腻的摹写与刻画，追求用文字绘声绘色地再现客观事物，让读者如见其人，如闻其声，如临其境。这种富有表现力与感染力的语言被称为描写性语言。它更加注重对细节生动、具体的描绘和刻画，侧重于通过细腻的文字展现人物的外貌特征、情感变化、心理状态，以及景物的风貌、色彩和氛围等。

相比之下，叙述性语言的核心在于叙述，它更侧重于对人物、景物、事件的变化及过程进行简洁明了的讲述，注重展现情绪的变化、情节的发展以及人物行为的前后关联。叙述性语言是一种非常高效的讲述方式，它会通过明确的时间顺序及合理的因果关系将各个叙事元素串联起来，使读者能简单、清晰、快速地理解故事的脉络和主要事件。

例如，“夕阳落下，晚霞染红了小镇，人们停下脚步欣赏美景”，这句话采用的是叙述性语言，它直接而简洁地描绘了日落时分的小镇景象；而“夕阳如同疲惫的旅人，缓缓沉入地平线的怀抱，天边顿时绽放出绚烂如织的晚霞，将小镇轻柔地染上了一层温暖的金色。人们在这不期而遇的美景前纷纷停下脚步，驻足沉醉，仿佛时间在这一刻也为之静止”，这段话则运用了描写性语言，它通过细腻的描绘和修辞手法，将情感融入景物之中，

① 《译林》编辑部.奥斯卡奖电影剧本选[M].南京：江苏人民出版社，1983：2–3.

使得描述更加生动且富有情感色彩。

又如，“他独自静静地坐着，眼神空洞，面容沉重，身影被昏黄的灯光拉得很长”，这句话以叙述性语言将人物的姿态、神情进行了直接的描写，没有过多的联想或修饰。同样一个情景，“他孤独地坐在那儿，一动不动，仿佛完全与世隔绝。他的眼神空洞无物，就像深邃的夜空中没有星辰，透露出一种难以言喻的空虚感。面容沉重，如同承载着千斤重担，每一道皱纹都仿佛刻写着无尽的忧愁与沧桑。昏黄的灯光从旁斜洒而下，将他的身影拉得很长，投射在地面上，为这孤寂的场景更添了几分落寞与凄清”，这段话则运用了描写性语言，通过很多形容词和修辞手法，细腻地描述了人物状态和心理感受，带有浓厚的个人感情色彩。

总而言之，叙述性语言更侧重于直接、简洁明了的表达，重点在于清晰地说明事件和逻辑关系，信息传递性强。其表述方式具有直观性、造型性的特征，容易被转化为视觉形象并表现在银幕上。而描写性语言则更加注重语言的韵律和美感，常同时运用多种修辞手法进行细腻的描绘，使得情感表达更为丰富。其表述方式更具抽象性、抒情性，能够引发读者更深层次的联想与共鸣，但这种语言的内在韵味与情感深度却难以直接转化为画面。

（3）叙述性语言在剧本中的运用

剧本作为以银幕呈现为目的、指导拍摄的故事文本，其更偏向于使用叙述性语言，这样的语言使用方式便于主创人员在各环节交接时轻松理解故事内容，并有利于将其转化为具体的、可视的造型形象。

《金色池塘》剧本片段[①]

剧本在进行景物描写时，应尽量避免抽象地用文字直接表达情感，而应将情感寄托于具体的事物之中，使之更加直观且富有层次。

电影《金色池塘》(1981)根据欧内斯特·汤普森的同名戏剧改编而成，讲述了年迈的塞耶夫妇在乡间小屋金色池塘边度假时，与多年关系紧张的女儿逐渐和解的故事。扫描二维码阅读剧本片段。剧本开头以一段优美的湖畔风光描写缓缓拉开序幕：潺潺的溪流、落日余晖映照下的湖面、林木葱郁的湖岸、摇曳生姿的芦苇、在微风中轻轻荡漾的粉红色花朵，以及那些时而伫立、时而浮于水面的水鸟，画面动静交织，生动地勾勒出金色池塘的美景。如图9-1所示，随着画面中的景物逐一展现，观众的视线渐渐聚焦于一辆正在行驶的汽车上。随着汽车的行进，镜头跟随它一同抵达了一座老住宅，场景随之转换。编剧通过对场景细节的描述——外廊上胡乱摆放的家具，交代该住宅已久未有人居住。接着，年迈的塞耶夫妇下车，出现在画面里。埃赛尔·塞耶听到水鸟的鸣叫显得异常兴奋，诺曼·塞耶却似乎什么

① 汤普森.金色池塘[J].施原，译.世界电影，1982(5)：3-109.

也没听见，对周遭的美丽景象无动于衷。该场景段落通过对比埃赛尔·塞耶和诺曼·塞耶对同一事物(水鸟的鸣叫)的不同反应，突出了二人的鲜明差异。这种反差形成了一种反语的效果，更深刻地反映了无情的岁月导致诺曼·塞耶衰老的事实。

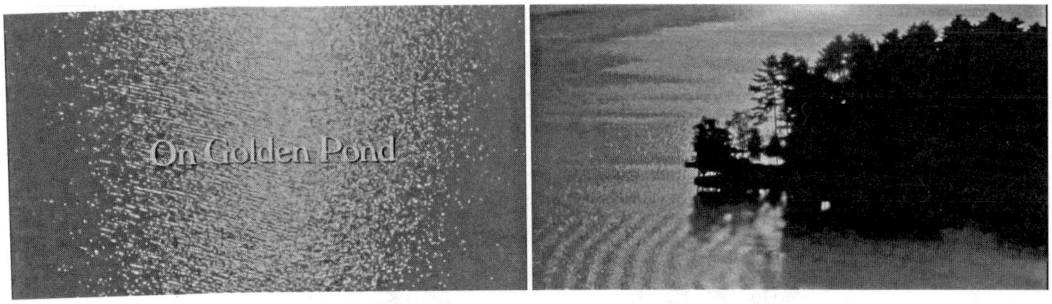

图9-1 《金色池塘》[①]

《金色池塘》剧本开头对景物的描写，不仅交代了故事发生的环境，还蕴含了象征意义，隐喻着创作者的深层创作意图，并透露出复杂的情感指向。那片美丽的湖畔风光，象征着某种美好的期待与憧憬。埃赛尔·塞耶看到水鸟时的激动之情，体现了她对家园的深深眷恋以及对美好生活的热切向往。开头中出现的水鸟，并未仅仅停留在初次登场的瞬间，之后剧本又描绘了两只水鸟在湖面上嬉戏、相伴而行的温馨画面，这一景象象征着塞耶夫妇深厚的感情和相濡以沫的陪伴，如图9-2所示。后来，当诺曼·塞耶与比利一同钓鱼时，钓起的一只已经死亡的水鸟，隐隐地暗示了诺曼·塞耶这位迟暮老人可能面临的孤独与死亡的命运。然而，之后经历了一次死亡体验后的诺曼·塞耶，对死亡变得坦然，他与埃赛尔·塞耶紧紧相拥。此时原本声称听不到水鸟声音的诺曼·塞耶，却说自己听到了水鸟的声音。在这一变化中，水鸟成为永恒守望、温情记忆以及对生命和自然深刻感悟的象征。

图9-2 《金色池塘》中的水鸟和塞耶夫妇[②]

①② 图片出自https://b23.tv/dUQfVby.

编剧在采用叙述性语言刻画人物时也应注重具象描写。日本著名导演黑泽明曾说过：“一部好的剧本很少有说明性的东西，要知道，用种种说明来代替描写这种懒惰的办法是写剧本时最危险的陷阱。说明某种场合的人物的心理是比较容易的。但是通过动作或者对话的微妙变化来描写人物心理却是困难得多。”[①] 剧本写作不同于小说，后者可以通过心理描写等手段来塑造人物形象和交代人物情感，而剧本则更多借助于造型、动作、对话来塑造人物。因此，在用叙述性语言描写人物时，编剧应通过准确而有力的造型和动作描写，形象地刻画人物性格，并传达人物的内心情感。例如，意大利新现实主义电影代表作《偷自行车的人》(1948)剧本中的结尾段落对人物动作进行了有力描写。扫描二维码阅读剧本片段和观看影片片段。

《偷自行车的人》剧本片段[②]

《偷自行车的人》影片片段

该片以二战后的罗马为背景，通过对战后意大利工人的悲凉遭遇，反映了当时社会失业严重、普遍贫困的现实。故事主要围绕失业工人安东·里西展开。在战后经济萧条的背景下，安东经过漫长的等待，终于得到了一份张贴海报的工作，但这份工作需要他自备一辆自行车。为了这份来之不易的工作，安东的妻子变卖了自己的嫁妆为他赎回了一辆自行车。然而，就在安东第一天上班时，他的自行车被偷走了。他和儿子布鲁诺满街寻找，但一无所获。在巨大的生存压力下，安东试图偷一辆自行车，却被逮住并遭受打骂。布鲁诺目睹了这一切，他哭喊着跑向父亲，车主看到哭泣的布鲁诺后放过了安东。

结尾处，安东与儿子并未有交流，编剧通过一系列动作描写，展现了两人内心的情感波动。剧本中“安东和布鲁诺又慢慢在街上荡来荡去”，这一行为透露出他们尚未从刚刚发生的变故中回过神来，同时映射出对生活的迷茫与困惑。“布鲁诺擦干了眼泪，扬起小脸来望着他父亲。”布鲁诺的动作表现出他尽管之前经历了伤心或挫败，但他努力振作起来，寻求与父亲的眼神交流。这一动作的背后，是他对父亲的依赖与信任，以及试图从父亲那里获得安慰与力量的微妙心理。“安东两眼发直，什么也没有看见，始终呆望着一点”，安东的呆滞表情和空洞的眼神表明他内心充满了沉重的思绪。他对外界环境的无视反映

① 韩笑，曾雯.动画剧本创作[M].北京：清华大学出版社，2009：7.

② 柴伐梯尼，等.偷自行车的人[EB/OL].(2018-12-18)[2025-02-24].https：//www.juben.pro/writing/12-21419.html.

了他内心的麻木和失焦，或许正经历着心理挣扎或痛苦。

“安东一眼又一眼地看着儿子，稀稀落落的几滴眼泪顺着他的脸流下来”，安东的眼泪是他内心情感的直接流露。“布鲁诺紧紧握住父亲的一只手”，布鲁诺主动握住父亲的手，这个动作传达了他对父亲的关怀和支持。“安东也握一握他的手来回应他”，安东回应儿子的握手，表明他感受到了儿子的关心和支持。尽管内心正经历着痛苦，但他同样珍视并感激儿子的陪伴与理解。这一细微的互动，揭示了他作为父亲的温情与对儿子的爱意。除了主要人物的动作描绘之外，环境中的动作也同样增强了人物情绪氛围的营造。如“车来人往，熙熙攘攘”“这爷儿俩时常被人家撞开或是碰一下”“最后一批观众也从体育馆出来了”“人们谈论着自行车竞赛的结果，都非常兴奋”，这些对周围人群喧嚣与热闹的描述，与安东和布鲁诺内心的失落形成了鲜明的对比。这样的环境描写强化了人物的内心情绪。

又如，《青山翠谷》中对人物迪伊形象的描写。扫描二维码阅读剧本片段2。

《青山翠谷》剧本片段2[1]

该剧本中，编剧运用简练而朴实的话语，对迪伊・庞多首次出场的外貌进行了描绘：“矮个子，宽肩膀，他有一双长长的手，嘴里露出剩下的一两颗牙齿。他满脸伤疤。一只眼睛蒙上了绷带，另一只眼在那青紫色的肿脸下眯成了一条细缝。”这些造型细节体现了人物外貌特征，并描绘出一个历经沧桑、受过不少伤的角力士形象。而后编剧又对迪伊・庞多的动作进行了描写，“迈着可笑的碎步”“脸上堆起傻笑”“活像一条温顺的大狗”，这些动作和神态的描述，表现出迪伊・庞多的憨厚、质朴，甚至有点滑稽，但同时也透露出一种乐观的精神风貌。其中，“他的样子活像一条温顺的大狗”，这一形象化描述并不具备直接的视觉造型性，此处主要是对迪伊・庞多走路姿态及面部表情的补充说明。尽管这一比喻可能难以直接转化为银幕画面，但它对演员理解、呈现人物的动作、表情及性格具有一定的辅助作用。

在剧本写作中，虽然编剧鲜少直接使用修辞手法，但这并不意味着剧本只能充斥枯燥无味的词句。在确保剧本的表现特性不受影响的前提下，编剧也可以对叙述性语言进行适度的修饰。例如，对原本的叙述“夕阳落下，晚霞染红了小镇，人们停下脚步欣赏美景”稍作润色，变为“夕阳缓缓沉入地平线，天边绽放出绚烂的晚霞，将小镇染上了一层温暖的金色，人们纷纷停下脚步，驻足欣赏这日落的美景”。通过对人物和景物的适度详细描绘，编剧不仅可以提升剧本的画面感与可读性，也不会妨碍剧本在视觉造型上的表现以及信息的准确传递。

概言之，好的叙述性语言不仅能够创造出生动的画面和形象，有效引导读者的情感和注意力，还能够帮助导演、演员等主创人员正确理解剧本的整体构思和创作意图，确保

① 《译林》编辑部.奥斯卡奖电影剧本选[M].南京：江苏人民出版社，1983：64.

作品的艺术风格和主题思想得以准确传达。因此，编剧在写作时既要兼顾文学性，又要确保剧本符合影视作品的创作要求。

2.有声语言

（1）有声语言的概念

有声语言是剧本中能够传情达意的一切声音形态，诸如人声、音效和音乐。[①] 人声一般是指人物在与对象交流或自我思索的情境下所使用的语言，它不仅能够表达人物性格特征、情感态度和价值观念等方面的信息，还可用于叙述故事背景、情节发展以及介绍环境等，通常具有鲜明的个性表达和情感色彩，能够更加深入地揭示人物的内心活动。音效是指用来增强画面、场景的真实感和戏剧感的声音效果，包括自然音效、动作音效、背景音效、机械音效、战争音效以及特殊音效等多种类型，能够有效地延展画面空间、渲染气氛、推动情节发展、外化人物心理等。音乐是指由旋律、节奏、和声的人声或乐器音响等配合所构成的一种有声语言。影视中的音乐不仅仅是一种音乐艺术体裁，更与影视画面、剧情紧密结合，共同构建影视作品情感表达和营造氛围的重要元素。它可以用于烘托画面情绪、抒发人物情感、突出主题。

这部分有声语言在片中将被转化为听觉效果，为观众带来丰富的听觉体验。例如，电影《杯酒人生》(2004)中的有声语言，首先是片头的人声和音效。扫描二维码阅读剧本片段1和观看影片片段1。

《杯酒人生》剧本片段1[②]

《杯酒人生》影片片段1

该片荣获第77届奥斯卡金像奖最佳改编剧本奖，以幽默而深刻的笔触描绘了中年男人的生活困境与自我救赎。电影讲述了两位生活失意的中年人——迈尔斯和杰克的故事，他们前往葡萄酒生产基地旅行，本想借酒消愁，却意外地找到了新的人生意义。剧本开头尚未展现故事画面，便以“敲门声”和“远处的狗叫声”引入故事情境，这两种音效在片厂徽标的背景下响起，瞬间将观众带入一种日常生活的真实氛围之中。敲门声由试探性的、有礼貌的敲击，渐渐变得急切起来，这种声音节奏的变化不仅推动了剧情的发展，也暗示了敲门者可能有焦急或迫切的需求。随后，起床声以及人物的画外音相继出现，观众只闻

① 刘建明.宣传舆论学大辞典[M]北京：经济日报出版社，1993：818.

② 佩恩，泰勒.杯酒人生[J].赵祥龄，译.世界电影，2007(1)：38–99.

其声未见其人，留下了想象空间，同时抛出悬念：究竟是谁在敲门，又是在哪里敲门，门内的人又是谁呢？紧接着，“门开了，画面忽然由黑变亮”，这一视觉效果与敲门声的急切相呼应，共同营造出一种突如其来的、打断主人公休息的紧迫感。随后是一段人物之间的对白，迈尔斯的脏话以及后续的对话，展现了他被打扰时的不悦和无奈。

这段剧本开篇的文字通过音效和人声，营造出一种日常而略带烦躁的氛围，同时预示着主人公迈尔斯即将开始的一天并不平静。片中还有多处音乐的运用，以某段情节内的音乐设计为例。扫描二维码阅读剧本片段2和观看影片片段2。

《杯酒人生》剧本片段2[①]

《杯酒人生》影片片段2

这段情节发生在迈尔斯得知前妻维多利亚再婚的消息之后。彼时，他对离婚一事仍无法释怀，内心深处仍怀有复婚的渺茫希望。然而，维多利亚再婚的消息无疑如一记重锤，瞬间击碎了他的幻想，使他心理失衡，内心充满了矛盾与不安。在这种情绪的驱使下，他试图敞开心扉，向餐馆的女侍者玛雅寻求慰藉，甚至尝试亲吻她，但这一举动被玛雅打断。隔天早上，好友杰克又违背了他们一起打高尔夫球的约定，转而与斯蒂法妮幸福地驾车兜风，只留下迈尔斯孤零零地留在旅馆，面对着自己失败的生活：破裂的婚姻、遥不可及的作家梦想、枯燥无味的工作，以及不再年轻的岁数。舒缓的音乐在迈尔斯独自坐在旅馆房间阳台上修剪指甲时响起，以一种戏谑的方式“调侃”并烘托了他此刻沮丧的情绪。这段音乐不仅增强了观众对迈尔斯情感状态的共鸣，也标志着剧情的转折，从杰克和斯蒂法妮的离开转向了迈尔斯的孤独状态，为接下来的情节发展做了铺垫：迈尔斯一个人在旅馆门厅浏览旅游景点小册子，独自躺在按摩浴缸里批阅学生作文，孤单地刷牙、查看没有新消息的电话，形单影只地在一家中国熊猫餐馆吃饭，甚至在保龄球馆也是独自一人……这一系列的场景，都深刻地描绘出迈尔斯内心的孤寂与失落。

在影视作品中，大部分音乐往往是专为画面编配的。因此，在剧本中设置音乐时，除了特殊指定的现有曲目会详细到歌名、曲名之外，一般情况下仅需标明音乐的类型与基调，以此为配乐人员提供足够的提示。

（2）有声语言的重要性及其作用

声音作为影视艺术的基本元素之一，其重要性是在影视艺术的进步与现代科学技术

① 佩恩，泰勒.杯酒人生[J].赵祥龄，译.世界电影，2007(1)：38-99.

的发展中逐渐被人们所认识到的。相较于影像,声音在影视作品中的出现和应用相对较晚,但其对影视艺术的影响是深远而显著的。

在影视艺术的早期阶段,影像作为主要的表达方式,占据了主导地位。人们更多地聚焦于画面的构图、光影的运用以及演员的表演等视觉元素,而声音则往往被视为一种辅助性元素,仅仅用于增强画面的真实感或提供简单的背景音乐。然而,随着影视技术的不断进步和人们审美观念的变化,声音在影视作品中的重要性逐渐凸显出来。

首先,声音在影视作品中具有独特的情感表达能力。与影像相比,声音更能够直接地传达人物的情感和内心世界。通过声音的抑扬顿挫、音色的变化以及音效的运用,观众能够更加深入地理解人物的情感状态,从而增强对影视作品的情感共鸣。其次,声音在影视作品中还具有叙事和节奏控制的功能。通过声音的引导,观众能够更加清晰地理解作品的情节发展和时间线索。再次,声音的节奏和韵律也能够影响影视作品的整体氛围,使观众在观看过程中感受到更加紧凑或舒缓的氛围。最后,声音还与影像相互依存、相互作用,共同构建出影视作品的独特魅力。

因此,在影视作品创作过程中,剧本写作也更加重视声音的作用。通过精心设计的对话、独白和旁白,角色的内心世界得以更真实、生动展现。这些有声语言不仅能够推动剧情的发展,还深化了观众对角色性格、情感以及故事背景的理解和感受。同时,编剧通过音乐的选用、音效的设置以及声音与画面的巧妙安排,能够营造出一种特定的情感氛围,使观众更加沉浸于故事之中。这种氛围的营造不仅提升了作品的感染力,还提升了观众的观看体验。此外,有声语言在剧本中还承担着传递文化、价值观和社会意义的重要任务,通过角色们的对话、旁白和独白,剧本能够传达出特定的文化观念、价值观念以及社会议题,引导观众进行思考和反思。这种深层的传递使得影视作品不仅仅是一种娱乐形式,更是一种具有社会影响力的艺术形式。编剧应当充分发掘和利用有声语言的艺术潜力,为观众带来更加丰富的审美体验。

综上所述,剧本中的叙述性语言与有声语言,以各自独特的表达方式,共同承担着视听信息的传达任务,并最终实现叙事的目的。二者紧密结合,巧妙地将故事的情感、思想、情节等元素融为一体,使得剧本的叙事更加完整、丰富。在写作过程中,编剧若能合理运用这两种语言,有助于故事更加生动有趣,引人入胜。

第二节　人声

人声是影视作品中“人物在表达思想和交流感情时所发出的各种声音”[①],如话语、欢

① 熊术新.影视艺术基础教程[M].南京:南京大学出版社,2004:44.

笑、歌唱、感叹等。其中，话语是人物表达自我、相互交流、传递信息的最基本的方式，因而也是人声中最主要、信息量最丰富的部分。在剧本中，话语通常被写成人物台词。台词指“剧中人物所说的话”[1]，包括“对白、旁白、独白和潜台词”[2]，它是影视表演中塑造人物形象、叙述故事情节、表达思想情感的最重要的有声语言形式。

一、对白

对白指两个或两个以上剧中人物之间的交谈活动，是编剧塑造人物的基本手段之一。“由于它既能传达谈话人的心理活动，又能与对手交流，影响彼此的情绪、情感、思想和行为，有时又称为‘言语动作’。”[3]

（一）对白的功能

对白主要有交代信息、推动剧情和塑造人物三种功能。[4]

1. 交代信息

对白能够交代剧本没有正面表现出来的信息。影视作品中主线剧情的大部分信息是通过人物、事件和场面的具体描写详细地展现出来的。然而，还有一部分信息，比如暗线剧情，因受到剧本的篇幅限制、风格限制、叙事结构限制，不能以全貌展现在剧本之中。这部分信息往往对于故事的顺利推进或叙事的完整诠释起到关键作用。例如，人物关系、行动目的和过往经历，事件起因和隐情等。如果缺少这些信息，则可能导致剧情发展无法自洽，或者不利于塑造人物形象。这些不必要、占篇幅，但又必须让观众了解到的信息，可以放在对白当中，简洁而快速地告知观众。

在电影《伯德小姐》剧本的开头部分，编剧利用伯德与妈妈之间的对话介绍了她们之间的关系以及家庭背景信息。

该片讲述了主人公克莉丝汀在加州萨克拉门托的成长故事。节选的片段发生在电影开头。扫描二维码阅读剧本片段。通常而言，作品开头须引导观众对故事的时代背景、环境氛围、主要角色及其关系和故事起因有一个概括性认识，从而使观众顺利步入剧情。在此，编剧利用一场日常性谈话，有效地呈现主要人物、人物关系、过往经历以及当前的冲突，为观众提供丰富的背景信息和情节发展的线索。

《伯德小姐》剧本片段

① 程樯.十年：剧集创作的思考与实践［M］.北京：中国电影出版社，2022：145.

② 韩笑，曾雯.动画剧本创作［M］.北京：清华大学出版社，2009：64.

③ 葛竞.动画剧本创作［M］.2版.北京：北京联合出版公司，2017：75.

④ 杨璟，臧连荣.影视编剧教程［M］.重庆：西南师范大学出版社，2018：83.

通过这段对话，观众了解到主要人物克莉丝汀，她自称为“伯德小姐”，在车里与妈妈(这一点从伯德对妈妈的称呼中即可窥见)展开了一场剑拔弩张的交谈。母女俩在收听广播中播放的有声小说——约翰·斯坦贝克的《愤怒的葡萄》时，都被深深触动而落泪，这从侧面反映出她们性格中都蕴含着多愁善感的一面。同时，《愤怒的葡萄》这一故事的选择也别有深意，该小说描绘了美国20世纪30年代经济危机背景下，乔德一家破产后在逃荒路上相互扶持、共渡难关的故事，展现了普通人之间深厚的关爱之情，并传达出希望的力量。母女俩对这一故事的共鸣，暗示着她们也正面临着某种艰难的境地。随后，故事讲完，当伯德想要打开广播听音乐时，母亲却阻止了她，认为她应该休息一下，不能一直沉浸在娱乐之中。这样一件小事，却逐渐升级，两人的语气越发激烈，言辞也越发刻薄。

在争吵中，妈妈透露出家庭经济的拮据，勉强供得起本州的学费；同时，观众还得知伯德有一个哥哥——目前正处于失业状态，只能依靠打零工维持生计，而父亲也面临着随时被裁员的危机。面对家庭微薄的收入，母亲希望女儿能选择离家不远的公立大学，以节省学费。但伯德的反驳显示出她对缺乏文化气息的小城充满了鄙夷，她向往的是提倡博雅教育但学费昂贵的东北部私立学校。伯德对妈妈说话的态度，以及妈妈对伯德的担忧和管教，都深刻体现了母女之间的亲密与冲突。母女之间的冲突表面上是关于择校问题的分歧和争执，本质上却是伯德对自己家乡和出身的抗争。她坚持要被称为“伯德小姐”，极力摆脱与家庭的关联，而妈妈则坚持叫她“克莉丝汀”，这体现了她们在身份认同上的冲突。这段不太愉快的对话最终以伯德莽撞地跳车、妈妈惊恐地大叫而结束，这也预示着女主角与母亲的斗争将成为贯穿整部电影的主要矛盾。

在《伯德小姐》中，诸如州立高中发生的捅人事件、哥哥米格尔曾在伯克利求学的经历、父亲所在公司正面临的裁员风波，以及伯德未能考取驾照等琐碎的次要信息，在拼凑完整故事背景、诠释母亲择校动机方面发挥着不可或缺的作用，但又没必要作为情节单独展开。此时，对白成为传递这些信息的高效手段。随着对话的推进，当信息一点点从对白中揭露时，观众就能够很好地理解背景，从而关注后续剧情的发展。

2.推动剧情

在一部影视作品中，剧情的发展不仅可以依靠动作来描述和推进，也可以通过对白来呈现。比如，在悬疑片中，角色间的对白常常暗藏着线索，引导观众逐步揭开谜团；在爱情片中，角色间的对白则往往细腻地描绘着情感的微妙变化，使爱情的发展轨迹更加清晰可感。

人物通过肢体语言、面部表情等传达情绪与信息，而对白则为这些非言语的表达提供了具体的语境与内涵。两者相互配合，共同完成叙事任务，推动着故事情节的发展。

电影《曼哈顿》(1979)讲述电视编剧埃克与其女友特雷西、好友耶尔以及耶尔的情人玛丽之间复杂而纠缠的感情关系，深刻探讨了都市生活中的情感迷局。在故事里，埃克在与特雷西的交往过程中，意外地爱上了好友耶尔的情人玛丽，但随后他意识到特雷西对他的重要性，并试图重新追求特雷西。该片叙事的一个显著特点，就是运用了大量的对白来推动人物关系的变化与主要情节的进展。片中埃克与玛丽之间的对话，不仅展现了两人之间的情感纠葛与矛盾冲突，还进一步推动了剧情的发展，呈现了角色之间的关系变化。他们在古根海姆艺术馆的首次相遇便颇具戏剧性，两人对馆内艺术作品的评价产生了巨大的分歧，随即展开了一番激烈的争论。扫描二维码阅读剧本片段1和观看影片片段1。

《曼哈顿》剧本片段1[①]

《曼哈顿》影片片段1

这番对话通过呈现他们在艺术作品鉴赏与喜好上的差异，揭示出两人观念、性格上的根本差异。经历了这场并不愉快的对谈之后，埃克对玛丽的印象大打折扣，将她视为一个神经质且喜好卖弄学问的女人。

埃克与玛丽的第二次相遇发生在现代艺术博物馆的雕塑花园之中。经作家好友杰里的引荐，埃克得以加入海伦、丹尼斯、玛丽和波利的交谈，并结识了一群有趣的新朋友。聚会结束后，埃克与玛丽漫步于街头，两人聊起了各自不尽如人意的离婚经历。扫描二维码阅读剧本片段2和观看影片片段2。

《曼哈顿》剧本片段2[②]

《曼哈顿》影片片段2

在这一过程中，埃克对玛丽的看法悄然发生了变化。他之前觉得她言辞犀利，难以接近，如今却开始欣赏她那直截了当的表达方式。当夜幕降临，即将分别之际，玛丽邀请

①② 艾伦，布里克曼.曼哈顿[J].奚虔，译.世界电影，1996(2)：110–186.

埃克一同遛狗，埃克欣然应允。遛狗至深夜，两人在一家餐厅停下脚步，打包了份夜宵，边等边聊起了情感纠葛。

出餐后，玛丽再次提议前往河边散步，埃克出于对朋友的尊重，以撰写书稿为由婉拒了她的邀请。然而，玛丽以编辑的身份巧妙地衔接了话题，谈起了埃克的小说，这立刻引起了他的浓厚兴趣。于是，两人开始热烈地讨论起埃克的作品，并坐在河边的长椅上彻夜长谈。扫描二维码阅读剧本片段3和观看影片片段3。

《曼哈顿》剧本片段3[①]

《曼哈顿》影片片段3

埃克与玛丽之间的感情进展全靠这字字句句的对白推动。他们一步步深入地交谈，并交换彼此的信息与想法。在这个过程中，两人对彼此的了解日益加深，也逐渐在灵魂上找到了共鸣。两人从一开始针锋相对转向互生好感，再到后来情投意合。

除了埃克和玛丽的情感线索是依靠对白来展现和推进之外，片中的情节转折点和高潮也同样是通过对话来引入的。例如，电影中那场玛丽对埃克的坦白，引发了埃克与耶尔之间的激烈争论，不仅将角色关系的紧张性以及情感矛盾推向了顶点，更使得原本平缓的剧情节奏瞬间急转直下，猛然将观众带入了该片的高潮之中。扫描二维码阅读剧本片段4和观看影片片段4。

《曼哈顿》剧本片段4[②]

《曼哈顿》影片片段4

在意识到自己爱上玛丽后，埃克逐渐与特雷西划清界限，并向玛丽表白。与此同时，耶尔为了维系婚姻，也有意鼓励埃克和玛丽在一起。埃克和玛丽的关系因此迅速升温，他们共同经历了许多浪漫时刻。然而，就在这段感情看似越发炽热之时，玛丽突然向埃克透

①② 艾伦，布里克曼.曼哈顿[J].奚虞，译.世界电影，1996(2)：110-186.

露自己依旧爱着耶尔，并且已经私下与他见过面。这一消息让埃克震惊不已，心中交织着难以言喻的伤心与愤怒。埃克与玛丽的情侣关系破裂了，而他和好友耶尔的矛盾、耶尔与妻子艾米莉的矛盾也将一触即发，故事被推向高潮。扫描二维码阅读剧本片段5和观看影片片段5。

《曼哈顿》剧本片段5[1]

《曼哈顿》影片片段5

埃克遭受了好友的蒙骗，他径直找到耶尔对质。随着两人争吵的逐渐升级，人物之间的矛盾被赤裸裸地揭露，直接呈现在镜头之前。埃克毫无保留地将所有的情绪倾泻而出，语气越发激愤，最后两位曾经的好友不欢而散。

在片中，对白不仅是角色之间交流的方式，更是推动情节发展和转折的重要手段。它常常被用来引入新的情节线索，借由角色之间的对话，观众能够了解到新的信息，从而促使故事不断向前推进。有时候，角色对话中的争论、冲突和矛盾成为情节转折的关键，使得故事更加跌宕起伏。

3.塑造人物

对白能够生动地展现人物性格，使人物形象更加丰满、立体，提升造型表现力。在现实生活中，我们常说“言为心声”，语言不仅是交际的工具、沟通的载体，更是一个人性格、思想及内心感受的自然流露。在塑造人物形象的创作过程中，一方面，我们可以通过描绘其外貌特征、言谈举止、行为习惯等手法来塑造出各具性格和身份的形象；另一方面，也可以借助人物的对白来揭示其内心的情感与思绪，从而拓展人物形象的深度，为人物的刻画锦上添花。以电影《穿普拉达的女魔头》(2007)为例，其中的角色米兰达·普里斯丽，身为顶级时尚杂志的主编，是时尚界中举足轻重的权威人物。她冷酷无情、要求极高且权势显赫的形象特征，都在对白中得到了淋漓尽致的展现。

《穿普拉达的女魔头》剧本片段1[2]

在剧本片段1的这段台词中，米兰达的助手埃米莉展现出了其专业的业务水平，她流畅且有条理地向米兰达汇报了繁杂的行程事务，这不仅体现了埃米莉作为助理的出色能力，也从侧面反映米兰达对工作严格要求的态度。面对众多的待办事项，米

① 艾伦，布里克曼.曼哈顿[J].奚虞，译.世界电影，1996(2)：110-186.
② 赫奇斯.穿普拉达的女魔头[J].赵祥龄，译.世界电影，2010(1)：92-145.

兰达仅听过一遍便能迅速做出决策，她冷静与理性的头脑，令人印象深刻。当埃米莉汇报紧急情况时，尽管情况并非由她引起，米兰达却责备埃米莉失职，认为她没有妥善处理这一状况。在埃米莉道歉之际，米兰达那句“对不起不过是重犯错误的借口”，不仅揭示了她对细节的极致追求，也显露出她对待工作的冷酷与严苛，绝不容许任何借口或疏漏的存在。

当米兰达注意到安迪并询问埃米莉其身份时，埃米莉解释安迪是来面试助理的。然而，米兰达却打断她，直言：“这事我来做。你显然什么事情都办不好。”这不仅体现了米兰达对埃米莉能力的不满，更进一步凸显了她女强人的形象——她对一切事务都要求极高的掌控力，不容他人有丝毫的懈怠或失误。后来，米兰达在选择巴黎时装周的随行助理时，她与安迪的对话更是将她那不近人情的强势态度进一步凸显出来。扫描二维码阅读剧本片段2。

《穿普拉达的女魔头》剧本片段2①

米兰达的话语中透露出她对巴黎时装周的重视，这不仅体现了她对工作的严谨态度，也暗含了她对个人形象及职业地位的极高关注。因此，在选择团队成员时，她的标准自然也设定得十分严苛。正是基于这样的高标准，她不惜做出了一个残忍的决定：抛弃了跟随她时间最长，但在上次活动中表现欠佳的第一助理埃米莉，转而选择了展现出更强临场应变能力的安迪。尽管埃米莉为了这次巴黎之行付出了极大的努力和牺牲，米兰达却依然坚定不移，她自信且冷酷地利用着安迪对职业生涯的深切向往和迫切需求，以一种不容置疑的姿态，逼迫安迪做出了她所期望的选择。

通过这些对话，米兰达的人物性格跃然而出：她对工作和自身都有着近乎完美的要求，总是保持冷静与理性；在对待下属方面，她也显得相当严苛无情，绝不容许任何疏漏或失误。尽管埃米莉展现出了专业的业务能力，但在米兰达极高的标准之下，仍显得有些力不从心，难以完全满足她的期望。

除此之外，米兰达与顶级服装设计师詹姆斯·霍尔特的一场对话，还体现出她作为重量级时尚杂志主编的卓越鉴赏能力，以及她操控某个设计师并推崇某些作品的娴熟手段。扫描二维码阅读剧本片段3。

《穿普拉达的女魔头》剧本片段3②

在这场对话中，米兰达以她那敏锐的时尚触觉，对詹姆斯的新作提出了直指核心的批评与建议。她并未因詹姆斯过往的成就而有所保留，而是直言不讳地指出其新设计的不足，甚至果断地表示不会将不合标准的作品推向市场，这种决绝的态度彰显了她对时尚风向的严格把控。米兰达在批评之余，也不忘回顾并赞美詹姆斯过去的辉煌成就，用一系列具体的时间节点和成就，构建了一个关于创新与变革的叙事，这既是对詹姆斯才华的认可，又是对他未来潜力的期许。这种将批评与鼓励巧妙结合的

①② 赫奇斯.穿普拉达的女魔头[J].赵祥龄，译.世界电影，2010(1)：92-145.

方式，既保持了她的专业权威，又巧妙地激发了詹姆斯的创作激情，展现了她在推动设计师成长与品牌发展方面的高超技巧。米兰达的这番话，不仅是对詹姆斯个人作品的评价，更像是一场关于时尚哲学与设计使命的探讨，让人深刻感受到她对时尚产业的深刻理解与热爱。最后，她以一句“你可以让一个女人觉得很有力量，与众不同，很漂亮”，精准概括了时尚的本质，也再次证明了她作为时尚界领航者的非凡洞察力。

如此雷厉风行、言辞犀利的米兰达，也有其软弱的一面，这一点在她与安迪于丽兹酒店套房中的一番对话中表露无遗。扫描二维码阅读剧本片段4。

当米兰达的第三任丈夫向她提出离婚时，她那一贯坚强的内心终于显露出一丝不易察觉的裂缝。这一次，面对助理安迪对紧张行程的提醒，米兰达并未如往常那般立即作出回应，而是以一种前所未有的沉静姿态，开始不紧不慢地回忆一些跟工作毫无瓜葛的生活过往。她的言语间，不仅透露出对时尚梦想的执着追求，还描绘了成功之前的艰辛历程，以及深藏心底的对家人的关怀与爱的渴望。最终，她只能无奈地吩咐：“咱们得想个办法，避开纽约的报界。”这一幕，让人不禁感叹，即便是一向高高在上的时尚女王，也有着自己无法完全掌控的生活局面。

《穿普拉达的女魔头》剧本片段4①

然而，正是这一瞬的软弱，更加深刻地反映出米兰达性格中的强势与坚韧。她是一个将工作视为生命重中之重的人，即便在个人生活面临分崩离析的危急关头，她也能迅速调整状态，整装待发，重新找回那个无懈可击、自信满满的自我。

这段台词的细腻处理，不仅丰富了米兰达的人物形象，也让观众看到了她作为一个复杂而真实的女性，在职场与生活双重压力下的挣扎与坚持。在片尾，米兰达与安迪在车上的对话以及她发给报社的传真，再次展现出了她人性的一面。

在离开古堡的轿车上，米兰达罕见地向安迪表达了由衷的欣赏，对这个与自己相似的女孩流露出了惺惺相惜的情感，并传达了重要的职场经验。扫描二维码阅读剧本片段5。尽管这番心里话仍蕴含着对权力与地位的虚荣追求，但它也揭示了米兰达内心深处的骄傲与共鸣。而当安迪选择辞职，前往《纽约观察家报》，踏上与米兰达截然不同的道路时，该片巧妙地借助报社编辑转述的米兰达传真内容，侧面展现了米兰达对安迪的不舍之情。编辑提到，传真中说“在她所有的助理中，你是最最让她失望的一个”，但紧接着的话“你注定会成为巨大的成功者”与之形成鲜明对比。这种反差不仅体现了米兰达对安迪的复杂情感，也暗示了她对安迪潜力的认可与期待。面对安迪的不辞而别，米兰达没有表现愤怒或冷漠，反而为安迪新的职业道路提供了最真诚的帮助与祝福。这样的对白设计，十分成功地塑造了米兰达这一极具魅力和复杂性的角色，也深刻反映了

《穿普拉达的女魔头》剧本片段5②

①② 赫奇斯.穿普拉达的女魔头[J].赵祥龄，译.世界电影，2010(1)：92-145.

职场中的权力游戏与人性情感的交织。

(二)对白写作的基本原则

影视对白和寻常聊天有着本质差异。“真实生活中的对话总是充满着笨拙的停顿、极不规范的遣词造句、不合理的推论、语焉不详的重复,它很少能说明一个问题或得出什么结论。”①这是一个对白创作上的问题:在真实生活中,聊天的对话是散漫的。若以同样的方式创作人物对白,将缺乏重点、弱化主题。因此,对白必须具有日常谈话的形式,但其内容必须远远超越寻常对话。②剧本需要的不是现实的闲聊,而是凝练不失真的对白。一句或一段精心打磨过的人物对话,可以在短时间内就向观众展示人物的目标、关系以及身份,这才是影视作品所需要的对白。对剧本人物对白的设计包含以下几点基本原则。

1.口语化

剧本中对白写作最基本的要求就是口语化。戏剧家可以编织华丽的对白,但编剧不能,影视对白要求日常的生活化用语,给观众展示出诚实而自然的对话场景。

影视作品与舞台剧的呈现方式不同,舞台剧因其假定情境及观众席距离较远等特性,需要通过夸张的表演和比影视对白更具戏剧张力的对话为观众带来剧作张力,对白往往倾向于诗意化、文学化的表达。如戏剧《威尼斯商人》中安东尼奥的台词:“真的,我不知道我为什么这样闷闷不乐。你们说你们见我这样子,心里觉得很厌烦,其实我自己也会觉得很厌烦呢;可是我怎样会让忧愁沾上身,这种忧愁究竟是怎么一种东西,它是从什么地方产生的,我却全不知道;忧愁已经使我变成了一个傻子,我简直有点不了解自己了。”③

影视作品可以借助镜头的运用展现表演细节,更强调给观众带来身临其境的真实感,因此,影视对白更趋向于口语化、生活化。以描述心爱的女孩为例,戏剧作品中的告白往往充满诗意,如:

“她的笑容犹如春日里那缕和煦的阳光,温柔而明媚,于刹那间渗透我心扉的每一寸角落,使之豁然开朗,焕发着勃勃生机。”

相比之下,影视作品中的台词则更加贴近生活,比如:

“嘿,她一笑啊,就像春天里那温暖的阳光,感觉特别舒服,一下子就让我心里头亮堂堂,整个人都精神了。”

---

①② 麦基.故事:材质·结构·风格和银幕剧作的原理[M].周铁东,译.天津:天津人民出版社,2016:419.

③ 莎士比亚.莎士比亚全集:全十册[M].朱生豪,译.北京:民主与建设出版社,2021:227.

这样的表达方式更加符合人们的日常语言习惯，也更容易被观众接受。同样，如果将安东尼奥的戏剧台词改编为影视对白，可以表述为：

“说实话，我也不知道为啥老发愁。你们看着难受，我自己心里也不是滋味。现在愁得人都傻了，连自个儿都整不明白了。”

改编后的台词更加简洁明了，便于观众快速理解。

在利用对白交代背景信息时，影视作品通常不会像说书人一样一板一眼地进行介绍，而是多采用非正式和自然的词汇，包括俗话、俚语，并穿插一些生动的语气词。例如，原本正式的历史背景、人物介绍和情节铺陈可能是这样的：

“听说在古老的东方，有一个历史悠久的国度，名为云隐国。该国的国王龙渊陛下，自幼便展现出非凡的智慧与领导力。在他的英明领导下，国家繁荣昌盛，百姓安居乐业。然而，近年来，北方蛮族频繁侵扰边境，导致边境地区民不聊生。为了保卫家园，龙渊陛下决定亲率大军北征，誓要彻底消除边患。出发前夕，他在王城前的广场上，面对着数万将士，发表了慷慨激昂的誓师演讲，号召全体将士为了国家和民族的未来英勇奋战，誓死不退。”

但在影视作品中，这段信息可以转化为更加口语化、亲切的表达：

“听说了吗？东边那旮旯，有个老国家——云隐国。国王龙渊大帝，打小就聪明，带着国家一路奔小康呢。可最近，北边来了群捣蛋的。那龙渊大帝哪能忍？直接带兵上去干了！出兵那天，他对着一堆士兵，就是一顿豪言壮语——‘为了咱家咱国，大伙儿都得拼了！’”

改写后的对白用日常讲述的口吻表达了同样的信息，更加具有亲切感。同时，编剧可以通过将长句拆解为多个短句，使得信息更加碎片化，易于观众消化吸收，也更能使观众从节奏和语气中体会到讲述者的情绪。

在创作剧本台词时，编剧须避免陷入文学思维的窠臼，因为书面语言在片中说出来往往会显得生硬。编剧在创作对白时，需要时刻牢记口语化的原则，使用简单明了、贴近生活的语言来塑造人物、推动剧情发展。同时，编剧还需要考虑观众的理解能力和接受习惯，确保对白既能够传达出必要的信息和情感，又不会给观众带来理解上的负担。只有这样，编剧才能创作出既合理又生动的对白。

2.个性化

对白作为角色表达思想、情感交流的重要工具，其创作绝非随意为之，而是必须紧密贴合人物设定，遵循人物的身份与性格逻辑，以此展现出鲜明的性格色彩。

首先，这意味着编剧在创作时，需要深入理解和把握每一个角色的身份背景、社会地位、教育背景、生活经历等，从而使角色的言语行为与其设定相吻合。一个来自乡村、性格纯朴的角色，其思维方式和言谈内容肯定不同于一个来自都市、言辞犀利的角色。电影《人在囧途》中的工人牛耿与老板李成功便是这样的例证。这两个来自不同社会阶层的人物，在旅途中因生活习惯和观念差异而产生了诸多碰撞。他们在面对同一件事时的对白设计，反映了他们各自不同的性格、社会背景及价值观。例如，由于牛耿之前从未乘坐过飞机，在安检时他坚持要带牛奶上飞机，理由是“我们坐火车这些都让带，坐飞机为啥不让带？”这体现了他作为工人的朴实与直接，对规则的理解较为表面，缺乏一定的常识。对于身为老板的李成功而言，乘坐飞机早已是家常便饭。面对牛耿的行为，他虽然内心无奈，但表面上仍保持了一定的礼貌与克制。他的反应，如“人才啊”，透露出一种对牛耿行为的不解与轻微嘲讽，反映了他作为城市精英的优越感和对底层生活细节的不熟悉。之后，牛耿与李成功在飞机上的对话更展现了这种鲜明对比。

牛耿：我让飞机停一下，我不想坐了。

李成功(反问)：飞机飞在天上能停吗？

牛耿：那怎么才能停？

李成功：取消航班就不飞了。

牛耿：那你让它取消呗。

李成功：怎么取消航班呢？

牛耿：那别人说飞机怎么就起飞不了。

李成功：那是碰到大雾天气、大雪天气啦。

牛耿：咱要是能碰到大雾天就好了。

李成功：碰到大雾天飞机就不飞啦。

其次，编剧在写对白时，必须深入角色的内心世界，把握其性格的核心特点，使角色的每一句话都符合其性格逻辑。例如，内向羞涩的角色在表达情感时往往显得含蓄而克制，而外向豪放的角色则可能更加直接和热烈；机智幽默的角色，其对话中一定充满了俏皮话和机智的反驳，而沉稳内敛的角色，则更倾向于使用简洁有力、意味深长的语言。以《头脑特工队》中特点鲜明的情绪小人儿为例，他们的对白极富个性，充分展现了各自独特的性格特征。

乐乐代表了快乐。当莱莉萌生新想法时，乐乐会兴奋地喊道：“哇！这太棒了！”而当莱莉遇到糟糕的情况时，乐乐也会乐观地表示：“不要担心，我一定会让明天成为最快乐的一天。”她的情感表达直接而热烈，话语总是充满活力，对白中洋溢着积极和快乐的情绪，激励着莱莉和其他情绪小人儿。相比之下，忧忧的表达则更加消极和忧郁，她的言语中总透露出一种淡淡的哀愁。在面对困境时，她会无助地表示：“我们过不去的，完了。”在失去朋友时，她会哀伤地说：“莱莉的友情，现在没了。再见，友情。哈喽，寂寞。”在情感压力达到极限时，她又会悲叹：“你让我走吧，莱莉没有我会更好，我只会让事情更糟。”而十分怯懦的怕怕，在莱莉尝试新事物时，总是紧张自语：“非常好，好，看起来没问题，非常好。哦，急转弯！不，小心！慢点，慢点，危险！”当其他情绪小人儿鼓励莱莉去社交时，怕怕会担忧地说：“快列完潜在大灾难了，最惨的情况是遇到流沙，发生自然现象或是被老师点到名，所以只要以上没发生……开什么玩笑！自我介绍？完全无预警！不！假装我们不会说话。”他的话语中充满了不安，体现了他内向、胆小的性格特点。

再次，人物的语言表达方式和习惯亦呈现出多样化的特点，这不仅要求编剧在创作时深入刻画角色的性格特征，还需精心构思对话的节奏、语气以及词汇选择等多个维度，以生动展现各角色的独特语言习惯。口头禅正是一种能够高度凝练体现人物说话习惯的语言形式。以电视剧《搜神传》(2008)中的角色蓟彩芝为例，她常挂在嘴边的“笑口常开，好彩自然来”，不仅使“好彩妹”这一形象深入人心，也充分彰显了蓟彩芝乐观开朗、心地善良的性格特征，成为该角色的标志性语言。

最后，编剧在台词创作过程中必须确保角色的个性化特征能够自始至终得以体现。一般而言，自角色的首句台词起，直至最后一句台词，其言语风格均应保持一致，以此来塑造出鲜明且独特的角色形象。这种一致性不仅有助于观众更好地理解和记忆角色，还能促进他们对角色的认同与共鸣。

以电影《谋杀绿脚趾》(1998)中的沃尔特·索布查克为例，他的性格暴躁且冲动，面对压力时常常失去理智，即便是微不足道的小事，也能触发他的怒火。这种易燃易爆的性格特征，在电影台词中得到了多次且充分的体现。当被人打断说话时，他会不耐烦地命令：“闭嘴！”在保龄球馆目睹球友犯规，他愤怒地大喊：“越线了！不好意思，老烟鬼，你越线了，犯规！”得知赛事被安排在周六，他更是怒不可遏地咆哮：“我跟他们说多少次了，我在安息日不打保龄球！安息日！安息日！”即便是在好友督爷因收到劫匪送来的断指，对富豪女友的安危感到担忧时，沃尔特仍固执己见，认为这一切不过是富豪女友的自导自演。面对好友的质疑，他恼火地呵斥：“别再说那个该死的脚趾了！”

3.情境化

对白的设计应当充分考虑人物当下所处的情境、形势、场所以及与对话对象的人物关系等客观条件。环境的转变、形势的紧迫、人物关系的亲疏远近，都会影响对白的内容和语气。例如，一位擅长交际的销售员，在面对自己暗恋的女孩时，可能会显得拘谨而笨拙，说话结结巴巴；一名诚实正直的警察，在一次抓捕罪犯的行动中，为了保护罪犯家属的心灵不受伤害，可能会说出善意的谎言；一个穷凶极恶、贪赃枉法、草菅人命的大奸臣，在面对含辛茹苦养育自己的老母亲时，可能会展现出温顺的一面。事实上，人物的内心世界会在多变的情境下呈现出复杂性，唯有当语言与情境相适应时，人物的话语才能获得良好的效果。否则，即使对白再符合人物性格，也难以达到预期目标。

4.目的化

目的化主要是针对编剧设计台词时所持的目的性而言的。人物的言辞是其内在活动的外在体现，所有台词都是对需求的回应，带着明确的目的，并付诸行动。这些台词不仅承担着角色间信息交换的功能，更是塑造角色性格、推动情节发展、奠定故事基调以及深化主题的重要媒介。一般而言，对于角色的每一句台词，编剧都需要思考其与叙事相关的欲望、意向和行动，而非简单地将其作为毫无意义的声音处理。

《低俗小说》对白片段[①]

当然，有些对白表面上看似缺乏直接的叙事目的，但实际上可能在为人物塑造或情节发展铺设基石，正如昆汀电影中那些“话痨”角色，他们的闲聊往往看似可有可无，实则通过将细碎的信息累积起来，让观众对影片中的时代背景、社会现象及文化氛围产生更为具象、沉浸的感受，从而更加充分、立体地理解这一环境下的人物。扫描二维码阅读《低俗小说》中文森特和朱尔斯执行任务途中的一段对话。

此番对话虽然与二人接下来的行动目标并无直接关联，看似缺乏明确的目的性，但实际上为故事展开与人物塑造提供了帮助。黑帮杀手在前往执行杀人任务途中轻松随意的闲聊，不仅增强了人物与情境的真实性，使角色形象更加立体且贴近生活，还营造出一种荒诞感，为故事情节增添了独特的魅力。

5.风格化

在创作过程中，编剧须深入考量影视作品所设定的时空背景，将那个时代的独特韵味与地方文化的鲜明特色融入对白之中。这样，观众在聆听之际，便能深切地感受到那个时代的风貌与地方文化的独特魅力。例如，电影《霸王别姬》以京剧中的经典剧目“霸王别姬”为题材，深刻描绘了民国时期北平两位京剧伶人——段小楼(饰演霸王)与程蝶衣(饰演虞姬)错综复杂、缠绵悱恻的情感纠葛与人生沉浮。片中舞台表演与角色之间的对话相互穿插，戏与现实生活交织融合，不仅展现了京剧艺术的独特魅力，更将舞台上的戏剧张力延伸至角色间的对话之中。这些对白，既保留了民国时期的时代特色，又融入了京剧艺术的韵律与情感。通过《霸王别姬》中的人物对话，观众得以窥见一个时代的风貌，感受

① 塔伦蒂诺.低俗小说[J].杜紫微，译.世界电影，2002(2):59-111.

一种文化的传承。扫描二维码阅读《霸王别姬》剧本片段。

《霸王别姬》剧本片段①

片段中有着京剧的经典唱段，为文本赋予了浓厚的古典文化氛围。除去京剧表演部分，从人物的日常交流用语来看，对话中也充满了古典韵味。比如，“如不嫌弃请两位到舍下小酌几杯”“那么日后踏雪访梅，再谈不迟”，这些表述中融入了古典诗词的意象和意境，展现出角色的文雅气质和文化底蕴。同时，这些语言也符合传统戏剧中对白的特点，简练而富有表现力。然而，这段对话也并非完全沉浸于古典之中，它还融入了生活化的元素。比如，“没听见我盖着唢呐唱吗？把血都挣出来了”“悠着点”“喝一壶花酒去”等表述，都洋溢着浓厚的生活气息，使得这段对话在保持古典雅致之风的同时，又不失现实生活的鲜活感。

又如，《无名之辈》(2018)这部方言电影，其人物对白采用了以贵州话为主的西南官话系统，充满了地方性的语言韵律和词汇特色，不仅让人物形象栩栩如生，十分“接地气”，也使得作品的整体地域风格显得更加鲜明而突出。扫描二维码阅读《无名之辈》对白片段。

《无名之辈》对白片段

有时，为了深化影视作品的艺术层次，编剧亦会有意追求台词的风格化塑造，通过精妙的遣词造句与独到的语言艺术，赋予台词超越日常对话的独特魅力，从而进一步触动人心，升华作品的主题思想。例如，电影《宇宙探索编辑部》(2023)中人物的台词便展现了这种风格化的追求，编剧赋予角色语言浪漫与荒诞的色彩，字里行间充满了对生活细腻入微的感知和哲思，这种独特的台词风格与探索宇宙奥秘、追寻生命意义的宏大主题相得益彰。扫描二维码阅读《宇宙探索编辑部》对白片段。

《宇宙探索编辑部》对白片段

电影《重庆森林》(1994)也带有导演王家卫非常强烈的个人风格，人物对白运用了许多象征手法，富有幽默和文艺气息。扫描二维码阅读一段经典对白。

《重庆森林》经典对白

在这段对白中，编剧运用象征手法，通过阿辉与周遭物品的“对话”，赋予这些物品生命和情感，从而传达出深层的情感和寓意。例如，阿辉提到肥皂一下子胖了许多，这里肥皂象征着他失恋后精神萎靡、不修边幅的模样。他劝肥皂不要放纵自己、减肥，其实是对自己的劝诫，期望能重新拥有积极的生活状态。随后，他又责备湿漉漉的毛巾，提醒自己要保持个性和原则，不要因为女友的离去而丧失自我。接着，他还开导脏兮兮的毛绒玩具，打算给发霉的空姐制服晒晒太阳，这些举动都呈现了他内心的悲伤。这场人物与物品的对白，实则是一场自我对话与反思，流露出失恋后的复杂情感。

① 吴贻弓，石川.中国新文学大系1976—2000第二十八集：影视文学卷二[M].上海：上海文艺出版社，2009：420-494.

对白的风格化处理，通常要求前后文本保持一致性，这样不仅能够将作品锁定于一个统一的时空背景与时代氛围之中，确保了剧情的连贯性与观赏性，还能极大地提升作品的艺术价值与文化内涵。

6.简约化

罗伯特·麦基指出："银幕对白的精髓就是古典希腊戏剧中那被称为stikomythia的东西——简短对白的快速交流。"[①]他认为，银幕对白须以尽可能少的词语承载尽可能多的内容，即长话短说。例如，电影《这个杀手不太冷》(1994)中，杀手里昂和小女孩玛蒂尔达的一段对话。在这段对话中，玛蒂尔达首先问："人生总是这么痛苦吗？还是只有小时候是这样？"这是一个非常深刻的问题，涉及了人生的苦难和成长的艰辛。而里昂的回答是"总是如此"，简洁到了极致，却包含了丰富的人生经验和深刻的哲理。他简洁地传达了对人生苦难的无奈和接受。

不可否认，对白在影视作品中扮演着越发重要的角色，但这并不意味着要刻意设计大段对白。若画面中的每一个人物在每一个时刻，都为了展现自己的意图、想法而滔滔不绝地说出一分多钟的长句子，观众很快便会失去耐心。不同于聆听交响乐团的演奏，在观看影视作品时，观众的注意力主要集中在画面上，对于声音部分仅仅是半听状态。因此，影视作品的视觉传达能力相较于语言能力而言更为重要。编剧应尽量少用冗长的对白，多考虑如何借助画面去讲述故事。如果一些长对白确实有戏剧性意义，那么最好通过人物说话时的反应把对白分割成片段。具体而言，可以利用人物的停顿、适时穿插的表演、巧妙切入的景物描写来营造视听节拍。以下将一段较长的人物对话作为示例。

侦探：每一个细节，都如同拼图中的一小块，单独看似乎无关紧要，但组合在一起，便能揭示真相的全貌。这房间里的每一丝气息、每一件物品的摆放，都在默默诉说着它们的故事。而我，就是那个倾听并解读这些无声语言的人。

这是一句长达近25秒的对白。为了提升表现力，我们可以在侦探讲述这段话的过程中，巧妙地穿插一些反映其内心情绪、意图和欲望的表演，比如微妙的面部表情变化、眼神的闪烁、细微的肢体动作。

侦探(目光如炬)：每一个细节，都如同拼图中的一小块，单独看似乎无关紧要，但组合在一起，便能揭示真相的全貌。

他轻轻挥了挥手，指了指房间内的每一个角落。

---

① 麦基.故事：材质·结构·风格和银幕剧作的原理[M].周铁东，译.天津：天津人民出版社，2016：421.

侦探：这房间里的每一丝气息、每一件物品的摆放，都在默默诉说着它们的故事。

他的嘴角勾起一抹自信的微笑。

侦探：而我，就是那个倾听并解读这些无声语言的人。

说着，他轻轻拍了拍胸前的口袋，那里装着他的记事本和铅笔，准备记录下每一个线索。

在侦探说话的时候，如果编剧能在文本中展示他的内心想法和推理过程之间的联系，就不仅能在读者的想象中唤起一种观影般的知觉体验，同时，也能让读者明白该剧本不仅仅是对话的堆砌，它实际上蕴含了更为丰富的叙事元素和情感色彩。

归根结底，剧本的对白设计并不在于字数的多寡，关键在于它在影视作品中所起的作用。它必须与人物性格和具体情境紧密结合，确保人物在自然的环境中展开自然的交谈，这样观众才能通过对话深入理解人物内心，进而沉浸于剧情之中。

二、旁白

所谓旁白，是指以画外音形式出现的解说性语言，它既可以代表编剧，又可以代表剧中人物来阐明剧情或发表评论。[①] 画外音指的是影视作品中的声音不是由画面中的人或物体直接发出的。例如，画面内的人物并未开口却出现了说话声，或者画面内没有唱片机却响起了唱片音乐。简而言之，凡是在画面内找不到声音源的声音都属于画外音。当旁白响起时，其声音并非出自当前画面中的人物之口。

旁白一般不与剧情中的任何角色进行交流，只是向观众说明、交代相关情况，对画面进行介绍或信息补充，是剧情发展的一种辅助性手段。例如，在电影《重庆森林》的开头，当主角穿行于夜晚街道的人群中时，伴随响起的一段旁白："每天你都有机会跟别人擦身而过，你也许对他一无所知，不过也许有一天，他会变成一个朋友或者是知己。我是一个警察，我的名字叫作何志武，编号223。"这段旁白宛如一个贴心的伙伴，坐在观众身边一同观影，为其悉心介绍画面中的主角，以及这个故事想要探讨的主题——人与人之间的偶遇与相知。而画面中的人物，对这段旁白并无任何察觉或反应。

然而，有时候旁白也会打破壁垒，直接与剧中人物进行对话，从而让观众卷入剧情之中。旁白代替观众与角色互动，拉近观众与角色的距离，加深他们的沉浸感。例如，在动画电影《大力士》(1997)的开头，旁白在介绍完故事背景后，便与缪斯女神展开了有趣的对话。

旁白：很久以前，在遥远的古希腊时代，历史记载了伟大的天神与英雄的辉煌事迹。然而，在众英雄当中，最了不起的是伟大的海格力斯，要如何来界定真正的英雄呢？这就

① 韩笑，曾雯.动画剧本创作[M].北京：清华大学出版社，2009：66.

是我们要讲的故事……

缪斯女神1：少听他胡扯！故事到他嘴里八成会变希腊的悲剧。

缪斯女神2：放轻松点好吗?

缪斯女神3：让我们来说吧，亲爱的。

旁白：请吧，女士们。

在这里，缪斯女神们打断了旁白的叙述，以一种幽默而直接的方式告诉观众，片中的这个故事并不如其所说。而旁白则礼貌地邀请缪斯女神们代替他讲述真正的故事，这种互动不仅打破了旁白的传统角色，还为该片增添了一种独特的叙事魅力。

(一)旁白的叙述视角

旁白的叙述视角，实际上是指讲述旁白的声音或叙述者是谁，即以何种身份或视角来解说作品中的人物或事件。不同视角的选择，会让旁白呈现不同的色彩，从而带领观众从不同的身份和角度去审视与感受剧情的面貌。

通常而言，旁白存在两种主要的叙述视角。一种是“上帝视角”，即第三人称客观视角，这种视角超脱于剧情之外，对剧中的人物和事件进行客观、全面的解说或叙述，多代表编剧身份；另一种则是代入剧情中某一特定角色的身份，以其第一人称主观视角发表评述，这种主观视角的旁白往往蕴含着更为鲜明和个性化的情感色彩，多代表剧中人。

例如，在《海洋奇缘》(2016)中，开篇由莫阿娜的祖母口述的毛伊的传奇故事便是一段典型的第一人称视角的旁白。她这样叙述道：

混沌初开时，世界只是一片汪洋，然后海岛之母特菲提来到了人间。特菲提之心有着世间最伟大的法力，它能够创造生命。于是，特菲提创造了人间的一切。可后来有人想要得到特菲提之心。他们相信只要得到了它，也就有了创造万物的法力。有一天，这些人当中最勇敢的那位，漂洋过海去寻找这颗心。他是个主宰风和海的半神，是一位勇士，也是个巫师，是个变形者，他那根充满魔力的鱼钩法杖可以让他变化无穷。他的名字叫毛伊。然而，心被偷走的特菲提身体开始瓦解，并释放出了可怕的黑暗势力。在逃跑的路上，毛伊遇到了也在谋求特菲提之心的恶卡，恶卡是主宰土与火的恶魔。毛伊被重重击落，从此杳无踪迹。他那神奇的鱼钩法杖和特菲提之心一起沉入大海。

这段旁白以剧中人物——莫阿娜的祖母的身份进行叙述，因此，带有祖母个人的主观看法和情感色彩，把毛伊描述得神乎其神，使观众更加沉浸在故事的氛围中。

又如，在《阳光灿烂的日子》开头，成年后的马小军的一段话也是第一人称旁白：

北京，变得这么快。二十年的工夫，她已经成为一个现代化城市。我几乎从中找不到任何记忆里的东西。事实上，这种变化已破坏了我的记忆，使我分不清幻觉和真实。我的故事总是发生在夏天，炎热的气候使人们裸露得更多，也更难掩饰心中的欲望。那时候，好像永远是夏天，太阳总是有空出来伴随着我。阳光充足，太亮，使得眼前一阵阵发黑。

这段旁白以成年马小军的视角述说了自己眼中北京的变化，以及关于北京夏天的记忆、许多“我”的感想，其主观性较之《海洋奇缘》中祖母的叙述更强。而上文提到的《大力士》开头则是一段第三人称客观视角的旁白。这段旁白的声音和视角不属于剧中任何角色，只是作为一个客观的讲述者，向观众讲述故事背景并提出主要问题。这种叙述方式更加客观、中立，使观众能够更加理性地思考故事的发展。

旁白可以采用第一人称主观视角进行叙述，也可以选择第三人称客观视角，但在一般情况下，多种视角不应随意混用，否则很容易导致视角混乱，使观众感到迷惑。当然，对于那些本就设计为多视点结构的作品，这一规则可以例外。例如，电影《小城之春》(1948)的故事主要由女主人公周玉纹的第一人称视角娓娓道来，其间穿插着第三人称旁白。扫描二维码观看影片片段。

《小城之春》影片片段

表面看来，周玉纹始终是讲述者，该片通过第一人称的旁白向观众传达并补充着画面内容，叙述中带有明显的个人内心的复杂情感。然而，在仔细分辨之后，我们不难发现，有不少旁白所叙述的其实是周玉纹并不在场的事件，如章志忱敲门、踩到药渣，以及他一边呼喊一边绕过后墙寻找戴礼言的情景。但旁白生动地描述着“他进了城”“他停下了”“他的脚踩着药渣”“敲门，没有人听见”“他从小巷里绕过来”“他跳进了花园的墙”等细节。这些内容更像以上帝视角在全景式地描述着剧情。编剧通过周玉纹的声音，灵活切换了第一人称主观视角和第三人称客观视角，让观众有一种周玉纹不只作为主角在展开故事，也作为编剧在讲述故事的感受。这种双重视角的交叉运用，汇聚了编剧与剧中人的认知关系，淡化了戏剧冲突，着力刻画人物内心冲突，使观众沉浸在周玉纹的心理叙事中，引导观众关注她在情感困境中究竟何去何从。

此外，还有从不同人物视角出发的多视角旁白，为观众提供了多元的观察角度。以电影《怦然心动》为例，它大量使用旁白来解说剧情，通过切换男主人公布莱斯和女主人公朱莉的不同视角，生动地讲述了两人之间的相处与情感发展历程，最终拼凑成一段完整的相恋故事。以下是节选的两段旁白，分别来自布莱斯和朱莉的第一人称叙述。

布莱斯(旁白)：第二天早上朱莉没去等校车。第三天也不见她出现。不知道她怎么来学校的。我告诉自己应该感到庆幸。这不就是我日期夜盼的吗？但我仍替她感到难过。

我想跟她说声对不起，但是一想，还是算了。我可真不希望让朱莉·贝克以为我在想她。

朱莉（旁白）：我整整两周都以泪洗面。我仍然坚持上学，非常用功，却感觉生活失去了重心。其实，菱形、三角形之类的，在我看来并不重要。我开始骑车上学，只为避开那个伤心地。那里曾经矗立着世上最美的无花果树。但不管我怎么努力，我对它始终心有念想。

这种切换不同身份的第一人称旁白叙述视角，让观众能够拥有多条线索来看到故事的全貌。观众既得知了布莱斯对朱莉的想法，又深入了解了朱莉内心的真实感受。

（二）旁白的作用

影视旁白在介绍信息、串联剧情、铺垫暗示、引导观众、揭示主题、辅助调节气氛方面发挥着重要作用。

1.介绍信息

旁白在影视作品中可以介绍故事发生的时间、地点、时代背景及社会环境等，以辅助观众更好地理解故事情节，这是旁白的基本作用。以动画电影《姜子牙》（2020）为例，该片开头以第三人称客观视角的旁白，简洁地介绍了故事发生的时空背景和主要角色前史。

商朝末年，纣王昏庸无道。九尾妖狐趁乱而入，化作王妃妲己，支配朝政，率狐族祸乱世间。苍生疾苦，上天见怜，令授静虚宫掌教师尊助西周起义。一场战争，席卷了三界。静虚宫派大弟子姜子牙下山诛妖，捉拿九尾。

战争结束了，静虚宫伐纣有功，受到世间尊崇。师尊奉命执封神榜，分封诸神以庇佑苍生。周朝建立，百废待兴。商朝罪民被囚于北海古战场，不得出界。姜子牙功勋卓著，世人敬仰，引领诸神本是众望所归。然而……

首先，该旁白明确了故事发生的历史时期——“商朝末年”，为观众提供了一个清晰的历史坐标。其次，通过描绘“纣王昏庸无道”和“九尾妖狐趁乱而入”等情节，旁白迅速将观众带入一个充满传奇色彩的乱世背景，为后续故事的发展奠定了基调。再次，旁白简要介绍了主要角色姜子牙的前史，包括他作为静虚宫大弟子的身份，以及他下山诛妖、捉拿九尾的任务等，这些信息对于观众理解人物性格和后续的行为动机起到了重要作用。最后，旁白以“然而……”作为转折，不仅预示着故事将迎来意外的发展，还激发了观众的好奇心和期待，让观众想一探究竟。

另外，主观视角的旁白，还可以以一种十分简洁明了的方式，迅速介绍作品中其他人物。例如，改编自鲁彦周同名小说的电影《天云山传奇》（1981），就采用了主要角色第一人称主观视角的旁白，来介绍另一位角色周瑜贞。

周瑜贞(画外音):宋薇大姐!

宋薇闻声,步伐轻快地移至窗前,目光向下探寻。

门外,周瑜贞身姿挺拔,笑容满面,正热情地朝窗内的宋薇挥手致意。

宋薇(旁白):周瑜贞来了。

宋薇笑着向周瑜贞招手,离开窗户。

宋薇(旁白):她是一位革命前辈的女儿。

宋薇高兴地下楼来。

宋薇(旁白):她开朗、大方、思想解放,但是……

客厅的灯亮了。周瑜贞向宋薇打了个手势。

宋薇(旁白):我万万没有想到,她这次的到来……

宋薇走进客厅,向周瑜贞走近。

宋薇(旁白):却把我心灵深处的琴弦拨响了。

主要角色视角的旁白在片中适时出现,简洁、迅速地向观众介绍了周瑜贞这一角色,使观众能够立即了解到被介绍人的姓名、前史以及性格特征。同时,这段旁白还展现了宋薇在看到周瑜贞时内心所经历的微妙变化。

2. 串联剧情

旁白在影视作品中常被用于大幅度的时空跳跃,对省略的事件过程进行简短的说明,实现自然的情节过渡,并引导故事的发展脉络。有时,故事的时间线漫长,由主要角色在不同时期的多彩经历交织而成,这些事件跨度大、跳跃性强,旁白便成为连接它们的桥梁。以动画电影《我在伊朗长大》(2007)为例,该片由玛赞·莎塔碧所创作的同名图书改编,讲述了作者自己在伊斯兰革命时期的成长历程,其成长轨迹与伊斯兰革命、国王被推翻、两伊战争等国家大事紧密相连。于是,编剧运用旁白来衔接这些历史事件,从巴列维王朝的终结到霍梅尼建立以宗教法律为基础的神权统治,通过历史的演变自然地过渡到主要角色的成长历程。

玛赞(旁白):沙赫政权结束后的几个月,国家呈现前所未有的繁华,每个人都摇身变成革命分子,每个人都对抗过沙赫政府。我们邻居脸上的胎记,奇迹式地变成战后留下的伤疤。我们老师是沙赫疯狂的拥戴者,却要大家撕教科书上的皇家照片。政治会议如火如荼在各地展开。昨日的国内政敌,今日都变成国家英雄。就在这样欢乐而又混乱的时刻……一晚,安卢叔叔来到我生命里。

玛赞(旁白):革命后一年,伊拉克攻击伊朗,海珊乘虚攻打我们国家。革命和大规模肃清在军队进行,却因而无情地削弱我们的力量。伊朗政府利用对付外敌的名义,实际上借此消灭国内的政敌，就是沙赫政权过去的反对党。逮捕和判处极刑变成家常便饭，大家都很害怕。新政府赶紧机头施更严厉的法令。两年内，人民的生活变了样。而我们也跟着变了。

以上旁白将故事从反巴列维的革命阶段过渡到伊斯兰共和国的建立。随着旁白的推进，玛赞也从一个身穿舒适休闲服的9岁小女孩，成长为一个被宗教束缚、戴头巾、穿长袍的女青年。这一转变不仅反映了个人命运与时代变迁的紧密相连，也深刻揭示了伊斯兰革命对伊朗社会及个体生活的深远影响。

又如，在电影《阿甘正传》中，阿甘的故事是由他在不同生命阶段的一系列丰富多样的经历来构建的。从童年时期到大学时代，再到大学毕业，他的足迹从美国延伸至越南，其中穿插了乒乓外交、水门事件、出海捕鱼、跨州长跑等众多事件。这些事件的时间跨度和跳跃性都相当大，因此，编剧运用旁白来进行过渡。在片中，旁白以阿甘的第一人称主观视角进行叙述。

阿甘(旁白)：一直，我都随意地跑，从没想过会跑到这里。信不信由你，我竟升上了大学。

这句旁白伴随着阿甘被一群孩子追赶，意外跑进大学足球场的画面，巧妙地将他的人生从童年时期转向大学时光。随后，阿甘的大学生活和毕业阶段也是通过旁白来加以说明的。

阿甘(旁白)：只不过玩了五年足球，我得到了大学学位。

紧接着，画面切至阿甘在毕业典礼上接受学位的场景。旁白配合画面简短而有力地概括了这段时间。

3.铺垫暗示

在许多作品中，我们常常能听到这样的旁白："后来发生的事，却是我们未能想到的"，或是"要是早知道后来的事，我们就不会……"。这些旁白构成了对故事发展的铺垫与暗示。借助旁白，观众得以在故事正式铺陈开来之前，捕捉到一些关键的线索或提示，从而对后续情节的走向萌生期待或猜测。例如，在电影《东邪西毒》(1994)的开头，欧阳锋的那段旁白便是如此：

很多年之后，我有个绰号叫作西毒。任何人都可以变得狠毒，只要你尝试过什么叫作嫉妒。我不会介意其他人怎么看我，我只不过不想别人比我更开心。

这段旁白暗示欧阳锋经历了漫长的时间与复杂的人生变迁，最终获得了“西毒”这一绰号。这个绰号不仅代表了他的武功高强，也象征着他内心深处的孤独、冷酷与决绝，为欧阳锋即将展开的杀戮埋下了伏笔。

又如，上文提及的《大力士》开头的旁白与剧中人物的互动也发挥了类似的作用。众所周知，在希腊神话中，海格力斯的一生是个悲剧，他并非天后赫拉与宙斯的儿子，而是宙斯的私生子，始终遭受赫拉的迫害，一生都未得到幸福。然而，在《大力士》这部作品中，缪斯女神们对旁白的反对，实则是在向观众暗示：在片中，海格力斯的命运将不同于希腊神话中的悲剧走向。随后的剧情发展也确实验证了这一点：该片讲述的是海格力斯如何发现并粉碎地狱冥王哈迪斯的反叛阴谋，最终成为超级英雄，重返奥林帕斯山的故事。此时的旁白更像是一个巧妙的铺垫与暗示，使得观众在观影之初以为该片会沿袭希腊神话中的悲剧脉络，而实际上并非如此。这种反差与悬念的设置，让后续情节的转折与发展更加有理有据。

4.引导观众

第一人称主观视角旁白的叙述方式不仅拉近了观众与角色的距离，更在不经意间透露出编剧希望传达给观众的某种观察世界的方式，引导观众从不同的视角解读故事。例如，在电影《岁月神偷》(2010)中，罗进二那稚嫩的童声旁白，正是编剧的特意安排：带领观众透过一个孩童纯真的眼眸去观察20世纪60年代香港小市民的艰辛生活，呈现出一丝可爱的幻象，使得原本的世道艰辛与哀伤都被赋予“美好”与“想不通”的色彩。

罗进二(旁白)：这是我老爸，他很忙的！整天低着头，猫在鞋子后面工作。有时候他赶货，我好几天都见不到他。不过……不怕的！我每次见到他，他还不就是我老爸。

画面中，爸爸穿着破洞的T恤，为了维持一家生计，埋头修鞋，勉强养家糊口。辛酸的情景在罗进二纯真的眼里，却是老爸十分敬业的模样。罗进二的言辞中无不透露着他对父亲深深的爱。

罗进二(旁白)：这是我老妈，她的嘴最能干！到医院轮候呀、插队取水呀、跟公交车司机砍价呀……她一出马，啥事都“合适”！所以，我老妈有个外号，叫“侠盗罗太太”！

妈妈为了能省则省，只能贪些小便宜、摸些街坊邻居的油水，但在罗进二看来，妈妈慧心妙舌，充满了传奇色彩。

罗进二(旁白):后来,哥越来越困,又越来越怕吵,就搬去医院住了。医院的楼好高啊,可以站起来穿校服。不过,他再也没有回学校,也很少站起来了。

麻绳专挑细处断,厄运专找苦命人。之后,随着剧情的发展,罗家遭遇了一系列变故。罗进一与芳菲之间的初恋因为家庭背景和社会变迁而遭受重创,罗进一的成绩也因此一落千丈。更为严重的是,罗家鞋铺在一次台风袭击中被毁,罗进一也在这场暴风雨中倒下,并被确诊为血癌。对于哥哥的病,罗进二并不明白这意味着什么,他只觉得哥哥是因为不喜吵闹而搬进了比家还宽敞的医院。

再如,《阿甘正传》中以阿甘第一人称主观视角叙述的经典旁白,实则是导演在引导观众从一个智力障碍者的视角去体察世界:无论现实多么残酷与不公,都坚守着单纯与善良,怀揣信念,永不言败,一路奔跑。如果说电影的画面构成了客观世界的再现,那么电影中的旁白无疑就是阿甘主观视角下的世界投射。

5.揭示主题

主题是影视作品的中心思想和灵魂,而旁白作为一种叙事手法,能够帮助揭示片中人物、事件的本质及其深层意义,抑或抒发情感。在形式上,许多影视作品选择在片尾通过旁白来揭示主题;同时,也常在开头运用旁白埋下伏笔,形成前后呼应的结构。例如,动画片《钢之炼金术师》(2003)第一集片头和最后一集片尾的旁白。

片头旁白:

所谓炼金术,是理解物质的构造,将之分解再构筑的一门科学技术。如果顺利的话,连普通的铅块都可以生成黄金。但是,既然是科学,其中,就必然存在着大自然的法则。那就是,一份质量的东西,只能产生相同质量的物体——等价交换的原则。

片尾旁白:

人如果想要得到什么,就必须付出同等的代价。那就是等价交换的原则。那时候的我们深信着,这就是世界的真理。可是,真正的世界是不完美的。可以清楚说明一切的原则,本来就不存在,等价交换的原则也是这样。即使如此,我们还是相信着,人不付出代价的话,是无法得到任何回报的。我们所亲身感受的痛楚,一定是为了得到某些东西而付出的代价。然后,不论是谁,每个人只要付出努力,就一定可以有所收获。等价交换并不是世界的原则。那是将来有一天,将会再度碰面的……我与哥哥的约定。

片头旁白通过介绍炼金术以及等价交换这一严苛的法则,构建了该剧集的世界观和基本框架,为后续故事的展开奠定了基础。而当故事的尾声再次触及等价交换这一概念时,其解读已不再局限于规则的字面意义,更多地融入了角色丰富的情感历程、成长,以及对世界观的深入反思与重新认识，从而对先前的简单理解进行了推翻与升华。通过首尾呼应，点明主题：即便我们面对的是一个充满不完美与挑战的世界，我们也要坚持付出努力，以换取应有的收获。

6.辅助调节气氛

在喜剧类影视作品中，旁白常常以幽默诙谐的语言对剧情进行调侃与吐槽，为观众营造轻松愉快的观看氛围。例如，当角色陷入尴尬或有趣的情境时，旁白会以独到的视角进行点评，增添故事的趣味性。

动画片《樱桃小丸子》(1990)中的大叔音旁白便是一个典范，他经常以讽刺剧中人物的方式为观众制造笑点，其独特的语言风格和表达方式成为该作品的一大亮点。在《乞巧节的愿望》这一集中，七月初六这天，爷爷邀请小丸子一同参加乞巧节祭礼，而小丸子却坚持要等到七月初七再去，因为这样才符合日本的传统。面对小丸子对祭礼日期的如此较真，旁白适时出现，吐槽道："也不见得你那么认真读书。"这句话巧妙地道出了观众的心声。后来，当小丸子兴高采烈地去小玉家拿矮竹，路过一棵挂着乞巧节许愿纸的矮竹时，她好奇地说："啊，是许愿纸呀。不知道上面写着什么呢？让我先看看。"小丸子随手翻开一张许愿纸，上面写着："希望爸爸妈妈他们千万别离婚。"小丸子顿时尴尬地收回了手。此时，旁白又幽默地评论道："挂着这张有如此大希望的许愿纸，这棵矮竹都有很大压力。"这种出人意料的情节配合小丸子逗趣的表情，再加上旁白的犀利点评，使得这段情节更加诙谐有趣。这种个性化的表达方式不仅增强了作品的辨识度，还使作品形成了一种独特的品牌效应，吸引了大量忠实观众。

作品中还有许多对爷爷娇惯孙女的吐槽，如"这个老头子还被蒙在小孙女的撒娇中"，"真是一个纯真烂漫无比的爷爷，太好骗了吧"；对爸爸爱吹牛的吐槽，如"切，还以为有多能喝呢""吹吧你，你的作文奶奶能不知道有多烂"；以及对小丸子忘性大的吐槽，如"估计过几天就把这话抛在脑后了吧""先照顾好你自己，再商量小狗的事吧"。《樱桃小丸子》里的旁白通过长期稳定的陪伴和独特的语言风格，与观众建立了深厚的情感联系。这种情感联系使得观众在观看作品时不仅能够享受到视觉和听觉上的愉悦，还能感受到一种亲切和温暖。

(三)旁白的写作要求

1.确保清晰性与准确性

旁白作为影视作品中的解说性文字，其首要任务是向观众传递清晰、准确的信息。这就要求编剧在写旁白时避免含糊不清的表述，确保每一个词语、每一句话都能被观众准确无误地理解。

2.统一语言风格与作品风格

旁白作为作品的一部分，其语言风格应与整体作品风格保持一致。无论是文艺片的诗意旁白，还是科普片的严谨解说，都需要编剧深入理解作品的主题、情感和视觉风格，并据此调整旁白的语言风格。如电影《肖申克的救赎》的旁白语言风格深沉而富有哲理，与作品的整体氛围风格统一。

瑞德(画外音)：我愿意相信，这是一种美到极致的东西，无法用言语来表达，美到令人心碎。歌声直入云霄，超越了所有失意囚徒的梦想，飞入了单调的牢房，使四周的墙壁消失无踪。就在这一瞬间，肖申克的囚徒们仿佛重获自由。

瑞德(画外音)：要么忙着活，要么忙着死。说得太对了。

3.避免重复

旁白与对白在影视作品中都有交代信息的作用。好的旁白应该避免重复作品中对白的内容，而要提供一些额外的信息，或者补充对话中没有提到的情节。例如，可以通过旁白来评述人物的行为，揭示其背后的深层含义；在转场时为观众提供一些场景的背景信息，帮助他们更好地理解和融入新的情境。通过避免重复，旁白能够丰富作品的叙事层次，提升观众的观赏体验。

4.适度使用旁白

早期影视作品中旁白的功能性往往大于其审美价值，这在一定程度上是由于可借鉴的样本稀缺、拍摄技术的限制以及制作水平的不足。这些因素导致一部分情节难以通过画面有效呈现，于是旁白被用来进行较为“生硬”的叙述。因此，有很多人误认为旁白是当故事讲不下去了用来弥补故事缺陷的一种手段。

然而，有些时候适当使用旁白是合理的，特别是在那些需要抒情或表达创作者观点的电影里，适度的旁白确实有其价值。典型作品就是王家卫的电影，他更加侧重表现人物内心的情感世界。通过旁白的介入，可以为观众理解人物的内心世界和情感变化提供有益的补充，同时传达创作者对故事主题的理解和感悟，从而深化作品的主题思想。

但要注意的是，切忌直接用旁白宣告全剧的主题与寓意，这种做法往往显得过于直白和生硬，容易破坏作品的整体深度和观众的沉浸感。相反，旁白应当以更为微妙和含蓄的方式融入作品，与画面、音效等其他元素共同构建作品的叙事和表意空间。

总而言之，旁白的使用应当有所节制，不应过分依赖。要避免冗长和啰唆的描写，以确保旁白既能辅助叙事，又不会喧宾夺主。通过适度、得当地使用旁白，编剧可以在保证影视作品叙事连贯性和完整性的同时，进一步提升影视作品的审美价值。

5.把握情感与节奏

旁白不仅要传递信息，还要引导观众的情感，营造特定的氛围。这就要求编剧在写旁白时注重情感的投入和节奏的把控。例如，在纪录片《地球脉动》第一季(2006)中，旁白的情感起伏与画面内容紧密相连。旁白通过适时的停顿、语速的变化以及语调的升降，有效地增强了观众的沉浸感。

三、独白

在影视作品中，独白是一种特殊的表现手法，它以画外音的形式呈现，表现为人物的第一人称内心声音。[①] 这种手法将人物脑海中的思绪转化为有声台词，直接传达出此时此刻人物的内心感受和思想活动，成为揭示人物性格、情感的一种内在手段。例如，在《怦然心动》中，当朱莉暗讽布莱斯眼光差劲时，编剧运用了独白来展现布莱斯被羞辱后的内心活动。

朱莉：这棵树在这种光线下特美，你不觉得吗？

布莱斯：如果你说的美的意思就是特别丑，那我同意。

朱莉：你审美能力残缺，为你感到难过。

布莱斯(独白)：审美能力残缺？审美能力残缺？这丫头居然这么说我！

画面中，布莱斯的笑容逐渐消失，眉头紧锁，陷入深深的思索之中。这段独白生动地表现出布莱斯此刻内心的难以置信，将他内心的情绪波动直接而真切地展现在观众面前。

虽然独白同样以画外音的形式出现，并带有叙述者的个人色彩，但它与第一人称旁白在写作目的上有着明显的不同。独白是剧中人物与自己之间的对话，是人物内心的自我思索，其目的并不在于直接与观众进行交流；而旁白则是以旁观者的身份对故事进行讲述或评论，直接面向观众。以下以《阳光灿烂的日子》中成年马小军的一段第一人称旁白为例进行说明：

马小军(旁白)：放心，我绝对有把握不被人擒住。那时候的人们上班是从来不溜号的，而且因为没有丢失任何东西，也从未引起人们的警惕。

……

楼道内，马小军在某家人的菜筐里拿黄瓜吃。

马小军在开一扇门，他闻声回头。

马小军(旁白)：当然，偶尔也会碰到点儿小麻烦。

楼道尽头，一个小男孩儿走来。

---

① 韩笑，曾雯.动画剧本创作[M].北京：清华大学出版社，2009：66.

这段旁白以成年马小军的第一人称视角，向观众讲述他学生时代偷偷开锁的经历，其中，“当然，偶尔也会碰到点儿小麻烦”是一种超出情景之外的客观评述。如果是独白，可能会是年少马小军的画外音说：“糟了，有人来了。”因此，独白通常透露主人公在当前情景下的内心想法。而旁白则跳脱出情境，对画面进行解说。

当然，有时人物的内心思索并不在当下表露出来，而是通过信件等载体被记录，然后事后被人知道。例如，在电影《风声》(2009)的结尾，顾晓梦已死，她在旗袍上留下了一串摩斯码，这是一段无声的独白。这些内心独白无法在当时宣之于口，只能以遗言的形式传递。

我不怕死，我怕的是我爱的人不知我为何而死。我身在炼狱留下这份记录，是希望家人和玉姐原谅我此刻的决定，但我坚信，你们终会明白我的心情。我亲爱的人，我对你们如此无情，只因民族已到存亡之际，我辈只能奋不顾身，挽救于万一。我的肉体即将陨灭，灵魂却将与你们同在。敌人不会了解，老鬼、老枪不是个人，而是一种精神、一种信仰。

这段独白深刻地揭示了顾晓梦在面对个人生死与家国大义时的内心世界，展现了她崇高的革命信仰。此外，有的影视作品中人物的内心独白还会以歌唱的形式表现出来。例如，动画电影《埃及王子》中摩西得知自己的真实身世时，内心受到了巨大的冲击。在这段情感高潮中，摩西跑回皇宫，片中呈现了一段深情的歌唱：

在月光下闪烁的王宫，我所熟悉的凉爽干净的地方。我别无所求。芬芳的焚香，雪花石砌成的房间。我别无所求。这是我的家，有我的父亲、母亲和大哥。哦，多么高贵，多么强大。现在我回到家，有我的服饰和财物。如果有人不相信。他们大错特错。我是埃及的王子，光辉历史的儿子。每面墙都刻着我的样子。我确定这就是我想要的。别无他求。别无他求。

这首歌其实就是人物内心的独白。它以一种抒情的方式，揭示了摩西在面对真相时的复杂情感。他对此感到抗拒和恐惧，害怕被人质疑，害怕失去现在美好快乐的生活和身份。于是，当他远远看见王宫时，又急切地跑过去拥抱那个熟悉的家，希望在那里找到归属感，获得一丝安慰。

在如今的影视作品创作趋势中，一个显著的变化是越来越多的作品将关注点从宏大的叙事转向了细腻的个人情感。这些故事倾向于在大时代的背景下，探讨个人身边的爱情、亲情和友情。在内心冲突和现实矛盾的交织中，人物或因沟通交流所困，或因艰难生存受阻。独白作为一种揭示内心的表现手法，能够将人物难以向其他人物启齿的思绪外化为声音，从而帮助观众更好地理解剧情、深入角色内心世界。然而，值得注意的是，与旁白一样，独白的使用也应当有所节制。过度展露人物的内心活动，可能会降低作品的含蓄性和艺术性，让观众觉得作品的思想过于浅显，缺乏深度与层次感。因此，在运用独白这一手法时，编剧应当审慎考虑，力求达到最佳的叙事效果。

四、潜台词

对话的艺术不仅取决于写出来的台词，还取决于那些未写出来的东西。潜台词指的是那些隐藏于话语背后，并未被直接表达出来，但在双方对话时彼此心里又都能明白的语言。[①] 它的作用在于调动观众的情绪、激发观众的联想、增强观众的认同感，从而产生共鸣。

日常生活中，我们时常会听到一些“话中话”。有些人表面上会说与自己真实意图并不直接相关的话语，在这些话语的背后，却隐藏着他们的真实想法。例如，当你向家人抱怨工作太忙时，他们可能会说：“是啊，现在大家都不容易。”这句话虽然表面上是在认同你的抱怨，但潜台词可能是希望你能更加坚强和乐观，不要总是沉浸在抱怨之中。又如，当领导对下属说“你的能力不错，但还需要多锻炼一下”，虽然表面上是对下属能力的肯定，但潜台词可能是目前并没有升职的计划，希望下属能够继续努力，同时不要抱有过高的期望。

潜台词暗示着人物言行背后的动机，它代表着所说和所做一切表象之下所隐藏的含义和真相。影视作品就和生活一样，有时角色所说的话，与他们内心真正想要表达的意思相去甚远。例如，在《穿普拉达的女魔头》中，一场重要的慈善晚会前夕，埃米莉感冒发烧，整个人晕乎乎，但她仍强撑精神安排好一切事务，并反复说着：“我爱我的工作。我爱我的工作。我爱我的工作。”这句话在文本上看似充满了热情与活力，然而，实际上，这些重复的话语透露出她内心的不甘与疲惫。

又如，在《泰坦尼克号》中，杰克·道森受邀至上等舱的宴会厅，与上流社会的人士共进晚餐。其间，鲁芙向杰克连续发问，诸如：“道森先生，跟我们说说下等舱是什么样吧？我听他们说相当不错。”“道森先生，你究竟家住何处？”虽然鲁芙的言语表面上似乎在关心他的生活方式，但实际上，她的话语中潜藏着另一层含义：你与我们并非同一个阶层，恐怕穷得连房子都没有吧，相比之下，我显然比你富有得多。

潜台词总是显得有些拐弯抹角，然而，这正是其魅力所在，它能够塑造出层次丰富、复杂的角色，为观众提供解读的空间。

另外，每个场景独特的语境也会对潜台词的最终含义产生微妙的影响，这也使得潜

---

① 韩笑，曾雯.动画剧本创作[M].北京：清华大学出版社，2009：65.

台词的运用变得更加有趣。在电影《公主新娘》(1987)中，台词“如你所愿”被多次重复，但它在不同情境下蕴含着不同的含义。例如，当布卡特命令维斯特雷做各种事情时，维斯特雷总会回答说“如你所愿”，以此来掩饰他对布卡特深藏不露的真实情感。在这背后，其潜台词无疑是深情的“我爱你”。通过这种方式，人物既表达了自己的爱意，又避免了直接表白的尴尬。而在两人分别多年后，当布卡特将一个来路不明的蒙面海盗推下山坡时，海盗大喊出了“如你所愿”，这句话揭示了蒙面海盗的真实身份就是维斯特雷，同时也表达了他期望布卡特能记得自己的情感。这时，“如你所愿”就成了一种默契与暗号。在片尾，小男孩请求祖父明天再来给他讲述一遍《公主新娘》的故事。祖父温柔地回答：“如你所愿。”这句话不仅传达出祖父对孙子深沉的爱意，也让观众不禁猜测，男孩的祖父会不会就是故事里的维斯特雷呢？这为该片留下开放式结局和悬念。

总而言之，在创作潜台词时，编剧须深入理解角色的内心情感，并把握文本与语境之间的关系，这是塑造细致的人物行为和深层次对话的关键所在。

第三节　音效

在影视作品中，音效是指通过声音来创造或增强的效果。这些声音是为了增强场景的真实感、营造特定的气氛、传递某种戏剧性信息而被添加到音频轨道上，如大街上的汽车声、嘈杂的脚步声、动画片中预示着无语情境的乌鸦叫声与象征人物内心受到冲击的雷鸣声。[①]

一、影视音效的类别

若按照声音效果的功能与特性进行分类，影视作品中常见的音效可大致划分为环境音效、动作音效和氛围音效三大类。

(一)环境音效

环境音效是指影视作品中自然环境的声音，它囊括了自然界的各类声响，如风声、雨声、鸟鸣等。[②]这些声音在纪录片《地球脉动》中被大量运用，使观众仿佛置身于大自然之中，深切感受到大自然的壮丽与神奇。此外，环境音效还涵盖了场景中由各种事物所发出的声响，如工地机械的轰鸣声、交通工具的行驶声、嘈杂的人声等。在电视剧《欲望都市》第一季(1998)中，街头巷尾的喧嚣声、汽车喇叭声等各种人工音效交织融合，成功地营造出了都市生活的热闹氛围。再如《星球大战》中科幻元素丰富的激光枪声、太空船发动机

① 母健弘，母一辉.视听语言[M].北京：中国传媒大学出版社，2022：311.
② 张霁月.电影概论[M].郑州：河南大学出版社，2020：28.

声等合成音效的巧妙运用，使观众仿佛置身于遥远的太空之中，深切感受到未来科技的震撼力量。环境音效在影视作品中的运用，往往能够明确地交代故事发生的地点与环境，为观众营造出更加真实、立体的场景氛围。

（二）动作音效

动作音效指的是被摄对象做动作时产生的声音，它常用于表现人物的情绪变化、动作力度及其效果。[①] 这类音效既包括人物动作的声音，如脚步声、咳嗽声、鼓掌声等，又包括物品动作所产生的声音效果，如开关声、衣服摩擦声、垃圾桶被踢翻后在地上滚动的声音等。以经典的武打片《黄飞鸿》(1991)为例，这部电影中充满了各种精彩绝伦的打斗场面，而动作音效在这些场面中发挥了举足轻重的作用。每当角色出拳、踢腿或使用兵器时，都会伴随着相应的音效，如拳风呼啸而过的声音、兵器碰撞时发出的金属声等。这些音效不仅极大地提升了动作的视觉冲击力，还使观众更加身临其境地感受到打斗的激烈与紧张氛围。

（三）氛围音效

氛围音效是指能够营造出特定情绪氛围的声音效果，如悬疑电影中的紧张音效、恐怖电影中的惊悚音效等。[②]在《寂静岭》中，空灵且不和谐的高音与低音运用，突出了整部作品的恐怖基调，使得观众在紧张刺激的情节中感受到了前所未有的阴森与压抑氛围。这种音效的运用不仅增强了作品的惊悚感与悬疑感，还使观众更加沉浸于作品的情节之中。

上述音效的归类只是大体的划分，实际上，音效在影视作品中的运用是多种多样的。它不仅能够增强场景的真实感与营造氛围，还能够深化角色的情感表达。通过巧妙地运用各类音效元素，影视作品能够更加生动、真实，使观众在欣赏过程中获得沉浸式体验。

二、影视音效的功能

影视音效在叙事和情绪表达两方面均发挥着作用。

（一）叙事功能

在影视作品叙事中，音效不仅能够传达环境中的声音信息，与画面配合营造出更逼真和生活化的场景，还可以作为叙事的动力，打破原有画面内的平衡状态，推动故事向前发展。例如，电影中常会出现这样的情景：一群人在谈笑风生，突然出现一个声音，如水壶烧开的蜂鸣声、电话铃声等，打破了原本的氛围，新的矛盾事件随之出现。这是影视

---

① 张霁月.电影概论[M].郑州：河南大学出版社，2020：28.

② 拉毕格.纪录片创作完全手册[M].喻溟，王亚维，译.5版.成都：四川人民出版社，2019：234.

作品常用的手法。同时，音效的这种运用也更符合影视作品的特性，能够实现流畅的转场，降低视觉上的跳跃感，使电影叙事的节奏更为紧凑。

以电影《天才瑞普利》(1999)为例，该片50分钟左右时，在去往圣雷莫的火车上，汤姆·瑞普利看着熟睡的迪基·格林利，摘下眼镜慢慢俯身靠近他的胸口，在衣领处深吸了几口气。正当他忘我地沉浸在对迪基的爱慕情愫中时，旁边响起的敲门声骤然打断了他。汤姆迅速从中抽离出来，情节转向下一步动作。他见迪基依旧闭着眼，便忍不住悄悄转头，在窗户的反光中将自己的嘴唇碰向迪基。结果迪基察觉到了他这一动作，出声询问。

(英文台词)

Dickie: Why do you do that thing with your neck ?

Tom: What thing ?

Dickie: On trains, you always do that thing.

Dickie: Spooky.Spook–k–k–k–k–k–ky.Spooky.

(中文台词)

迪基：你为什么要那样扭脖子？

汤姆：什么啊？

迪基：在火车上，你总是使劲扭着脖子。

迪基：怪吓人的。吓吓吓吓吓吓人。真吓人。

随后，迪基有节奏的发音渐渐与爵士乐队敲镲的声音叠奏在一起，实现了从火车到圣雷莫的自然转场。

此外，音效也可以作为情节符号来使用，为特定的情节、动作赋予音效的特征。音效的出现意味着该情节、动作的发生。如电影《大红灯笼高高挂》(1991)中，锤脚声就是一个具有叙事功能的情节符号。它代表了妻妾们对老爷的服侍，也可悲地代表了宅中妇人那一点点的特权、欲望与优越感。每当锤声响起，就意味着一次恩宠、一次思想的驯化。同样，在电视剧《开端》中，公交车上的手机铃声一旦响起就预示着爆炸的发生。

(二)情绪表达功能

每一种音效都因其独特的音质、音色、音调、音量以及频率而具有情绪性和节奏感。在影视作品中，有些音效的情绪性和节奏感会得到强化甚至夸大，它们与画面共同构成意象，用于烘托情绪和表达主题。例如，电影《满城尽带黄金甲》(2006)中，杰王子趁重阳晚宴之际举兵谋反，在静谧的夜晚里，该片通过放大密集的脚步声、铠甲摩擦声，营造出千军万马的气势，再配以低沉、急促的鼓点敲击声，渲染了宫内和宫外两个场景下的紧张氛围。又如，在电影《归来》(2014)中，主角陆焉识第一次回家时，雨声经历了层次分明的变化：起初，陆焉识在户外，雨滴落在车棚、自行车上，声音透亮清脆；随后，他进入楼道，雨声变得沉闷、遥远；直至他揭开油布，雨声骤变，显得雨水更加细密。雨声的层次变化，暗示了人物偷偷回家路上的复杂内心活动，表达了他对与妻女重逢的期待，以及这场相逢的不易。雨声为这座城市笼上了一层悲凉之意。

音效虽然看起来是作品拍摄完成后再添加的，但实际上，声音设计在剧本创作的初期就起到了关键作用。编剧需要思考如何通过音效来表达角色的情感和介绍故事的背景，使音效成为作品叙事的一部分。

第四节　音乐

影视作品中的音乐，特指专为影视作品创作或选用现成音乐作品为作品编配的音乐，包括配乐和人物所唱、配唱的歌曲。[①] 其构成丰富多样，涵盖主题音乐、背景音乐、叙事性音乐、情绪音乐、节奏气氛音乐及时空过渡的连续音乐等。[②]

其中，主题音乐是用于表达影视作品主题思想和基本情感的音乐[③]，它通常与影视作品内容紧密结合，旋律具有鲜明个性和高度概括性。这种音乐一般贯穿影视作品始终，起到品牌效应的作用，使观众对整部片子留下深刻的印象。例如，动画片《黑猫警长》(1984)的主题曲《黑猫警长》，动画电影《宝莲灯》的主题曲《爱就一个字》，电影《大话西游之大圣娶亲》(1995)的主题曲《一生所爱》。

背景音乐是指影视作品中标识环境、地域、年代等特征的一种音乐。[④] 它在影视作品场景中起到情感引导和环境营造的作用，能够增强画面的情感表达，使观众更加沉浸在作品的时空氛围中。例如，电影《阿凡达》中当杰克首次在潘多拉星球翱翔时，背景音乐 *Jake's first flight* 与画面中的壮丽自然风光相得益彰，使观众更加真切地感受到潘多拉星球的奇妙。

叙事性音乐是指内容上具有叙事性的音乐。[⑤] 它通常与影视作品的情节和人物紧密相关，利用音乐的结构和元素来传达情节的发展和人物的情感变化。例如，电影《唐伯虎点秋香》中的《求神》曲调诙谐生动，通过一男一女的对唱形式，呼应了唐伯虎追求秋香的故事情节。

---

① 母健弘，母一辉.视听语言[M].北京：中国传媒大学出版社，2022：312.

② 胡智锋.电视美学[M].北京：中国国际广播出版社，2022：119.

③ 曹永莉，郭健.动画视听语言[M].北京：航空工业出版社，2021：168.

④ 王丽娟.视听语言教程[M].2版.北京：中国传媒大学出版社，2023：144.

⑤ 胡永强，朱磊.歌曲写作[M].广州：广东人民出版社，2022：6.

情绪音乐是通过音乐元素激发观众特定情感反应的重要工具，它能够传达如悲伤、欢乐、紧张等情感。例如，在电影《入殓师》(2008)中，入殓师为往生者整理遗体时响起的*Beautiful Dead*，通过旋律和节奏的变化，直接触动观众的情感，既有哀伤的情绪，又蕴含着一种超脱和平静的色彩。

节奏气氛音乐是通过音乐节奏和音色来营造特定场景气氛的音乐。[①]它能够在动作或悬疑等场景中增强紧张感或活力。例如，《速度与激情》系列电影中的快节奏配乐就是典型的节奏气氛音乐。

时空过渡的连续音乐主要用于通过音乐的连续性和变化来引导和支撑观众在不同时空场景间的情感过渡，使观众在场景切换时能够顺畅地衔接或转变情感。

一、影视音乐的类别

影视音乐可分为有声源音乐和无声源音乐两种。有声源音乐，即画面内音乐，其声源出自画面中的人和物，如人物唱歌、现场演奏、播放录音等，能够增强现场音乐的真实感。[②]无声源音乐，又称画面外音乐，是创作者为特定场景、情境专门创作或选配的音乐。[③]

(一)画面内音乐

画面内音乐通常能够增强场景的真实感和沉浸感。观众在听到这些音乐时，会感觉它们是影视世界的一部分，而不是外加的元素。画面内音乐往往与剧情紧密相连，能够直接反映角色的情绪状态或作为情节发展的线索。例如，在动画电影《冰雪奇缘》(2013)中，艾莎在冰雪中演唱的歌曲*Let It Go*就是典型的画面内音乐，且属于人声音乐，它不仅推动了剧情的发展，还让观众更加投入角色的情感之中。

(二)画面外音乐

画面外音乐并不来源于画面内的任何实际声源，而是作为一种独立的艺术元素存在于影视作品之中。其主要功能在于情感引导，它能够创造或强化特定的氛围，引导观众的情绪，甚至传达那些无法通过画面直接表达的深层含义。例如，在一部悬疑片中，紧张而低沉的背景音乐可以在没有任何可见威胁的情况下营造不安感和紧迫感，使观众感受到即将到来的危险。画面外音乐的使用更加灵活多变，它不受画面内事件的限制，能够自由

---

① 影视音乐的构成部分有哪些？［EB/OL］.(2024-11-26)［2025-02-24］.http：//www.zyrykbiandao.com/datum/4748.html.

② 孙立军.动画艺术辞典［M］.北京：北京联合出版公司，2014：156.

③ 孙立军.动画艺术辞典［M］.北京：北京联合出版公司，2014：157.

地穿梭于不同的时空，为作品提升艺术魅力和拓展情感深度。

二、影视音乐的功能

影视音乐主要服务于影视作品的具体空间和叙事情境，与人物性格、情感状态及故事情节的情绪走向有着密切的关系。其主要功能如下。

（一）点明主题

影视音乐具有概括和点明主题的重要作用，它能够通过歌词及演唱直接传达影视作品的主要思想。例如，《泰坦尼克号》中的主题曲《我心永恒》（*My Heart Will Go On*），以其荡气回肠的旋律，深情地颂扬了男女主人公之间伟大的爱情。同样，电影《贝隆夫人》（1996）的主题曲《阿根廷别为我哭泣》（*Don't Cry for Me Argentina*），也充分展现了贝隆夫人对阿根廷深沉而炽热的爱。此外，众多经典的香港电影歌曲，如《笑傲江湖》（1990）的主题曲《沧海一声笑》展现了武侠世界的豪情壮志，《黄飞鸿》的主题曲《男儿当自强》激励着人们奋发向上，而《星愿》（1999）的主题曲《星语心愿》诉说着跨越生死的爱恋。这些歌曲都很好地表达了影视作品的主题，用丰富的音乐元素感染着观众。

（二）抒发情感，渲染气氛

在特定的情境下，影视音乐能够营造出富有结构意义的节奏，激发观众的情感共鸣，从而达到抒情、渲染和烘托气氛的效果。例如，在电影《人鬼情未了》（1990）中，当男女主人公依偎着制作陶艺，场景中弥漫着深深的爱意时，主题曲《奔放的旋律》（*Unchained Melody*）适时响起，将主人公的深情烘托至极致，也为后续展现他们生死不渝的爱情奠定了情感基调。又如电影《菊次郎的夏天》（1999），当菊次郎陪伴小男孩正男度过一个难忘的夏天时，久石让创作的钢琴曲*Summer*流淌而出，洋溢着夏日的欢快与轻松氛围。再如电影《岁月神偷》的开头，罗进二套着鱼缸自由自在地奔跑于街头巷尾，此时的配乐*Dancing On The Moon*恰到好处地表达了影视作品的情感，使观众更加沉浸在罗进二调皮且纯真的世界之中。

（三）创造节奏

影视音乐不仅有激发情感的功能，还能够与画面相配合，共同创造出一种节奏感。这种节奏感既可以是舒缓而悠长的，又可以是激昂而紧凑的。特别是在动作场景中，快速而强劲的音乐能够有效地强化动作的强度，营造一种紧张激烈的节奏氛围。例如，在《杀死比尔》（2003）、《猜火车》（1996）以及《两杆大烟枪》等电影中，配乐的节奏变化与动作的变化相呼应，使得观众能够更加直观地感受到动作的起伏和转折，进一步调动起观众的情绪，让他们更加投入电影所营造的氛围。

（四）塑造人物

影视音乐也可以用于塑造人物形象。有些影视作品会给主要人物配上特定的音乐，就像一个声音符号，能够代表并凸显人物的独特色彩。例如，在电影《赌神》(1989)中，高进出场时那段彰显其气场和风采的音乐——《赌神》，便深深地留在了观众的脑海里。又如电影《大话西游之大圣娶亲》中的音乐《小刀会序曲》常常伴随着孙悟空出现而出现，成为孙悟空这一角色的标志性音乐。还有电影《银河护卫队》(2014)中星爵自带的背景音乐*Come And Get Your Love*，这首爵士摇滚风格的音乐搭配星爵的舞步，恰到好处地展现出这一角色的幽默风趣，让观众对他更加喜爱。

（五）揭示人物内心

影视音乐在影视作品中有时就像独白一样，能够从音乐的角度对人物的内心活动进行揭示。例如，在电影《岁月神偷》中，当罗进一意识到自己与女朋友之间存在无法跨越的阶级鸿沟时，配乐悄然响起，这段音乐揭示了罗进一内心深处的怅然若失。又如，在电影《夏洛特烦恼》(2015)中，袁华在电话亭里鼓起勇气给秋雅打电话，却遭到了秋雅的拒绝，此时一曲《一剪梅》响起，戏剧性地传达了他内心的悲凉与失落。

（六）构建叙事空间

影视音乐能够辅助呈现故事发生的具体地点和年代。不同时代、不同地域的音乐，在乐曲旋律、演唱方式以及歌词内容等方面，都展现出其独特的风格特点。通过恰当的选择，音乐可以与视觉上的布景、服装、道具、妆发相配合，共同将观众带入特定的时空之中。例如，《繁花》讲述了20世纪90年代初上海弄潮儿女的传奇故事，剧中采用了大量怀旧金曲，如《安妮》《我是一只小小鸟》《偷心》《爱拼才会赢》等，营造了浓郁的时代氛围，烘托出20世纪90年代上海开放、炽热又有点冷酷的气息，把观众的思绪一下子拉回到那个令人难忘的年代。再如，陈可辛导演的《甜蜜蜜》和许鞍华导演的《千言万语》(1999)，都以邓丽君的歌曲作为贯穿全片的要素，将大时代背景与歌曲氛围紧密结合，为电影赋予了浓厚的怀旧气息。而《无名之辈》中的插曲《瞎子》，是一首用贵州织金县方言演绎的民谣歌曲，它凸显了电影故事发生地的地方文化特色。

（七）成为情节发展的线索

影视音乐在影视作品中，同样可以成为情节发展的线索，有效地串联起前后事件，推动剧情的进展。以《无间道》为例，插曲《被遗忘的时光》不仅参与了人物的刻画，还作为一条隐性线索，穿插于故事的发展脉络之中。这首歌首次出现是在陈永仁与刘健明在音响店的初次相遇，两人彼时还不知道对方的真实身份，却坐在一起静静地听着那舒缓的旋律。而第二次出现则是在刘健明与女友分手之时。陈永仁特意将一张试音碟放到了刘健明的家中，在《被遗忘的时光》的音乐尾声，隐藏着一段至关重要的录音，它证明了刘健明实际上是黑社会卧底。随后，两人之间展开了最后的对决。这首歌曲不仅对剧情的发展起到了铺垫作用，还与剧情的转折紧密相连。

(八)深化主题，强化人物心理状况

影视音乐不仅能与影像相辅相成，还能与之形成鲜明的对比或反差，从而产生更加丰富的艺术效果和审美体验。例如，在电影《僵尸肖恩》(2004)中，有一段主角们在酒吧被丧尸围困并奋力杀出重围的情节。这分明是危机四伏、紧张至极的时刻，然而，画面中的自动点唱机里不合时宜地随机播放出了皇后乐队的经典曲目*Jazz*。轻松愉悦的音乐与绝望的影像形成强烈反差，不仅营造出一种荒诞而滑稽的氛围，也让这场搏斗变得动感十足，强化了角色在极端环境下乐观的心理状态。又如，在《辛德勒的名单》(1993)中，当德国士兵在搜寻犹太人时，一个德国军官在房间里弹起流畅又跳跃的钢琴曲*Don't Stop Me Now*，这与此时德国士兵戕害犹太人的画面格格不入，却又合情合理。这样的音画对立处理，更加凸显士兵们的冷漠和人性的丧失，也反映出战争的残酷，深化了该片的主题。

在剧本创作阶段，编剧很少会对音乐做出具体而详尽的设计。如果编剧能够了解并熟知音乐在影视艺术中所扮演的多重角色及其作用，那么其在剧本写作过程中对于视听思维的运用无疑会更加丰富、有创意，更加准确地把握作品的整体氛围和视听节奏。

本章练习题

1. 观看一个影视作品片段，记录下其中的对白、旁白、独白和潜台词，分析不同类型的语言在推动情节、塑造角色和传达主题等方面的作用。

2. 选取一个影视作品中的角色，准备一段包含对白、独白和潜台词的表演片段。自己表演该片段，注意表现角色内心的变化和情感的层次。

3. 将一段现有的影视作品中的对白改写为旁白或独白，或者将旁白改写为对白，探讨改写后语言对情节和角色塑造的影响。

4. 选择一段看似简单的对白，深入挖掘其中的潜台词，分析角色未说出口的想法和情感。

5. 设定情境和人物，创作一个影视作品剧本片段，要求至少包含一处对白、一处旁白、一处独白和一处潜台词，并解释它们各自的作用。

6. 观看一部电影，分析音效和音乐的作用。尝试为自己创作的剧本片段添加音效、挑选音乐。

本章思考题

1. 对白、旁白、独白和潜台词在影视作品中各自承担什么样的功能？它们如何共同作用于故事的叙述和角色的塑造？

2. 如何通过有效的对白设计来推动剧情？

3. 旁白和独白在表达角色内心情感方面有何异同？

4. 如何通过潜台词来揭示角色的隐藏动机或情感冲突？

5. 如何利用音效推动故事发展？如何通过音效进行自然转场？

6. 如何运用音乐揭示人物内心、渲染气氛？

第十章　影视短片剧本创作

教学目标：

1.了解影视短片的基本概念和特征，掌握影视短片的剧本结构和创作要点。

2.了解影视短片的形式与分类，掌握其艺术特征。

3.培养学生创作影视短片剧本的能力。

4.培养学生分析和理解剧本的能力，为影视短片剧本创作打下基础。

重点：

1.掌握影视短片剧本结构。

2.了解影视短片剧本创作的基本流程和创作技巧。

难点：

1.在有限的时间内创作影视短片剧本。

2.激发学生对影视短片剧本创作的兴趣。

第一节　短片概述

一、短片的概念与界定

(一)短片概念初探

影视短片(以下简称短片)创作是影视界非常重视的一种创作类型。作为一种独特的形式，短片以其短小的篇幅、紧凑的剧情和丰富的表现力，赢得了广大观众和业内人士的喜爱。短片与长片在创作中诸多方面都有显著的差别。短片通常指具有独立叙事结构的电影作品，它可以是叙事性的，也可以是非叙事性的，如实验电影、动画短片等。从本质上讲，影院长片和独立短片的叙事原则是一致的。[①]因此，可以说，短片是一种具有创新性、实验性和表现力的艺术形式，以精练的篇幅、深刻的思想内涵和独特的艺术风格，丰富了影视艺术的世界。

在短片篇幅有限的情况下，短片创作者鼓励创新和实验，短片聚焦于社会现象、人文关怀、心理剖析等深层主题，强调对现实的反思和对人性的挖掘。短片是编剧表达个人观点、展现自我风格的有力载体，可以根据自己的兴趣和特长，自由地选择题材和叙事方式。

当前，业界并没有对一部短片的长度上限做出明确的规定，因为用一个比较具体的时段来硬性规定短片的时长，是不太符合短片创作的实践和发展的。但不对短片的时长做限制，将很容易模糊短片和长片的类型界限，不能准确地揭示短片类型的真正特点，因为短片的特点主要体现在时长上。一般来说，专业的短片电影节把短片(包括短纪录片)的长度规定为53分钟以内。2001年的北京首届独立映像展专门规定了60分钟以下的剧情短片才可报名参加短片单元，但是这并不是一个完全严格的标准。

短片有最长的时间限制，但似乎没有最短的规定。[②]例如，获得奥斯卡金像奖最佳动画短片的《哑谜》(1984)时长为5分钟，《纸人》(2012)时长7分钟，《特别快递》(1976)时长7分钟，获得发行许可并在影院放映的《大兵哥》(2004)片长只有7秒钟。因此，短片的涵盖范围很广，只要能在规定时长内构成一个片段或者讲述一个故事的影像，皆可视为短片。

当然，时间长度的界定仅仅是定义短片的一个方面。短片是一种以较短时间讲述故事或表达主题的电影艺术形式。它不只由时间长度定义，还涵盖了多种风格和表现形式。从电影诞生起，短片就以独特的方式存在，并且随着技术与美学的进步，已经发展成为一个具有强烈表现力和艺术吸引力的领域。除了时长的区别，我们还需要在电影美学方面对其进行更为明确的特征定义。[③]短片作为新媒体时代的宠儿，以其便捷的观看方式、高效的传播机制及强烈的互动特性成为影视创作的重要方向。

(二)短片与长片的区别

首先，必须阐明一个核心观点：短片并非长片的简化版。

在相关专业的大学教育过程中，编写短片剧本是一项基本训练。短片这个词有时会误导人，让人以为它只是时间较短的长片。实际上，在创作过程中，短片与长片在构思、剧本撰写、拍摄和导演等方面有本质的区别。学生在创作短片作业时，不应将其看作长片

① 张然，任伟峰.动画短片剧本写作[M].苏州：苏州大学出版社，2013：1.
② 张春.中国电影短片研究[D].长沙：湖南师范大学，2014：2.
③ 杨杰，金花.数字影视短片创作[M].南京：南京大学出版社，2023：3.

的简化，而应该理解为一种独立且具有自身特点的艺术形式。

无论是短片还是长片，它们都注重电影美学，都需要经过精心规划和一系列复杂的制作过程，依赖演员和剧组人员的共同努力，需要有清晰视野的导演指导，以及扎实的剧本基础。尽管短片和长片有共同之处，它们在本质上仍有明显区别：短片的规模通常更小，特别是在剧本创作和叙事方式上短片与长片有较大差异。

在学生短片作业中，常见的问题是创意过于宏大，超出了短片的承载能力。学生往往尝试在有限的时间内讲述一个主题宏大的故事，但受限于预算和技能，创意很难实现。短片和长片在剧本创作上有明显的不同，尤其是在戏剧的规模和情节结构上。例如，在一部5分钟的短片中，激励事件可能被安排在短片开头；而在长片中，激励事件的展开通常需要占据整个第一幕的前半部分，以展示其发展过程。这表明，短片需要更加精练和集中的叙事方式，以适应其较短的时长和有限的资源。

长片的成功在很大程度上依赖于创造出一个能够与观众建立情感联系的主角。短片虽然同样需要塑造这样的角色，但其成功常常来自对一个具有鲜明个性、可能不会引起广泛共鸣的角色的深入刻画。这种叙事策略在短片中是有效的，因为短片的时长较短，观众可以在较短的时间内集中关注角色，而不像长片那样需要在长时间里持续投入情感。

短片能够将焦点集中在单一事件的冲突上，而长片则需要处理多组事件，且往往不具备短片中的丰富细节。例如，《魔术师和兔子》、《共进午餐》(1989)、《鹬》等短片，均聚焦于单一事件，尤其是《魔术师和兔子》，全片仅在一个场景中，却通过丰富的细节全面展现了事件的各个层面。

短片因其紧凑的叙事和集中的表达，特别适合探讨那些复杂和深奥的主题。相比之下，长片创作者由于担心失去广泛的观众基础，通常避免长片作品触及这些可能引起争议的敏感话题。以奥斯卡金像奖获奖短片为例，它们勇敢地触及了诸如种族歧视、社会边缘群体的生存现状、人性的冷漠等敏感话题。这些短片不拘泥于商业成功，不惧引发观众观影时的不安情绪，以自由的叙事方式和深刻的主题展现故事。事实上，观众对这种敢于冒险和探索的创作精神给予高度评价。即使是那些基调阴暗或主题晦涩的短片，只要构思巧妙、寓意深刻，也可以吸引制片公司注意。这表明，在短片领域，凭借创新和深度同样能够获得认可和机会。对于短片，故事的创意和视觉呈现更具吸引力。更为重要的是，一部紧凑有力的短片不但能讲述感人的故事，而且在拍摄和制作上也更为容易实现。[①]

① 赵丹.新媒体短片剧本创作[M].杭州：浙江摄影出版社，2021：33.

二、短片的形式与分类

短片的类型多样，分类方式也很多。从主要角色出发，可以分为动画短片和真人短片；从叙事方式出发，可以分为剧情短片和纪录短片；从叙事目标出发，可以分为广告叙事短片与艺术叙事短片。① 也有学者将其分为故事短片、纪录短片、动画短片②，还有学者按照故事结构将其划分为小说式、戏剧式、抽象表现③三大类。除此之外，近年来得益于互联网的不断普及、移动设备的不断更新和视频平台的不断发展等因素，网络微短剧市场发展迅猛，成为短片一种新兴的内容品类。

短片的形式与分类多样，本节将从内容创作、功能、故事结构几方面进行分类介绍。

（一）从内容创作分类

1.故事短片

故事短片是短片的主要类型。一般是指由演员扮演角色，具有一定故事情节，表达一定主题思想的短片，也可以称之为剧情短片。④目前被称为“微电影”的短片大多属于故事短片。它是一种精练的电影叙事形式，是一种新兴的影像形式，是互联网普及后在新媒体平台上广泛传播的一种影视作品。

故事短片以紧凑的结构、集中的情节和深刻的主题为核心，通过人物之间的冲突与解决，快速而有效地传达故事情感和社会意义，旨在通过有限的时间给观众留下深刻印象和思考空间。作为一种在新媒体平台上广泛传播的大众化媒介，故事短片不但能够捕捉并展现人物的心理成长和变化，而且在艺术表现上与传统的纪录短片和实验短片有所区别。

例如，《调音师》以其精练的叙事结构、紧凑的剧情和深邃的主题思想，荣获了法国电影凯撒奖最佳短片奖。该片通过人物之间的冲突和解决过程，快速而有效地传达了主题。它不仅呈现了剧情的发展，也展现了人物心理的成长和变化。不同于传统的纪录短片和实验短片，它在艺术表现上更注重叙事和情感的传达，利用精心设计的对话、音乐和视觉元素来增强故事的情感深度。

《调音师》片段

根据内容和风格，故事短片可以进一步细分为“言情、悬疑、惊悚、校园、都市等多元

① 陈鸣.短片剧本写作实训[M].北京：中国人民大学出版社，2022：23.

② 张春.中国电影短片研究[D].长沙：湖南师范大学，2014：3.

③ 王诗月.动画短片故事结构研究[D].沈阳：沈阳航空航天大学，2013：11.

④ 陈鸣.短片剧本写作实训[M].北京：中国人民大学出版社，2022：24.

题材”①，以满足不同观众群体的喜好和需求。尽管故事短片的放映时间相对较短，但其深刻的叙事潜力和艺术表现力使其成为一种独特且富有影响力的艺术形式。

2.纪录短片

奥斯卡金像奖官方网站公布的纪录片评选规则对纪录片是这样定义的：“取得资格的纪录片在理论上必须为非虚构的电影，涉及文化、艺术、历史、社会、科学、经济以及其他领域。在强调事实非虚构的情况下，纪录片可以是对真实事件的拍摄，或运用部分的情景再现、资料片、剧照、动画、单格拍制以及其他拍摄技术。”②由此可见，纪录片剧本通常以真实事件和人物为基础，通过拍摄、访谈、旁白等手段，展现真实世界的面貌，特点是具有真实性、客观性和教育性，注重对现实问题的挖掘和反思，具有教育价值和社会意义。因此，纪录片通常需要充分考虑素材的选取和整合，以及叙事手法的运用。

在评选规则中，纪录短片与纪录长片除了有不得超过40分钟的限制等细微不同外，其他基本一致。纪录短片可包括资料编辑短片、新闻及简介短片、访谈式纪录短片和自然风景类纪录短片等。由于电影一出现就显示了它的记录功能，所以世界上最早的一批影片大多是纪录短片。例如，卢米埃尔兄弟的《工厂大门》(1895)、《火车进站》(1896)、《婴儿的午餐》(1895)等作品，都是记录真实生活景象的纪录短片。③中国的《定军山》(1905)记录了京剧《定军山》的片段，也可归类为纪录短片。

3.动画短片

动画短片可以根据不同的标准进行分类。按照制作工艺技术，可以分为二维动画、三维动画、定格动画以及真人与动画结合作品这四类动画短片；按照动画短片的传播媒介，可以分为影院动画短片、电视动画短片、广告动画短片和科教动画短片；按照动画短片的性质，可以分为商业动画短片和实验动画短片等。

动画短片是用较短的篇幅，最大限度地探索(材料和技法)和实验所产生的动画艺术作品，特别注重在创新、想象力、表现力方面的挖掘与表现。④动画短片注重思想、精神、形式和材料上的创新性和前卫性，强调独立思考和个性表达。尽管时长不同，但动画短片在10分钟内能够传达的内容深度和丰富性，与动画长片所表达的一样多。例如，第73届奥

《父与女》片段

---

① 陈雨薇.剧情短片的时空叙事研究[D].保定：河北大学，2022：3.

② 刘震.多元化的奥斯卡获奖纪录片研究[D].武汉：武汉大学，2013：20.

③ 张春.中国电影短片研究[D].长沙：湖南师范大学，2014：4.

④ 姚桂萍.动画短片创作[M].北京：清华大学出版社，2023：2.

斯卡金像奖最佳动画短片《父与女》(图10-1),时长只有8分钟,没有任何对白,却以小见大,故事感人至深,令人回味无穷。

图10-1 《父与女》[①]

4.实验短片

实验短片是一种电影艺术形式,“强调画面感觉,发挥艺术家自己的个性”[②]。它不受传统叙事结构和制作手法的约束,通过创新的视听表现手法,探索电影媒介的边界和可能性。实验短片又可细分为有情节实验短片和无情节实验短片两种类型。有情节实验短片运用类似散文的结构,强调形散而神不散,以非线性叙事、非规律剪辑为特点;无情节实验短片往往更注重画面表现力,经常利用一些抽象的图像或影像来拓展观众的艺术感知和思考方式。实验短片通常在电影节和艺术展览中展示,是电影创作者进行艺术探索和个人表达的重要平台。

水墨动画短片《秋实》(2018),是北京电影学院师生的一个实验项目,入围了第33届中国电影金鸡奖最佳美术片,如图10-2所示。短片利用了比较接近电影短片镜头设计和调度的纵深旋转设计手法,这在以前的水墨动画创作中是难以做到的。导演孙立军认为,《秋实》中的蝈蝈是彩色的,在制作上有难度,如果是没有国画和水墨画基础的动画师,很难掌握这种风格;而让几百名画师都具有这样的能力,做90分钟统一画风的作品,也是很难做到的。因此,想要制作水墨动画,难度很大。这也从侧面反映了实验短片的特性。

① 图片出自https://img9.doubanio.com/view/photo/l/public/p857145316.webp.

② 黄颖.动画概论[M].上海:上海人民美术出版社,2012:17.

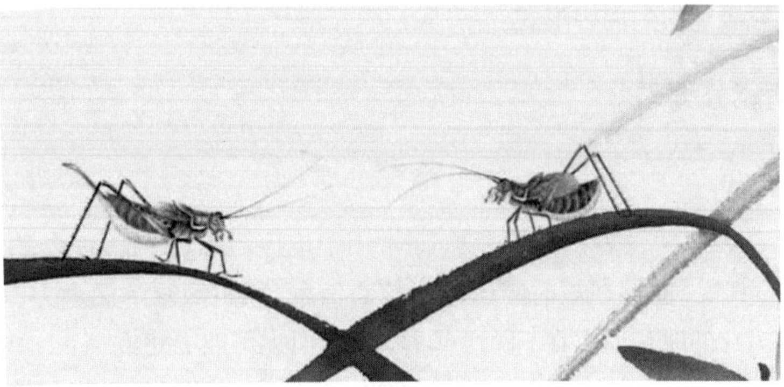

图10-2 《秋实》[①]

5.微短剧

微短剧是新兴的短片形式，关于其定义并没有特别权威的解释，但根据其“微”和“剧”的特点，可以这样定义：网络微短剧是指机构或个人制作的单集时长从几十秒到15分钟，有相对明确的主题和主线，较为连续和完整的故事情节，符合一般影视剧拍摄制作逻辑，制作成本较低，以手机、平板电脑等作为主要播放终端的一种网络影视新类目。

微短剧剧本的语言简明，摒弃冗长的描写和对话，通过简洁的剧情迅速构建场景、角色和冲突，使观众快速融入剧情。微短剧凭借短、快、爽的核心优势，以及制作成本低、观看门槛低的特点，能够触达更广泛的受众，精准抓住用户的“爽点”。与传统电视剧相比，微短剧的叙事节奏更快，充分满足了大众“一晚上追完一部剧”的快餐式需求。

2020年12月，国家广播电视总局出台《关于网络影视剧中微短剧内容审核有关问题的通知》，该通知将单集时长不足10分钟的网络影视剧定为微短剧，微短剧成为继网络剧、网络电影、网络动画片后第四种官方认可的网络影视形态。2020年以前，微短剧还处在萌发阶段，新冠疫情的爆发使剧情紧凑、快节奏的微短剧成为公众获取即时乐趣的重要方式，在一定程度上加速了微短剧市场的发展。国家广播电视总局数据显示，2021年至2023年，微短剧拍摄备案数从935部跃升至3574部。[②]《2023—2024年中国微短剧市场研究报告》显示，2023年中国网络微短剧市场规模为373.9亿元，同比增长267.65%。[③]微短剧呈现爆发式增长态势，其发展速度之快、市场潜力之大令人瞩目。

微短剧作为文化与科技深度融合的新兴文艺形态，植根于中华精神文明的沃土，贴近大众生活，以接地气的创作与传播模式，激发社会广泛参与网络文艺创新，持续满足人民群众多元化的精神文化需求。其快速发展得益于互联网技术的普及、移动设备的便捷性以及视频平台的兴起，为创作与传播提供了广阔舞台。凭借较低的制作成本、简洁的剧情和紧凑的时长，微短剧契合现代观众快节奏生活中的娱乐需求，迅速成为网络文化生态

① 图片出自https://baijiahao.baidu.com/s?id=1657972135894681930&wfr=spider&for=pc.

②③ 黄楚新，汪丽.网络微短剧：影视行业的新风口与新挑战[J].新闻论坛，2024(2)：10–12.

中独树一帜且充满活力的内容形式。

(二)从功能分类

1.广告片

广告片是一种时间较短，目的明确，通常用于推广产品、服务、理念的影视作品。它的特点是简洁、直观，能够在短时间内传达核心信息，吸引观众的注意力，并促使他们采取行动。广告短片的时长通常在5秒到60秒之间，但也可能更短或稍长。与长广告相比，广告短片的时长较短，信息传递更为迅速直接。长广告通常时长在60秒以上，有更充分的时间来详细介绍产品或服务的特点、优势和应用场景。而广告短片需要在较短的时间内吸引观众的关注，迅速传达关键信息。

系列广告是由多个相互关联的广告组成的，它们通常围绕一个主题或概念展开，目的是在较长时间内持续影响观众，加深他们对品牌或产品的认知。系列广告中的每个广告可以是短片，也可以是长片。广告短片可以作为系列广告的一部分，以独立的形式存在，也可以与其他广告短片组成一个系列，共同推广同一产品或品牌。

2.预告片

预告片主要用于电影和电视剧的宣传，通常时长较短。预告片分为先导版预告片和正式版预告片。先导版预告片在时长上一般较短，通常时长在30秒到1分钟。先导版预告片通常很少甚至不会使用影视作品正片中的镜头，因为它会在影视作品正式播映前一年或更早的时间发布，而正片中的镜头素材可能还未拍摄或制作完成。它只是以概念推广的形式引起观众的好奇心。正式版预告片在时长上较先导版预告片要长，通常为2分钟到2分30秒，一般在影视作品正式播映前的半年内发布。相较于先导版预告片，正式版预告片涉及更多影视作品正片中的镜头，因为此时影视作品基本拍摄完毕，可将更多的正片素材纳入预告片的制作。影视作品预告片是影视作品的副文本，它可以说是影视作品的广告，承担影视作品宣传的职能。

图10-3 《热辣滚烫》①

例如，2024年春节档票房冠军《热辣滚烫》(图10-3)的预告片中，展示了贾玲饰演的杜乐莹

① 图片出自https://movie.douban.com/photos/photo/2904304396/.

瘦了一百斤的身材变化、从“宅家十年”到“想再赢一次”的剧情等。这些内容都激发了观众的好奇心和兴趣，尤其是担任导演和主演的贾玲为了这部电影，减肥、健身的真实经历，让观众更想要去观看电影，刺激了观众购票消费的行为。

3.科教片

科教片是一种运用形象化手段来解释自然现象和社会现象、传播科学知识的影视作品。在中国，1953年之前这类作品被称为“教育片”，之后则定名为“科学教育影片”，简称“科教片”。科教片在发展科学事业、促进经济建设、提高人民文化素养方面具有重要意义。科教片的选题范围广泛，在科学性、思想性、艺术性三者结合上应达到有机、和谐的统一。根据内容、任务和对象的不同，科教片可以分为多个类别，如科学普及片、科学研究片、技术传授片、教学片、科学杂志片、军事教育片、社会教育片、科学幻想片等。其中，教学片主要运用于课堂教学或社会公共场所，配合教师讲课，适应教学要求。军事教育片以军事为题材，可以配合部队的军事训练任务，介绍现代军事科学的新成果。社会教育片则以解释社会现象和传授社会科学知识为内容。以上各种科教片常采用短片的形式呈现内容。

4.音乐电视

音乐电视也就是MTV，其中的M是music的第一个字母，而TV是电视的英文缩写。20世纪80年代初，美国有线电视网开办了MTV新栏目，内容都是通俗歌曲，由于节目制作精巧，歌曲都是经过精选的优秀歌曲，因此，观众人数直线上升。之后，英国、法国、日本、澳大利亚等国家的电视台也相继开始制作和播放类似节目，并为MTV的制作定型，即用最好的歌曲配以最精美的画面，使原本只是听觉艺术的歌曲，变为视觉和听觉结合的一种崭新的艺术样式。①

(三)从故事结构分类

根据剧本的故事结构，短片可分为文学式短片、戏剧式短片和抽象式短片三大类。

1.文学式短片

文学式短片不以戏剧性事件为主，不刻意强调情节的完整性和事件的因果关系。故事内容主要以碎片的形式出现，可以是梦境、幻想、回忆等。这些碎片通常没有明确的时间顺序，而是通过非线性方式展现故事，允许编剧从不同的角度和时间点来构建故事。这类作品以深入的人物心理刻画为特点，通常避免激烈的矛盾和冲突，而是更多地传达编剧的个人情感和故事的内在韵味。文学式短片在简化故事结构的同时，追求深

① 吴月亮.动画短片与音乐电视[J].艺海，2009(2):61-62.

刻的主题和引人注目的创意技巧。小说式短片、散文式短片、诗意式短片都属于这类短片。

2.戏剧式短片

戏剧式短片则严格遵循传统的戏剧结构，通过夸张的情节和人物设计来强化故事的冲突和戏剧性，是故事短片中应用最广泛和最常见的形式。这种类型的短片要求对节奏的精准把握与对故事结构完整性的严格保证。戏剧式短片通过戏剧化情节来触动观众的情感，无论是引发深思还是带来愉悦，都能给观众带来审美上的享受。

3.抽象式短片

抽象式短片以实验性动画为主，以其高度概括性和独特的艺术风格获得独特的审美魅力。这类短片以表现精神内涵为主，分为有情节的抽象式短片和无情节的抽象式短片两种类型。有情节的抽象式短片采用类似散文的结构，强调形式上的自由和精神上的统一。无情节的抽象式短片则更注重画面表现力和制作技法的探索。抽象式短片在造型和内容形式上不断寻求创新，为创作提供了新的表现形式，同时因其短小精悍的特点，减少了大成本制作的风险。这类短片更适合具有独立思考能力和成熟个性的成年人欣赏。

本章重点以故事短片、动画短片、微短剧等有叙事性的短片为对象，分析短片剧本的创作思维与方法。

三、短片的艺术特征

短片因其“短”，在表达大篇幅的题材时会稍显仓促，也正是因为其“短”，使其在题材上另辟蹊径，形成了独特的艺术特征，即时长的简短化、主题内涵的深刻化、形式的独创性、影像的象征性。

（一）时长的简短化

短片与长片最大的不同就在于时长，短片作品的长度一般在40分钟以内，以10—15分钟长度的居多，有些短片只有几分钟甚至不足1分钟。不论是真人短片还是动画短片都离不开“短”的艺术特征。短片更注重在短时间内表达出作者的创意和思想内涵。

《三分钟》片段

例如，陈可辛导演的贺岁短片《三分钟》时长只有7分7秒，讲述了春运期间一位列车员母亲在岗位值班，凭借着列车3分钟的靠站与儿子短暂相聚的故事，如图10-4所示。该片时间紧凑，故事主线明确，短片未对母子相互的出发与抵达作出具体的交代，而是对母子之间的团聚与别离进行直截了当的刻画。短片出现片名后，直接步入了“母子相见3分钟”的正题。在这里，导演将倒计时时间码放到画面中一个明显的位置，时间码从3分钟开始倒计时。3分钟的见面时间被导演转化为一个时间码，观众可以直接看到时间的流逝，就像是定时炸弹上的秒表，以此绷紧心弦。故事中并没有复杂的对话，而是以儿子见到母亲后急切地背诵乘法口诀为主线，完成了个体事件的描绘，更呈现出社会群像的缩影。

图10-4 《三分钟》[1]

(二)主题内涵的深刻化

短片创作通常着重于展现创作者独特的艺术构思和深刻的主题内涵，它通过紧凑的剧情设计，在有限的时间内传达核心信息，引发观众的情感共鸣。与长片不同，短片通常围绕一个中心主题或情节展开，通过紧凑的叙事结构，使观众能够在较短的时间内理解和感受作品所要传达的核心信息。短片无须详细交代每个细节，而是要求编剧在剧本情节发展中不断激发灵感，以高度集中的叙事结构强化情节高潮和结尾，强化主题内涵，让观众体会到短片独有的爆发力。

《平衡》(1989)时长8分钟，却极具深刻的观赏价值，其中的哲理性也引人深思。片中的5个人，每个人都有自己的号码，都有自己的位置，只要简单地站在中央。但直到一个箱子到来，它会发出音乐、带来兴奋感，也破坏了他们之间的平衡。这部短片蕴含了德国人特有的思想方式，探讨了人性、欲望、稳定与诱惑之间的复杂关系，展现了短片在深刻性上的独特优势。

《平衡》片段

短片《果皮》(1983)，通过讲述父亲让儿子捡回扔出窗外的橘子皮，以及妹妹因等待而产生不满的故事，展现了家庭成员间的冲突。最终，儿子在车顶上享受自由，而家庭陷入僵局。短片意在表达家庭教育和家庭矛盾的主题，如图10-5所示。

---

① 图片出自https: //movie.douban.com/photos/photo/2514535128/.

图10-5 《果皮》[①]

(三)形式的独创性

艺术创作形式是创作者表达世界观和价值观的一种方式。影视艺术经过一百多年的发展，观众已完全适应并逐渐乏味于其固有的创作形式。新颖的、具有独创性的形式感是吸引观众关注的重要手段，这一点对于短片而言尤为重要。短片是一种可以迅速而有效地表达故事创意的作品形式，由于受时间的限制，短片在艺术表现、制作团队等很多方面都与长片不同。短片虽然篇幅短，但形式感强，创作手法无拘无束，形式各异，其讲究的就是风格化、个性化，强调表达自我，因而在创作形式上有更为自由的发展空间。[②]

短片创作者可以通过突破传统的叙事、视觉和技术等手段，构建出独特且富有辨识度的艺术形式。比如，在叙事结构上，短片可以打破线性时间的束缚，采用非线性叙事、碎片化情节、多重视角，以紧凑的篇幅传递复杂的情感和思想。在视觉风格上，短片可通过非常规的画面构图、大胆的色彩运用、动画与实景的结合、实验性影像技术(如延时摄影、超广角镜头、拼贴艺术等)，创造出强烈的视觉冲击力和独特的艺术美感。此外，短片在技术手段上的创新尤为突出，如利用虚拟现实技术、增强现实技术、生成式人工智能技术，探索新的叙事可能性，甚至通过交互式设计让观众参与剧情发展，打破传统观影的被动性。微短剧的迅速发展与其独特的艺术形式密不可分，它打破了传统影视的创作与传播边界，将艺术表达与大众文化深度融合，成为当代网络文艺生态中一种充满活力的新兴形式。因此，短片需要在短时间内吸引观众，并具备独特的艺术形式。

---

① 图片出自https://movie.douban.com/photos/photo/2891863473/.

② 姚桂萍.动画短片创作[M].北京：清华大学出版社，2023：2.

(四)影像的象征性

象征性也是短片的特征之一，通常其表达的重心并不是情感性的，而是强调对人类自我、价值、信仰、命运等终极问题的思索。[1]象征手法是影视艺术重要的视觉语言，可以分为三种类型：造型象征、戏剧象征和意识形态象征。[2]这三种象征形式是短片创作和表达中的关键要素。象征手法的恰当运用与精巧表现，直接影响短片的质量与影响力。

例如，实验短片《邻居》(1952)就用了象征手法。这部短片讲述了曾经友好的邻居因为一枝花陷入了无尽的争吵和争夺的故事。在彼此相争的过程之中，他们忘记了双方曾经的善意，也忘记了自己想要争夺的那一枝花，最终两人相互伤害，酿成悲剧。这部时长8分6秒的短片用真人逐帧动画的形式拍摄，探讨了战争与和平的主题。在短片中，花已经是美好事物的一种象征，能够激发起人类的某一种情感或欲望。然而，花与现实相对应，也可以是一个国家的土地、人民、政权等。邻居两个人的争吵，不仅仅两败俱伤，还使最开始想要争夺的那枝花也被踩踏导致衰败。最终，长在坟墓之上的两枝花，其实也是“美好事物”的象征，它在此时象征着“和平共存”。

《邻居》片段

又如动画短片《回忆积木小屋》，该片短小精悍，艺术风格极其内敛，叙事节奏缓慢，塑造出众多的意象，意蕴深远。短片中出现的“积木小屋”，不仅仅是指房子的楼层，更象征着老人人生中每段历程的浓缩，它装载着老人一生真挚的感情，是一个家的重要构成要素。当老人从通道启程去潜水寻找烟斗时，每个楼层都有一个盖子，需要打开才能继续下潜。而积木房子里的每一个盖子都不是打开的，这或许象征着人们紧闭的心门，回忆不仅仅被埋藏在心底，更是被盖子尘封。

《回忆积木小屋》片段

短片中一共出现了三次夜晚“积木小屋”的全貌，如图10–6所示。在苍茫的大海与漫无边际的黑夜相互映衬的大背景下，“积木小屋”无畏黑夜，独自亮光伫立。韦勒克说：“一个‘意象’可以被转换成一个隐喻，但如果它作为呈现与再现不断重复，那就变成了一个象征，甚至是一个象征(或者神话)系统的一部分。”[3]短片中夜幕下的“积木小屋”象征着老人的内心世界，它的三次出现，每次都带有不同的象征意义。第一次出现象征着老人对孤独的默然忍受；第二次出现暗示着老人在冷静后勇于追忆过去；第三次出现则是潜水归来后，“积木小屋”再次出现，老人独自拿了两个酒杯，与“对面的爱人”碰杯，这象征着老人拒绝颓废、积极面对生活的决心。

---

① 李剑.简论数字影像的艺术化表现[J].南京师范大学文学院学报，2016(2)：119–122.

② 杨杰，金花.数字影视短片创作[M].南京：南京大学出版社，2023：3.

③ 韦勒克，沃伦.文学理论(新修订版)[M].刘象愚，邢培明，陈圣生，等译.杭州：浙江人民出版社，2017：179.

图10-6 《回忆积木小屋》中的“黑夜孤塔”①

第二节 创意来源与构思

短片剧本不仅仅是文字上的叙述，更是一种通过电影思维和表现手法进行的艺术创作。编剧可以利用画面分镜头来构思故事，也可以采用文学叙述来描绘具有动态视觉效果和时空特征的事件。短片的剧本构思，实际上是一种遵循电影语言规律的创作思维，它要求编剧在构思时既要考虑视觉表现，又要兼顾情感传达，以打造出既具有艺术美感又能够触动人心的作品。

一、故事为源

根据故事来构思剧本，是剧本创作最常见的方法。罗伯特·麦基认为：“故事并不是凭空产生的，而是脱胎于已经在历史上和人类经验中存在的素材。”② 短片的故事创作是一个将理想与现实相结合的复杂过程，学会捕捉并寻找生活现象是创作故事的一项常见方法。编剧须细致地观察周遭的人与事，聆听各种声音，汲取古今中外的故事。通过不断地记录生活中的点滴趣味，编剧才能够积累丰富的素材库，激发奇妙的创意。正是这些源于生活的素材，为编剧创作出触动人心的作品提供了可能。而短片剧本的创作不仅仅需要编剧对生活现象进行捕捉，更需要编剧对生活深度体验并进行感悟的转化。

例如，短片《海边升起一座悬崖》(2022) 导演陈剑莹，在拍摄前期采访了很多宜宾当地人，深受四川人民那份独特的乐观精神与对土地坚定不移的执着触动，以至于她决心将

① 图片出自https://movie.douban.com/photos/photo/554551114/.

② 麦基.故事：材质、结构、风格和银幕剧作的原理[M].周铁东，译.北京：中国电影出版社，2001：83.

这份情感融入剧本之中，更深刻地挖掘并呈现这片土地上的人文情怀。

原创故事的构思是一个将理想与现实相结合的过程，其创意经常依赖于生活体验，并在灵感激发中注重构建与观众的联系。短片与长片的创意构思来源相似，具体可参考上文相关章节。

二、形象为引

根据形象发展故事，也是发现灵感的过程。短片的剧本创作是一个将创意和灵感转化为视觉和情感体验的过程。根据一个形象来发展故事，是一种特别富有成效的方法。这个形象可以是现实中鲜活立体的真人，他们独特的性格特征、生活经历或某个令人难忘的瞬间，能成为触发故事情节的起点。同样，耳熟能详的角色，无论是文学作品中的经典人物、历史长河中的传奇英雄，还是流行文化中深入人心的虚拟形象，都蕴含着情感共鸣点和故事潜力，等待着编剧去挖掘、重塑和赋予新的生命。真人形象的真实质感为故事增添了可信度和情感深度，让观众在观影过程中找到共鸣；而经典或虚构角色的再创作，则能在保留原有魅力的同时，融入时代精神和个人见解，创造出既熟悉又新颖的故事体验。

例如，短片《曹冲称象》(1982)讲述了年仅7岁的曹冲巧妙运用智慧，解决了众多官员都束手无策的难题——如何称大象，其智慧与胆识令人钦佩不已。这一故事不仅展现了曹冲的聪明才智，也说明了经典形象对编剧的影响。又如获得第90届奥斯卡金像奖最佳动画短片的《亲爱的篮球》(2017)，该片灵感来自科比的形象，讲述了科比从小男孩成长为篮球巨星的励志故事。科比在制作过程中担任编剧、制作人，并为短片录制旁白，如图10-7所示。

图10-7 《亲爱的篮球》[①]

图10-8 《逃出大英博物馆》[②]

微短剧《逃出大英博物馆》(2023)中，"小玉壶"这一形象的原型为中华缠枝纹薄胎玉壶，由苏州玉雕大师俞挺创作，并于2017年被大英博物馆收藏。剧中，"小玉壶"化身为一位穿青色汉服的温婉少女(图10-8)，通过她的视角和逃脱经历，象征性地探讨了中国文物的归还主题。她的标志性台词"是盏！是中华缠枝纹薄

① 图片出自https://movie.douban.com/photos/photo/2512794913/.

② 图片出自https://movie.douban.com/photos/photo/2897898844/.

胎玉壶！”“你要带我回中国吗？”直接反映了文物渴望回归故乡的心愿，触动了观众对中国文物回归祖国的情感共鸣。借助“小玉壶”的形象，微短剧将抽象的文化情怀与民族期望具体化，增强了故事的情感深度和现实意义，使观众对历史文物的归属有了更深的思考。

三、声画为灵

在短片剧本创作过程中，剧本的灵感也可以从视听元素中汲取。这包括但不限于深入观察新闻事件中的震撼画面、赏析摄影作品中的细腻情感表达、研究艺术作品的独特视觉语言、回味梦境中的奇幻场景等。通过这些多样化的视觉来源，编剧能够创作出富有故事性、情感深度与视觉冲击力的短片剧本。

有学者说“人最有创造力的行为就是做梦”[①]。人类的大脑具有非凡的创造力，这体现在每个人的梦境当中。确实，当我们进入梦乡或沉浸在思绪中时，仿佛每个人都在导演并主演一部部复杂而精彩的微电影。这些微电影不但内容丰富多样，涵盖了动作、喜剧、冒险等多种元素，而且角色设定也极其灵活，从自我投射到朋友、历史人物，甚至是遥不可及的电影明星，都能成为我们故事中的主角。这种创造力根植于我们深层的心理结构和无意识之中。它们不受现实逻辑的束缚，能够自由地跨越时空，创造出令人惊叹的场景和情节。

作家从梦中获得灵感的例子很多。斯蒂芬·金把自己的小说《危情十日》归功于一场梦；科幻作家A.E.范·沃格特将梦境的运用推向了极致。他的创作方法颇为独特：在夜晚，他会设置一个定时器，定时器每45分钟响一次，以唤醒自己。每次醒来，他都会努力回忆梦境内容，思考这些梦是否有助于推进他的故事情节或解决写作中的难题。

除了梦境之外，短片的灵感也可以从视觉元素中汲取。例如，短片《草地上的午餐》的灵感来源于马奈的油画《草地上的午餐》，短片由4条线索组成，最终这些线索汇聚到马奈的名画《草地上的午餐》中，画中的4个人物正是4条线索中的角色。

另外，短片剧本的创意来源也可以是音乐和声音。编剧可以根据自己喜欢的一段旋律获取创意灵感，或根据声音构思故事情景。编剧可能会因一段旋律的起伏跌宕联想到角色的心路历程，或是通过节奏的快慢变化构想场景的紧张与舒缓。例如，一首悠扬的古筝曲可能让人联想到古色古香的江南水乡，激昂的摇滚乐则可能激发人们对未来科幻世界的无限遐想，长笛的清脆声音可能在视觉上表现为清澈的溪流或飞翔的小鸟。

1984年，迈克尔·杰克逊的音乐短片《战栗者》(*Thriller*)就是根据音乐构思创作的，

---

① 沃尔夫.你的写作教练[M].孟庆玲，伊小丽，译.2版.北京：中国人民大学出版社，2014：44.

成为全球第一部35毫米长、宽银幕电影风格的MTV，也是全球第一部音乐录影带电影。短片由约翰·兰迪斯执导，全长14分钟，讲述了关于迈克尔·杰克逊被僵尸追杀的故事。该片以其独特的叙事方式、紧张刺激的情节以及迈克尔·杰克逊标志性的舞蹈动作而受到观众喜爱，被誉为音乐短片的经典之作。此外，《幻想曲》(1952)、《彼得与狼》(2006)等作品都是先有音乐，然后才构思创作的动画短片。

四、改编为导

通过从中外经典文学作品中汲取营养，编剧可以获取故事素材、元素和能量，这些元素可成为优秀的剧本创意素材。

例如，动画短片《小妖怪的夏天》(2023)以小说《西游记》中唐僧师徒取经的故事背景为基础，但并未直接采用原著中的主要人物和情节，而是选择了一个普通的小猪妖作为主角，重新构建了它与原著中其他角色之间的关系，如图10-9所示。小猪妖并未成为唐僧师徒的敌人，反而成为他们的帮助者。这种改编不仅丰富了角色的性格，也使故事主题更加积极向上。短片通过小猪妖的视角，展现了他在艰辛生活中的挣扎和对美好生活的渴望。这种内在情感的刻画使角色更加立体，故事更加感人。通过对原著的改编，《小妖怪的夏天》的故事基调与《西游记》的奇幻色彩不同，呈现出一种现实主义的风格，更加注重对生活细节的描绘，使观众产生共鸣。

图10-9 《小妖怪的夏天》①

此外，有些影视作品以轻松幽默或讽刺的方式对历史事件、文学名著等进行改编，赋予其新的解读角度。例如，《伟大的历史动画》是一部时长8分45秒的讽刺动画短片。该

① 图片出自https://movie.douban.com/photos/photo/2911829039/.

片梳理了人类从古代到现代、从西方到东方、从野蛮到文明的一系列战争行径，呈现出这样的思考——人类的文明发展史其实是一部充满杀戮和血泪的战争史。德国动画短片《死羊羊》(2012)则以二战后德国分裂成东德与西德为历史背景，用黑色幽默的方式反映了国家分裂等问题。

微短剧的剧本创作也常来源于文学作品的改编。例如，微短剧《桃花马上请长缨》(2024)改编自同名小说，讲述了女主角宋惜惜为母安心隐藏军功，嫁给战北望后的故事。在战北望违背永不纳妾的誓言后，二人和离，宋惜惜重新拿起桃花枪，替父亲重振镇北侯府，并觅得真正的良婿——北冥王谢如墨。又如，微短剧《招惹》(2023)改编自同名小说，讲述了一个假少爷和一个假歌女身处同一屋檐下相爱相杀的悬疑爱情故事。

第三节　短片故事的构建

因时长、类型、风格等多方面叙事形式和内容的差异，短片呈现出独特的叙事方式。本节主要通过短片故事的创作原则、叙事技巧两个层面进行深入解构。

一、短片故事创作原则

长片与短片在故事创作上的差异主要体现在故事时长、叙事节奏、角色深度、情节复杂度和主题探讨等方面。长片可以从容地展开复杂的情节和深入的角色发展，允许编剧通过丰富的细节和多层次的情节转折来构建一个完整的故事世界。相反，短片则要求在有限的时间内迅速吸引观众的注意力，通过紧凑的叙事和精练的情节来传达核心主题和情感，往往更注重故事的直接性和冲击力。

(一)故事时间跨度“简短化”

短片的情节不应该横跨几个月或者几周，这会严重消解戏剧的紧张感。[1]编剧在编写短片剧本时，应尽量将剧情压缩在一个短暂的时间内。理想的情况是，短片故事在几天之内完成，最好限制在几小时，甚至与现实中的银幕时间相匹配。因此，编剧在创作短片时，要限制故事的时间跨度，让故事“简短化”。这种方法对大多数有故事情节的戏剧式短片创作有借鉴作用。

《光杆乐队》片段

例如，《光杆乐队》(2005)时长5分钟。在该短片中，许愿池旁的两个街头艺人为了小女孩手里一枚金币大动干戈，导致钱币掉进了下水道。当小女孩拿到艺人手中的琴后，惊人的音乐才华让小女孩获得了金

① 赵丹.新媒体短片剧本创作[M].杭州:浙江摄影出版社,2021:43.

币，最后小女孩在两个艺人面前把金币投入许愿池。该片的故事发生的时间很短暂，但围绕着“争夺金币”的欲望，故事呈现出让人意想不到的迂回曲折。

短片《共进午餐》中，整个剧情的核心冲突仅由一场吃沙拉的场景构成。故事非常直接：一位年长的优雅女士误以为一个无家可归的男子吃掉了她的沙拉。基于这个误会，她接下来的行为推动了短片的冲突和叙事。尽管这部短片的故事时间跨度仅几个小时，但丝毫不影响整个故事的完整性。

《共进午餐》片段

短片《命中注定》(2008)成功地构建了一个情感丰富、主题深刻的故事，展示了短片创作中如何在有限的时空内实现高效的叙事。该片讲述了一名年轻男子求婚被拒后心情十分沮丧，在机场的候机室准备乘机离开时，遇到了一名神秘的中年男子，这名中年男子给年轻男子一个可以预知30秒未来的箱子。借助箱子的预知魔力，年轻男子获得了一名陌生年轻女子的芳心，两人一起步入登机口。故事的时间背景限定在年轻男子求婚被拒后，准备离开机场候机室之内。这种时间上的短暂让故事情节紧凑，没有冗余的次要情节。虽然故事省略了年轻男子求婚的细节和他与前女友的过往，但这丝毫不影响观众对故事的理解。

《命中注定》片段

由伍仕贤自编自导的短片《车四十四》(2001)，获得第58届威尼斯国际电影节评委会特别奖。短片时长仅11分钟，整个故事的时间跨度仅几个小时，却道出了人性的光辉与黑暗，如图10-10所示。

图10-10 《车四十四》[1]

当然，并非所有短片都将故事情节严格限定在短暂的时间跨度内。例如，动画短片《父与女》，通过女儿一生的时间跨度，展现了她对远行父亲的深切思念与无尽等待。尽管这

① 图片出自https://movie.douban.com/photos/photo/2540850155/.

部短片在故事时间上并不遵循“简短化”的原则，但其情节异常简洁，遵循了“简单化”原则：一位女儿对父亲的恒久思念贯穿了她的整个生命历程。

又如《回忆积木小屋》，其时空跨度也相当大，并且短片没有按时间顺序进行铺陈。短片一开始交代了老人的生活环境，老人独自居住，面对海平面不断上升的现实，邻居们纷纷选择离开。至于老人从决定增高房屋到开始搬家的这段时间里，究竟流逝了多少天，观众无从得知。当老人开始下潜时，故事巧妙地转入了闪回与倒叙的模式。海底高楼的每一层，都触发了老人对不同时空的深刻回忆，这些回忆甚至追溯到他年轻的时候。

(二)故事情节设置“简单化”

在短片剧本的创作过程中，运用简洁而精练的故事，巧妙展现角色内心的蜕变或成长轨迹，并深刻揭示其背后的主题意蕴，是成就短片独特艺术魅力的关键所在。就像约翰逊所说：“故事要简单，角色要复杂。”[①]这一原则不仅适用于长片叙事，对短片创作同样具有指导意义。许多短片剧本之所以显得臃肿乏味，根源在于“叙事超载”现象，即试图在有限的时间内堆砌过多元素，如同强行将过量内容塞入容量有限的容器，最终导致故事脉络混乱。这样的剧本往往让重要情节无法“呼吸”，最终导致故事“窒息而死”。

鉴于短片时长的限制，编剧须展现出高度的凝练能力，在极短的时间内高效完成环境背景的铺设、人物个性的勾勒、矛盾冲突的展现以及情感深度的挖掘。一个优秀的短片故事，其核心往往简洁明了，观众能够一语中的地概括其主旨。这类故事通常围绕一个鲜明且富有戏剧张力的情节线索展开，构建出一个清晰明确的冲突焦点。在叙事推进中，编剧应将笔墨集中于这一主要冲突，确保从故事开篇至高潮部分，情节发展紧密围绕该冲突展开，可能仅涉及一桩核心事件。

图10-11 《三个和尚》[②]

例如，《三个和尚》(1980)讲述了三个性格迥异的和尚因互相推卸挑水的责任而导致寺庙缺水，最终通过团结合作解决了问题的故事。这部短片运用简洁而精练的故事，如图10-11所示，巧妙展现三个和尚内心的蜕变和成长，并深刻揭示了团结协作的重要性，体现了“团结就是力量”的主题，并教导观众在集体中寻求和谐与共赢，而非单打独斗。该短片用“简单化”的故事揭示“不简单”的道理。

① 约翰逊.短片剧本写作[M].余韬，译.北京：世界图书出版公司，2017：67.

② 图片出自https://movie.douban.com/photos/photo/2261850095/.

《鹬》讲述了一只幼年矶鹬在母亲引导下克服对海浪的恐惧，通过观察寄居蟹掌握觅食技巧，最终从依赖走向独立成长的蜕变历程。该片以“简单化”的故事框架承载了“不简单”的哲理思考，展现了成长的艰辛与美好，传递了关于勇气、智慧和亲情的深刻信息。

《鹬》片段

微短剧《逃出大英博物馆》通过简洁而精练的故事情节，巧妙展现了角色的内心蜕变和成长轨迹。该剧以“小玉壶”这一形象为核心，讲述了一盏中华缠枝纹薄胎玉壶从大英博物馆逃出后，化身为一个可爱的女孩，并在途中遇到中国记者张永安，两人共同踏上归家之路的故事。故事主线情节清晰明了。该剧没有堆砌复杂的背景信息或多条情节线索，通过“我们要堂堂正正地回家”“愿山河无恙，文物永安”等有力的旁白让观众产生了强烈的情感共鸣。这种“简单化”的创作不仅增强了故事的感染力，还使观众在有限的时间内点燃了民族情绪的火苗。这体现了短片创作中以简驭繁、以少胜多的艺术魅力。

(三)故事内容呈现“视觉化”

短片往往侧重于通过动作来叙事。在短片中，编剧需要精心设计人物的行为与动作，以展现他们在特定情境下的反应与决策。这些动作不仅仅是简单的肢体运动，也是能够深刻揭示人物性格、推动情节发展、制造冲突与转折的关键元素。通过巧妙地编排人物动作，编剧能够引导观众在视觉层面上直接体验故事的起伏跌宕，从而无须过多依赖冗长的对话便能深刻理解并沉浸于故事世界之中。对于短片来说，要做到“展示”，而不是“讲述”[①]，这是经常被提到的短片故事的创作规则，需要编剧铭记于心。

短片的剧本创作应利用视觉优势，通过场景、事件和人物的视觉化镜头来展示故事，利用蒙太奇和图像剪辑等有效的手法，在不牺牲银幕时间的情况下揭示人物和情节，使故事更加生动和紧凑，避免过度依赖对白。

例如，《邻居》这部短片通过两个邻居的互动，巧妙地揭示了战争的荒谬性。该片依靠人物的肢体语言和表情来推动情节发展，而非依赖对白。角色的情感变化通过直观的动作和表情传达，比言语更有力，使观众能够直接感受到他们的喜怒哀乐。这种直观的情感体验和深刻的主题表达，比直接的对白更能引发观众的思考和共鸣，展示了短片创作中“视觉化”的创作原则。

《父与女》巧妙地利用角色的动作——女儿骑自行车的简单行为——展现女儿对父亲的深切思念和时间的流逝。画面中环境的变化，如季节更替和天气变换，进一步强化了故事的情感深度和时间感。此外，湖和河流不仅是物理空间，更是情感距离的象征，通过视觉元素而非言语来表达女儿与父亲之间的联系。音乐和声音设计也起到了关键作用，它们与画面和角色的情感变化同步，增强了故事的感染力。通过这些视觉元素和听觉元

---

① 赵丹.新媒体短片剧本创作[M].杭州：浙江摄影出版社，2021：45.

素的精心编排，短片在短短8分钟内展现了一个跨越多年的感人故事，证明了“沉默有时比言语更有力量”的哲思。

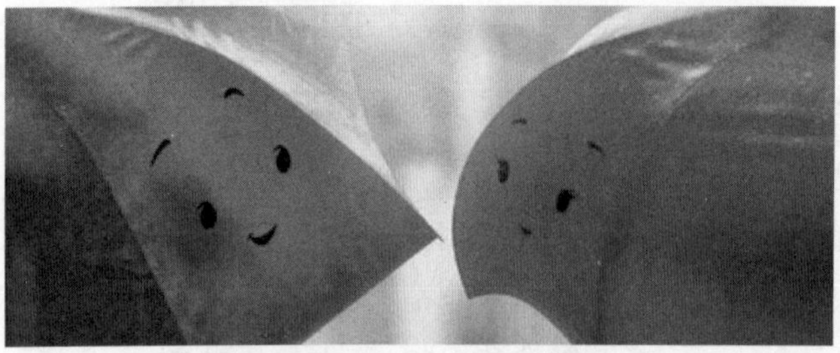

图10–12 《蓝雨伞之恋》①

短片《蓝雨伞之恋》(2013)中，闹市街头的景象，雨点的落下，井盖、路障、邮筒等被雨滴唤醒的物体，以及雨伞的动作和表情，都是通过“视觉化”而非对白来展现的，如图10–12所示。这种视觉化叙事不仅增强了故事的吸引力，也让观众能够更直观地感受到角色的情感和故事的氛围。

《蓝雨伞之恋》片段

对于短片创作而言，是否适宜融入对白不能一概而论。当对白设计得既富有趣味性又能深刻促进角色性格的演变时，其无疑具备了不可忽视的艺术价值。例如，《三分钟》讲述了一个关于家庭和团聚的温馨故事。短片中的对白简洁而富有情感，不仅展现了母子之间深厚的情感，也反映了许多家庭在春节期间因各种原因不能团聚的现实情况。通过这些简短而有力的对白，短片成功传达了家庭的温暖和对团聚的渴望。

在微短剧的创作过程中，对白是不可或缺的元素。微短剧的对白应贴近生活，具备高度的口语化特征，使观众感受到如同日常对话般的自然与真实。避免使用过于书面化或晦涩难懂的词汇和句式，以免产生距离感，影响观众的代入感。对白应简洁明了，用精练的语言传递核心信息，避免冗长和啰唆的表达，以确保剧情的紧凑性和观众的沉浸式体验。例如，微短剧《逃出大英博物馆》的许多台词点燃了爱国情感。

因此，短片剧本的故事创作应当尽量“视觉化”，若需要添加对白，应当精心雕琢每一句对白，确保其既能够服务于角色的成长与变化，又能够紧密贴合故事情节的发展脉络，从而创作出既精练又富有深度的作品。

二、短片故事叙事技巧

了解叙事技巧对于短片创作至关重要，它不仅提升了故事的表达效果，也是连接编剧与观众的桥梁。

(一)情节突转

情节突转指的是叙事情节先抑后扬，平开高走；或者先扬后抑，高开低走，突然翻转，造成叙事情节的反转、震惊效果。

① 图片出自https://movie.douban.com/photos/photo/2153987689/.

动画短片《妹妹》(2018)这部定格动画将故事背景设定在20世纪90年代的中国，描述了一个家庭中哥哥与妹妹争吵、打闹的场景。短片的高潮和转折在于结尾处的"突转"，揭示了前面描述的一切只是主人公的想象，他的妹妹实际上并未出生。这种叙事手法不仅带给观众意想不到的故事结尾，也深刻揭示了独生子女的心理状态和社会现象，让人反思。

微短剧《亲爱的乘客，你好》第二季(2024)第一集巧妙地运用了突转手法，增强了故事的戏剧性和情感张力。网约车司机遇到一位带着"宝贝座椅"上车的女性，她焦急地表示要赶往医院，一路上司机与乘客交流"带娃心得"。然而，到达目的地后，司机才发现"宝贝"竟是一只宠物，如图10-13所示。通过这一突转，该剧不仅展现了网约车司机的善良与责任感，还以幽默的方式反映了现代社会中人与宠物之间的情感纽带，赋予故事社会意义。

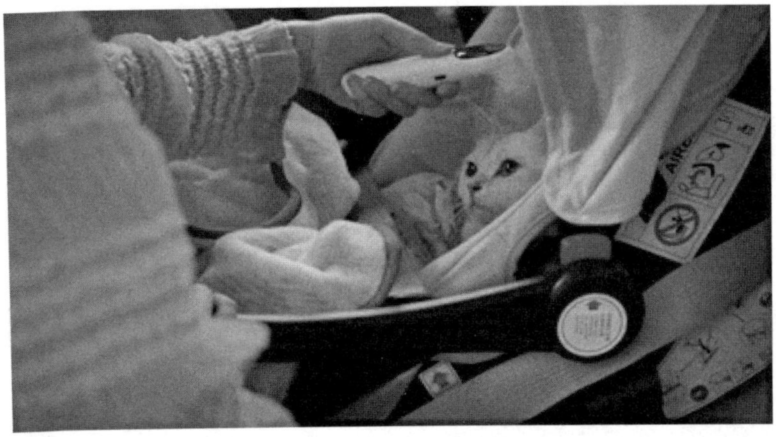

图10-13 《亲爱的乘客，你好》第二季第一集[①]

(二)设置悬念

悬念始终是吸引观众的元素，片头营造某种悬念，片尾揭示结果是短片的常用技巧，但悬念的解开一定要做到"情理之中，意料之外"。也有短片直到结尾始终保持悬念，让观众回味无穷。例如，短片《调音师》一开始就设置了一个悬念——一个盲人钢琴调音师在阴暗的公寓里演奏，而他的背后有一个持枪的女人。这一开头立即引起观众的好奇心和担忧，为整个故事设定了紧张的基调。《调音师》不仅在开头设置了悬念，在片中也设置了多个悬念，通过这些悬念技巧，构建了一个紧张而引人入胜的故事。

微短剧为了迎合当下大众追求刺激与快感的审美心理，常常在第一集前30秒就抛出冲突或者悬念，直奔主题，不浪费观众一秒时间。例如，《招惹》第一集便通过巧妙的悬念设计迅速吸引了观众的注意力。开头以雨夜中汽车驶入庭院、拐杖砸地、中年男人面露凝

① 图片出自https://www.mgtv.com/b/621052/20632446.html?cxid=95kqkw8n6.

重表情等细节，营造出阴郁压抑的氛围，暗示了故事的复杂背景。随后，该剧用快切镜头和蒙太奇手法展现了杜寻羽同姜罂表白的场景，这段情节与老爷急促的脚步和怀疑的眼神交叉剪辑，制造了强烈的戏剧冲突和悬念，紧接着标题“他和他和她”的出现进一步加深了观众对角色关系和故事走向的好奇。这种层层递进的悬念设计不仅成功吸引了观众，还为后续情节的发展埋下伏笔，使该剧在开头便展现出强烈的戏剧张力和情感吸引力。

(三)对比反衬

对比是一种通过展示具有差异性甚至对立性的剧情、场景、人物，并通过前后对比、平行对比、交叉对比，形成反衬效果，揭示某种现象，产生震撼效果的手法。

例如，动画短片《昼与夜》(2010)，讲述了一个名字叫“昼”的小精灵，偶遇一个叫“夜”的小精灵，昼的身体上出现的都是白天的景色，而夜的身体上出现的都是夜晚的景色。从未见过面的两人都对对方非常好奇，昼试探性地去摸夜的身体，夜感觉受到了侵犯，两人厮打起来。充满敌意的昼和夜通过努力展示自己身体的美景向对方示威。然而，在不断地展示中，两人慢慢发现了对方的美，逐渐地由示威转化成了互相欣赏，如图10-14所示。当傍晚来临，昼和夜发现了他们的相同点——黄昏，两人相拥在一起，共同展示出一幅美丽的景色。在短片的结尾，昼与夜惊喜地发现彼此变成了对方，都拥有了对方的美景。

图10-14 《昼与夜》[1]

《昼与夜》片段

《昼与夜》通过这些对比的方式，讲述了一个从陌生到理解，从对立到和谐的故事。这种叙事手法不仅丰富了角色的互动，也向观众传达了深刻的信息：解决思维方式不同的最好方法，就是换位思考，只有感同身受，才能真正互相理解。在互相理解的前提下寻求共同点，做到求同存异，我们才能真正实现人与人的和谐相处。

① 图片出自https://movie.douban.com/photos/photo/500722059/.

微短剧《桃花马上请长缨》(图10-15)在叙事上巧妙运用了对比手法，通过放大男女主人公的人物性格与品行，将人性的善恶对比展现得淋漓尽致。剧中角色的鲜明对立不仅强化了戏剧冲突，更深化了主题表达，使观众在跌宕起伏的情节中感受到人性的复杂。这种叙事技巧的运用，不仅为剧集增添了强烈的情感张力，也使其在思想深度和艺术表现上更具层次感。

《桃花马上请长缨》片段

图10-15 《桃花马上请长缨》[1]

(四)核心冲突

优秀的短片往往围绕一个核心冲突构建叙事。编剧在创作时必须深入思考并明确这一冲突点，因为它是推动故事发展和角色成长的关键。在故事中设置冲突，通常要求主要角色做出伴随着一定风险和后果的抉择。简而言之，冲突是短片叙事的驱动力，主要角色的选择展现了其性格和价值观，而期限的设定则为故事增添了紧迫感，三者共同作用，创造出让观众难忘的精彩时刻。

例如，在《口吃》中，冲突的设置围绕主要角色格林伍德的内心挣扎展开：他因口吃陷入自我封闭，渴望爱情却害怕被嫌弃，形成了自我认知与外界的对抗(核心冲突)。这一冲突迫使他面临是否接纳自我、勇敢追求幸福的选择(主要角色的选择)，而女主人公发信息询问是否可以线下见面，并期待他答复的情节为他的抉择增添了紧迫感(期限的设定)。三者共同作用，推动故事发展，展现了格林伍德的性格与成长。

(五)叠加叙事

叠加叙事是指把相似的剧情和场景通过前后叠加、平行叠加、交叉叠加等方式，揭示某种状态的普遍性。

短片《时间代码》(2016)讲述了两位日夜轮班的停车场保安通过监控录像发现彼此的舞蹈爱好，在机械重复的工作中用肢体语言突破时空隔阂，以默契的双人舞实现精神共振后仍选择保持独立生活的故事。短片运用了叠加叙事的技巧，如通过监控录像的时间

① 图片出自https://movie.douban.com/photos/photo/2915872373/.

代码来组织叙事，展示不同时间点发生的事件。这种时间上的叠加让观众能够看到两个主要角色在相同地点、不同时间的行动。他们分别在白天和夜晚在同一地点执行任务，空间的同一性与时间的差异性叠加，形成了叙事的丰富性。随着故事的发展，两个主要角色在监控录像中的舞蹈逐渐增多，叙事节奏也相应加快，形成了一种叠加的叙事动力。通过叠加叙事的技巧，《时间代码》构建了一个既简单又复杂的故事世界，使得短片在有限的时间内呈现了平凡人的有趣心灵和对生活的热爱。

《时间代码》片段

（六）巧合安排

巧合是一种戏剧性元素，合理地利用巧合可以达到一种出人意料的效果。例如，在《命中注定》中，年轻男子刚刚和新认识的女子登机，下一秒前女友就来到机场寻找他，他错失了与前女友和解的机会。

（七）省略

为了在有限的时长内增加叙事容量，短片通常采用省略的手法，截取不同时空中有意义的瞬间，并将它们巧妙地串联起来，以表达主题。同时，短片通过对特殊道具、场景、动作、对白等具有暗示功能的元素的强调，实现超越短片本身的象征性表达。

微短剧在叙事上也常采用“省略”技巧，以在有限的时长内提升叙事效率。微短剧通过省略世界观设定、背景铺垫和人物前史等信息，直接切入核心情节，快速推进故事发展。例如，微短剧《悬崖下的妻子》(2022)开头仅用1分钟，通过女主角的回忆迅速呈现夫妻情感破裂、丈夫出轨、豪门争产等激烈场面，虽省略了大量背景信息，但丝毫不影响观众对剧情的理解。这种省略手法不仅压缩了叙事时间，还加快了节奏，使剧集在短时间内呈现密集的戏剧冲突，带给观众强烈的情绪冲击。

（八）情理之中，意料之外

情理之中指的是人物的言行、情节发展要符合人物的性格，时代和背景要不违背客观的规律。意料之外指的是故事的发展、人物的变化，要适当偏离观众的预期，制造出意外感，让观众有落差，不到最后一刻永远想不到最终的结果。例如，《命中注定》的开头，年轻男子求婚被拒后的沮丧心情是情理之中的，符合人们在情感遭遇挫折时的自然反应。他在机场候机室的行为，如恋恋不舍地拿着求婚戒指和看着与爱人的合影，也是情理之中的，展现了他在面对情感挫折时的内心挣扎。神秘中年男子出现并展示预知未来的箱子，虽然看似超自然，但年轻男子好奇和惊讶的反应也都是情理之中的，因为人们对超自然现象通常会表现出这样的情绪。但在故事的高潮部分，年轻男子借助箱子的预知魔力获得陌生年轻女子的芳心，并一起步入登机口，这是意料之外的。这个情节的突然转变打破了故事的常规发展，给观众带来了意外的惊喜。年轻男子和陌生年轻女子登机后不久，年轻男子的前女友独自来到候机室寻找他，这一情节的突然转变更是意料之外。这给观众留下了深刻的印象，引发了深入的思考。

第四节　短片角色的塑造

“角色创造出故事的维度，掌控着故事的发展方向。在角色性格和欲求影响下，故事才会有发展变化。”[①]如果角色本身没有找到自身的维度、没有复杂性、没有驱动力，那么也就不可能去建构故事的维度。由此可见，构建一个成功的、有意思的角色对于剧本写作至关重要。本节我们将深入探讨如何塑造短片剧本中的角色，以及如何设计适合短片的角色关系。

一、特征鲜明：塑造角色灵魂

“世界上没有两片完全相同的叶子，也没有两个完全相同的人”[②]，无论是长片还是短片，这一原则都同样适用。也就是说，在创作故事时，无论是长片还是短片，每个角色都应有专属的特征，这些不同的特征造就了不同的角色形象。角色的特征是多维度的，包括外在的容貌和行为特征，以及内在的性格和品质特征。由于时长的限制，短片的角色更要具备鲜明的特征，才能在有限的时间内让观众迅速理解和感受角色在故事中的魅力。大部分真正能够以小见大、表达出较为深刻立意的短片都把刻画人物放在第一位。

例如，《口吃》导演通过大量内心独白、面部特写中抽搐的嘴唇与慌乱眼神、镜子前反复练习的肢体语言，以及网络虚拟交流与现实沉默的对比，立体呈现了主要角色从自我封闭到直面缺陷的蜕变，并以“双向残缺却完美契合”的结局解构了传统爱情叙事的完美性。虽然该片故事情节简单，但角色特征鲜明，触及了人性、沟通和社会联系的普遍主题，给观众留下了深刻的印象和反思空间。

《口吃》片段

在动画短片的角色创作中，编剧可以通过动作、语言、心理的直接描述展现角色的特征，也可以通过造型本身来凸显角色的特征。动画角色的造型是由创作者精心设计的，完全不必拘泥于人的外形，因而有着极大的创作空间，其造型更可以与角色性格故事情节发生紧密的联系。通过夸张和幻想的手法，动画角色展现出更加鲜明和独特的个性，不受现实逻辑的束缚，创作者可以自由地发挥想象力，赋予角色超乎寻常的“神力”。这样的设计使得动画角色在剧情中格外突出，更容易在观众心中留下深刻的印象。

① 约翰逊.短片剧本写作[M].余韬，译.北京：世界图书出版公司，2017：90.

② 杨璟，臧连荣.影视编剧教程[M].重庆：西南师范大学出版社，2018：49.

《魔术师和兔子》片段

短片《魔术师和兔子》讲述了魔术师普莱斯托因忽视饥饿的兔子对胡萝卜的渴望，在舞台表演中与其展开荒诞对抗，最终意外造就全场喝彩的失控演出的故事。短片中，普莱斯托的造型，以及夸张的魔术表演，体现出他魔术师的身份，明确了他的形象特征。他在和兔子的对抗中从开始的愤怒急躁到最终对兔子的感激和认可，体现了魔术师脾气急躁但懂得感恩的性格特征。而兔子的动作与心理则表明其机智、单纯、执着、善良的个性。在整个故事叙述过程中，两个角色的定位都十分明确、特点突出，为故事情节的展开提供了支撑。

图10-16 《好一个乖乖女》①

微短剧的角色塑造同样需要特征鲜明。由于微短剧时长有限，角色必须在短时间内让观众记住并产生共鸣，因此，鲜明的角色特征能够迅速吸引观众注意力，推动情节发展，并增强情感共鸣。例如，微短剧《好一个乖乖女》(2025) 中男主人公段休冥是一个在冷酷外表下隐藏深情的角色，如图10–16所示。作为香江城段家暗脉少主，他身份显赫，这种背景设定让他成为女主人公鹿鸣野复仇计划中的关键人物。段休冥外表冷酷，但内心对鹿鸣野一见钟情，明知被利用依然心甘情愿地为她付出一切。他的行动充满决断力，在关键时刻总能挺身而出，帮助鹿鸣野化解危机。这种冷酷与深情反差，以及他对鹿鸣野无条件的付出，让他的角色极具魅力，成为该剧的情感支柱和记忆点。

又如，微短剧《桃花马上请长缨》中的女主人公宋惜惜兼具外在才情与内在独立精神。她温婉聪慧，展现了传统才女的优雅气质；同时，她突破传统框架，敢于追求梦想，勇于承担家国责任，展现了现代女性的自主与坚韧，角色特征鲜明。在战北望违背誓言后，她选择和离并重振镇北侯府，体现了强烈的自我意识和家国情怀。她的情感世界丰富细腻，既有对家人的柔情，又有对和平的渴望与对国家的忠诚。通过从“内宅女娇娘”到独立女性的蜕变，宋惜惜的角色不仅层次分明，还传递了独立、勇敢的现代精神，成为剧中一大亮点。

① 图片出自https://www.sohu.com/a/857862872_114941.

然而，并非所有短片都侧重于角色特征的鲜明刻画。短片《交通阻塞》(2002)，讲述了一个极具戏剧性的故事：一个因大雪堵在路上的男子，打电话给家里，却意外地从年幼的“女儿”那里听说有个男人正在妻子的卧室。愤怒之下，他让女孩到妻子卧室门口谎报爸爸的汽车回来了。随后女孩回电话，说慌张的妈妈摔倒在浴室，死了，而卧室里的男人则从楼上窗户跳到楼下的游泳池，淹死了。听到家中还有个游泳池，男子产生了疑问，仔细一看，自己竟然打错了电话，如图10-17所示。这部短片通过一个戏剧性误会，展现了人物在极端情境下的心理和行为反应。尽管短片中的事件充满戏剧性，人物性格模糊，但短片中的每个角色都展现出了一定的真实性和独特性，使观众能够产生情感共鸣。

图10-17 《交通堵塞》①

人物出场塑造也是认识角色特征极其关键的一部分，它将迅速吸引观众的注意力。优秀的剧本能够让人物在出现的第一场戏里就建立鲜明的性格，并且推动情节发展。例如，《神偷奶爸》(图10-18)中男主人公格鲁的出场，他偶遇因为冰激凌掉到地上而闷闷不乐的小男孩，便做了一个气球送给他，在男孩破涕为笑后又戳破气球，冷漠地走开。这个情节没有叙事上的功能，但明晰地表现出格鲁以作恶为乐的性格。

图10-18 《神偷奶爸》②

《口吃》中主角格林伍德的出场，则通过一通失败的电话交流，直观展现了其语言障碍及内向社恐的性格特征。短片的第一个镜头聚焦于格林伍德的嘴部，这种特写让观众立即注意到他在交流上的障碍。这一场景不仅揭示了格林伍德的身份和他的外在缺陷，还通过温暖的黄光营造出一种忧伤且引人同情的氛围。在接下来的场景中，格林伍德打电话时的表情和动作，以及练习手语的镜头，进一步强调了他的口吃问题以及他想要克服这一障碍的愿望。

微短剧人物的出场塑造极为重要，鲜明的角色特征能够在开头几秒内吸引观众，为后续情节的发展奠定基础。这种高效的人物出场塑造不仅符合现代观众的观看习惯，还

① 图片出自https://movie.douban.com/photos/photo/2573783958/.

② 图片出自https://movie.douban.com/photos/photo/456479057/.

能在有限的时间内提升叙事效率，确保每一秒都充满吸引力，赢得观众的持续关注。在《好一个乖乖女》中，女主人公鹿鸣野的出场便成功塑造了她外表柔弱、内心果决的人设。鹿鸣野被人带到一个空房间，被要求画一幅婚礼现场的画作，并被告知不画完不准离开。她顺从地拿起画笔开始创作，这一场景让观众误以为她是一个柔弱、逆来顺受的乖乖女。然而，镜头一转，画面聚焦在她的画作上，画中竟布满了鲜血淋漓的骷髅头。这一反转不仅打破了观众的预期，还明确展现了鹿鸣野外柔内刚、有仇必报的鲜明性格，成功吸引了观众，为后续剧情的发展埋下伏笔。

二、欲望驱动：明确角色目标

悉德・菲尔德将“人物有一个强有力且清晰的戏剧性需求”[①]列为构成令人满意的人物必须具备的四个特质之一。根据马斯洛的需求层次理论，人的需求分为五种，像阶梯一样从低到高按层次逐级上升，分别为生理需求、安全需求、社交需求、尊重需求和自我价值实现的需求。因此，每个角色都要设定需求，也就是欲望。一旦主人公产生了强烈的欲望，随之便会产生对欲望的求索过程，即情节的展开过程。无论是短片还是长片，角色都需要有欲望，随之便可以明确目标，并为之行动。

《电风扇和花》片段

例如，短片《电风扇和花》(2005)中电风扇的欲望是多层次的。电风扇在故事开始时感到孤独，它渴望有伴侣，这种内在的孤独感驱使它希望与外界建立联系。花儿的到来是电风扇行动的外在激励事件，打破了电风扇的孤独状态，激发了它追求爱情的欲望。花儿对电风扇的表演做出了积极的反馈，电风扇对花儿产生了情感，它的欲望是与花儿建立一种特殊的联系，这种欲望推动它采取行动，尽管面临着巨大的风险。随着故事的发展，花儿生命垂危，电风扇为了花儿不惜牺牲自己，这表明它的欲望已经从单纯的追求爱情转变为更深层次的奉献和牺牲。在故事的结尾，电风扇的牺牲带来了花儿的重生，电风扇的欲望最终以一种超越生命的形式得以实现，即通过花儿的新生来纪念它们的爱情。电风扇从最初的求偶到后来的牺牲与奉献，再到最终的重生，这些欲望推动了故事的发展，并为角色的行动提供了动力。

在微短剧《好一个乖乖女》中，女主人公鹿鸣野的欲望是推动剧情发展的核心动力。她的欲望多层次且复杂，既有复仇的强烈愿望，又有自我保护和情感归属的需求。父母双亡后，她寄住在大伯家，长期遭受欺凌，内心充满仇恨，复仇成为她最强烈的内在动因；大伯一家的压迫则是触发她行动的外在激励事件。同时，鹿鸣野渴望摆脱被压迫的生活，保护自己，这种自我保护的欲望让她在表面上伪装成“乖乖女”，实则暗中策划复仇。随着剧情发展，她对男主人公段休冥的感情从利用逐渐转变为依赖与爱，情感归属的欲望成为

① 菲尔德.电影剧本写作基础(最新修订版)[M].钟大丰，鲍玉珩，译.北京：北京联合出版公司，2016：49.

她复仇过程中的情感慰藉。此外，鹿鸣野还希望通过自己的努力改变命运，实现自我价值，段休冥的支持和帮助为她的自我实现提供了外在推动力。这些多层次的欲望不仅塑造了鹿鸣野鲜明的角色形象，也为故事提供了情感张力和戏剧冲突。

三、矛盾情感：深化角色层次

短片故事通常聚焦于叙事和戏剧张力，利用角色间的冲突和戏剧性情节来吸引观众的注意力。它们往往通过紧张的情节推进和角色对立来构建故事，以此吸引观众。动画短片则利用其独有的视觉表现力，既可以讲述具体的故事，又可以进行抽象的艺术创作。它们在形式上更为自由，既可以是充满戏剧性冲突的戏剧式短片，又可以是更注重情感细腻表达的文学式短片。在角色构建方面，戏剧式短片强调角色间的矛盾和冲突，以此作为推动剧情发展和增强戏剧张力的关键；而文学式短片则倾向于深入挖掘角色的情感层面，通过展现角色的情感变化和内心世界来打动观众。

（一）戏剧式短片：角色冲突凸显

马克思认为，任何事物都是作为矛盾统一体而存在的，矛盾是事物发展的源泉和动力。在短片中，矛盾是故事内容的核心部分，更是剧情发展的主要源泉与动力。而短片中的矛盾主要源自角色间的根本差异，如地位、思想观念和欲望等。当这些持有不同道德观念和信仰的角色相遇，他们因信念差异而产生的摩擦和冲突成为推动故事发展的核心。角色间的矛盾是构成故事冲突性的根源。

“让故事简单化，角色复杂化”[①]，虽然是针对长片的技巧，但同样适用于短片剧本创作。《口吃》中，格林伍德的核心冲突源自他内在的心理斗争和自我认同的挑战。作为一个思维活跃但语言表达受限的印刷工人，他在现实世界中不断遭遇尴尬和障碍，这构成了他与社会环境的矛盾。短片的故事线相对简单，没有复杂的剧情分支或次要情节，但格林伍德的内心世界非常复杂。他的社交焦虑、对爱情的渴望、对自我价值的怀疑，以及最终的自我接受，构成了角色复杂性的多个层面。格林伍德的内在冲突是故事的主要驱动力。他的口吃不仅是一个表面的障碍，更是一个深层次的心理问题，影响着他的自我认知和他与他人的交往。总之，这部短片将叙事焦点集中在主角的内心世界和情感变化的冲突上，使短片在短小的篇幅内具有了深刻的艺术表现力和情感共鸣。

《魔术师和兔子》中魔术师与兔子两个角色关系的矛盾冲突十分突出。短片在一开始就将双方之间的矛盾做出了铺垫，在这部短片里，魔术师与兔子之间的矛盾来自双方各自不同的需求：兔子希望能够在上台之前吃到胡萝卜，而魔术师则希望演出完美进行。魔术师不肯为了喂食兔

《魔术师和兔子》片段(标注时间码)

① 约翰逊.短片剧本写作[M].余韬，译.北京：世界图书出版公司，2017：67.

子耽误演出，兔子也因为没有吃到胡萝卜不愿配合演出，这样由于双方的矛盾不断激化，短片的节奏也逐渐加快，冲突持续升级，直到魔术师随着钢琴一起坠落，短片进入了高潮。接下来具体分析短片中的矛盾冲突，如图10–19所示。

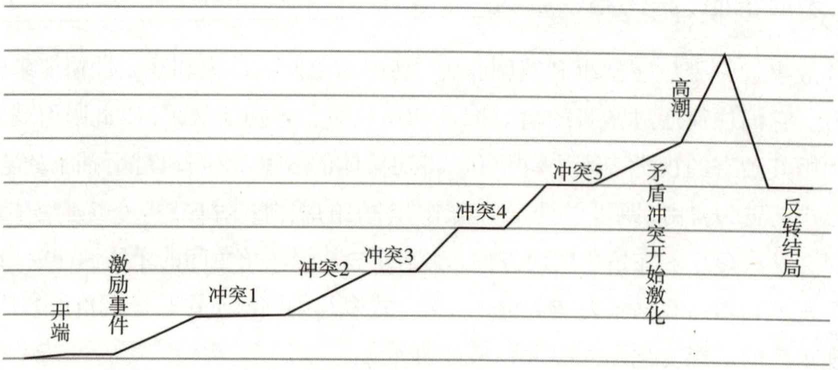

图10–19 《魔术师和兔子》冲突趋势

开端：从26秒开始，短片交代故事发生的起因——关在笼子里的兔子想要得到胡萝卜。这个行为目的是贯穿整部短片的关键，引发后续一系列的矛盾冲突。

激励事件：1分10秒至1分30秒。魔术师上台前，拿出魔术道具，并把兔子从笼子里抱出来。兔子以为自己可以吃到胡萝卜，但由于魔术师匆忙上台，忽略了兔子，兔子吃胡萝卜的欲望没有实现。从这里开始，兔子的行动发生改变，接下来它拒绝配合魔术师的表演，矛盾冲突迅速展开。这是第一处转折，大约在短片总时长五分之一处。

接下来，围绕魔术师与兔子的5组冲突呈递进关系展开，每一次的冲突都更加激烈，故事节奏也逐渐变快。

冲突1：1分39秒至1分59秒。魔术师把手伸进帽子，第一次想要通过帽子变出兔子，但兔子摇摇头不配合。2分1秒，魔术师再次尝试把手伸进帽子，结果手被夹。

冲突2：2分7秒至2分15秒。兔子再次示意魔术师要吃胡萝卜，但魔术师无视兔子，将鸡蛋丢进帽子，结果在兔子的操作下，魔术师的眼睛被砸了。魔术师生气，矛盾升级。魔术师的行动开始发生变化。

冲突3：2分19秒至2分26秒。魔术师故意拿出胡萝卜，兔子高兴地点点头，但魔术师把胡萝卜变成了一朵花。兔子生气，冲突升级，用帽子压住魔术师的脑袋。

冲突4：2分31秒至2分44秒。魔术师更加生气，兔子与之发生对抗，将魔术道具全都掏出。

冲突5：2分49秒至3分12秒。魔术师与兔子用梯子互相对抗，矛盾冲突升级，产生意外的魔术效果。

矛盾冲突开始激化：时间从3分18秒开始，进行到短片总时长五分之三处。魔术师打烂兔子的胡萝卜，兔子则准备进行更猛烈的报复。而在从上一个冲突事件到矛盾激化的过程中，编剧用魔术师准备表演的前奏制造了短暂的缓冲，达到欲扬先抑的效果。

高潮：3分50秒至4分18秒。在高潮之前编剧也安排了一次节奏的短暂变慢，魔术师误将自己倒挂在空中，兔子则得意地宣告胜利。随着悬挂魔术师的绳子慢慢断裂，节奏上的缓慢营造出紧张的氛围，魔术师下坠的过程中兔子的心理开始转变，最终在魔术师落下的一瞬间将他救下。这将兔子性格中单纯善良的一面表现出来，而兔子的选择也让短片产生了一个合理又完满的结局：魔术师获得全场的欢呼，演出成功了。

反转结局：4分35秒至4分49秒。导演在结尾处设置剧情反转，魔术师为兔子变回了胡萝卜，这样贯穿短片始终的矛盾也终于得以解决。

在短片开头，海报中只有魔术师一人；在短片结尾，海报改成了兔子和魔术师，这样的细节形成首尾呼应，如图10-20所示。

图10-20 《魔术师和兔子》中的海报对比①

(二)文学式短片：角色情感至上

在许多有故事情节的戏剧式叙事短片中，角色的矛盾冲突是推动故事发展的核心。然而，也存在一些短片，其角色之间没有直接的矛盾冲突，也不依赖激烈的矛盾冲突来驱动情节。这类短片往往采用文学式叙事风格，其特点是情感至上，注重情感的细腻表达和情感积累的过程。在文学式短片中，通常只有一个人物作为整部短片的主人公，或者由某个人物作为故事的主要叙述者，通过其视角来讲述故事。故事中其他次要人物的出场，是为了辅助情节的发展，而不是作为对立面存在。这类短片基本按照起承转合的基本原理

① 图片出自https://www.bilibili.com/video/BV1uC4y187bB/?spm_id_from=333.337.search-card.all.click&vd_source=0b04e8a07b-c2ac10951957a580e026bc.

来结构作品，将故事叙述得完整而富有情感。

文学式短片的节奏通常较为平缓，与戏剧式短片的大起大落不同，它更多地关注情感的传达和故事的情感积累。这类短片可以从亲情的角度出发，也可以从爱情的角度出发，情感表达是其核心。因此，即使没有明显的矛盾冲突，文学式短片也能通过情感的细腻表达和故事叙述，让观众感受到丰富的情感和深刻的主题。

例如，《回忆积木小屋》并未构建传统意义上的戏剧冲突，而是通过老人的内心世界和情感的细腻变化来吸引观众。在片中，老人并未与任何人物或环境产生直接的、激烈的冲突，编剧也并未设置任何与老人对立的角色。严格来说，短片中并不存在传统意义上的外部矛盾。即便是面对不断上升的水位，老人并未选择抗争，而是顺应自然，通过不断加盖房屋来适应环境的变化。在时间的流逝这一不可抗拒的自然力量面前，老人选择了平和地接受。对于过往的回忆，他没有选择遗忘，而是选择了保留。他将遗忘在楼底很久的酒杯重新拾起，继续使用，象征着对记忆的保留和尊重。这种叙事手法更加细腻、内省，它以一种温和而深沉的方式，引导观众进入老人的心灵深处，体验他的回忆与情感，展现了一种与众不同的故事讲述艺术。

再如，《父与女》精心描绘了女主人公一生的心路历程。故事从女孩的童年开始，在一个日暮时分的湖边，她目送父亲独自乘船离去，这一幕不仅为短片奠定了情感基调，也解释了女孩为何在生命的每个阶段都会重回湖边。随着故事的推进，短片以女孩的成长轨迹为线索，从她的童年逐步过渡到成年，再到老年，细腻地铺陈了她始终守候父亲归来的感人故事。短片没有设置激烈的矛盾冲突，而是将女孩一次次在湖边停车驻足等细节表现出来，这些看似简单的重复情节，实则蕴含了无比深厚的情感力量。这些情节让观众不仅感受到了时间的流逝，更深刻地体会到了女孩内心的孤独与坚守。

四、关系简明：编织角色网络

首先，短片剧本创作中的角色关系一定要简单明确，这样编剧才能在有限的时间内讲好故事。其次，限制主要角色数量，精简角色阵容至关重要。最后，由于观众只能在有限的时间内与角色建立情感联系，因此，角色的主次必须清晰分明。过多的角色不仅会让观众分散注意力，难以产生认同感，还可能使得辨识角色变得复杂。大部分短片都会有一个或者两个主要角色，其中一位通常是视点角色，观众通过他的视角来观看、体验和感受整个故事。

以《共进午餐》《魔术师和兔子》为例，这两部短片都只设置了两位主要角色，他们之间存在对立关系。这种设置有助于集中叙事，使观众能够迅速进入故事情境。微短剧《逃出大英博物馆》围绕小玉壶和张永安两位主要角色展开，形成了一种二元互助与共情关系，使观众能够迅速理解故事核心，并在有限的时间内产生情感共鸣。《三个和尚》虽然是一部20分钟的短片，但其角色数量也限制在三人，整个故事围绕“挑水”这一核心事件展开，易于观众理解。

当然，也有一些短片虽然角色数量众多，但通常会将角色明确划分为几个简明的角色关系类别，使得故事会围绕着这些角色关系顺利展开。例如，在小黄人系列短片中，每个短片都有独立的故事，尽管短片中可能出现许多小黄人角色，但总有一个特立独行的“显眼包”角色，与其他小黄人行为不一致。在《换电灯泡》(图10-21)这一集中，虽然出现了七个小黄人，但他们被分为两类：一类是不断尝试换电灯泡却失败的六个小黄人，另一类是旁观并嘲笑他们的小黄人。这种分类使得角色关系清晰，故事情节简单易懂。

图10-21　《换电灯泡》[①]

(一)对立关系

皮埃尔·让根据作用的不同，把电影中的人物分为六类：主体、对立体、主体的辅助体、对立体的辅助体、输出体和客体。虽然人物有以上六种类型，但并不意味着一部作品中一定都要包含这六类人物。在短片剧本的情节中，两个角色最普遍的关系就是主体—对立体。

创造一个故事的第一步就是创造主要角色，即主体。主要角色可以是人物，也可以是动物，甚至是植物，非人物角色必须具有人的意志，能够为了欲望而产生行动，因为只有行动才能创造故事。

第二步就是寻找主体的对手，即对立体。对立体的作用是对主体的行动做出阻止，领导对抗主角的力量，阻碍主体解决戏剧问题。无论故事情节由多少人物推动，主体和对

① 图片出自https://www.bilibili.com/video/BV1L8YSeGE2w/?spm_id_from=333.337.search-card.all.click&vd_source=0b04e-8a07bc2ac10951957a580e026bc.

立体的核心冲突才是推动所有人物的戏剧动作的起点。主体拥有戏剧问题，并且试图解决它，对立体接受了主体的行动并反抗，这就使得主体的努力受到了干扰。但是对立体和“敌对的”不能混为一谈，在戏剧创作中的对立体可以是惹人喜爱的、敏感的、被动的甚至无助的。[①]对于短片来说，主体的对立体可以是人、动物或者是物体，也可以是角色本身，凡是可以让主体受阻碍的人或物都可以是对立体。

《魔术师和兔子》通过魔术师与兔子之间的智力与力量较量，展现了另一种形式的对立关系。魔术师代表着权威与控制，而兔子则象征着自由与反抗，二者的斗争不仅丰富了故事层次，还寓意着更深层次的主题探讨，如创造力与束缚、自由意志与命运等。这种对立关系使得整个故事充满了悬念与惊喜，观众在享受视觉盛宴的同时，也能进行深刻思考。《换电灯泡》巧妙地利用了主体与对立体的鲜明对立关系，以一种幽默的方式，展现了小黄人之间的趣味互动。这种角色关系的简化不仅让故事线条清晰，也使得观众能够迅速把握剧情发展，享受其中的乐趣。

《换电灯泡》片段

(二)三角形关系

三角形角色关系是指在三个主要角色中，每个角色都与其他两个角色有互动，这种互动可能是合作、竞争、对抗或其他形式的关系，这就将三者巧妙地联系在一起。在三角形关系中，每个角色都有自己的目标和利益，这使角色与其他角色可能发生冲突。三角形关系比对立关系更为复杂，但是其角色线索也十分明晰，很容易被受众接受。

例如，动画短片《老妇人与死神》(2009)讲述了孤独的老妇人渴望与亡夫团聚，在死神迎接时被医生救回，引发死神与医护人员荒诞争夺战后，老妇人最终主动赴死以追随爱人的黑色幽默故事。该片便是典型的三角形角色关系，如图10-22所示，老妇人、死神、医生三者的矛盾冲突成为短片剧本的支撑。老妇人想要死，但是医生坚决要将她救活，而死神则要带走她。医生与死神就老妇人的生死问题展开激烈的争夺，三个角色的关系引发了一系列矛盾，包括矛盾的建立、冲突的发展、高潮的引爆以及结局的反转。短片中，三个角色都有不同的行动愿望，进而两两形成不同的次要矛盾，再发展成为一个统一的主要矛盾。

《老妇人与死神》片段

① 汉森.编剧：步步为营(重订本)[M].郝哲，柳青，译.北京：世界图书出版公司，2010：36-37.

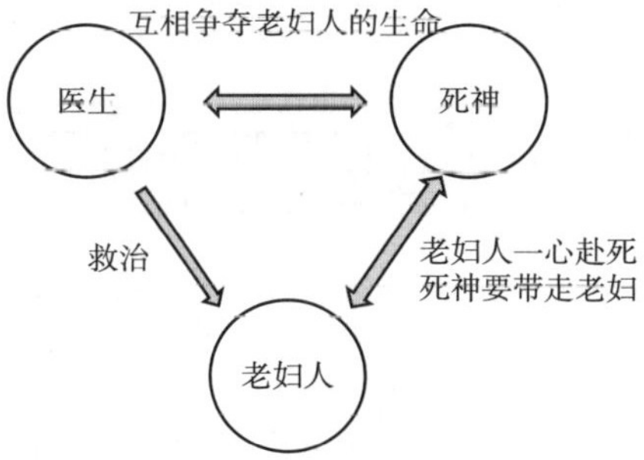

图10-22 《老妇人与死神》中的三角形角色关系

《光杆乐队》讲述了许愿池边两位街头艺人为争夺小女孩的金币展开滑稽较量，却在金币意外坠入下水道后，反被小女孩用小提琴演奏的纯粹音乐折服，最终领悟艺术真谛的治愈故事。短片在角色的设置上采用了三角形的结构关系，如图10-23所示。角色关系的三角形定律，使角色的矛盾关系变得稳固且有冲击力。在这样的结构关系中，存在着三种矛盾：一是两位艺人分别与女孩的矛盾，二是两位艺人的矛盾，三是小女孩内心的矛盾，正是这三种矛盾引发了最后的冲突。小女孩犹豫不决的选择加上两位艺人的矛盾不断激化，最终金币掉入下水道，导致女孩愤怒，进入情节的高潮。

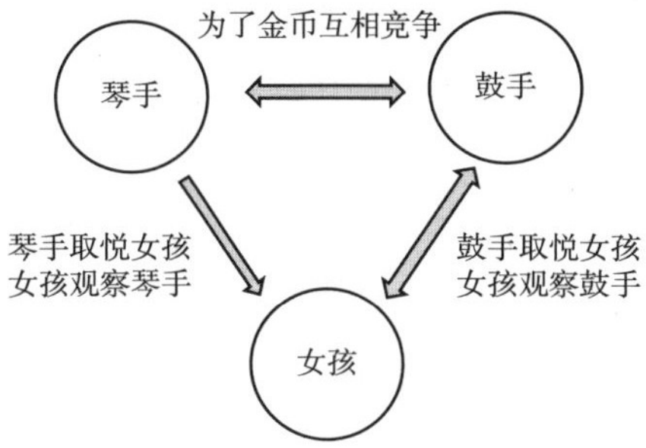

图10-23 《光杆乐队》中的三角形角色关系

当金币掉入下水道的一瞬间，短片中有一个微小的停顿，就在这时剧情发生戏剧性转变，这使得三角形关系变成矛盾两方对立关系，如图10-24所示。在戏剧式动画短片中，结局的反转可以在特定条件下导致角色关系的相互转换。

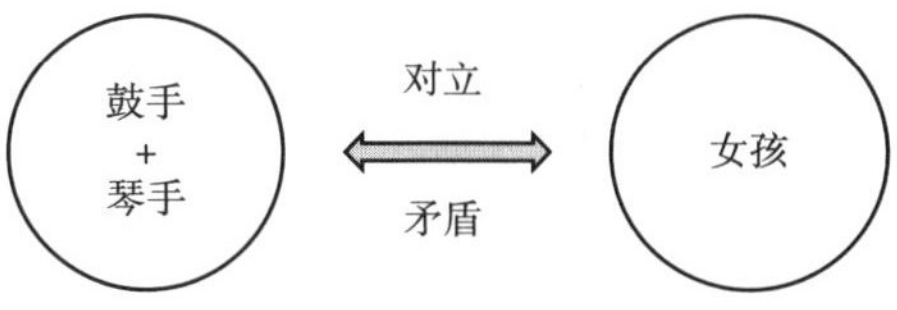

图10-24 《光杆乐队》中的矛盾两方对立关系

第五节　短片剧本结构

短片剧本虽然时长相对较短、内容相对简单，通常聚焦于一个小主题，但其结构不容忽视。短片的结构可以是由剧本的基本结构中衍生而来的，例如，它可以是较为完整的三幕剧结构的衍生结构，也可以是不追求系统性的结构、情节，不追求完整性的独幕剧结构，甚至可以是打破传统的叙事框架，采用多视角的非线性叙事等。对于刚接触短片创作的初学者而言，建议先按照基本的叙事结构进行创作，之后再进行调整和完善。本节将探讨短片的剧本结构问题。

一、三幕剧结构及其衍生结构

三幕剧结构主要将故事分成三个部分，即开端、中段和结局。开端，即第一幕（“建置”）：第一幕开启了整个故事，带领观众进入主要角色的世界，它建立了这个故事的主题，并且确立了人物关系以及人物需求，说明围绕动作的环境。中段，即第二幕（“对抗”）：在第二幕中，主要角色在满足需求的征途上不断遭遇障碍，并且尝试去消除它们。整个第二幕就是关于主要角色为达到他的戏剧需求，从而克服（或者没能克服）重重困难。结局，即第三幕：所有问题都得到解决，最重要的是主要角色打开了所有情节纽带的因素，该幕揭示“对抗”之后的答案。

如今，很多经典的好莱坞电影也不一定遵循传统的三幕剧结构，往往衍生出四幕剧结构。完整的长片剧本包括的内容相对较多，有时不光有主情节，还穿插着次要情节。但对于短片创作来说，编剧很难用长片的结构思路进行创作。长片与短片的体量不同，要求也不同。长片的三幕剧结构分配时间：第一幕大约占故事时长的25%，第二幕大约占故事时长的50%，第三幕大约占故事时长的25%。因此，编剧可以根据短片故事的时长来分配时间的占比，如表10–1所示。

表10–1　三幕剧结构的短片时间分配

短片时长	第一幕	第二幕	第三幕
1分钟	约12秒	约36秒	约12秒
5分钟	约1分钟	约3分钟	约1分钟
10分钟	约2分钟	约6分钟	约2分钟
15分钟	约3分钟	约9分钟	约3分钟

通过分析表10–1可以看出，短片需要迅速而简洁地切入故事核心，留给第一幕的时

间极为有限。由于短片的时长限制，观众更倾向于能够迅速沉浸在故事之中。短片与长片的区别不仅仅体现在影视作品的规模和时长上，二者在情节结构上也会有显著的差异。在长片中，编剧通常会展示激励事件的完整的发展过程。激励事件一般位于长片第一幕中段的位置，它将第一幕分为两部分，会改变第一幕前半部分所建立的人物原本的生活状态，为接下来的剧情发展奠定基础。传统的三幕剧结构包含的内容较多、时长较长，不太适用于短片剧本。因此，短片可以在长片的基础之上进行衍生、改编、简化。例如，可以在三幕剧结构的节点中，省略时间或步骤。一个简单的方法就是删除不必要的情节、缩短时长。

通常，实验短片会在视听内容上追求创新，因此，会呈现出不遵循叙事逻辑的情况。而大多数短片剧本都会基于三幕剧结构进行故事建构，但也有自己的特点。在短片创作中，第一幕的构建需要极为精练，通常在极短的时间内通过有限的场景和动作迅速勾勒出故事背景和角色关系。一旦激励事件发生，剧情便可以立即过渡到下一阶段。例如，在一部时长仅为5分钟的短片中，激励事件可能在短片的开头即刻触发。鉴于短片对时间的严格限制和对叙事简洁性的追求，主要角色、角色关系或者角色所处的背景，都必须迅速地激发冲突。实际上，冲突往往在第一幕的开端就已显现，为观众呈现一个从一开始就充满张力的叙事环境。角色的介绍往往与其行动紧密结合，这样的处理方式使得短片在不稳定的状态下迅速展开叙事，从而创造出更为强烈的戏剧效果。对于预计时长为2分钟至4分钟的剧本，几乎没有时间进行人物介绍或事件铺垫，因此，第一幕的构建必须更为直接和高效，甚至没有时间去铺垫通常意义上的第一幕。

短片的中段，也就是第二幕，通常是在叙述主要角色如何通过挑战、跨越障碍、实现目标。正如长片一样，第二幕也构成了短片叙事的核心，它不仅承载着作品的中心思想，也彰显了其所属的类型特征。编剧在这一部分设计1至2组冲突，引导剧情到达主要角色的“虚假胜利”时刻，为故事的高潮和转折做好铺垫。这种紧缩的叙事结构要求每一组冲突都紧密相连，每一步发展都为最终的戏剧冲突积累动力。

在短片的高潮部分，即第三幕，主要角色会迎来最具挑战的阻碍，只需要一组冲突就可以直接过渡到“至暗时刻”并结束故事。编剧和导演需要巧妙地引导观众情绪，确保故事在短片接近尾声时才达到高潮。对于时长特别短的短片而言，这一点尤为重要，因为它需要在极短的时间内不断推进情节，确保动作和紧张感的持续累积，直至最终的戏剧性爆发。

例如，短片《魔术师和兔子》遵循了三幕剧结构的衍生结构。短片的第一幕，即开端，快速设定了故事背景和角色，交代了故事的起因和激励事件。短片从25秒开始，介绍了兔子想要得到胡萝卜的简单愿望，这是整个故事的起点。到了1分10秒至1分30秒，魔术师准备上台，却忽略兔子的简单愿望，使兔子的行动发生改变，产生了一个激励事件。这触发了兔子的不合作行为，引发了一组逐步升级的冲突，构成了第一幕的设定。

随着剧情的推进，到了短片的中段，即第二幕，从1分30秒开始，连续展现了5个逐步升级的冲突，每一次的对抗都比前一次的对抗更加激烈，直至矛盾激化到魔术师打烂兔子的胡萝卜。在3分22秒左右，冲突达到高潮前夕，兔子准备进行更猛烈的报复，这时故事节奏的短暂放缓为高潮的到来制造了紧张氛围。

第三幕发生在3分50秒至4分18秒，通过魔术师的意外和兔子的及时救援行动，将兔子性格中单纯、善良的一面表现出来。最终，故事以魔术师成功完成表演和兔子得到渴望的胡萝卜作为结局。

二、选择短片剧本结构

相比于传统的三幕剧结构，三幕剧结构的衍生结构或者更加简化的结构可能更适合短片的创作。在这种结构中，观众不需要花太多时间来建立与人物的深层次认同，观众会将注意力更集中在短片故事冲突上。另外，在本书第六章提到的两幕剧结构、独幕剧结构、线性与非线性叙事结构也适合短片的创作。

下文从三个角度分析如何选择短片的剧本结构。

（一）根据戏剧化目的选择剧本结构

短片的结构取决于创作剧本的“素材”，以及选择的“叙事策略”和“戏剧化目的”。[①] 结构是一种戏剧的设计方式，也是一种故事的叙述策略，因此，编剧在设计剧本的结构之前，必须知道其戏剧化目的是什么。

在探讨短片剧本结构的选择时，我们可以从几个具体案例中汲取经验。《充电人》的戏剧化目的旨在讽刺人们对科技的过度依赖。由于其核心在于呈现这一社会现象，而非深入描绘角色或背景，因此，采用独幕剧结构显得尤为恰当。这种结构简洁明了，无须复杂的情节铺垫，便能直接传达短片的主题。《魔术师和兔子》通过幽默的方式展现了两个搭档之间的互动，想表达平等是合作基础的戏剧化目的。为了深入刻画角色间的动态关系，短片采用了三幕剧结构的衍生结构，通过连续的矛盾冲突和最终的反转来构建情节。这种结构有助于在有限的时间内逐步积累情感和紧张感，高潮部分的戏剧性反转有效地传递了短片的戏剧化目的。又如《回忆积木小屋》，其戏剧化目的是让观众体验深刻的情感和亲情主题。该短片追求的是情感共鸣而非戏剧冲突，因此，它采用了现实与回忆交织的非线性叙事结构。

（二）考虑时长因素选择剧本结构

在探讨剧本的结构时，存在一个普遍认可的规律：作品的篇幅越短，创作难度往往越大。这一规律在短片剧本的构思过程中尤为显著。不同时长的短片，其故事结构须进行

① 约翰逊.短片剧本写作[M].余韬，译.北京：世界图书出版公司，2017：121.

相应的调整与精心安排。

不过，学术界对于短片的时长并未形成统一定义。本章按照时长将短片分为四种不同的类别，分别为超短短片、传统短片、中长短片和长短片，每一种都在剧本结构上与其他类别不同，如表10–2所示。①

表10–2　短片的四种类别

类别	超短短片	传统短片	中长短片	长短片
时间长度	5分钟以下（不含5分钟）	5分钟及以上，20分钟以下（不含20分钟）	20分钟及以上，30分钟以下（不含30分钟）	30分钟—40分钟
戏剧冲突	围绕一个简单明确的戏剧冲突，仅有一个冲突的戏剧动作	围绕一个简单明确的戏剧冲突，有一个或多个冲突的戏剧动作	围绕多个冲突的复杂戏剧动作展开	围绕一个复杂的戏剧动作，有多个冲突
次要情节	无	无	常伴随一个次要情节	伴随一个发展完整的次要情节
戏的总场数	通常只有1—2场主要的戏	3—11场主要的戏	12—19场主要的戏	20—30场主要的戏，取决于整个剧本的长度

具体而言，对于超短短片，其故事结构往往被简化处理，通常仅涉及一个故事片段，适合独幕剧结构或者两幕剧结构。这类短片通常通过制造悬念和情节突转来吸引观众，将关键的情节点——“包袱”——留至片尾，以出人意料的结局颠覆观众的期待，从而产生强烈的戏剧效果。例如，《黑洞》时长只有2分22秒，因此，该片采用独幕剧结构，将焦点放在了贪婪这一主题上，故事围绕一个神奇的黑洞展开，通过层层递进的行动和最终的转折，为观众带来了意想不到的结局。

在常见的传统短片中，编剧有足够的时长来展现一个完整的故事。在这个时间框架内，三幕剧结构及其衍生结构、两幕剧结构、独幕剧结构、线性或非线性叙事结构都比较适合，它们能够有效地展开故事的起承转合，帮助编剧在有限的时间内讲述一个有头有尾、情感丰富的故事。具体选择哪种结构取决于故事的内容、风格以及编剧想要传达的戏剧化目的。例如，《充电人》时长约5分钟，采用了独幕剧结构；《魔术师和兔子》时长约5分钟，采用了三幕剧结构及其衍生结构；《探戈》时长约8分钟，采用了非线性叙事结构。

而对于时长超过20分钟的短片，其剧本结构则更接近于电影。这时，故事线索不再单一，除了主要矛盾之外，编剧还可以巧妙地设置次要矛盾，以丰富剧情结构。同时，角色和场景的数量也可以适当增加，为观众带来更为丰富的视觉和情感体验。例如，短片《彼得与狼》(图10–25)的剧本采用了经典的三幕剧结构，第一幕（“建置”）中，剧本通过描绘

① 赵丹.新媒体短片剧本创作[M].杭州：浙江摄影出版社，2021：36.

彼得的生活环境和内心世界，建立了故事背景和主题，同时展示了彼得对自由的渴望以及与爷爷的关系，为观众描绘了主角的性格和动机。

进入第二幕（“对抗”），彼得的冒险开始，他不顾爷爷的禁止，偷钥匙出门。彼得在外面的世界中遇到了狼，他的好友鸭子被狼攻击并吞噬，这是故事的转折点，也是彼得面临的主要障碍。彼得凭借自己的机智和勇气，与狼进行了一场激烈的对抗，并最终活捉了狼。这是故事的高潮部分，展现了彼得的成长和勇气。

在第三幕（“结局”）中，彼得在经历了与狼的斗争后，面临道德和情感的抉择，最终选择释放狼，让其回归自由，这个决定不仅解决了故事的冲突，也体现了彼得对自由和生命的深刻理解，为观众带来了一个情理之中又意料之外的感人结局。整个剧本通过这种结构，有效地引导观众经历彼得的心理变化，从而在情感上与角色产生共鸣，深刻表达了童真、勇敢和自由向往的主题。

《彼得与狼》片段1　　《彼得与狼》片段2　　《彼得与狼》片段3

图10-25 《彼得与狼》[①]

（三）根据短片类型设计剧本结构

作为一种多元化的叙事形式，短片涵盖了多种类型和分类方式。其中，微短剧与其

① 图片出自https://movie.douban.com/photos/photo/2340395879/.

他短片类型不同，其核心在于在有限的时间内满足观众在快节奏生活中对信息的高效需求。因此，微短剧作为一种新兴的影像体裁，形成了独特的剧本结构思维，与传统线性叙事模式存在显著差异。

微短剧通过“非线性和可离散的客体”①特性，与当代快节奏的日常生活紧密结合。它不仅延续了短视频媒介的传播特点，还依赖于信息流的高效传递机制。与传统电影不同，微短剧通常摒弃线性叙事，转而强调时间的即时性和情节的直接性。它能够在几十秒内设置关键剧情转折点，并在几分钟内呈现完整的故事脉络。通过快速切换场景和紧凑的矛盾冲突，微短剧在短时间内浓缩了大量情节变化，使观众能够直观感受到故事的紧迫感和真实感。尽管其剧情结构相对简洁或呈现碎片化特征，但这种叙事方式更好地展现了时间的流动与事件的快速推进，契合了现代观众对高效信息获取的需求。

在微短剧中，每一集的情节设计十分紧凑。开头迅速引入问题，中段直击矛盾核心，结尾则往往设置反转或悬念。这种“快餐式叙事”与现代生活的快节奏高度契合：观众利用碎片化时间观看作品，无法容忍冗长的铺垫。通常，微短剧采用片段式叙事结构——每集是一个独立的小故事，但主线贯穿全剧。这种设计使得观众即使因故中断观看，也能在下次观看时迅速融入剧情。这种叙事方式不仅实现了“无缝沉浸”，还通过精准的情节分配，让观众在不知不觉中追完全剧。

例如，《桃花马上请长缨》的第一集剧情充分体现了微短剧“快餐式叙事”和片段式叙事的特点，通过紧凑的情节设计、快速的节奏转换和高效的叙事手法，迅速吸引观众并推动故事发展。

该剧开头通过旁白与画面的结合，迅速引入核心冲突。女主角宋惜惜母亲的旁白引入剧情：“惜惜，你阿父阿兄已战死沙场，阿母要你隐藏军功，不得杀敌为将，以后如上京贵女一样，觅个良婿，成婚生子，安稳一生。”宋惜惜母亲的旁白揭示了她的背景与命运，同时影像中展现她在沙场杀敌时的英姿飒爽、威风凛凛。这种开头设计迅速交代了角色的背景、性格以及使命，如图10-26所示。

图10-26 《桃花马上请长缨》第一集开头画面②

随后，镜头一转，来到了结婚的场景，女主角穿着婚服，变得温婉贤淑，和刚才的英姿飒爽形成鲜明的对比。战场与婚礼场景的强烈视觉对比吸引了观众的注意力。通过场景

① 李晋林，钟缦丽.后现代媒介视域下微短剧的生成逻辑[J].中国广播电视学刊，2025(1):72-74，78.

② 图片出自https://www.bilibili.com/video/BV1zyWVe9EHV?spm_id_from=333.788.videopod.sections&vd_source=0b04e8a07bc2ac10951957a580e026bc.

的快速切换，剧情展现了宋惜惜从战场到婚后的转变，情节设计紧凑且充满张力。将军府院内的场景展示了宋惜惜与战北望的情感纠葛，战北望的承诺与背叛的情节在短短的30秒内就完成，如图10–27所示。

图10–27 《桃花马上请长缨》战北望承诺与背叛的情节①

第一集在短短几分钟内，便通过高效的叙事手法，将角色的背景、动机和冲突清晰地呈现出来。观众无须花费过多时间理解剧情，便能迅速进入故事世界。这种高效的叙事方式契合现代观众利用碎片化时间观看的习惯。

第一集以战北望的背叛和宋惜惜的坚定回应“我要见易昉将军”作为收尾，形成了强烈的戏剧张力。观众不禁好奇宋惜惜将如何应对这一情感变故，以及她与易昉将军的会面将引发怎样的冲突与转折。这种悬念设计不仅为下一集埋下伏笔，还通过角色的情感冲突和未解的剧情线索，牢牢吸引观众的注意力，促使观众继续追剧。

在选择剧本结构时，无论是基于戏剧化目的、作品时长还是作品类型，编剧必须对每一种结构方式的特点、适用范围、优越性和局限性有清晰的认知。只有深刻理解并把握不同结构的特点，如三幕剧结构的传统叙事节奏、非线性叙事的情感深度和时间玩法，编剧才能根据故事的具体内容、主题和风格，以及目标观众的需求，选择最合适的结构方式。同时，编剧还需考虑每种结构的实际应用效果，确保所选结构能够有效地传达故事和情

① 图片出自https://www.bilibili.com/video/BV1zyWVe9EHV?spm_id_from=333.788.videopod.sections&vd_source=0b04e8a07bc2ac10951957a580e026bc.

感，同时吸引观众。只有在这样的前提下，编剧才能创作出既符合戏剧化目的，又能适应作品时长限制的优秀剧本。

本章练习题

1. 找一部获奖短片观看，尝试写出短片的故事梗概、故事大纲，并分析短片中用到的故事叙事技巧以及短片的主题。

2. 完整观看一部短片，分析其中的故事背景、主要角色、情节发展和矛盾冲突，并尝试用思维导图展示出该短片的故事结构、角色动作/性格/关系变化、事件之间因果联系等。

3. 观察身边的人或事，提取灵感，创作一个短片剧本。

4. 尝试用改编的方式，创作一个短片剧本。

5. 选择一种结构方式，创作一个短片剧本。

本章思考题

1. 什么是短片？短片和长片的区别是什么？

2. 对于不同类型的短片，编剧在创作故事时有什么需要注意的地方？

3. 短片的故事特征是什么？

4. 怎样选择短片剧本结构？

参考文献

埃格里.编剧的艺术[M].陈磊，译.杭州：浙江文艺出版社，2023.

埃克斯.你的剧本逊毙了!100个化腐朽为神奇的对策[M].周舟，译.北京：北京联合出版公司，2016.

安燕，等.影视视听语言[M].重庆：重庆大学出版社，2011.

巴特.符号学美学[M].董学文，王葵，译.沈阳：辽宁人民出版社，1987.

贝尔.这样写出好故事[M].苏雅薇，译.长沙：湖南文艺出版社，2017.

贝克.戏剧技巧[M].余上沅，译.北京：中国戏剧出版社，2004.

贝斯.大师场景：导演、编剧、剪辑师必知的顶级场景转换术[M].黄德宗，译.北京：电子工业出版社，2015.

曹永莉，郭健.动画视听语言[M].北京：航空工业出版社，2021.

陈德伦.九型人格：透析未知的自己[M].北京：北京燕山出版社，2013.

陈鸣.短片剧本写作实训[M].北京：中国人民大学出版社，2022.

陈贤浩.动画角色设计[M].上海：复旦大学出版社，2013.

陈志嵘.性格领导力：觉醒自我、唤醒他人的管理智慧[M].北京：北京联合出版公司，2021.

程樯.十年：剧集创作的思考与实践[M].北京：中国电影出版社，2022.

达拉邦特.肖申克的救赎[M].王淩，慕容雪村，译.长沙：湖南人民出版社，2015.

《电影艺术词典》编辑委员会.电影艺术词典[M].北京：中国电影出版社，1986.

丁亚平，赵卫防.中国影视往何处走3：2020·中国艺术研究院电影电视评论周实录[M].北京：文化艺术出版社，2021.

董小英.叙述学[M].北京：社会科学文献出版社，2001.

菲尔德.电影编剧创作指南(最新修订版)[M].魏枫，译.北京：北京联合出版公司，2016.

菲尔德.电影剧本写作基础：从构思到完成剧本的具体指南[M].鲍玉珩，钟大丰，译.北京：中国电影出版社，2002.

菲尔德.电影剧本写作基础(最新修订版)［M］.钟大丰，鲍玉珩，译.北京：北京联合出版公司，2016.

傅正义.电影电视剪辑学［M］.北京：北京广播学院出版社，1997.

葛亮.动画剧本创作［M］.2版.北京：北京联合出版公司，2017.

桂青山.影视剧本创作教程［M］.北京：北京师范大学出版社，2004.

哈布瓦赫.论集体记忆［M］.毕然，郭金华，译.上海：上海人民出版社，2002.

韩笑，曾雯.动画剧本创作［M］.北京：清华大学出版社，2009.

汉森.编剧：步步为营(重订本)［M］.郝哲，柳青，译.北京：世界图书出版公司，2010.

汉森.编剧：步步为营(最新重订本)［M］.郝哲，柳青，译.北京：北京联合出版公司，2016.

何可可，李波，等.电影剧作教程［M］北京：中国电影出版社，2004.

黑格尔.美学 第二卷［M］.朱光潜，译.北京：商务印书馆，1982.

黑格尔.美学 第一卷［M］.朱光潜，译.北京：商务印书馆，2011.

胡永强，朱磊.歌曲写作［M］.广州：广东人民出版社，2022.

胡智锋.电视美学［M］.北京：中国国际广播出版社，2022.

黄颖.动画概论［M］.上海：上海人民美术出版社，2012.

姜巧玲，陈晨，丰勇，等.视听语言：全彩微课版［M］.北京：人民邮电出版社，2023.

金.肖申克的救赎［M］.施寄青，赵永芬，齐若兰，译.上海：上海文艺出版社，2015.

坎贝尔.千面英雄［M］.黄珏苹，译.杭州：浙江人民出版社，2016.

昆德拉.小说的艺术［M］.董强，译.上海：上海译文出版社，2004.

拉毕格.纪录片创作完全手册［M］.喻溟，王亚维，译.5版.成都：四川人民出版社，2019.

李默，马欣凡.动画剧本编写［M］.长沙：湖南师范大学出版社，2008.

李湘佩.每个人的易经：性格书写人生轨迹［M］.广州：华南理工大学出版社，2019.

厉震林，万传法.华语电影：新发展与新探索［M］.北京：中国电影出版社，2022.

梁晓声.人世间［M］.北京：中国青年出版社，2017.

凌纾.动画编剧［M］.武汉：湖北美术出版社，2006.

刘伽茵.故事短片构思与写作［M］.北京：中国国际广播出版社，2021.

刘海波，黄望莉.影视文学写作教程［M］.上海：上海交通大学出版社，2009.

刘建明.宣传舆论大辞典［M］.北京：经济日报出版社，1993.

刘一兵.电影剧作常识100问［M］.北京：中国电影出版社，1993.

刘宗次.舒克申短篇小说选［M］.北京：外国文学出版社，1983.

卢克曼.情节！情节！通过人物、悬念与冲突赋予故事生命力［M］.唐奇，李永强，译.北京：中国人民大学出版社，2012.

卢西.故事感［M］.王建设，译.成都：四川人民出版社，2022.

鲁迅，等.大师写作课［M］.北京：北京理工大学出版社，2022.

马尔丹.电影语言［M］.何振淦，译.北京：中国电影出版社，1982.

马华.影视动画经典剧本赏析［M］.北京：海洋出版社，2006.

麦基.对白：文字·舞台·银幕的言语行为艺术［M］.焦雄屏，译.天津：天津人民出版社，2017.

麦基.故事：材质、结构、风格和银幕剧作的原理［M］.周铁东，译.北京：中国电影出版社，2001.

麦基.故事：材质·结构·风格和银幕剧作的原理［M］.周铁东，译.天津：天津人民出版社，2016.

毛泽东.毛泽东选集：第1卷［M］.北京：人民出版社，1991.

母健弘，母一辉.视听语言［M］.北京：中国传媒大学出版社，2022.

倪学礼.电视剧人物创作论［M］.北京：中国传媒大学出版社，2021.

帕尔默.九型人格［M］.徐扬，译.北京：华夏出版社，2007.

普多夫金.论电影的编剧、导演和演员［M］.何力，译.北京：中国电影出版社，1980.

普罗普.故事形态学［M］.贾放，译.北京：中华书局，2006.

让.剧作技巧［M］.高虹，译.北京：中国电影出版社，2005.

热奈特.叙事话语 新叙事话语［M］.王文融，译.北京：中国社会科学出版社，1990.

莎士比亚.莎士比亚全集：全十册［M］.北京：民主与建设出版社，2021.

沈奕.思维导图：学霸方法书.5，如何高效阅读［M］.南昌：江西美术出版社，2021.

施蛰存，海岑.外国独幕剧选 第一集［M］上海：上海文艺出版社，1981.

斯波勒.感知艺术［M］.史梦阳，译.11版.北京：中国广播影视出版社，2021.

斯奈德.救猫咪：电影编剧宝典［M］.王旭锋，译.杭州：浙江大学出版社，2011.

斯腾伯格，陆伯特.创意心理学［M］.曾盼盼，译.北京：中国人民大学出版社，2009.

孙立军.动画艺术辞典［M］.北京：北京联合出版公司，2014.

谭霈生.论戏剧性［M］.北京：北京大学出版社，2009.

唐糖小君.故事创意指南：剧本、小说创作法［M］.北京：中国纺织出版社有限公司，2022.

特鲁比.故事写作大师班［M］.江先声，译.长沙：湖南文艺出版社，2019.

田长友.影视剧本创作基础［M］.长春：吉林人民出版社，2016.

汪流.中外影视大辞典［M］.北京：中国广播电视出版社，2001.

王钢，张波.动画剧本创作及赏析［M］.北京：清华大学出版社，2010.

王红霞.影视数字创作与制作［M］.北京：中国电影出版社，2023.

王丽娟.视听语言教程［M］.2版.北京：中国传媒大学出版社，2023.

王蒙，王元化.中国新文学大系1976—2000第二十八集 影视文学卷二［M］.上海：上海文艺出版社，2009.

韦勒克，沃伦.文学理论(新修订版)［M］.刘象愚，邢培明，陈圣生，等译.杭州：浙江人民出版社，2017.

温斯顿.作为文学的电影剧本［M］.周传基，梅文，译.北京：中国电影出版社，1983.

沃尔夫.你的写作教练［M］.孟庆玲，伊小丽，译.2版.北京：中国人民大学出版社，2014.

沃尔特.剧本：影视写作的艺术、技巧和商业运作［M］.杨劲桦，译.天津：天津人民出版社，2017.

西格.编剧“点金术”：剧本写作与修改指南［M］.曹怡平，译.3版.北京：北京联合出版公司.

熊术新.影视艺术基础教程［M］.南京：南京大学出版社，2004.

熊涛，成硕磊.动画剧本创作基础［M］.沈阳：辽宁美术出版社，2017.

希区柯克.希区柯克悬念故事集［M］.王强，译.北京：中央编译出版社，2009.

徐智鹏.短视频叙事技巧［M］.北京：中国广播影视出版社，2023.

薛哈德.我的第一本剧本写作书［M］.侯晓莉，顾轩，译.2版.北京：人民邮电出版社，2014.

亚里士多德.诗学［M］.北京：商务印书馆，1996.

杨焕远.方法论［M］.北京：光明日报出版社，2008.

杨杰，金花.数字影视短片创作［M］.南京：南京大学出版社，2023.

杨景祥.艺术哲学［M］石家庄：河北人民出版社，2011.

杨璟，臧连荣.影视编剧教程［M］.重庆：西南师范大学出版社，2018.

杨越.新媒体写作与编辑技巧［M］.长春：吉林出版集团股份有限公司，2023.

姚桂萍.动画短片创作［M］.北京：清华大学出版社，2023.

叶文静.谋生亦谋道：九型领导力［M］.北京：企业管理出版社，2022.

《译林》编辑部.奥斯卡奖电影剧本选［M］.南京：江苏人民出版社，1983.

余华.活着［M］.北京：北京十月文艺出版社，2017.

约翰逊.短片剧本写作［M］.余韬，译.北京：世界图书出版公司，2017.

曾小明，岳凯华.影视场景创作［M］.北京：中国国际广播出版社，2018.

詹姆斯.小说的艺术［M］.崔洁莹，译.成都：四川文艺出版社，2021.

张海翔.揭示9型人格奥秘：知己知彼百战不殆［M］.成都：成都时代出版社，2010.

张霁月.电影概论［M］.郑州：河南大学出版社，2020.

张然，任伟峰.动画短片剧本写作［M］.苏州：苏州大学出版社，2013.

张炜，王威.电影入门实操手册［M］.北京：中国传媒大学出版社，2022.

张智华.电视剧叙事艺术研究［M］.北京：中国电影出版社，2013.

赵丹.新媒体短片剧本创作［M］.杭州：浙江摄影出版社，2021.

郑希付.现代西方人格心理学史［M］.开封：河南大学出版社，1991.

中国艺术研究院外国文艺研究所《世界艺术与美学》编辑委员会.世界艺术与美学 第七辑［M］.北京：文化艺术出版社，1986.

钟大鹏.影视创作基础［M］.北京：中国传媒大学出版社，2019.

仲呈祥.中国电视剧艺术发展史［M］.北京：中国电影出版社，2014.

庄涛，胡敦骅，梁冠群.写作大辞典［M］.上海：汉语大词典出版社，1992.

艾伦，布里克曼.曼哈顿［J］.奚虞，译.世界电影，1996(2).

伯戈因.电影的叙事者：非人称叙事的逻辑学和语用学［J］.王义国，译.世界电影，1991(3).

陈旭光."元宇宙"思考三题：电影理论扩容、想象力的悖论与伦理预警［J］.教育传媒研究，2022(4).

达拉邦特.肖申克的救赎［J］.石语，译.世界电影，2004(2).

赫奇斯.穿普拉达的女魔头［J］.赵祥龄，译.世界电影，2010(1).

敬鹏林.非线性叙事：电影叙事范式的异变与扩展［J］.重庆邮电大学学报(社会科学版)，2015(4).

黄楚新，汪丽.网络微短剧：影视行业的新风口与新挑战［J］.新闻论坛，2024(2).

李剑.简论数字影像的艺术化表现［J］.南京师范大学文学院学报，2016(2).

李晋林，钟缦丽.后现代媒介视域下微短剧的生成逻辑［J］.中国广播电视学刊，2025(1).

李显杰，修倜.叙述人·人称·视点：电影叙事中的主体策略［J］.电影艺术，1996(3).

刘凡.电影叙事结构探析：线与非线［J］.电影文学，2011(15).

刘世文.作者隐退、非物质化、非线性和超文本：论新媒体艺术创作的深刻变革［J］.廊坊师范学院学报(社会科学版)，2014(1).

刘宗灵，王幸媛.完善党的自我革命制度规范体系的唯物辩证法省思［J］.思想理论战线，2024(4).

毛克强，袁平.开创当代小说人物塑造的新阶段：《九型人格》对人物塑造的启示［J］.

西南民族大学学报(人文社会科学版),2011(3).

摩里塞特."视点"论[J].闻谷,译.世界电影,1991(4).

佩恩,泰勒.杯酒人生[J].赵祥龄,译.世界电影,2007(1).

邱章红.高概念电影:形式、风格与市场[J].电影艺术,2011(4).

塔伦蒂诺.低俗小说[J].杜紫微,译.世界电影,2002(2).

汤普森.金色池塘[J].施原,译.电影世界,1982(5).

王鹏,侯钧生.情感社会学:研究的现状与趋势[J].社会,2005(4).

王英.在矛盾冲突中塑造人物形象[J].新闻知识,1993(12).

吴月亮.动画短片与音乐电视[J].艺海,2009(2).

武静.《你的名字。》"时空"叙事解读[J].电影评介,2017(15).

姚力.视角·线索·矛盾冲突(电视剧研究系列)[J].电影文学,1996(4).

姚睿.作为次要情节(B故事)的爱情关系[J].当代电影,2016(12).

殷俊.论美国动画电影的角色关系构成:以三部美国动画影片为重心[J].西南民族大学学报(人文社会科学版),2014(10).

ABEL R. Encyclopedia of early cinema[M].London and New York: Routledge, 2010.

BALÁZ B.Theory of the film: character and growth of a new art[M].New York: Dover Publications, 1970.

JACOB J.The rise of the American film: a critical history[M].New York: Harcourt Brace, 1939.